ZHONGGUO XIAOSHUO
100 QIANG

中国小说100强（1978—2022）

太阳底下

罗伟章 著

北京联合出版公司
Beijing United Publishing Co.,Ltd.

图书在版编目（CIP）数据

太阳底下 / 罗伟章著. -- 北京：北京联合出版公司，2023.9
（中国小说100强）
ISBN 978-7-5596-7100-4

Ⅰ.①太… Ⅱ.①罗… Ⅲ.①长篇小说－中国－当代 Ⅳ.①I247.5

中国国家版本馆CIP数据核字(2023)第155592号

太阳底下

作　　者：罗伟章
出 品 人：赵红仕
出版监制：张晓冬　范晓潮
责任编辑：王　巍
特约编辑：和庚方　刘沐雨
封面设计：武　一

北京联合出版公司出版
（北京市西城区德外大街83号楼9层　100088）
北京兴星伟业印刷有限公司印刷　新华书店经销
字数199千字　650毫米×920毫米　1/16　23.5印张
2023年9月第1版　2023年9月第1次印刷
ISBN 978-7-5596-7100-4
定价：68.00元

版权所有，侵权必究
未经书面许可，不得以任何方式转载、复制、翻印本书部分或全部内容。
本书若有质量问题，请与本公司图书销售中心联系调换。
电话：010-65868687

中国小说100强（1978—2022）丛书

编委会

丛书总策划

张　明　　著名出版人
张　英　　资深媒体人

编委主任

吴义勤　　中国作协副主席
　　　　　中国小说学会会长

编　委

吴义勤　　中国作协副主席、中国小说学会会长
宗仁发　　《作家》杂志主编
谢有顺　　中山大学教授、中国小说学会副会长
顾建平　　《小说选刊》副主编
张　英　　资深媒体人
文　欢　　作家、出版人

总　序

"中国小说100强"（1978—2022）是资深出版人张明先生和腾讯读书知名记者张英先生共同策划发起的一套大型文学丛书。他们邀请我和宗仁发、谢有顺、顾建平、文欢一起组成编委会，并特邀徐晨亮参与，经过认真研讨和多轮投票最终评定了100人的入选小说家目录。由于编委们大多都是长期在中国文学现场与中国文学一路同行的一线编辑、出版家、评论家和文学记者，可以说都是最专业的文学读者，因此，本套书对专业性的追求是理所当然的，编委们的个人趣味、审美爱好虽有不同，但对作家和文学本身的尊重、对小说艺术的尊重、对文学史和阅读史的尊重，决定了丛书编选的原则、方向和基本逻辑。

从文学史的角度来说，1978年以后开启的新时期文学是中国当代文学的黄金时代，不仅涌现了一批至今享誉世界的优秀作家，而且创造了许多脍炙人口的文学经典，并某种程度上改写了20世纪中国文学史的版图。而在中国新时期文学的经典家族中，小说和小说家无疑是艺术成就最高、影响力最大的部分。"中国小说100强"(1978—2022)就是试图将这个时期的具有经典性的小说家和中国小说的经典之作完整、系统地筛选和呈现出来，并以此构成对新时期文学史的某种回顾与重读、观察与评判。呈现在读者面前的这套丛书是对1978—2022年间中国当代小说发展历程的一次全面、系统的整体性回顾与检阅，是中国当代文学经典化的重要成果，从特定的角度集中展示了中国新时期文学在小说创作方面的巨大成就。需要说明的是，与1978—2022年新时期文学繁荣兴盛的局面相比，100位作家和100本书还远远不能涵盖中国当代小说的全貌，很多堪称经典的小说也许因为各种原因并未能进入。莫言、苏童、余华等作家本来都在编委投票评定的名单里，但因为他们已与某些出版社签下了专有出版合同，不允许其他出版社另出小说集，因而只能因不可抗原因而割爱，遗珠之憾实难避免，而且文学的审美本身也是多元的，我们的判断、评价、选择也许与有些读者的认知和判断是冲突的，但我们绝无把自己的标准强加于别人的意思。我们呈现的只是我们观察中国这个时期当代小说的一个角度、一种标准，我们坚持文学性、学术性、专业性、民间性，注重作家个体的生活体验、叙事能力和艺术功力，我们突破代际局限，老、中、青小说家都平等对待，王蒙、冯骥才、梁晓声、铁凝、阿来等名家名作蔚为大观，徐则臣、阿乙、弋舟、鲁敏、林森等新人新作也是目不暇接，我们特别关注文学的新生力量，尤其是近10年作品多次获国家大奖、市场人气爆棚的新生代小说家，我们秉持包容、开放、多元的审美立场，无论是专注用现实题材传达个人迥异驳杂人生经验、用心用情书写和表现时代精神的现实主义作家，还是执着于艺术探索和个体风格的实验性作家，在丛书里都是一视同仁。我们坚信我们是忠实于自己的艺术理想、艺术原则和艺术良心的，但我们并不认为自己的角度和标准是唯一的，我们期待并尊重各种各样的观察角度和文学判断。

当然，编选和出版"中国小说100强"(1978—2022)这套大型丛书，除了上述对文学史、小说史成就的整体呈现这一追求之外，我们还有更深远、更宏大的学术目标，那就是全力推进中国当代文学"经典化"的历程和"全民阅读·书香中国"建设。

从1949年发端的中国当代文学已经有了70多年的发展历程，但对这70多年文学的评价一直存在巨大的分歧，"极端的否定"与"极端的肯定"常常让我们看不到当代文学的真相。有人认为中国当代文学达到了前所未有的高度和水平。王蒙先生在法兰克福书展上就说：中国当代文学现在是有史以来最繁荣的时期。余秋雨、刘再复甚至认为中国当代文学的成就远远超过了现代文学。也有人极端否定中国当代文学，认为中国当代文学都是垃圾。他们认为现代文学要远远超过当代文学，中国当代文学连与现代文学比较的资格都没有。比如说，相对于鲁（迅）、郭（沫若）、茅（盾）、巴（金）、老（舍）、曹（禺）这样大师级的人物，中国当代作家都是渺小的侏儒，根本不能相提并论，两者比较就是对大师的亵渎。应该说，与对中国当代文学的肯定之声相比，对当代文学的否定和轻视显然更成气候、更为普遍也更有市场。尽管否定者各自的角度和出发点不同，但中国当代作家、作品与中外文学大师、文学经典之间不可比拟的巨大距离却是唱衰中国当代文学者的主要论据。这种判断通常沿着两个逻辑展开：一是对中外文学大师精神价值、道德价值和人格价值的夸大与拔高，对文学大师的不证自明的宗教化、神性化的崇拜。二是对文学经典的神秘化、神圣化、绝对化、空洞化的理解与阐释。在此，我们看到了一个非常有趣的悖论：当谈论经典作家和文学大师时我们总是仰视而崇拜，他们的局限我们要么视而不见要么宽容原谅，但当我们谈论身边作家和身边作品时，我们总是专注于其弱点和局限，反而对其优点视而不见。问题还不在于这种姿态本身的厚此薄彼与伦理偏见，而是这种姿态背后所蕴含的"当代虚无主义"。这种"虚无主义"的最大后果就是对当代作家作品"经典化"的阻滞，对当代文学经典化历程的阻隔与拖延。一方面，我们视当下作家作品为"无物",拒绝对其进行"经典化"的工作,另一方面又以早就完全"经典化"了的大师和经典来作为贬低当下泥沙俱下的文学现实的依据。这种不在同一个层面上的比较,不仅毫无意义,而且只能使得文学评价上的不公正以及各种偏激的怪论愈演愈烈。

其实,说中国当代文学如何不堪或如何优秀都没有说服力。关键是要进行"经典化"的工作,只有"经典化"的工作完成了才有可能比较客观地对当代的作家作品形成文学史的判断。对当代的"经典化"不是对过往经典、大师的否定,也不是对当代文学唱赞歌,而是要建立一个既立足文学史又与时俱进并与当代文学发展同步的认识评价体系和筛选体系。当然,我们也要承认,"经典化"问题是一个非常复杂的问题,并不是凭热情和冲动一下子就能完成的,但我们至少应该完成认识论上的"转变"并真正启动这样一个"过程"。

现在媒体上流行一些对于中国当代文学经典化冷嘲热讽的稀奇古怪的言论,其核心一是否定中国当代文学有经典、有大师,其二是否定批评界、学术界有关"经典化"的主张,认为在一个无经典的时代,"经典"是怎么"化"也"化"不出来的,"经典化"是一个实实在在的"伪命题"。其实,对于文学,每个人有不同的判断、不同的理解这很正常,每一种观点也都值得尊重。但是,在"经典"和"经典化"这个问题上,我却不能不说,上述观点存在对"经典"和"经典化"的双重误解,因而具有严重的误导性和危害性。

首先,就"经典"而言,否定中国当代文学早就不是什么新鲜事,对当代文学的虚无主义态度在很多人那里早已根深蒂固。我不想争论这背后的是与非,也不想分析这种观点背后的社会基础与人性基础。我只想指出,这种观点单从学理层面上看就已陷入了三个巨大误区:

第一个误区,是对经典的神圣化和神秘化的误区。很多人把经典想象为一个绝对的、神圣的、遥远的文学存在,觉得文学经典就是一个绝对的、乌托邦化的、十全十美的、所有人都喜欢的东西。这其实是为了阻隔当代文学和"经典"这个词发生关系。因为经典既然是绝对的、神圣的、乌托邦的、十全十美的,那我们今天哪一部作品会有这样的特性呢?如果回顾一下人类文学史,有这样特性的作品好像也没有。事实上,没有一部作品可以十全十美,也没有一部作品能让所有人喜欢。在这个问题上,我们应该明确的是,"经典"不是十全十美、无可挑剔的代名词,在人类文学史上似乎并不存在毫无缺点并能被任何人所认同的"经典"。因此,对每一个时代来说,"经典"并不是指那些高不可攀的神圣的、神秘的存在,只不过是那些比较优秀、能被比较多的人喜爱的作品而已。从这个意义上说,当今中国文坛谈论"经典"时那种神圣化、莫测高深的乌托邦姿态,不过是遮蔽和否定当代文学的一种不自觉的方式,他们假定了一种遥远、神秘、绝对、完美的"经典形象",并以对此一本正经的信仰、崇拜和无限拔高,建立了一整套关于中国当代文学的伦理话语体系与道德话语体系,从而充满正义感地宣判着中国当代文学的死刑。

第二个误区,是经典会自动呈现的误区。很多人会说,是金子总是会发光的。但对文学来说,文学经典的产生有着特殊性,即,它不是一个"标签",它一定是在阅读的意义上才会产生意义和价值的,也只有在阅读的意义上才能够实现价值,没有被阅读的作品没有被发现的作品就没有价值,就不会发光。而且经典的价值本身也不是固定不变的。如果一个作品的价值一开始就是固定不变的,那这个作品的价值就一定是有限的。经典一定会在不同的时代面对不同的读者呈现出完全不同的价值。这也是所谓文学永恒性的来源。也就是说,文学的永恒性不是指它的某一个意义、某一个价值的永恒,而是指它具有意义、价值的永恒再生性,它可以不断地延伸价值,可以不断地被创造、不断地被发现,这才是经典价值的根本。所以说,经典不但不会自动呈现,而且一定要在读者的阅读或者阐释、评价中才会呈现其价值。

第三个误区，是经典命名权的误区。很多人把经典的命名视为一种特殊权力。这有两个层面的问题：一，是现代人还是后代人具有命名权；二，是权威还是普通人具有命名权。说一个时代的作品是经典，是当代人说了算还是后代人说了算？从理论上来说当然是后代人说了算。我们宁愿把一切交给时间。但是，时间本身是不可信的，它不是客观的，是意识形态化的。某种意义上，时间确会消除文学的很多污染包括意识形态的污染，时间会让我们更清楚地看清模糊的、被掩盖的真相，但是时间同时也会使文学的现场感和鲜活性受到磨损与侵蚀，甚至时间本身也难逃意识形态的污染。此外，如果把一切交给时间，还有一个前提，那就是对后代的读者要有足够的信任，要相信他们能够完成对我们这个时代文学的经典化使命。但我们对后代的读者，其实是没有信心的。我们今天已经陷入了严重的阅读危机，我们怎么能寄希望后代人有更大的阅读热情呢？幻想后代的人用考古的方式对我们这个时代的文学进行经典命名，这现实吗？我不相信后人对我们身处时代"考古"式的阐释会比我们亲历的"经验"更可靠，也不相信，后人对我们身处时代文学的理解会比我们亲历者更准确。我觉得，一部被后代命名为"经典"的作品，在它所处的时代也一定会是被认可为"经典"的作品，我不相信，在当代默默无闻的作品在后代会被"考古"挖掘为"经典"。也许有人会举张爱玲、钱钟书、沈从文的例子，但我要说的是，他们的文学价值早在他们生活的时代就已被认可了，只不过很长时间由于意识形态的原因我们的文学史不谈及他们罢了。此外，在经典命名的问题上，我们还要回答的是当代作家究竟为谁写作的问题。当代作家是为同代人写作还是为后代人写作？幻想同代人不阅读、不接受的作品后代人会接受，这本身就是非常乌托邦的。更何况，当代作家所表现的经验以及对世界的认识，是当代人更能理解还是后代人更能理解？当然是当代人更能理解当代作家所表达的生活和经验，更能够产生共鸣。因此，从这个角度来说，当代人对一个时代经典的命名显然比后代人更重要。第二个层面，就是普通人、普通读者和权威的关系。理论上，我们都相信文学权威对一个时代文学经典命名的重要性，权威当然更有价值。但我们又不能够迷信文学权威。如果把一个时代文学经典的命名权仅仅交给几个权威，那也是非常危险的。这个危险表现在什么地方呢？就是几个人的错误会放大为整个时代的错误，几个人的偏见会放大为整个时代的偏见。我们有很多这样的文学史教训。在这个问题上，我们既要相信权威又不能迷信权威，我们要追求文学经典评价的民主化、民主性。对一个时代文学的判断应该是全体阅读者共同参与的民主化的过程，各种文学声音都应该能够有效地发出。这个时代的文学阅读，最理想的状态应该是一种互补性的阅读。为什么叫"互补性的阅读"？因为一个批评家再敬业，再劳动模范，一个人也读不过来所有的作品。举个例子：现在我们一年有5000部以上的长篇小说，一个批评家如果很敬业，每天在家读二十四小时，他能读多少部？一天读一部，一年也只能读三百部。但他一个人读不完，不等于我们整个时代的读者都读不完。这就需要互补性阅读。所有的读者互补性地读完所有作品。在所有作品都被阅读过的情况下，所有的声音都能发出来的情况下，各种声音的碰撞、妥协、对话，就会形成对这个时代文学比较客观、科学的判断。因此，文学的经典不是由某一个"权威"命名的，而是由一个时代所有的阅读者共同命名的，可以说，每一个阅读者都是一个命名者，他都有对经典进行命名的使命、责任和"权力"。而作为一个文学研究者或一个文学出版者，参与当代文学的进程，参与当代文学经典的筛选、淘洗和确立过程，更是一种义不容辞的责任和使命。说到底，"经典"是主观的，"经典"的确立是一个持续不断的"过程"，"经典"的价值是逐步呈现的，对于一部经典作品来说，它的当代认可、当代评价是不可或缺的。尽管这种认可和评价也许有偏颇，但是没有这种认可和评价，它就无法从浩如烟海的文本世界中突围而出，它就会永久地被埋没。从这个意义上说，在当代任何一部能够被阅读、谈论的文本都是幸运的，这是它变成"经典"的必要洗礼和必然路径。

总之，我们所提倡的"经典化"不是要简单地呈现一种结果，不是要简单地对一个时代的文学作品排座次，不是要武断地指出某部作品是"经典"，某部作品不是"经典"，不是要颁发一个"谁是经典"的荣誉证书，而是要进入一个发现文学价值、感受文学价值、呈现文学价值的过程。所谓"经典化"的"化"实际上就是文学价值影响人的精神生活的过程，就是通过文学阅读发现和呈现文学价值的过程。可以说，文学的经典化过程，既是一个历史化的过程，更是一个当代化的过程。文学的经典化时时刻刻都在进行着，它需要当代人的积极参与和实践。因此，哪怕你是一个对当代文学的虚无主义者，你可以不承认当代文学有经典，但只要你还承认有文学，你还需要和相信文学，还承认当代文学对人的精神生活具有影响力，你就不应该否定当代文学经典化的重要性。没有这个"经典化"，当代文学就不会进入和影响当代人的生活，就失去了存在的意义。每一个人，哪怕你是权威，你也不能以自己的好恶剥夺他人阅读文学和享受文学的权利。

从这个意义上说，当代文学的经典化当然是一个真命题而不是一个伪命题。在一个资讯泛滥的时代，给读者以经典的指引是文学界、出版界共同的责任，而这也是我们编辑出版这套书的意义所在。

最后，感谢张明和张英先生为本套书付出的辛劳，感谢北京立丰天文化传播有限公司、北京金圣典文化有限公司的资金支持，感谢全体编委和北京联合出版公司各位编辑，感谢所有对本套丛书的出版给予大力支持的作家和他们的家人。

是为序。

吴义勤
2022年冬于北京

目 录
Contents

序篇　一口神秘的箱子＿＿1

第一章　杜芸秋访谈录＿＿13

第二章　黄晓洋日记（17日）＿＿22

第三章　黄晓洋日记（18日）＿＿34

第四章　杜芸秋访谈录＿＿41

第五章　父亲的来信＿＿44

第六章　杜芸秋访谈录＿＿62

第七章　黄晓洋日记（22日）＿＿67

第八章　杜芸秋访谈录＿＿76

第 九 章　致父亲的信___81

第 十 章　黄晓洋笔记___86

第 十一 章　黄晓洋日记（7日）___88

第 十二 章　杜芸秋访谈录___99

第 十三 章　明月河___108

第 十四 章　杜芸秋访谈录___112

第 十五 章　黄晓洋日记（14日）___117

第 十六 章　父亲的来信___128

第 十七 章　黄晓洋日记（27日）___136

第 十八 章　杜芸秋访谈录___142

第 十九 章　杜芸秋访谈录___146

第 二十 章　黄晓洋笔记___160

第二十一章　黄晓洋日记（11日）___163

第二十二章　意外之一___169

第二十三章　李小楠的眼睛___177

第二十四章　黄晓洋日记（31日）___197

第二十五章　杜芸秋访谈录___200

第二十六章　黄晓洋日记（8日）___211

第二十七章　黄晓洋日记（15日）___215

第二十八章　杜芸秋访谈录___220

第二十九章　致父亲的信___235

第 三 十 章　黄晓洋笔记___245

第三十一章　黄晓洋日记（3日）___247

第三十二章　杜芸秋访谈录___260

第三十三章　黄晓洋日记（23日）___266

第三十四章　黄晓洋日记（12日）___272

第三十五章　杜芸秋访谈录___278

第三十六章　黄晓洋日记（18日）___283

第三十七章　黄晓洋笔记___291

第三十八章　父亲的来信___292

第三十九章　意外之二___308

第 四 十 章　黄晓洋日记（5日）___315

第四十一章　杜芸秋访谈录___319

第四十二章　朋友的证词___330

尾篇　太阳底下___351

序篇　一口神秘的箱子

下雪的日子，总是让人有所怀想。

其实也说不清怀想什么，可心里就是蠢蠢欲动的，带着游丝一样的愉悦和清愁。

我就是在一个下雪天的早晨，接到了孙文博的电话。文博是我大学同学，也是最忠诚的室友，从大一到大四，寝室里的人换来换去，只有我俩自始至终守着老巢。现在，文博在重庆某政府部门任职。

他打电话告诉我：重庆也下雪了。他说你知道重庆跟你那里差不多，三五年遇不到一场雪的，昨天夜里却积了半尺厚。

这电话就像雪天里的一盆炉火。

文博和我一样，心里有了怀想，而且想起了我。到底是兄弟。

然而事情并非这样简单。

他打电话来，主要是有任务交给我；当然，说是有事求我也行。

他要我写一部有关重庆大轰炸的小说。

对这种事，我是向来不会接手的，哪怕托付的人是再好不过的朋友。小说跟植物一样，有什么样的土壤和气候，才会呈现什么样的春天。我的这块田里，长不出"重庆大轰炸"那棵树。

文博开始骂我了。骂一阵就给我讲道理。他的道理没能打动我。包括他说你老家属重庆管辖，难道你就不想为老家的文化事业做一点贡献？也没能打动我。尽管我从事着文学的职业，看上去是一个文化人，却越来越不懂得什么叫文化。我就在一方小小的自留地里，弄出些花花草草的文字，换几文稿费，维持与世无争的日子；运气碰对了，那些花花草草说不定就成了畅销货，一时间洛阳纸贵，成就我名利双收，顺理成章又如愿以偿地跻身于中产者之列。

如果说"人人都有梦想"这句话是成立的，这就是我的梦想。

你或许又要骂："这人真不可救药，连梦想也那么浅俗。"

骂得好！我认账就是。然而，我在世上已经混了三十八年了，没吃过猪肉，见过猪跑，知道什么样的梦想才有变为现实的可能。我从来就没奢望过要为哪里的文化事业做什么贡献。

文博呵呵呵笑，笑声像晒过几天的，很干。

但他是领导，领导说出的话是不好随便收回的。

他说我不管你咋想，这趟活你必须接，实话告诉你……

我不想听他的大话，急忙打断他："你还是另请高明吧，我对那段历史太陌生了。"

他说嘿，自家兄弟就是作家，我还去请谁？有直路不走我走弯路？

然后他进一步说服我："资料多的是，去网上一搜，够你看一辈子。而且我还为你准备了现成的资料，满满一皮箱，是一个人的笔记。这个人名叫黄晓洋。黄晓洋你听说过吗？他曾祖父是当年中央大学的名教授，爷爷、大伯和父亲，卢沟桥事变后都先后逃到重庆，在重庆亲身经历了长达五年半的大轰炸,大伯黄伯道还是个音乐家,轰炸期间常常去国际广播电台演奏,那可不是一般人能进的场所,宋美龄当年向西方发表演讲,反对重欧轻亚,争取国际援助,就是在那家电台里;黄晓洋本人,是渝州文理大学教师,也是著名的"二战史"专家,研究的重点就是重庆大轰炸。他的研究方法跟别人不同,别人是在时间的裹尸布下去发掘骸骨,他是把裹尸布揭开,让历史在太阳底下活起来。这样一个人的笔记,你想想有意思没有?你只需要根据这些材料,编圆一个故事就行了!"

听上去,这似乎是个可行的方案。

但我说过,我的这块田里长不出那棵树,根据一些死气沉沉的资料和别人的笔记,就去创作一部小说,对我也过于新鲜。何况是"遵命文学"。

文博急了:"没见过像你这么瘟的人,写不写无所谓,到重庆来玩两天吧,你不想来看我,就来看看重庆的雪……别多话,现在就出发,我丢下工作陪你!"

说完,他把电话挂了。

紧跟着又打过来,补充一句:"我等你吃午饭啊。"

五个小时后,我跟文博坐在了一起。

他确实在等我吃午饭,也确实一直陪着我,但不是陪我玩,而是四处走访。走访的地方,是他事先安排好的,因此可以说,我基本上是被他控制起来了。他说你不是对那段历史陌生吗,我让你产生一些实感。言毕将我搡进车里,去了曾家岩的周公馆、虎头岩的《新华日报》旧址、全家院子的郭沫若旧居、黄山的蒋介石官邸,然后又去了重庆大学松林坡、中华路十八梯隧道、邹容路国泰大戏院。每一地都是走马观花,国泰大戏院还改为了国泰电影院,十八梯隧道锁着铁门,根本进不去。说真的，匆匆忙忙走这一趟下来，我不仅没产生实感，仅有的那一点历史知识，也像松软的积雪，被凌乱的脚步踩踏得七零八落。

第二天下午5点过，文博才把我领进他的办公室，打开立柜，费力地提出一口皮箱。

皮箱很旧，浅棕色，他把它推到我面前，咕隆一声："可惜。"

"可惜啥？"

"这个人死了。"他用指头把皮箱戳了几下。

他每戳一下，我胸腔里就蹦跶一下。

"多大年纪？"

"四十三四。年龄不是问题，问题在于，他是上吊死的。"

文博扔给我一支烟，接着说："别人上吊是用布条、绳子或电线，他是用铁丝。他坐在地上，铁丝一头套住桌腿，另一头套住自己的脖子。你知道，这没法上吊。他是被勒死的——自己把自己勒死。"

"……知道原因吗？"

"谁知道呢……肯定与这些笔记有关哪。"

到这时候，我的兴趣才算真正提起来了。

"你看过这些笔记吗？"

"没有，我一天文件都看不过来。黄晓洋死后，他爱人很悲伤，也很自责，把他的笔记收集在这口箱子里，专门送到我这里来。她送来不是让我看，也不是让我替她保管，而是托我找个可靠的作家，仔细阅读之后，写写她的丈夫。她认为她丈夫是个很独特也很复杂的人物，她一个人无法看透他的内心，希望有更多的、更聪明的人来帮助她审视。她名叫杜芸秋，是个画家，年纪轻轻的时候就被誉为画坛才女。杜芸秋是我表姐。"

"这么说来……"

"对，你纯粹是帮我私人一个忙，了我表姐一个心愿。"

次日早上，我带着那口皮箱，离开了重庆。

当时，我手上正在写一部长篇，我当然要把那部长篇写完，才有心思去翻看黄晓洋的笔记本。

然而，等到真正完成了那部小说，我觉得，初始对黄晓洋的那份兴趣，已淡若轻烟。

人总是要死的，死的方式各有不同而已。有人说，出生就意味着死亡，是"充满光和骇人的脸庞的死亡"。既如此，死亡就与生命共存，是"生命的事实"，勿需悲伤，也不必兴奋，总之没什么大不了的。休息一阵，我又打开电脑，写别的小说——属于我的小说。

一晃几年过去，我没有去碰过那口箱子。

文博也没有催我。或许，他以为我这么慢，是在仔细打磨，对他表姐和表姐夫负责呢。

如果不是又迎来一个下雪天，我很可能就会把那口箱子彻底忘记，直到杜芸秋提出收回。

这天清早，我推窗一望，见花园里的刺柏树白乎乎的，即刻兴奋地爬上楼顶，看雪景去。楼顶平台是公共区域，光光趟趟地铺着隔热板，我嫌不好看，春天的时候，去菜贩手里要了十多个大竹筐，装上土，种上南瓜、丝瓜、牵牛花，还种了桃树、桂树、枇杷树……南瓜和丝瓜早就收了，牵牛花早就败了，桃树的叶子昨天还残存一些，今早片叶不存。是风把它们扫光了。昨夜除了下雪，还刮了一夜的风，风从城外跑来，像披头散发的妇人，带着满腹的伤心事，把城市撞得乱响，也把城市吹得冰凉。现在风停了，雪还在下，泡酥酥的雪花盛满了竹筐，枇杷树肥大的叶片，手掌似的将雪托起。

天空比往日更低，城市比往日更安静。

我心里再次蠢蠢欲动了，像在很深的地方，埋着一个什么活物。

那活物终于蠕蠕地爬了出来。是那口箱子。

箱子竖着放在背角的壁橱里，自从放进去，我就没朝那方向去过。今天，我却想去看看它了。

刚走到壁橱门外，我就听到一种细微的却抓人魂魄的声音，如钟磬鸣响。打开门，声音就停了。我以为那声音是从楼下传来的，可试了几次，都这样。那声音的源泉，来自于一个死后的生命。

他是在提醒我、呼唤我抑或责备我吗？他是想质问：死亡真的就那么无足轻重吗？

"死亡是在开口说话，有它自己的语义。"我的一个西方同行这样说。

他又说："我们不应当无视一个男人是通过何种方式、在什么样的生存环境中死亡的。"

听到壁橱里的声音，我觉得，那个西方同行是在半个世纪前对我说话。

我感觉自己有一种深沉的接受，于是把箱子取出来，拎进了书房。

黄色铜扣并未上锁，一摁就开了。樟脑味儿惊乍乍地跑出囚笼，烟雾那样弥漫了屋子。

真是满满一箱，明显经过整理，用绿色绸带扎成了好几捆。

原来不只笔记，还有日记、卡片、剪贴本、影印件以及大量的书信。与日记和书信相比，笔记的数量是微不足道的，只是因为影印、剪贴和卡片都粘贴在笔记本中，才有了厚厚几大册。

出于好奇，我先看日记。看几则没看出特别的，又把信件打开。

绝大部分是黄晓洋跟他父亲的你来我往（他写出去的，都是复印件），有的长达万言，有的只寥寥几笔（日记也一样），分明署着同一个人的名字，有的字迹工整漂亮，有的却潦草至极。我随便抽出一封，只读小半，就改换了坐姿——本来斜躺在椅子上，一条腿跷起来，压住扶手，现在规规矩矩地坐正了。

读了几封书信，又回过头去读日记。粗略翻阅，发现其中四本，主要写他在南京的学习和教书生涯，虽有不少堪称精辟的见解，字里行间却没脱离学生腔；当然也有贯穿他整个生命的迷惑，但那迷惑还处于自发阶段。待他离开南京，踏上重庆的土地，自觉意识才陡然显现。

从这天早上开始，除了吃饭、上卫生间和越缩越短的睡眠，半个多月，我都把自己锁在书房里，阅读那些文字。这期间，我没下过楼，没见过一个朋友，没打过一个电话，也没接过一个电话，是否跟家人说过一句话，记不清了。

当带着一双严重发炎的眼睛把箱子腾空，我承认，用我这支描惯了花花草草的笔，来根据黄晓洋的材料写一部作品，简直是亵渎。是的，亵渎，毫不夸张。杜芸秋要真是希望让更多的人帮助她认识自己的丈夫，最好的办法，就是把这箱子里的文字原封不动地发表出去。

只是有个问题，这些东西太凌乱了。

我刚才说明显经过整理，是指分了门别了类，比如日记一捆、信件一捆，但全没分出先后，连日记也不例外。这不是故意不分，而是没法分。让人奇怪的是，作为历史学家，黄晓洋竟那么不把时间当回事，剪报除个别页边上带着刊期，都没标注时间，书信也不署日期，他写给别人的不署，别人写给他的也不署，像跟他联络的，都是没有时间至少是藐视时间的人；日记应该有时间吧，的确有，但只有日，没有年和月,是真正的"日"记。我在阅读的过程中,经常为一些事感到莫名其妙,后来,甚至是很后来,读到某些段落,才恍然大悟。我不停地掉进陷阱,然后又从陷阱里爬起来。

如果原封不动地发表,我相信很少有读者愿意付出如此巨大的耐心。

那实在是一段辛苦路。

"我应该来做这工作……"这是我对自己说的话。

我要将它们重新整理,寻找出其中的因果,使之形成一个相对完整的链条。

没等眼睛完全好转,我又把自己像上次一样,锁进了书房。

这次花去了更长的时日,当我从书房里出来,枝头上鸟鸣如水了,楼底下玉兰花开了,我的那些大竹筐,盛不下逼眼的绿意了——春天到了!

事情并没有完结。

我需要采访一个人,否则故事无法勾连和贯通。

这个人是黄晓洋的遗孀——杜芸秋。

我给孙文博联系,说为那部书的事,我要见见他的表姐。

我是悬着一颗心的,生怕杜芸秋已经改嫁,为不打搅自己平静的生活,她不愿再提及旧事了。

文博却长出了一口气,"我的天啦,"他说,"我以为……"

然后叫我等着,说他知道表姐在家,但她在准备一组有着共同主题的系列作品,打算适当的时候搞一次个展。她的作品已经够多了,举办个展绰绰有余,但她认为那些作品都是零敲碎打,就像互不相关的溪流,无法汇成江河。"我先跟她联系一下,"文博说,"五分钟后再打电话给你。"

不到五分钟电话就过来了,他表姐表示,她再忙,也要抽时间见我;还说,如果我不方便出行,她可以在三天后的周末跟文博一起来找我。

我也长出了一口气。但我说免了,还是我到重庆吧。

人在自己熟悉的地盘上,哪怕会见陌生的访客,也更能把本真的一面保持住,到了外地,就会"端"起来,变得不是他(她)自己。我希望杜芸秋以她最自然的姿态和最自然的语调,接受我的采访。

其实,对那个才华横溢激情四射的女人,我应该早就认识了,黄晓洋的日记对她有诸多描述,但见到她的时候,我还是感到惊讶。

不加约束的长发,没错,黄晓洋写过的;长脸、长身、长腿,脸部和额头都朝后扬,给人迎面受风的感觉,也没错;谈论任何问题都不回避,言辞优美并加上适度的想象,出口就让人印象深刻,同样没错。让我惊讶的是,她显得那样安静。只是说到少数几个地方时,才破坏了她的安静。

我俩在她的画室里,前后加起来,说了两天半的话,她都坐在一米高的藤凳上,腰板打直,两腿并拢,而且始终只露出一只眼睛,另一只眼睛用头发遮住——左眼遮一会儿,将头摇一摇,左边的发丝被摇开,右眼又被遮住了。她似乎只愿意用一只眼睛看世界。

当她离开座位的时候,比如说,她上洗手间,或起身为我和她自己续茶水,我会抓紧时间做一下实验,蒙住一只眼睛,看看眼前的景象会出现什么不同的效果:失去了宽阔,却增加了锐利。

画室里,挂着几幅她创作的人物画,还有几幅尺幅较小的静物画,跟她聊开之前,我就认真看过的,开始没品出特殊的意味,现在感觉到了它们的锐利。画上的那个女人,头上层层叠叠缠裹着浴巾,脖子却细如竹筷；那个双臂半张的男子，私处奋力勃起，却眼窝下陷，嘴唇瘪缩，肋骨根根可数。显然，有一些东西他们无力承受。还有那只苹果，尾部的两片叶子清绿如洗，果身却开始腐烂了。

对妻子的这一面，黄晓洋从未加以描述。

即便涉及到妻子的激情，也更多的只把她当成不知疲倦的工作狂。

采访结束，我把我的设想——将黄晓洋的资料和对她的采访整理后发表——对杜芸秋讲了，而且强调说，我这样做，不是为了偷懒。

她这时候露出的是右眼，那只右眼跳动了一下。

"是全部内容？"她问。

"当然不是。黄晓洋那里，主要部分是他的日记，也只是日记中很少的一部分，最多十分之一吧。"

"为什么选出这十分之一？"

"这正是我要跟你商量的。我选它们，既不是因为它们温和（相反，富有力量），也不是因为它们不牵涉隐私（相反，有大量隐私），我选它们的最高原则，是怎样相对圆满地达成你的愿望。只是，你愿意做出一点妥协、付出一点牺牲吗？我的意思是，你不介意暴露自己的隐私吗？既然不是我的创作，而是黄晓洋的日记、书信等等，我就连人名、地名，都不想改动，事实上我也没有改动的权利。"

她暂时没回答我，点燃一支烟。藤凳旁边，小狗似的偎着一方木凳，正方形的镔铁烟盒，放在那方木凳上。她抽烟的姿态同样是安静的，烟雾很优雅地从嘴角和鼻孔里出来，形成弯弯曲曲的淡黄丝线。竹制的烟缸开始也放在木凳上，抽烟的时候，就一只手捧着。

"没关系，"她终于说，"既然不是全部内容，而是有所取舍，就可以将它视为一部作品。取舍本身就是创造。如果真是一部出色的作品，每个读者既是读别人，也是读自己，所以就不存在什么隐私了；

至于上面有我杜芸秋的名字，那只不过是个符号，换成张芸秋、李芸秋，也是一样的。"

我很高兴她能这样理解。

"还有别人的呢？比如李教授、安志薇、你父母……"

"这样吧，麻烦你给我开个名单，我去做他们或他们后人的工作。三天后我没回你，就证明都同意了。本来没这个必要，他不在了，但他活过，他活着的时候有权对人和事发表看法，是对是错，而今还活着的人，可以继续辩论的。嚯，辩论这个词用得不妥，生者跟死者辩论，失败的永远是生者。这不公平。说申辩更恰当。活着的人可以申辩，即便死者说错了，也还有纠正的广阔天地。不过依你的，我还是给他们打声招呼吧。"

这时候是下午4点过，我感觉有些累——你跟一个脸像被大风吹过、且只露出一只眼睛看世界的女人说上两天半话，你试试看累不累！——就不想在重庆逗留，想马上回去了。

文博忙于接待几个台湾来的投资家，带着他们去歌乐山以北的郊外（城市正飞速扩张，很快就不是郊外了），考察一个青砖绿瓦的地主庄园，看是否有改造成高级会所的价值和可能。我给他打过电话，就去了火车站。但文博派他手下去火车站把我拦下了，说这次太怠慢我，他一定要陪我吃顿饭。

饭桌上并没有那几个投资家，看来谈判并不顺当。文博暗淡的眼神也证明了这一点。但作为领导，他知道无论多么沮丧，都应该在人前及时为眼神充电，于是他的眼睛又亮起来了，兴致勃勃地问我："聊得咋样？"我说很好。他说我让司机接我表姐去了，很快就到，吃饭的时候，你们再聊一会儿。

我顺便细声问了一句："你表姐没再成家？"

"没有。"文博说,"我们也劝她再找个人,她总是摇头,她现在如果不拿画笔,便心若止水……"

正说着,司机进来了,说"秋阿姨"在画画,不来吃饭了,但她拿了个盘,让司机转给我,说盘里有段录音,是黄晓洋去世的次日,某家报社采访他最好的朋友时录的,接受采访的当天夜里,朋友反悔,没同意将自己的谈话发表,还去报社复制了谈话录音,交给了杜芸秋。可能有澄清的意思吧:尽管不同意发表,但我也并没说什么出格的话。杜芸秋让司机转告我,如果我用得着,随便用。

回家后,我拟了个详尽的名单,发到了杜芸秋的电子信箱里。

然后又等了三天,未收到杜芸秋的回话,我便放心地坐下来,开始工作。

在整理和输入电脑的过程中,遇到了两次意外,这是我没有想到的。

我更没想到的是,这两次意外不仅没影响这部书,还构成了它必不可少而且意味深长的补充。

文中注释,为整理者所加;某些字体的变化,也是整理者为醒目起见所作的调整。

——好了,现在就开始吧。

第一章　杜芸秋访谈录

　　是的，晓洋是那年秋天到的重庆。当时他研究生毕业两年，在南京某高校历史系做讲师。那半年没给他安排课，他就到重庆来了。

　　你别以为他到重庆是考察大轰炸的，他那时候的主攻方向还放在沿海战场，像淞沪会战、南京大屠杀，特别是南京大屠杀。他生在南京，长在南京，能在那块地面上，闻到时间深处的气息。他写过一本书，叫《南京第十三》，听上去像篇散文的名字，其实是部历史著作，也是他的研究生毕业论文；研究生把论文写成一本20多万字的书，并不多见，他不仅写了，还出版了，且很快被译成英、德、韩文，受到学界的赞誉。但他自己对这部书的评价很低，很低很低，低到尘埃里。

　　他这人，表面豁达，骨子里面其实是相当极端的。极端而且固执。

　　事情明摆着，如果他按照《南京第十三》的路数往下走，前景将是一片光明。

　　可他偏偏不那样走。

我曾经问过他原因。

他的回答是:"看上去我在揭示,事实上我在遮蔽。"

他这话我能够理解。跟他恋爱不久,我就读过那本书。不是他推荐给我的,他自己连样书也没留,我也根本不知道有那本书的存在,隔行如隔山嘛。还是父亲告诉我的。我父亲当时在渝州文理学院生物系当主任。渝州文理学院开始叫渝州文理专科学校,1980年代初升为本科,叫渝州文理学院,十多年后又叫成了渝州文理大学。有天,历史系一位老师对我父亲说:"你女儿有眼光呢,找了个才子!"

晓洋来重庆,是有事找生物系的李教授,我父亲接待的,父亲对他的印象很好,1米83的个头,又文质彬彬,但并不知道他在史学界已小有成就。这天父亲听历史系那位老师把那本《南京第十三》吹得天花乱坠,心想不过是同行间相互捧场,投的个让人喜欢。但他还是很兴奋,回家马上告诉了我。

我当时还是四川美院的大四学生,立即去图书馆借来,花一个白天一个晚上,把书读完了,从中知道了很多事。关于南京大屠杀,历史课本上学过,我还看过至少两部以此为题材的电影、三部幸存者的回忆录,但晓洋的书依然让我震撼,让我觉得陌生和新奇。当然,我也知道还会有更多的震撼、更多的陌生和新奇,被埋在水面之下。这就是他所谓的"遮蔽"。

每一种揭示,不都意味着遮蔽吗,这是事物本身的法则,没啥值得羞愧的。

晓洋却羞愧得不行,知道我读了那本书,他很不高兴。

他说:"无聊。"

是说那本书无聊,不是说我无聊。

接着又强调一句:"无聊透顶。"

他就是这样极端。你从他的死，就知道他有多极端，多固执，多执着。他对死也很执着。他有过三次寻死的经历，两次跳水，一次上吊，两次跳水都没死成，因为他会游泳，而且还有人救他。第三次终于成功了。这三次寻死，是在八天之内完成的。执着，有时候真不是好事……

在他的血统里，有一些比较混乱的因素。他爷爷的爸爸，是大教授，爷爷的爷爷，是江阴乡下的大地主，再往上溯，是小地主、投机倒把的商贩、手工艺人、自耕农、无产者。他们黄氏家族，奋斗了好多辈人，终于把"无产者"像掐臭虫那样掐死，双脚踩到了属于自己的土地。曾祖父抛弃了土地，也抛弃了土地赋予的对生活的想象。爷爷虽没干过一天农活，回乡下的时候也很少，而且每次回去，进屋就把鞋脱下来，让佣人把鞋底上的泥打扫得干干净净，却尽力要把土地赋予的想象变成现实——他带领一家老小逃难逃到万县时，还忙里偷闲，娶了二房。但他年轻那阵，在青岛船舶公司待过十来年，接触过不少洋人，思想里又有开放和新潮的一面；只是，他的新潮主要体现于对生活的享乐。

晓洋在学术上敢于否定自己，生活上却极其守旧，拒绝买车，拒绝上网，甚至拒绝用手机。学术也是生活的一部分，在学术上否定自己，即是部分地否定自己的生活。

否定和守旧，使他陷入混乱。

他认识到这种混乱，厌恶这种混乱，于是不惜采用极端和固执，来扭转这种混乱。

我不认同他对自己著作的评价，他就进一步给我解释，说那种研究方法太腐朽，笔下的历史，是胜和败的历史，胜败双方都拿着把算盘，算盘上挂着几串数字：耗费多少财力，损失多少物资，伤亡多少军民，杀死多少敌人，抓获多少俘虏……好像历史就是由这些数字组成的。

　　那些数字仿佛描述了所有的事物，其实是抹掉了所有的事物，成了禁锢人的白色监狱。我们看到的，只有那片又厚又冷的白，没有血色，类同尸体。而历史应该是温热的，它的每一个局部都是整体，也只能通过局部去关照整体。我们说死了一个人，能感觉到死者的血怎样慢慢流尽，体温怎样慢慢变凉；死了多个，感觉就没那么清晰了；死了一百万、一千万乃至几千万呢？这就需要学习一定的知识，动用加减乘除甚至借用计算器，才能算得明白，因而变得与生命本身无关。

　　人类的竞争，也就不是生命质量的竞争，而是对数字的竞争。

　　如果真是这样，对历史的考证和研究，还有什么意义？

　　他决心"洗心革面"，把历史做活。

　　怎样才能把历史做活呢？

　　——从个体出发，走向个体。

　　他的家族中，就有那样一个现成的个体。

　　我刚才说到他的曾祖父，他曾祖父黄明焕，在中央大学是跟宗白华等人齐名的，只不过宗白华研究的是哲学，黄明焕研究的是国学，他著的《楚辞问答》《黄明焕说词》《〈红楼梦〉十论》，都是相关领域的经典性著作。而且有着惊人的记忆力，能一字不差地背诵《红楼梦》，还能背诵《神曲》。

　　就是这样一位杰出的学者和奇才，却在1938年春天死于日患。

　　当时，中央大学已从南京西迁重庆，黄教授因中风未能成行，南京城陷，他和夫人住进了难民区。几十天后，五个日本兵在一个少佐的率领下，闯入了他的难民区住所。黄教授目不斜视，凛然正坐，击杖而歌（关于他的事迹，中大校史有专章记载，可惜没把他击杖而歌的内容记录下来）。

日本兵小看软骨头，却也见不得硬骨头，逼近教授，拔刀欲砍。

站在教授身后的夫人——此前她在给丈夫剪头——挺身上前，说："他是老病之人，你们是武士，如要杀人，就杀我吧！"

日本兵似被镇住，收起刀，走了。

他们离去的声音叮当作响，像全身都是由铁器组成的。

可仅仅过去两分钟，几个人又回来了。回来干啥，这还用问吗？

是少佐亲自下的手，军刀把教授的头颅和身躯分开时，刀片还银子般雪亮。

但他们留下了教授夫人。

半年过后，夫人成了南京街头著名的疯婆子：她长天白日拿着把剪刀，要去找日军拼命。那时候，她已枯瘦如柴，真正的弱不禁风。日本兵见到她就笑，某些家伙还把胸膛顶上去，一边比画，一边用蹩脚的中文对她说："你的，刺！"自从丈夫惨死，这个身量本来就不高的老太婆，直往地底下长，越变越矮，日本兵蹲着马步，让她能够着自己的胸膛。于是她果然就刺了，却不是用刀尖，而是用刀把。日本兵直摇头，帮她把剪刀掉转方向。眼看她就要使力，她却哭起来，然后转身走开。

每次都这样。

那年冬天，南京城出奇的冷，冷空气一趟跟一趟的，日日夜夜，没完没了，从北到南地穿城而过。到腊月中旬，开始下雪。有个幸存者的回忆录描写过那年的雪，说雪花在空中呈浅灰色，落到地上即刻变白，像是嫌弃大地不够白，才不得不把自己变白。白得苍苍茫茫。谁都不愿出动，包括日本人和中国人。但教授夫人，也就是那个疯婆子出动了,她衣不蔽体,在荒原似的街道上,犁着雪尘艰难行走,只要倒下去,就老半天也起不来,都以为她死了,可走近一看,她的身体在蠕动,握在手里的拐杖(丈夫生前用过的),在慢慢直立,她也跟着直立起来,又朝日军营部靠近。

旧历腊月二十三日中午,一个常常取笑她的日本兵,见她倒下之后,迈着大步走过去,别过头,顶着她的后脑开了一枪。枪声沉闷而萧索,还没响开十米远,就被冻住了。

数十年过去,还被冻在那里……

晓洋对曾祖父和曾祖母遇害的事,十分着迷。

经过众人之口,经过反反复复的重新描述,故事已明显走样。结局是一样的,但过程有别。晓洋着迷的,正是那过程的复杂性。曾祖父的死简单明了,没多少可说,复杂性集中在曾祖母身上。传出来的话千差万别,归结起来,主要有这样两种:一、那个日本兵朝曾祖母开枪时,并没别过头去,他不仅在曾祖母的后脑留下一个弹孔,还在她背上踩了一脚。二、开枪之前,那人把躺在地上挣扎的老人,叫了一声"欧巴桑"。日语的欧巴桑你知道吧,是奶奶的意思。

谁也不能说得确切。某些讲述者,今天是这样说,明天又是那样说。

这两种说法,晓洋都相信,又都不相信,他就跟那些讲述者一样,左顾右盼,摇摆不定。

这让他非常苦恼。同时也觉得,这件事给他提供了一个机会:从历史的细节去考量人心。这才最符合他的史学观。他认为真正的历史不是被时间封锁起来的古棺旧墓,而是人心的历史,是开放的,必然与现在和未来发生联系的。关于曾祖母的死,就是这样一段历史,尽管它很小,很窄。因此,他必须弄清楚:那个日本兵到底是在曾祖母背上踩了一脚,还是叫了一声"欧巴桑"?

这就说到他那次为什么来重庆找李教授了。

李教授——李本森教授,也曾在中央大学任教,跟晓洋的曾祖父做过几年邻居;尽管年龄悬殊(黄教授年长),但据知情人讲,两人关系不错,彼此往来频繁,算得上忘年交。李教授藏书丰富,除他从事的自然科学,文史哲著作也相当多,而且质量高,版本好,黄教授经常上他家查找资料。

那是两个有意思的人。当年的那批知识分子,不管政见如何,成就高低,都很有意思。单说李教授,中大西迁时,他非要亲自看守从欧美和澳洲进口的名贵种畜。这些种畜中的一部分,确切地说,有30多头牛、20多头猪及各类种鸡种鸭,已由民生公司派船接走了——这像不像传说中的挪亚方舟?——但更多的没能接走,学校本交给牧场职工看管,但李教授不放心,他好像觉得,自己是动物行为心理学家,只要他的目光把动物罩住,日本人的炮弹和刀枪,就穿不透它们的肉身。因这缘故,他是在年余过后,才跟牧场技师王酉亭等人一起,带着余下的种畜,昼伏夜行,跋山涉水地走到了重庆。

这个特殊队伍到达重庆那天,中大校长罗家伦步出校外,猛抬头看到了黄昏里的李教授和王酉亭,接着看到了他们身后风尘仆仆的牛、羊、猪和被牛羊猪背在背上的小动物,以为是做梦。

当他知道不是梦,就跑过去,拥抱李王二人和每一个职工,又挨个拥抱每一只动物。

牛羊们在纱缦似的暮色中肃立着,让他拥抱,像也认识这是它们的校长。

当天夜里,罗家伦提笔写成一首诗:

"嘉陵江上开新局，劫火频摧气益遒。更喜牛羊明顺逆，也甘游牧到渝州。"

李教授的这一壮举，还打动了教育部长陈立夫。陈立夫对他说：你别教书了，你到我这里来安置流亡学生吧。陈立夫看上他的，是不听话的牛羊他也能调遣，也能让它们躲过枪林弹雨，走出一条生路，更别说人了。这话陈立夫没说出口，意思是这么个意思。

他在教育部干了一段时间，觉得自己还是回到学校才顺心顺气。每个人在世间都是有个位置的，放错了位置，心里就堵，浑身就不自在。李教授认为自己最正确的位置是当教师和搞科研，加之流亡学生的安置已基本就绪，于是申请调回中大。陈立夫成全了他。抗战胜利后，中大回迁南京，李教授没再跟去，而是留在重庆大学任教，安安稳稳地由下江客变成了重庆人；1950年，他协助创办了渝州文理专科学校，学校建成，他不愿做领导，便去该校生物系做了教授。

晓洋听说李教授健在，那年秋天就到重庆来找他。

他想的是：曾祖母遇害的时候，尽管李教授已经离开南京，但作为关系不错的邻居，他应该关心过黄明焕夫妇的命运，听到过别人谈起。关于曾祖母的死，在李教授那里，究竟保存着怎样的版本？

由此你可以想见，就这个问题，晓洋不知在南京询问过多少人了。但没有人能够回答他。而且，凡被问及的，都这样反问他：

"你觉得这很重要吗？"

他说："重要。"

"你曾祖父曾祖母是被日本人杀死的才重要！"

"这个是重要，但我想知道的事更重要。"

"比死本身还重要？"问的人瞪大眼睛，面带嘲讽（这是自然的，碰到我，我也会这样），"你想干什么呢？如果那个日本兵在杀死你曾祖母之前叫了声奶奶，你是不是要飞到日本去感谢他呢？"

他无言以对。

知道了真相，他不想干什么，也不能干什么。

但他就是想知道。

别人就犯糊涂了，觉得这人有毛病。略微了解他家史的人，都知晓他大伯终身未娶，父亲结婚很晚，快上四十才得了他这个儿子，他妈为生他还差点丢了命。——仿佛这也成了他"有毛病"的证据。

只有那些早年跟黄家有过交道的，才会拿出十足的耐性，问他上辈人怎么说。

要是他们能说出个所以然，晓洋就用不着这么费心劳神了。

曾祖父出事之前，爷爷、奶奶、大伯和父亲，都正忙于逃亡。曾祖父那时早在病中，老两口儿既没随学校西迁，也没跟家人逃亡。爷爷对两个老人的最后印象，就是他们不停地朝儿孙挥手。

大伯和父亲连这个简单的印象也没留下。大伯的全部心思，都在他的手风琴上；卢沟桥事变后，大伯觉得，手风琴能帮他救国，动不动就拉成疾风骤雨。父亲正陷入情网：走出江阴老家，斜向西南，路过长荡湖，看到深陷沼泽中眼睛也不能眨的人畜，女扮男装的奶奶禁不住失声痛哭，终于暴露了女人的身份时，父亲还在趁奶奶哭泣不能行走的间隙，给他在青岛海滩上结识的胖女孩写情书……

晓洋来重庆的时候，他奶奶已经过世——爷爷的二房（他叫二奶奶）去世得更早，1948年春天就一病不起，汤来水不来地勉强拖到了那年的夏末秋初，因此，爷爷便和晓洋的父母住在一起；大伯是独身，又上了岁数，弄饭吃既麻烦又不方便，半年前，在晓洋父亲的再三恳求下，也住了过来。

第二章　黄晓洋日记（17日）

这是我第一次来重庆，在菜园坝下车后，从贩子手里买了张重庆市区图。

渝州文理学院在沙坪坝，地图指示我，菜园坝距沙坪坝，还有好长一段路。

对这座在"二战"中遭受深重苦难的英雄之城，我是多么不了解呀。车站广场像口天井，四围的高楼，挡住了斜射过来的阳光。在我二十六年的生命里，从爷爷和父亲那里得来的全部信息，都说重庆的房舍是竹木结构，俗称"捆绑房子"。我简直怀疑自己是不是下车下错了地方，可车站顶端，分明有"重庆"两个暗红色的大字，满耳也充斥着硬撅撅的、如同吵架一般的四川方言。

出租车司机见我东张西望，过来拉客。我不想坐出租，就想乘公交车，慢慢地摇过去。

广场边上，有个卖盐茶蛋的老太婆，我去向她打听了公交站点。

见到这个老人，我心里像划燃了一根火柴。其实她正忙生意，对我很不耐烦的，真是奇怪。

爬上数百级石梯，坐2路电车，40多分钟后，到了沙坪坝区梨花湾，找到了文理学院的大门。

秋季开学不久，山城的闷热蚂蟥似的潜入皮肤底下，使人感觉到，所有的暑气和焦躁，不是来自太阳，也不是来自热风，而是来自你的身体内部。这让人无话可说。学生三三两两从花园走过，时不时地扬起手，碰一碰路旁红簇簇的夹竹桃花。一看就是新生。在大学校园待过一年半载的，都不会这样，他们的心越来越收缩，目标越来越具体，对身边事物，尤其是对无言无语的花草，大多不会在意。

我自己就是这样过来的，刚进大学那阵，觉得天是我的，地是我的，世界是我的，我手里举着一铺网，高兴了，随时可以扔进时间的江河，将埋藏起来的鱼虾一网打尽。到后来，才知道拖回船舱的鱼虾，跟自己一样活在当下；只有活在当下的，才会蹦出来，跟当下断裂的部分，或者说，被当下遗忘和抛弃的部分，依然深埋于烟波浩渺之中。它们是深埋起来的历史，也是深埋起来的当下和未来。

放暑假前，我就给渝州文理学院教务处打过电话，说要向李本森教授请教一些关于抗战时期的事，教务处让我直接打到生物系。生物系的杜主任很热情，说：

"好的，你来吧，我帮你引荐。"

然而，当我今天下午3点过找到杜主任时，他却支吾其词。

"是这样，"他说，"我跟李教授家里联系过了，他们不愿让他接受采访。"

"为什么？"

"怕他激动，对健康不利……实在对不起啊，你又没再打电话来，所以我也没法告诉你。"

我真是傻眼了。出发之前，我本想再给杜主任打一个电话的，之所以没打，就是表明要找到李教授的决心。我相信不会出什么意外，结果还是出了意外。

我说，我不是采访，只是请教李教授一个小小的问题，他知道就知道，不知道我马上离开。

杜主任不相信："既然这样，你何必跑这一趟？你写封信问问不就行了吗？"

这倒是的，我也这样想过。但我害怕那样做，李教授会不理睬；就算回了我的信，却说得模棱两可，同样毫无意义。和李教授见面，我根据他的表情，说不定能推断出某些东西。再说我没见过曾祖父母，这两个老人一直活在传说中，见到曾祖父的朋友，多多少少能帮助我想象出他们当年的风姿。

杜主任却始终面带难色。经再三恳求，他才实话相告：

近些日子，李教授家里出了一桩事。

事情是这样的——

李教授的第三任妻子，即他 1939 年春天曾经安置过的一个流亡学生安志薇，病了。

作为年过花甲的老人，得病是正常的，但安志薇病得很"扯"；重庆人说的"扯"，是讲不出道理的意思。她突然变成一个说话的机器，从早到晚地说，从夜到明地说，只要没被饥饿和困倦打倒，就一刻不停地说下去。而她唠叨的那些事，没有一个人能懂。

她比李教授小了整整二十岁，尽管李教授当年安置过她，把她送到了南开中学①读书，但那时候的流亡学生，从大片大片的沦陷区涌来，人山人海的，李教授不可能把她记住，更不可能详细了解她的身世。直到1955年初，经人介绍，两人才算真正相识，并于小半年后结婚。当时安志薇三十三岁，身边没有一个亲人，她就是一个独人，像片老也不能着地的落叶，春夏秋冬地飘着。

　　李教授曾经问过她，她只是说，她老家在青岛，亲人都死于战火。

　　李教授自己经历过那样的惨痛，他的第一任妻子和两岁多的儿子，就是在武汉被日本飞机炸死的，因此不再多问，怕揭她的伤疤。可现在，她把别人都不知道的事挂在嘴边，弄得李教授一头雾水。

　　说一会儿就哭。是那种小姑娘的哭法。老太婆哭，往往由此及彼，人生的不如意环环相扣，思绪也纷至沓来，反而哭不出什么了；小姑娘哭，就哭那么一点，却伤心断肠。哭过了她又说。

　　由此推测起来，她唠叨的，很可能也是她当小姑娘时候的事。

　　认真说来，这也没什么大不了，她当姑娘时的某些事，一直在心里埋着，她憋了几十年，到老年想把它们吐出来，是完全可以理解的。而且李教授还回忆起，自从她嫁给他，到每年的8月初，她都毛手毛脚，焦躁不安，放一只水瓢，不是放，非砸下去不可，炒两个人的菜，后来有了儿子，炒一家三口的菜，本来不需要用那么大的力，她却把锅铲下得像是打铁；或者，她分明正做着一件活计，却猛然停下手，满脸惊恐地望着远处。到8月中旬过后，才慢慢好转。

　　对此，李教授并没太在意。他实在太忙了，没有精力在意这些。他想，这可能是季节病的一种，泥鳅有高温病，猫狗有冷气病，人身上的季节病就更复杂。还有一种可能，是她的更年期来得特别早，又

---

① 南开大学校长张伯苓抗战期间创办的南开系列学校之一。

持续得格外漫长，更年期综合征和季节病彼此勾结，使她每年从8月初到8月中旬这段时间，把日子过得就跟重庆的地形一样，坡坡坎坎的很不平坦。

但问题在于，她今年病得特别严重，到9月份也没有好转的迹象。

以前的还可以只叫毛病，今年是真的叫病了。她不仅说个不停，还天天写信！

每写好一封信，就拿到河边去烧掉，然后把纸灰扬起来，干干净净地撒进河里。

信的内容，除她自己，无人知晓；她既不让丈夫看，也不让儿子看。

既然写好就烧掉，应该是写给死人的吧，但李教授不这么认为。

"如果写给死人，为什么不可以给我看看呢？"李教授对她说，"我们已经做了三十年夫妻，你的亲人，也是我的亲人，你把信写好，我在后面落个名字，也算表达了我的一份心嘛！"

她就是不愿意。

如果强迫，她就把信撕成花花儿，扔进马桶，弄得李教授相当恼火。

儿女也恼火。主要是儿子李同安。女儿李小楠是李教授和第二任妻子生的，父母离异后，李小楠跟了母亲，那时候她差两个月才满七岁，尽管住在同一座城市，父女俩却难得见上一面，她跟父亲并不亲，成年后，很少过来看望父亲，直到大前年母亲去世后，过来的次数才多一些。总体说来，父女间只有血缘，别的谈不上。至于同父异母的姐弟俩，更谈不上多少感情。加上李同安是父母结婚好几年后才生的，跟姐姐的年龄差距大，要说个什么的，也说不到一块儿去。

所以，因母亲的缘故真正需要承担压力的，是安志薇的亲生儿子李同安。

这压力说大不大，说小也不小，因为安志薇天天去河边烧纸，被许多人看见了。那条河不是嘉陵江，也不是长江，而是学校尽西的明月河。河上有座石拱桥，桥这边是学校，那边是农田，看见她烧纸的，除了教工和学生，还有侍弄庄稼的农人。

要是烧的冥纸，也好解释，但她烧的是写满字的信笺。

学校到处传扬，说安志薇得了神经病。

这是好听的，不好听的是说：安志薇嫌弃了老头儿，有了外遇。

不管这些说法多么可笑，多么离谱，多么荒唐，但人家就那样说了。你只能医自己的病，封不了人家的嘴。李同安要带母亲去医院，打死她也不去，给她拿回药丸，大概是治神经官能症的吧，也被她撒出去喂了鸟。她家门前的银杏树上，有两只白头黑身的鸟，竟抢吃那些药丸，好像它们的神经也出了问题。而且据李同安说，那两只鸟自从吃了母亲给的药，就飞走了，再也没回来。它们来到这里，就是为了等药治病的，药到口了，病治好了，就回它们老家去了。

李教授的生活起居，全靠安志薇打理，现在她要不停地说话，不停地写信，已经没有了那个时间。往往是到下午两三点钟，她还没做午饭，饿得老头子坐在书桌前，一手拿笔，一手按肚子。

李同安前年结了婚，去年有了小孩，住在磁器口，路程虽不远，但两口子要上班，要养孩子，不可能天天过来照管老人的吃喝。搬过来跟老人同住吧，房子小，住不下；把老人接过去么，房子更小。李同安本身也不想跟父母住在一起，他不想听父亲的训斥，现在更不想听母亲无头无脑的唠叨，再说他一天忙的事务太多，他比他父亲还忙——上班他并不忙，照顾孩子也不是他忙的，那是他岳母忙的，他女人忙的，他忙的主要是喝酒打牌，还要跟姐姐妹妹们混。他很逗女人的喜欢，他的那些女性朋友，不管比他年轻还是年长，都一递一声地叫他李哥，再嗲一点的，是叫李哥哥，甚至有了绝密的私事，也找他商量。除了早饭、午饭和晚饭他很少在家里吃，周末更是见不到人影子。

从李教授这方面说，也不想跟儿孙住一起。他怕闹。

最好的办法是请个保姆。但李教授自己出不起这笔钱，他退休早，工资低；安志薇自从跟了李教授，就没再上班，断了收入。李同安同样出不起这笔钱，刚工作不久的年轻人，本来就没多少钱，何况还要大手大脚地花。李同安到系里谈过这事，还去找院长谈过，希望系里和学校帮助解决。

"我当然愿意帮他，"杜主任对我说，"我跟他母亲……但系上也好，学校也好，都没有这样的制度，尽管李教授资格老，威望高，还是学校的创始人之一，照样不敢开那个口子。"

就为这些事，李家伤透了脑筋，实在腾不出精力接待外人。

我听出来了，李家不愿接待外人，主要不是担心李教授回忆往事激动伤身，而是害怕触动了安志薇的某根神经，让她真的失去了理智。

我问杜主任："能不能把李教授约出来，我在茶馆里跟他谈谈？"

"那咋可能呢，李教授至少有十年不出门了。你非找他不可，只能再等，等李同安情绪好些，我再通知你。说白了，这事主要是李同安挡着，我也只跟他联系过。我估计李教授本人是想找人说的，毕竟抗战是他人生中最重要的时期。但他那人，成天都在读书，都在做笔记，让人觉得去打搅他一分钟也是罪过。给安志薇说吧，她那个样子，咋个去说？"

看来只能等。

我可以回南京去等，也可以留在重庆等。

我决定留下来。

也应该留下来。对我而言，没来过重庆实在说不过去。

当然，决定留下来还有一个原因：我对安志薇产生了兴趣。

可以说是浓厚的兴趣。

我有种直觉：从安志薇身上，我能破解一些困扰自己的东西。这些东西很可能并非秘密，却比秘密更要紧。人生中真正要紧的，都不是秘密，而是敞敞亮亮的，被千千万万人今天说明天说的。

可谁又能如此肯定呢，人与动物的最大区别，不就是人拥有秘密吗？

我觉得，大伯就是一个有秘密的人。在陪都时期，大伯虽历经磨难，可也享尽辉煌，他却始终沉默寡言，关于逃难的事，大轰炸的事，都是爷爷和父亲在说，大伯不说，问他也不说，问得急了，他就拿出他的乐器，用音乐对你说。李教授会是这样的人吗？杜主任认为他想找人说，那可不一定。

尽管大伯不怎么说，但他有一种特殊技能：以他的沉默鼓舞别人说。李教授能鼓舞谁？他身边只有夫人，夫人却是个病人；而且安志薇又没去过南京，不认识我的曾祖父母，不可能解答我的疑惑。

但愿她身上真有一些为人所不知、却最终为我所知……秘密。

文理学院有招待所，但并不对外开放，仅用于接待兄弟学校来的考察团，我这次来渝，纯属个人行为，连个工作证和介绍信也没带。我只能住到外面去。可我有我的想法，住到外面很不方便，只要出去了，进门比进王宫还难。守门的那个老师傅，上班不干别的，只把眼睛往人的胸膛上盯，除非是学校领导和他十分熟悉的教工，谁没佩戴校徽，谁就被拦。我今天进来，死磨硬缠了老半天，直到给生物系打通了电话，杜主任证明确实有个南京人好久之前就说要来找他，老师傅才同意放行。

杜主任真是个好人，他说：

"跟我来，去试试看。"

他把我带到了招待所，说是自己的亲戚，要住几天。开学伊始，各个学校都千头万绪的，不可能来什么考察团，房间闲着也是闲着。招待所负责人答应了，只是让杜主任写个担保书，出了事故，比如我突然消失，跟我一同消失的还有招待所的财物什么的，杜主任要承担责任。

当杜主任把我送到房间，并给我指明离招待所最近的食堂，然后再离去的时候，我扶在走廊的栏杆上，望着他的背影。从相貌和体态判断，他比我父亲小不了多少，是近六十的人了，这个年龄的人，都经历过那场战争，当时的杜主任在哪里？他的脸有些虚胖，密布着针眼似的小坑儿，每个小坑儿都是一个黑点，自始至终，那张布满黑点的脸都很平静，很温和，即便叙述安志薇的近况，也没有丝毫的惊诧。从那个年代走过来的人，是怎么做到的？……自从涉足"二战史"，我差不多就跟渝州文理学院的门卫一样了，只习惯于盯住人的一个部位，门卫盯的是人的胸膛，我盯的是胸膛里面的那颗心。

招待所跟大校门基本平行，两层木楼，我住在二楼上。整个招待所里只我一个客人，又因为在楼上，连服务员也难见到，房间里一床、一桌、一椅，加上一部18英寸的电视机，就成了我的伴侣。

但并不寂寞。推开窗，就能看到马路，我乘坐过的2路电车梨花湾站，刚好在窗子下面。还没到下班时间，街上却那样拥挤。车并不多，人多。电车未靠站，人便嗡的一声卷过来，往车上扑。下车的人，要是没有足够的力气从粘成一块的坚硬人群中挤开一道裂缝，就下不了。

电车终于走了，车门上都挂着人，试着关了几次，都关不上；它拖着的两条辫子，有节律地爆出淡蓝色的火花，啪，啪，啪，每"啪"一声，火花都在顶棚上炸开。

如果在顶棚炸开的，是日军打来的炮弹呢？

我禁不住这样联想。

那时候，难民潮席卷神州，整个中国在移动，迁徙规模之庞大，路程之遥远，地区之辽阔，时间之漫长，亘古未有。"泣别了白山黑水，走遍了黄河长江，流浪，逃亡；逃亡，流浪……"

逃亡需要速度，而当时的中国，最缺的就是速度，上海到南京，火车要走三天多；湖北到重庆，船要开个把月。但车船终究比双脚快，于是都往车船上挤。由此衍生出一个特殊职业：把人塞进车窗，塞进一个收一块钱。有的人，头进去了，身子没进去，车一开，悬着的两腿敲得砰砰乱响。有的人爬上车顶，热天皮烫掉，冬天耳冻落，没颠簸下去摔死，就算幸运了。顶棚和车厢里的弹孔，像抠了珠子的眼睛，东一个，西一个；这倒方便了女人，想解手，就蹲到弹孔上去。船的走廊上也挤满了难民，栏杆上也密密麻麻地吊着铺盖卷，每个铺盖卷里，都裹着一两个人。至于步行者，不知昼夜，不省天日，只机械地迈动双腿，沿着山脉和公路，不停地走啊走啊……

有些农家，饭菜还是热的，人却跑了。

有人的门上贴着"喜"字，糨糊还在往下滴，却不见新人；这是火线结婚，结了婚好一同逃难。

女人在路上生了孩子，将孩子的脐带咬断，脱件衣服一裹，放在路边，接着又逃。凡这样的女人，无一例外都扯把野草或撕块破布条，把耳朵捂住。她们是怕听到孩子的哭声。

两三岁的小孩被父母用箩筐挑着，整天吃不上一顿饭，却不敢哭，生怕这一哭，就会被父母扔掉。

老人不想成为拖累，赖在地上不动，儿孙将他们捞上身，背着他们走，他们却对儿孙又打又咬。

满目疮痍，哀鸿遍野。

到处可听到"菩萨保佑菩萨保佑"的祈祷声。

到处是死人。

长江进入四川后，习惯被称作川江，大巴山和巫山两山夹峙，使川江暗礁丛生，漩涡密布，桀骜不驯，怒涛如煮；在这条江面上，也常可见死人随急流狂奔，像他们虽然断了气，却还没忘记逃亡。

那里是我们的家乡，
那里有我们的爹娘。
百万荣华转眼变成灰烬，
无限欢乐转眼变成凄凉。
有什么你的我的，
有什么穷的富的，
敌人杀来，炮毁枪伤，
到头来都是一样。

歌中所说的"那里"，指敌占区的每一个角落。

幸好他们还有"这里"。"这里"就是大后方，是大后方的中心地带——重庆。虽然，国民政府还没明确宣布重庆为陪都，可政府主席林森，已在某个清寒的月光里出发，率千余官员，携印信旗幡，悄然抵渝；工矿企业和大专院校，也纷纷朝重庆搬迁。漂浮在长江和嘉陵江上的这座半岛城市，已成为全国政治、经济、文化中心及抗日战略中枢，与伦敦、莫斯科一样，被看成是世界反法西斯最重要的首都，也是中国最安全的地方。因此，重庆成为所有逃亡者的方向。

但又不是所有人都能到达的，他们被炸死、踩死、饿死，因买不到车船票或无钱买票而被困死，昼夜兼程地步行数百里而被累死，看不到远在天边的重庆绝望而死……

而今在我眼皮底下抢车的，很可能就有当年那些逃难者的后代，他们行动果断，身手敏捷，车开出好长一段，还在追，追上了，双脚一蹦贴上去，手里抓住的是车门，还是别人身上的什么部位，是用不着管的。我从火车站过来时，这场面就见过，在杨家坪，一个小伙子跳上来，抓住了门边一个姑娘的辫子，姑娘头朝后仰，想看清是谁在抓她，却只能空翻白眼，看不见抓她的人。追不上，就骂句脏话。男人女人都有这本事。他们对祖辈父辈的方言已经陌生，开腔就是川音，骂人也是"崽儿""你娃""龟儿子""龟孙子"。

这真是奇特啊，如果没有那场战争，他们会在另一个乡村、另一座城市，甚至，在这个世界上追车的、骂人的、翻白眼的、跟同事斤斤计较的、早晚奔波讨生活的，就不再是他们，而是另一群人。

去食堂吃了晚饭，回招待所，到总台给家里打电话。

平时，我一个人住在学校，隔十天半月，再去凤凰街看望几个老人，这次来渝，以为三两天就可以回去，便没告诉他们，现在，我把自己扣押在重庆了，回去的时间很难确定。

爷爷听说我到了重庆，立即数出一连串地名，让我到那些地方都去走走，原因是"你爷爷在那里走动过"。爷爷的话多，父母的话便少了，简单地嘱咐几句注意安全，就把听筒递给了大伯。大伯平时三天说不出九句话，今天却详细过问我吃在哪里，住在哪里，去重庆干嘛，跟谁接洽。

第三章　黄晓洋日记（18日）

重庆的朝阳被高楼和树枝切得四四方方的，像一张张涂成酱色的麻将桌。看上去真有桌面那么大，光焰在玻璃窗上反射，城市的外墙便挂满了麻将桌。难怪四川人爱打那玩意儿。

我不太饿，懒得去吃早饭，洗漱完毕，坐在门外的走廊上抽烟。浑身疲惫，接连抽两支烟就好多了。栏杆稀疏，目光能很方便地溜出去。

楼下不足二十米开外，满架藤萝围成一个几亩大的半圆，被藤萝藏起来的，是半月湖，透过棕色的蔓条和兔耳朵似的叶片，能看见湖水丝丝缕缕、安安静静的绿。刚刚移过来的阳光，充满疼爱地触着湖面，每触一下，都像有人在水里撒下了一把银币。藤萝架下的木椅上，有个女学生在读英语；湖的那一面，在我望不见的地方，有个男生在背《离骚》，声音忽大忽小，有只鸟像在跟他学，也忽高忽低地应和着。稍远处的中心花园，锯齿形的假山背后，立着块巨形匾额，匾额上用魏碑体写着:"面向现代化,面向世界,面向未来。"

到7点半过,读书的声音消失了,闹哄哄的声音起来了,学生成群结队的,走向教室或图书馆。

我锁了房门下楼,向路上的学生打听:"同学,请问李本森教授住在哪里?"

都抱歉地摇头:"我们从没听说过这学校有个叫李本森的教授。"

我有些吃惊,心想他们可能是不知道李教授的名字,于是说:

"就是那个从南京赶了一群牛羊到重庆来的李教授。"

学生们捂着嘴笑。有个男生没笑,把脸拉下来,对我说:

"这里不是牛羊圈,也不是屠宰场,这里是大学校园!"

这学生很维护学校尊严的。

我只好不再打听李教授,而是说:

"知道安志薇住哪里吗?就是天天去明月河烧纸的那个老太婆。"

这一下大家都知道了,争先恐后地给我指路。

路曲曲弯弯的,每到一个拐弯处,我都得这样问一次。当经过游泳池、运动场、生地实验大楼、男生宿舍八号楼,再下一段煤渣路,终于找到学校西区的银杏坡时,我把相同的问句已重复七八回了,像是在故意宣扬安志薇的事情。

银杏坡只住着李教授一家人。前面是断崖,后面也是断崖,两面断崖间小小的平台上,立着一幢平房。房子前面有个石院坝,面积跟平房差不多。院坝与断崖相接处,长着一棵巨大的银杏树。给我指路的学生,特别强调了这棵树,说它的年龄比郭沫若旧居的那棵还老,只是没有它的名气;看上去是很老,累累根系暴露于外,形成磨盘似的一饼。此外还有小叶榕和枸皮树,只不过都寄生在银杏树上。环境真好。银杏叶和寄生树同心协力,洒下大片浓荫。虽没到落叶时节,院子里却躺着新鲜的叶片,每片叶子都坦坦荡荡,精精神神,像它们觉得,长在树上挺好,落在地上也挺好。

院坝边缘,有团绒乎乎的白毛,看来,李教授家是养着猫或狗的。

猫还好,如果是狗,闻到生人气吠叫起来,就会惊扰了主人。这时候,女主人多半还没出门,要是她出来看见生人,会不会受到惊吓,并因此使病情加重?

我不敢担保。不敢担保就不敢尝试。

而且我也向杜主任承诺过,没经李同安同意,不能上李教授家去。

我沿着一条岔道朝上走。这条道越加偏僻,野草和灌木吆吆喝喝地生长。

站在灌木丛中,朝下面观望。望不见人,只望见客厅的窗子,双扇,最大限度地打开,用细木棍撑着,每扇窗镶着三块玻璃,中间的那块,都碎了半边,左边的用另一块碎玻璃缝补上了,缝补的方法,是用黑胶布粘贴,怕胶布不牢靠,又用褐色的绳子跟窗框捆绑在一起;右边的那块,用报纸蒙住。

我蹲下身,这样能看见客厅内部的景象了。

依然见不到人影,只看见一张书桌,一把藤椅,一排沙发。书桌两侧,书垒上去,砌成了墙,中间空出的部分,卧着钢笔和一本翻开的书,还有一柄放大镜。藤椅明显做过若干次手术,比玻璃窗的手术要复杂得多。沙发的黑皮恣意卷开,要不是因为颜色,还以为上面放了许多橘子皮。

"空……空……空……"是咳嗽的声音。

我开始没听出是咳嗽,直到咳嗽的人从客厅旁边的门里出来,边动步子,边系腰带。

想必这就是李教授了。

听杜主任说，李教授每天夜里10点睡觉，凌晨4点起床，起床后就投入工作，雷打不动。他穿着浅蓝条纹的衬衫，寸长的白发根根直立，连眉毛也白了，眉毛又长又弯，像开在眉骨上的蟹爪菊。他实在是苍老了，每走一步，都显出很沉重的样子。年岁不是别的东西，年岁就是加在人身上的重量。

他坐下了。藤椅似乎不高兴，哼哼叽叽的，左歪一下，右歪一下。他像拍孩子那样将扶手轻轻拍了两把，椅子才安静下来。然后，他左手执放大镜，右手执笔，在那本翻开的书上写着什么。页边写满了，又翻一面。他粗厚的浅灰色脖子，尽量向前勾着，放大镜几乎贴着书，眼睛几乎贴着放大镜。

退休多年的人，还这么用功！然而，他的光芒早已黯微，他曾经以为，当教师和搞科研是自己最正确的位置，可几十年来，他由中年教师变成老年教师，又变成退休教师，并没教出在学界卓有建树的弟子；至于科研，给他带来最大声望的成就，也止步于抗战时期。那时候有个叫K.洛伦兹的人，以动人的言辞描述两犬恶斗的情景，说搏斗到高潮时，失败的一方会突然卧地屈服，把咽喉露给对方，对方趋近其颈部，却不加害，闻一闻就转身离去。李教授对洛伦兹的描述不屑而且愤慨，说那种弱者归顺、强者凯旋的时髦模式，胜败双方均属"甘地型"，事实上，许多犬在做出洛伦兹的模式后，都被噙住喉咙撕扯致死了。他的"反洛理论"，让节节败退的中国人宁愿逃亡，也不把咽喉露给对方。

可他却受到西方学者的集体围攻，说他把科学政治化。

结果，洛伦兹得了诺贝尔奖，李教授却被遗忘了。

连本校学生也不再知道他。

斩草除根似的遗忘。

一只翠绿色的蚂蚱跳上我的额头，多刺的爪子用力一蹬，又飞走了。

它是在指责我："伙计，你在偷窥！"

的确像是偷窥。我站起身，看从哪条路可以去明月河。

我原本的打算，也不是来看李教授的家，而是去明月河。

昨夜里写完日记，已是凌晨1点，冲过澡，躺到床上去，老半天睡不着，后来睡过去了，也似睡非睡，噩梦相续。并不是因为热，虽然的确是很热的；南京同样被称为火炉，但到了凌晨，再热的天也会把弦松一松，重庆的热却咬定不放。可见"坚持"这个词，在重庆有着宽泛的、非同寻常的意义。

睡不踏实，是因为老有那么一条河，奔涌着高头大马，朝我淹没过来。我大声呼救，可没人救我，在远远的河岸，有个老太婆在烧纸，她应该听到了我的呼喊，但她充耳不闻。她只专注于在她面前升起的蓝色火苗——那是她的全部世界。

然后，河不见了，我听到砰的一声枪响。

那是数十年前南京街头被冻住的枪声。枪声把时间打了一个洞，时间在流血，曾祖母也在流血。曾祖母稀疏的白发，被子弹烫焦，没烫焦的部分，都崩塌到脑子里去了……

早上我被窗外抢车的人闹醒，分明睁开了眼睛，可还看到那条河，还听见那声枪响。

那条河和那声枪响，不知道有什么联系。

河边烧纸的老太婆和我的曾祖母，不知道有什么联系。

梦中，我看不清老太婆长什么样，说不定到明月河能碰见她。

院坝外的马路边，竖着一块三角形路牌：一条直路走下去，就到明月河了。

明月河原来是这么小的一条河！

小得像溪沟，又浅又窄。

一只白鹭，孤孤单单地站在河心，一动不动的，水从它的胸脯底下漫过。

这哪里是我梦中的河。

河这么小，却有深峻的河堤。河堤用大块状石头砌成，石缝间的蕨草，蓬蓬勃勃，形成两面彼此呼应的绿墙，墙下的流水自甘卑微，无声无息。它的归宿应该就在前方不远处的江里，但我暂时弄不清是长江还是嘉陵江。果然有座石拱桥，桥这边垂柳依依，桥那边的青纱帐，延伸到目力不及的远处。

我走上桥面，望着那只孤单的白鹭。东岸的斜坡和楼房，西岸的农田和农田里的庄稼，既高出河面，也高出桥面，使河道形成峡谷，轻风不起，天热得连河水也在冒汗，尽管还只是上午。

——她来了！

一看就是她！

她从坡上下来，步态雅致，神情端庄，腋下夹一本书，留着齐肩的短发，背是挺直的，头发是花白的，这样，使她看上去既像老年人，又像年轻人。她怎么那么瘦啊，仿佛走过来的不是一个人，而是一件笔挺的直筒旗袍。旗袍引领我回到很旧很旧的年代里，眼前的世界也变成了黑白两色。当她走得更近些，才看清她薄薄的嘴皮在动，是在说话吧？叽里咕噜的，听不清，偶尔听清几个字音，也仅仅是字音。但毫无疑问，她自己心里一定有个倾听者，她为那个倾听者把自己都说瘦了。

她是否看见了我？想必是看见了，石拱桥仅十余步梯子，尽管每步石梯的缝隙处,都长满了苦艾,但不至于遮挡视线。她却像没有我的存在,在桥堍处蹲下去,打开书,取出两张写满字的信笺……

刚才正写得起劲,听到敲门声。是杜主任来了。他给我转来一封电报。

想不到在这里我会收到电报,而且是大伯发来的!

难怪他接电话时把我问得那样仔细。

大伯让我在重庆帮他打听一个人——一个名叫安靖的女人。

还加上了"务必"二字。

第四章　杜芸秋访谈录

这事晓洋给我讲过，他收到大伯的电报，感到非常为难。

安靖是谁？多大年纪？在哪里工作？这些基本的信息都没有，去哪里打听？

重庆再不是当年9平方公里的半岛小城了。即便只有9平方公里，你要从中捞出一条指定的鱼来，你试试！那时候又不像现在用网络管理，去派出所户籍科查，不是跑一个派出所就行，而是跑遍重庆所有的派出所。他根本做不到，再有时间也做不到。他是一个行动能力很弱的人。你看他除了教书，成天就是读啊、写啊、想啊，当然这是他的工作，但同时也表明，他面对现实的行动能力很弱。"我从世界的边缘经过，我以历史为生活。"《法国史》里的这句话，差不多就是说晓洋的。

对此，他自己也有清醒的认识。他常常给我讲到曾祖父那代学者，为把铁屋子敲开一扇窗，呼吸到自由的空气，他们集会结社、办刊办报、上街演讲、带队游行、去衙门理论、闯警署要人，甚至组织义军，奋起革命。他们总是在行动着。就说李本森教授，领着一群鸡鸭牛羊从南京走到重庆，身后有枪炮，头顶有飞机……这何止是一场壮举！

　　学者之名不是那么容易担当的，除了学问高，还要有风骨。风骨二字十分要紧。动中有风骨，静中也有风骨。黄明焕教授面对日军击杖而歌是风骨，闻一多先生将自己深锁阁楼同样是风骨，关键是看其中的动机、性质和方向。那一代文化人，既是学者、教育家，也是政治家、思想家，对国际国内形势有着深刻的把握；他们中的很多人接受过西方教育，又深受儒家文化熏陶，非常入世，择业时，首先考虑的是国家的需要。而现今……要清高，就与政治隔离，要入世，就走向世俗乃至低俗。

　　这些话，不是此刻我对你说的，是过去晓洋对我说的，因此你不要误解我是在批评晓洋。

　　晓洋从来没有清高过，更没有世俗过，尤其是没有低俗过。

　　相反，他就是太坚持了。尽管他所坚持的，我至今还是疑虑。

　　历史给了他一个细节，他就在那个细节上吊死了……

　　他不是那种容易"化"的人，一旦认定，要改变起来就非常难。在别人那里自然而然、水到渠成的事，即便是生活上的一些小事，他做起来也像割他的肉。举个例子说，他管我爸叫杜主任，随着我俩关系的深入，他至少该叫杜叔叔了，但就是改不过来，鼓起很大的勇气去改，结果一出口还是杜主任。是在我们结婚之前两个月，他才叫了杜叔叔。叔叔还没叫热，就要把我的爸叫爸，把我的妈叫妈，这还不要了他的命！很长一段时间，他都只对我爸妈"嗯嗯嗯"的，啥都不叫，惹得我妈怪伤心的。

　　他很敬重大伯，大伯给了他一个任务，当然要想办法完成。

但他首先要问清楚那个安靖更具体的情况。于是他又把电话打了回去。

是父亲接的,他让大伯接,父亲说大伯散步去了。

他就把大伯的电报内容告诉了父亲。

父亲的反应极其古怪。

往常,只要是大伯的事,父亲都格外上心,有一回,大伯让晓洋去学校音乐系给他借本乐谱,那是许如辉在陪都联手郑玉荪主持大同乐会期间创作的歌曲,其中的《木兰从军》等许多乐章,都是大伯喜爱的,也是他在重庆时经常演奏的,结果晓洋忘记了,回家后,大伯问起,他才知道自己忘了。大伯说没事,下回带给我。但父亲不依,父亲让他马上回学校去借。那时候,午饭都已经端上了桌。

——可是这天,父亲却沉默了。

晓洋说:"爸?"

父亲含混不清地应了,问晓洋什么时候回南京。

晓洋说还要过几天,父亲"哦"了一声,说:

"你别再问你大伯了,他要是知道安靖在重庆的哪里,就不会让你打听了。"

晓洋觉得蹊跷,心里一乱,越发不知道从何下手。

接下来的两天,他还是去明月河,看安志薇烧那些写满字的信笺,他希望等到某一天,她不再去烧了,就证明她的病好了,李同安就会同意他去见李教授。

是第三天还是第四天,他收到了他父亲写来的一封信。

是封快递。他父亲害怕他离开了重庆,收不到信,所以寄了快递。信依然是我父亲转交的,把"杜主任"写成了"杜祖仁",幸好文理学院生物系没有杜祖仁这样一个人。

第五章　父亲的来信

晓洋，这封信该不该写，我考虑了大半天时间，最后还是决定写。要写就把前因后果写清楚，因此我需要从头说起。

我是一个迟钝的人，生命开始得相当晚，是十四岁。这之前，我过得很快乐，因为太快乐了，所以记不住。过了十四岁生日，事情就来了。我指的，不是在我生日后两天日军发动了卢沟桥事变，那时候，我根本没把这件事情跟自己联系起来，那是中国的事情，中国这么大，卢沟桥那么远，炮声听不到，硝烟闻不到，我潜伏在青岛墨信谊中学里，假期就潜伏在太平路的寓所里，静悄悄地长体毛，明明白白地变声，尽职尽责地完成我的成长仪式。

当然，关于战事的号外我见过一些，报童走街串巷，用女孩子那样的声音叫卖，从中午一直叫到午夜。你爷爷听到叫卖声，总会去买一份。字体很大，给我的印象有菜碟那么大，所载电讯，仅三言两语。你爷爷看后，你大伯看，我只是远远地瞄一眼。

你大伯只比我大三岁多,却像个大男人。比你爷爷还像男人。你爷爷跟我说话,用的是很亲切、很戏谑的口气,动不动就称我为"小先生",就摸我的头甚至拥抱我。自从满了十四岁,自从我见到了她——你大伯要你打听的那个人,安靖——你爷爷的戏谑和亲切就让我难堪,尤其是他拥抱我的时候,我干巴巴的身体贴在他南瓜样的大肚皮上,像他衣服上的一块补丁,弄得我特别没脸。

　　但比较而言,你的大伯,我的哥哥,给我的威压要致命得多。

　　卢沟桥事变后,他基本上就不跟我说话了。他看了你爷爷买回的号外,总是自己又出去买一份。内容是一模一样的。他知道一样,但希望不一样。结果还是一样:我军又吃了亏。他把眉头攒起来,攒成两个乌青的疙瘩,既不跟我说话,也不跟爹妈说话,只把自己关进房间,拉琴。那部键钮式手风琴,是你爷爷的一个俄国朋友送给你大伯的,也是那个俄国人教会他拉的。

　　7月15日过后,卖号外的报童突然消失,大家初以为战事就此结束了,但很快得知,是因为还有大量日本侨民住在青岛,政府担心号外让日侨不高兴。相反,日本人的报纸却号外频发,到处张贴,还用朱笔圈点;那些圈点的文字表明,我军不是吃亏,而是溃败。

　　你大伯不信,弄来一部矿石收音机听,可听不到任何消息。

　　他眉头上的青疙瘩更见突出了,岩石一样,把眼睛罩住。

　　许多时候,我不敢看他的眼睛。他的眼睛让我感觉到自己的羞耻。偶尔,我也觉得自己应该做些什么,哪怕像他那样攒攒眉头,但我找不到方向。而且,要是我真攒眉头,你奶奶定会惊惶失措,以为我生了病,或者受了谁的欺辱;你爷爷呢,多半会哈哈大笑,说小先生,有心事啦?你大伯自然是照旧不理我,我在他眼里,就像家里的一只花瓶。

　　花瓶也有花瓶的活法。学校已经放假,当你爷爷上班去了,你大伯出门去了——他7月下旬跟几个同学组织了乐队，天天去街道、广场、车站和码头上演奏抗战曲目和肖邦的《英雄》——你奶奶也忙于家务的时候，我就去找我的乐子：下海游泳。我并不喜欢游泳，尤其不喜欢去海里。但能去哪里呢？海里还清静些。我胆子小，只敢去浅海。我和你大伯的名字，都是你曾祖父取的，你曾祖父给了你大伯一个道字，给了我一个勇字，而我最缺乏的恰恰是勇敢。或许，你曾祖父是大教授，早就预测到小孙子体内差哪种元素，便以日日被人喊叫的方式来提醒他。

然而，要是所有的提醒都有效，世间就没有那么多伤心惨目的悲剧，日寇也不会发动侵华战争。

我就是在游泳时遇到了安靖。

那天我刚下海，就见一个又黑又胖的女孩朝这边走来。她穿着泳衣，打着赤脚，手里舞着一串钥匙，一看就是个"海油子"。我们把那些视大海为自家客厅的人叫海油子。以往见到的海油子，都是男人，从没见过女人也这样。说真的，我看不起海油子，那种随随便便的作风让我替他们脸红。我从来都是穿得规规矩矩地来到海边，上岸之后，衬衣穿好、短裤穿好、鞋子穿好，回家再把湿淋淋的泳裤换下来。可说不清为什么，正是这个女海油子身上，有某种东西吸引了我。

她望了我一眼，然后把钥匙丢在我鞋边的沙地上，再朝她的"客厅"里走。她进水的姿势很特别，不像别人那样挪着走，而是抬了左脚，又抬右脚，像海水的波纹是一道一道的栏杆，她需要把腿抬起来，才能跨过去。我觉得自己脸上在发烧。在几百米的范围内，唯有我和她，而她，朝我游过来的女孩，泳衣太大了，泳衣一沾水，更松、更大，背心的带子滑下肩头，露出小部分丰满的胸脯。她似乎无所谓，并没打算把带子挂好，青蛙一样从我身边游过，只留下海水咸津津的漩涡。

她越游越远，远得只剩一个黑点。然后黑点消失，墨绿色的大海波涛起伏。

当她远去之后，我身上也涌起一股热血，试着朝深海扑腾。但没扑出三十米，立即打了转身。我想离开，可人家把钥匙放在我鞋边，不就是让我帮她看住的吗？我是等着她游回来才走的。她还在百米开外，我就上岸走了。但有意无意之间，我要让她看见我是在她回来后才离开的。

第二天，第三天，连续七八天，我都去游泳。下午2点半去。因为我摸清了她的规律，她3点钟准时到海边来。每次她都把钥匙丢在我的鞋边，让我做她的看守。

大概是第九天吧，她从我身边游过的时候，丢下一句话：

"别先跑啊，等着我啊。"

她的口音明显不是青岛人，也不是我们南京人，她的口音带着股涩涩的味道。

就是这股涩味儿也让我着迷。

我们就这样认识了，并且恋爱起来了。十多岁的火热爱情。

后来的情况你是知道一些的。战事频催，多地失守，你爷爷的同事来家闲聊，说得最多的话，是"大难将临"。天公也与日寇同心，作威作福地来吓我们，本来好好地晴着，突然降下猛雨，大风激卷，海水壁立，樯倾楫摧，马路成河。这一切，似乎都是大难将临的征兆。

你爷爷当机立断，天晴下来后，就率领一家人离开了青岛。

安靖没能跟我们同时离开。她说她爸在青岛开了啤酒厂，机器无法运走，又不可能丢弃，丢弃了就血本无归。我多么希望让你爷爷帮他们家找艘船。但这话怎能说出口啊，连我恋爱的事也没敢告诉任何人。何况我已经十四岁了,也懂得一些事体,知道你爷爷虽然在船舶公司,但在人人急于奔命的关口,要找一艘能运载机器的船,无异于天方夜谭。

我把我的行期告诉了她。

她说:"我去送你。"

我想她来,又怕她来。

马上就开船了她也没来。

这时候我才明白自己只想她来,不怕她来。被家人知道了又怎样呢,我不怕了。

人这一辈子,总会多多少少遇到一些神奇,我那天遇到的神奇,是船晚开了20分钟。

她来了。完全是狂奔。你爷爷和奶奶在船舱里,我和你大伯站在甲板上。你大伯分明也看到一个女孩子朝这边狂奔,但他视而不见,只攒着眉头,神情严肃地望着压得很低的天空。

她跑到近前,在岸边站住了。很显然,她也觉得自己遭遇了神奇,眼里的光能把空气点燃。我应该跳下去,拥抱她,但我没有,我就像木桩那样站着。我终究是个胆小鬼。

笛鸣了,锚起了,船开了,我真想痛哭一场。

这时候她大喊一声:"伯勇!"

她抛过来一个彩色纸球。她逮住纸头,我让彩球在手中转动。船越走越远,彩纸越拉越长。然后,彩纸转完了……她的样子模糊了……海寂天空,我望不见她了……

你大伯始终没看我们一眼。我知道,在他心里,是多么瞧不起这种幼稚的把戏啊!

我们从青岛回到南京,南京吃紧,又躲到江阴乡下,乡下也不是避风港,从夜到明,都听到日军的炮声,于是又逃往岳阳,继之武汉。当武汉风雨飘摇,除你大伯就地登记为流亡学生,听从赈济委员会统一安排,别的家人又随你爷爷逃往当阳。敌军逼近,又逃往宜昌。宜昌有张自忠将军镇守,但他所率的两个团和特务营,陷入万余日军重围,在南瓜店长山一战中,张将军洞穿前胸,以身殉国,手下官兵全部阵亡,宜昌门户大开。接着逃吧!——事实上,没等到宜昌陷落,我们就逃了。

老天保佑,我们最终逃到了重庆。只是到重庆之前,在万县滞留了很长时间。

万县是长江边上的一座小城。你爷爷让我在那里继续我的学业。在青岛,我可是大名鼎鼎的墨信谊中学的学生,但在万县城里,竟找不到一所合适的学校。你爷爷怕我荒疏,将我安插到电报路小学,让我去跟那些清鼻涕混日子。没混多久,日本飞机就寻来了,把万县城炸得稀巴烂("稀巴烂"是川话,多年没说川话,真有些想它了),人死物伤,猫狗被弃,遍街游走,啼饿号饥……

我们一家幸免于难,又逃到距城9公里的董家岩。

当时,你爷爷已经失业,没有任何收入,你奶奶开了个小面摊,艰难度日。正是在这艰难时刻,你爷爷心血来潮,娶了二房。为不刺激你奶奶,你爷爷没让我把他的二房叫二妈,"叫二姨吧,"他说。但这于事无补。自从二房进门,你奶奶就去旁边租了房子,带着我,跟你爷爷分开过了。你爷爷左右为难,干脆带着二房,离开了万县。临行前,他找到我,说:

"我跟你二姨先到合川办点事,然后去重庆。你跟你妈随后就来,我会安排船来接你们的。"

你爷爷这一走,就杳无音讯,数月之后,他也没安排船来接我们。

我在万县度日如年，一心想双臂一张就飞到重庆去。老实说，我并不是想去见你爷爷，而是想见她。

这么长时间过去了，她也应该逃到重庆了吧？我在逃亡途中给她写过很多信，但一个字的回音也没收到。当然收不到，她把信寄往哪里呢？到了万县，有了一个相对固定的地址，我又写信给她，依然收不到回音。我估计，她也跟别人一样，离开了青岛，踏上了前往重庆的逃亡路。虽时世艰难，但她父亲是工厂主、资本家，只要想活命，不至于想不到办法。

你奶奶见我魂不守舍的，以为我跟你爷爷一样，不再爱她了，但她依然将好不容易凑成的几块钱塞到我手里，把我送上了去重庆的客轮。"去找你哥哥，"你奶奶说，"一定要把你哥哥找到！"

我就这样狠心地走了，留下你奶奶一个人。直到1946年，才去把她接走，一同回了南京。

在重庆，我不仅找到了你大伯，还找到了你爷爷，也找到了她。

她的家人并没到重庆，她是一个人来的。

如果不是因为对我的爱情，她怎么可能一个人追到重庆！

然而……她已经不爱我了。

她爱上了你的大伯。

你大伯到重庆后，到处张贴寻人启事，她在寻人启事上看到我的名字，就找到你大伯栖身的文德茶馆去了。你大伯在文德茶馆做"考客"①。文德茶馆位于沙坪坝。当年的内迁高校，迁往重庆的几乎占去

---

① 从全国各地涌来，栖身在茶馆里，复习功课备考中央大学、中央政治大学、复旦大学等内迁高校的流亡学生。

半数,而落户沙坪坝的,又占了重庆内迁高校的70%,沙坪坝因此成为学术林立的文化园区,也成为众多学子追逐和向往的地方。

以前我告诉过她,说我有个哥哥,她送我时,也一定看到有个跟我长得像的人站在甲板上。我还告诉过她,说我哥爱弄乐器。她就是凭长相和放在他身边的乐器把他认出来的。(乐器除了手风琴,还有二胡。很难想象,你大伯的二胡是在流亡途中学的,虽是自学成才,却比拉手风琴的水平还高,也更钟爱,是中央大学国乐社的发起者和干将。)我告诉了她我哥哥的很多事,却没说我哥哥迫不及待看号外关心战局,更没说他去车站码头演奏,我怕说出那些来让自己显得没出息。其实我应该早告诉她,让她有个心理准备。她在没有任何心理准备的时候,就接触到跟我完全不一样的人,才发现,自己想爱的,不是如我这类橡皮糖。

她几乎没作任何犹豫,就改变了爱情的方向。

这种关系是痛苦的。我找到你大伯的时候,你大伯已经考上了中大,我本来可以在他宿舍搭铺,然后再去找学校。他也是这样对我说的,但我不愿意。我恨他。我只能去投靠你爷爷。你爷爷到重庆后,去亚细亚火药公司做了职员。他讨了二房,丢下发妻,变了环境,但毕竟还爱自己的儿子。和你大伯相比,我显得那么没用,可你爷爷却更爱我。百姓爱幺儿嘛。再说你大伯太独立,你爷爷想关心他,也关心不到点子上,索性放手。

见我去投靠他,你爷爷自然欢喜,当即表示想办法让我进南开中学。

我的回答是:"不!"

说得这么铿锵、决绝,让他吃了一惊,他笑嘻嘻地说:"小先生……"

我大声狂叫,狂叫声差点把我自己的脑子炸开了。他顿时噤了声,再不敢说半个字。他以为是自己的所作所为伤害到了我。从此，他在我面前小心翼翼，过了好些天，才结结巴巴地问我愿不愿去桂花树中学，他在火药公司有个同事的儿子在那里做教务长。我看着他怪可怜的，就点了头。

桂花树中学、中央大学和南开中学，三者之间，中大是中心点，它是向重庆大学借的地盘，位于重大松林坡（中大一年级学生在海棠溪上课，二年级后迁入松林坡）。这种位置关系也像有了寓意：我和她之间，隔着你的大伯。

因为我在墨信谊中学读过一年，凭那个教务长的关系，直接进入二年级。

入学过后，我天天想一件事：她怎么就不爱我而爱上我哥哥了呢？

我得出的结论是：哥哥比我有学问。

我也要变得有学问，让她重新爱上我！

于是我疯狂地读书。能找到的书我都读。最先读的是辛克莱的短篇小说，然后是斯坦贝克的《愤怒的葡萄》，再后是派尔的《勇士们》；除文学书，我还读战地记者的速写和政论，甚至自修世界语。

这些书很多不是在学校读的，而是在山上的庙里。学校经常被炸。逃到重庆，以为是到了全中国最安全的地方，不知道将迎来那么漫长而又漫长的"疲劳轰炸"。——"重庆"这名字，听起来就喜庆，叫起来就吉祥[①]，甚至一想到它，心里就充盈着亲切、平实和温暖的感觉；据说就因为重庆名字取得好，得到了天地神灵的护佑。可在"二战"

[①] 1189年正月，宋孝宗封其子赵惇于恭州（即今重庆；此前称渝州，北宋崇宁元年，觉渝字不祥，有变乱之意，更名恭州），为恭王。同年2月，孝宗禅位于赵惇。赵惇先在恭州封王，继之称帝，乃双重喜庆，故将恭州改名为重庆府。

期间，它却是日军从中国领空制造的最大规模的坟场。日机肆无忌惮，想来就来。那时候我们学数学，常有这一类题目：

"一个孩子站在枇杷山上数日本飞机，按3架一组数剩2架，按5架一组数也剩2架，按7架一组数还是剩2架，请问日本飞机共有多少架？"

由此，你就能想象当年的情形了。

学校被炸，庙子也不会特殊，只是因为在山上，感觉没那么危险罢了。时至今日，我也消除不了一种错觉：寺庙就是读书的地方，读书的地方就是寺庙。夜幕降临，两条大江在黑暗里流向远方，只有沙坪坝残破的校园和寺庙里，灯光闪烁，如星汉绵延，这便是被你们史学家称作的"沙坪学灯"。

我们在庙里的那间教室，是关公殿，关公和别的菩萨，都被炸成了渣，只剩一个周仓的头，读书读入了神，猛抬头看到周仓那双圆滚滚的眼睛，吓得灵魂出窍。有段时间，庙坍了半边，又逢下雨，我们睡觉也打着雨伞。就算躺在雨地里，我也要想方设法点上油灯，睡前再读一会儿书。那年月，大部分人都有危机感，也相当发奋，"读书不忘救国，救国不忘读书"，在学生中成为普遍的信仰，无论日机怎样凶狂，如何轰炸，学区内终日弦歌不绝。我没有那么高尚，却自认为比别人更有切肤之痛，因此也比别人用功更勤。我要让自己"速成"为一个学问家，把她从我哥哥手里抢回来。

你爷爷的公司和租房，离桂花树中学都不远，但我不回家吃饭。我就吃学校食堂。食堂的糙米饭，红不红白不白，砂石、秕糠、稗子、草棍、老鼠屎……什么东西都有，我们叫它"八宝饭"。饭桶放在地上，自己往碗里添，饭桶旁边是汤桶：白水煮的菜秧，发黄发馊。我们将"八宝饭"添进碗里，先拈去老鼠屎，再舀一瓢汤，呼啦呼啦地搅，让沙石沉下去，米浮上来，再抓紧时间喝几口。喝进去的自然还有秕糠和稗子。特别是其中的一"宝"——霉味儿，是怎么也清理不掉的。

最富营养的食物，是早饭时有盐煮花生；隔两个礼拜，汤上会漂浮着零星的肉皮，就算打牙祭。

馋得实在不行的时候，几个同学便联合起来，在地上画张桌子，桌子周围画上凳子，大家分别坐到"凳子"上去，让自己产生正吃酒席的幻觉。

我知道，只要回到你爷爷那里，他抠穿荷包也要抠出几文钱来，买肉给我吃，但我就是不去。

为此你爷爷很伤心，你二奶奶也很伤心，她觉得我是因为讨厌她才不回家吃饭的。事实上我从来没有讨厌过她，从她进门的那一刻，直到她得肾结核病逝，我都没讨厌过她（这样说，真是对不住你奶奶了）。她是万县本地人，父母早亡，她既当姐姐又当母亲地拉扯着八岁的弟弟，弟弟十九岁那年，她送弟弟当了兵，空军，先做地勤，后来上天。1941年，日军发动"盐遮断"①轰炸，目标直指自贡盐场，她弟弟驾机迎敌，不幸机毁人亡。事后，从他身上搜出了一张字条，上面写着："永护领空。"这张字条就是你二奶奶送给她弟弟的。她是一个可敬的女人。进了我们家，不管你奶奶在不在身边，她都像羔羊一样，时时小心，处处留意，她又是一个可怜的女人……

我不回家吃饭，没别的想法，就是怕耽误了学习的时间。

这样夜以继日地用了半年苦功，我去找到安靖，装出若无其事的

---

① 切断食盐补给，从而酿成厌战情绪，以达成降服重庆政权之功效。一度时期，日军非常重视这一手段。

样子跟她聊天，每说一句话，都不忘记卖弄自己的学问。她一直听我说，我以为她被镇住了，自鸣得意地让她也谈谈看法。

结果她说的全是你大伯。

说尸横遍地的时候，你大伯背着琴，踏过血迹，去国际广播电台演奏，飞机还在天上，炸弹还在朝地上扔，电台的楼房在摇晃，你大伯却不乱一丝指法。——那时候，每逢轰炸，你大伯就要去国际广播电台演奏，以至于很多西方国家都知道，只要中国电台传来那个名叫黄伯道的人奏出的乐曲，重庆就一定是被轰炸了；就连嚣张的日本人也深感畏惧，穷心尽智，想把电台摧毁，但就是炸不到它，只好恼羞成怒地称它为"重庆之蛙"。有人说，音乐是属于神的声音，这话我信。

听了她的话，我彻底泄了气。我就像学了一身屠龙的本领，到头来才发现世上没有龙。

她敬佩的，不是学问，而是勇敢；或者说，不只是学问，还有勇敢。

想想也是啊，战争，可不是懦弱者能够消受的。虽然懦弱并不是罪过，但战争不仅要彻底挤掉懦弱者的生存空间，连纤弱之美也不会欣赏。我和你大伯的体格都比较纤弱，尤其是年轻时候。我们的性情也是纤弱的，虽然你大伯从小就比我独立，但我知道他的性情同样纤弱，是动荡的时局和可恶的战争，逼迫他变得沉郁多思……我不想懦弱，在她面前，尤其不能懦弱。我开始关心国事了。当然这之前也是有个背景的：当我们逃到万县，日本飞机也紧跟而至，我就觉得日寇是专门跟我过不去，就隐隐约约地意识到，日本侵略中国，不光是中国的事情，也是我的事情。

我不能让她用你大伯把我比下去，于是我决定勇敢。

勇敢哪是决定出来的？它是需要行动证明的。

我决心比你大伯站到更前沿去，读完那半年书，我毅然放弃学业，参加了消防队。

很可能，我是当时重庆年龄最小的消防队员。

你爷爷由伤心而痛心，但我说过，他因为讨了二房，而且丢下你奶奶不管，已经在儿子面前输了志气，不论我做出什么举动，他都只是谨小慎微地劝说几句，不敢执意阻拦。

消防队员可不好当，平时就是个危险职业，战时更不必说。鬼子丢下的燃烧弹，不烧着你，热浪也会把你烤熟。火焰使气流上升，卷起怒潮般的旋风，风助火势，火借风威，把合围粗的大树也连根拔起，连汽车也被吹到天上。我们就是在这样的场景里去救火。

火伤人，房屋倒塌伤人，天上落下的人雨、石雨、车雨，同样伤人。我的好多战友都死了。鬼子还不断改进他们的武器，1940年后投掷的卡四型燃烧弹，炸裂后形成火球，飞往百米左右的四方，接触到人的皮肤后，继续向纵深燃烧。除杀伤力大，还散发出恶臭刺鼻的浓烟。这是为了增加恐怖效果。的确恐怖。难以形容。不愿回顾。再看看我们的消防设施，都是"手动式"的，伸一根塑料管到江里，手摇水车，把水汲起来；没有塑料管，就用竹筒；竹筒也烤破了，就靠人工去江里挑水。那是一条什么样的江啊，要用扁担钩子把漂浮的尸体拨开，才能将血红血红的、燃烧着的水舀起来……

我害怕过吗？没有。公正地说，我真的很勇敢。

当时，像我这种专职消防员非常少，大多是志愿者，平时，他们是力夫、生意人、大学生、机关人员……每次拆火墙，我都尽量第一个冲入火海，我毕竟受过几天训练，要为他们做出示范。

现在来给你写这段往事，我还感到浑身灼热。

到了雾季才松一口气。

重庆大江盘踞，群山深锁，头年10月到次年5月，雾气浓得像岩石一样往下崩塌。四川人把这种雾叫"坨坨雾"。进入房间，门窗紧闭，仍有雾气缭绕。在这样的时节，日本飞机一般不敢来。

你知道那时候重庆有雾季公演。大型话剧《全民总动员》和孩子剧团演出的《不愿做奴隶的孩子》，拉开了公演的序幕。但真正的雾季公演，是从1941年开始的，此后坚持了四届，直到抗战结束。既有广场上的千人大合唱，也有剧社团的室内演出。当时的重庆，名流荟萃，盛况空前，遥遥春秋气象，直逼魏晋风骨。张书旗的《百鸽图》（此画赠给了罗斯福，悬挂于白宫），巴金的《寒夜》，老舍的《四世同堂》，等等等等，都是在这时期的重庆创作的。剧社团则有怒吼剧社、中国艺术剧社、中央实验剧团、上海影人剧团等50多个；著名剧作家有郭沫若、阳翰笙、田汉、夏衍、洪深、曹禺、陈白尘、吴祖光；著名导演有焦菊隐、史东山、陈鲤庭、郑君里、王为一、孙坚白；著名演员有赵丹、白杨、张瑞芳、舒绣文、秦怡、金山、陶金……多呐，数不过来的。

你大伯在中大组织的国乐社，虽不能与上述剧社相提并论，但也是活跃分子，你只要知道国乐社到国泰大戏院做过专场演出，就明白他们不是可有可无的；你大伯本人，更不是可有可无的。

凡是国乐社的演出，包括有你大伯参与的演出，我都不去看。

我只有救火的时候才忘掉一切，救火结束，我又捡下一条命回到破败不堪的宿舍，就会想起她，也想起我的痛苦。雾季里，更是把痛苦像五脏六腑一样，白天黑夜地捂在肚子里。

我怎么会去看你大伯的演出呢？

但我会寻找一切机会,约她去看别人的演出。

有你大伯的演出,她自然要去看你大伯,不会答应我(只有一次例外);你大伯没有演出,又因为太忙——你大伯总是很忙的——她不能待在他身边的时候,她都会跟我去。

她跟我去,却不是以我女朋友的身份,而是以我哥哥的女朋友的身份。

也就是说,不管我做得多卖力,都无法挽回她的爱情了。

痛苦吗?那还用说!可是我没有办法。

爱情这东西,到底不是青菜萝卜,它不长在任何人的自留地里,也不是谁先拔起来,就归属于谁。

痛苦的不仅是我,还有你的大伯。

他爱她。自从在文德茶馆找到他,她便经常逃课去看他。两个孤独的人。依照你大伯的脾气,应该规劝她别逃课,但他没有,证明她离不开他、他也离不开她了。亲人不知下落,彼此便成为感情的寄托。而且通过接触,你大伯发现,她并不是只会抛个彩球送人远行的浪漫主义者。

她开始说也要考中大,但考上的可能性微乎其微。内迁到重庆的高校,中大最难考。对她而言,主要难在国文,她的国文水平就跟她说话一样,涩涩的,而中大收生,偏偏特别重视国文。我们丢了大片河山,可不能连国文也丢掉。她国文那么差,学日语却极有天赋。当时提倡学日语,目的只有一个:了解我们的敌人。后来,在敌占区不断有汉奸去给日本人当翻译,对日语的学习才降了温,并且不再列入考试科目。因此她日语再好,也不能帮她升学。

或许是考虑到自己不可能考上中大,甚至也不可能考上别的大学,或许是真的希望投身于战时救亡，较场口惨案之前，她就离开学校，去位于歌乐山的贵阳医学院作了短期培训，加入了救护队。

你大伯对我参加消防队没发表意见，对她参加救护队却是赞赏有加的。

爱她嘛，被爱的人做出的任何举动，都是好的。

我这样说，你千万别误解，以为你大伯就不爱我这个弟弟了。

正因为他爱我，他对她的爱才陷入挣扎。

他把爱她的心和爱弟弟的心，都装在一起。他希望这两样心能让自己饱满，不知道这两样心一个是水，一个是火，放不到一块儿去的。他没能让自己饱满，而是承受着水与火的煎熬。

他想见我，我偏不见他；他有了精心准备的演出，把票给我送来，我偏不去看。

对此，他不怪我，只认为自己欠我的。他用伤害她的方式来填补对弟弟的亏欠。他经常伤害她。而伤害她，就是伤害他自己。痛苦和伤害，又使他的爱升华，伤她越深，爱她越深，反过来，爱她越深，又伤她越深。这其中的苦楚，即使到了今天，我也不敢去多想。

他们是怎么分手的，我真说不清楚。我只记得有一天，重庆在中午遭了轰炸，你大伯去电台演奏了好几首曲子，到下午5点过，又风传日机将来夜袭，弄得大家又紧张起来，在废墟里搜寻自家财物的人，动作加快了，搜得也没那么仔细了。日本人对重庆实施"月光轰炸"，早成家常便饭，不容你不信。而且日本人"大仁大义"，不断履行提前告知的义务——除投放爆炸弹、燃烧弹、毒气弹，还常到重庆投放"纸炸弹"（传单），纸炸弹上画着一口大棺材，中国人排着长队，由高到矮地往棺材里走，个个瘦骨伶仃；且用中文写着："炸不死就困死，困不死就饿死。"或者："少做衣多做鞋，白天晚上都要来。"日军将这种战术称为"收拾重庆日课"或"重庆定期"。

　　那天比傍晚稍早的时候,警报果然拉响,大家立即奔命去,背着铺盖卷、锅碗瓢盆和食物。多数家庭都缝了一个大口袋,称作"警报袋",警报一响,把东西往袋里一塞,迅速出门。

　　就在那天,你大伯跟着你爷爷和二奶奶跑警报。往常遇到这种事,他不是去电台,就是和她在一起,今天是怎么了?当把大火扑灭,我听你爷爷说起这件事,禁不住暗自欣喜。

　　当然是空欢喜一场。你大伯之所以跟着你爷爷,只是因为你爷爷上班时,不小心让火药炸伤了腿,你大伯不放心。至于她,跟我一样在战地上忙碌,我在消防队,她在救护队……

　　但奇怪得很啊,1945年8月初,距日本投降还有不到十天的时候,她,安靖,突然消失了。

　　她像是来去无踪的风,说消失就消失了!

　　我们是在抗战结束后大半年才撤回南京的,这大半年里,当然也包括往后的所有日子,再也没有见到安靖的踪影。

　　我猜想,是你大伯把她伤得太狠了,她便提前离开救护队,混迹于茫茫人海,让谁也找不到她。那时候,尽管日本还没宣布投降,但法西斯气数已尽,日本投降是早晚的事,一旦这一天到来,人们就要洗尽硝烟,过上平常的日子,面对平常的人。你大伯可能觉得无法面对我这个兄弟,无法忍受兄弟跟自己为敌(历经八年抗战,我们是多么厌倦"敌人"这个词啊),就提出跟她分手。

　　我甚至猜想,她死了。

　　我的意思是,她自杀了。

　　她那性格,如果你大伯不要她,自杀的事她是做得出来的。

　　抗战都胜利了啊,所有人都在狂欢,鞭炮脱销了,脸盆敲破了,而她……

我得的是"爱情病",如果可以这样说的话。因为我后来发现,其实我早已不爱她了,我只是希望她回到我身边,修补我的伤痛和耻辱。我没有能力让她回来,伤痛和耻辱便一直跟我如影随形。是在结婚之后我才醒悟这一点的,当有了你母亲,接着又有了你,我漂泊的心才算落到实地上,也才能比较冷静地去回想那段光阴。我终于明白,我没有理由怨恨你大伯,要说欠,也不是他欠我,而是我欠他。如果不是因为我的缘故,他就不会经受那么多折磨,就可以大大方方地去爱她。

我多么希望自己根本就不认识她呀!……

你大伯拒不迎娶,让我更加坚信,安靖一定是死了,他也知道她死了,他是在为自己的行为赎罪。

我只能这样解释。

——我没想到他现在竟让你在重庆打听她!

晓洋,不管你的公务有多忙,你都要把这件事当成大事来做。如果有幸找到了她,如果她跟你大伯一样,孤身一人,如果她早已嫁人但现在没了丈夫,你都要想办法把她带到你大伯的身边来;如果她有子女,子女不同意她来……唉,再想办法吧,总之你要给你大伯一个答复。你至少要去看看她,哪怕只跟她待一天、半天、一两个小时甚至几分钟,你也要用你的方式,像孝敬亲伯母一样地去孝敬她。

第六章　杜芸秋访谈录

可以说，父亲的这封信，促成晓洋改变了自己的生活轨迹。但作为一个女人，我倒宁愿相信，命运把他安排到重庆来，不是因为想从李教授那里掏话，更不是因为那个安靖，而是因为我。

你问我和他的恋爱经过，尽管我没有看过他的日记——如果文博没有看过，你就是看他日记的第一人——但我想他应该是记录过的。

说来好笑，我跟他第一次见面，就发生了争吵。

那是个星期天，我从美院回家，刚开门，就闻到屋子里的生人气息，然后听到阳台上传来说话声。该不是南京来的那个人吧？我这样想。父亲几天前就给我说起过那个人，父亲像是从来没见过长得英俊的谦谦君子，在我面前把他夸得面花水流。我轻手轻脚地进了卫生间，把手洗了，脸洗了，头发梳了，又轻手轻脚地去卧室，换了条裙子，那天下雨嘛，我的裙子上溅了泥水。做完这些，我才去阳台。

父亲高兴得很，连忙介绍，说：这是黄老师；这是我小女儿，杜芸秋。

他站起来，看样子是要跟我握手，却没把手伸出来。这是他的风度，握手也让女士优先。于是我把手伸过去。我看见他眼睛发亮。我看不见自己的眼睛，那一定更亮。他实在是太英俊了，即便我用一个绘画者的目光去审视，那张轮廓分明的脸也无可挑剔。还有那个头！我爸妈一般高，都是 1 米 65，我却长到 1 米 77，在重庆，不仅在女人中算高个子，在男人中也算，自从过了青春期，我跟谁说话都只能用俯视的姿势，我已经习惯了这种姿势，没想到今天却要把脸仰起来了。你不是女人你不知道，当女人需要仰视一个男人的时候，那感觉是非常甜美的。

（说到这里，杜芸秋大概注意到我是个刚过 1 米 60 的矮子，又补充了一句："当然呐，男人的伟岸，身体毕竟只是次要的。"）

我父亲叫我去搬张凳子来，也坐下聊聊。他不说我也会这样做的，只是说了更好。

此前，他们刚刚谈到一个话题，现在晓洋把那个话题接下去。

就是他曾祖母如何遇害，以及他的困惑。

听完了，父亲在那里感叹，我却问了他一句：

"你是不是在无意中夸大了人的复杂性？"

晓洋愣住了。

我又说："其实人没有你以为的那样复杂，人就那么简单。"

他这才反问我，声音很低：

"既然人很简单，你为什么要去画人的灵魂？"

我一听就知道，父亲把那期杂志给他看了。去年，我拿一幅习作去参加全国美展，没想到选上了，学生的作品能上全国美展，本身就罕见，加上北京的几个老前辈为提携后进，综述那届美展的时候，又特别把我的那幅习作揪出来说，评价很高，认为我画出的不只是人的面孔，还是人的灵魂，因此，画界一传十，十传百，说我是才女。画出人的灵魂也好，才女也好，都不过是鼓励性的话，父亲却很当真，把登载那篇综述文章的杂志，放在书架最显眼的位置，谁到家里来，就指给谁看。一眼就能看到对我的评语，因为父亲把那几句话用红笔勾过了。

父亲这辈子，看不出有过什么雄心壮志，从他对女儿的成绩过分渲染这一点推测，他对自己也应该有过设计，只是在人生的博弈中失败了。我没有兄弟，只有个姐姐，姐姐在我读大二那年到加州大学留学去了，后来嫁了个美国人，在那边安家落户。父亲觉得，他的两个女儿胜过了别人的四个儿子。

晓洋知道了对我习作的那几句评语，怎么说呢，我是很喜悦的；更准确地说，是很在意。其他人知不知道我不会在意，我还多次劝父亲不要把那东西让人看，免得逗人笑话。

晓洋知道了我却很在意。

但我嘴上没饶他，我说：

"正因为我把人往简单处看，才能画出人的灵魂，看复杂了反而画不出来。"

他的声音提高了，他说：

"在这世上，只有人才会面临多重选择，怎么可能简单呢！"

"不，不只是人，"我的声音比他更响，"就算人面临的选择要多一些，但最终选择了，这才是最重要的。比如杀害你曾祖母的那个日本兵，你说你一直在寻找他开枪前后的心理，想看看他是恶魔还是迫不得已的好人，仿佛你是在寻找真实，其实是在歪曲真实，因为你把最残酷的事实置之不顾。"

他急得！他说事实就能说明一切吗？就能把生命的复杂性一笔勾销吗？生命是什么？生命就是"可能的存在"，它是混沌的，我们只能从混沌当中去梳理秩序。

他越急，我越不想放过他，我说：

"既然生命的本质就是混沌，你又何必去要秩序？你又怎么可能找到那个秩序？"

很显然，他对我的论调很不屑。我自己也不赞同我的观点，但我就是想跟他争，想跟他吵。

争吵自然没有结果，还把父亲弄得蛮尴尬。父亲指责我，说人家是客人，你怎么能这样对客人说话呢？我猜想，父亲其实还想对晓洋说：你不是客人吗，你怎么能这样对主人家的女儿说话？你没看到晓洋那个架势，寸步不让的。父亲为了把我们之间的"疙瘩"抹平，硬是要留晓洋在家里吃晚饭。

后来，当我们恋爱了，回忆起两人的第一次见面，都为对方竟然跟自己吵架感到吃惊，但给对方留下最刻骨铭心的印象的，恰恰是吵架。

从我这方面而言，他的据理力争，比他的英俊和风度更加吸引我。我见惯了太多的好好先生。我父亲就是好好先生的典型，岁月帮助他磨炼出的最大本领，就是打圆场，所以他当了系主任，也只能当上系主任，并在那位子上一直坐到退休。父亲在世的时候，我就经常这样批评他，他听了总是嘿嘿嘿笑。他不会生气的……这时候，我又听见父亲在天上发出的笑声了……

需要说明的是，我跟晓洋的初次见面，还是让晓洋在父亲的心里投下了阴影。

他那么宠爱的女儿、那么了不起的女儿，你竟说她"强词夺理"

（晓洋说过这话）。

我心里有阴影吗？当时没感觉到，过了好几年，才感到阴影是存在的。那是晓洋的焦躁，还有无助。而且我要说，他的焦躁和无助，让我心生怜悯，一个女人对男人的那种怜悯。我对他的爱，最牢固的基础很可能就是这个。这并不好，但你去问问，我敢肯定，有很大一群女人，她们爱上某个男人，就因为在某个神秘的时刻，那个男人暴露了自己的软弱，女人就对那软弱动了心。不可救药，也很可敬。前年我去云南少数民族地区写生，听他们唱一首歌，说太阳歇得，月亮歇得，男人也歇得，就女人歇不得，因为女人歇了，男人就要生病。我听了，心里直发抖。我想起了晓洋。我没有照顾好他……

在那天夜里的饭桌上，晓洋说到了他大伯的那封电报（没说是大伯发来的，只说是某个熟人）。

父亲那时候正卖力地嚼一块脆骨，嘴唇闭着，眼睛眯着，腮帮里砰、砰、砰，晓洋说了那封电报的内容，父亲不再"砰"了，伸了伸脖子，把脆骨囫囵吞下，问：

"你说要找的人叫啥？"

晓洋说叫安靖。

"多大年纪？"

晓洋说我不知道，要找她的那个人有六十多，她大概也是这岁数吧。

我父亲慢条斯理地夹了一箸菜："如果是六十多岁的安靖，我倒认识一个。"

第七章　黄晓洋日记（22日）

怎么可能呢，杜主任说，安靖就是安志薇，李教授的夫人！

他说安志薇刚到重庆时，就叫安靖，他记得太清楚了，因为他们是南开中学的同学。

他说李教授当初之所以对安志薇没有印象，除了人多确实记不住之外，还因为李教授安置她的时候，她不叫安志薇。

她叫安靖。

1955年之前的十多年间，杜主任尽管没再见过安靖，叫成了安志薇的安靖嫁给李教授之后，也从没认过他这个同学，他却是认得她的。她跟李教授结婚的第二天，他就把她认出来了。

杜主任毕业于内迁的中央工业大学，在重庆化工学校教书，渝州文理专科学校建成后，他被抽调过来，进了生物系，算是充实初创学校的师资。1955年6月，李教授有了第三次婚姻，作为学校的创始人之一，又是学界名流和学科带头人，学校想出面为他操办婚宴，被李教授谢绝了；系里要为他操办，同样被谢绝了。李教授说，事不过三，我已经顶格了，该知趣了，悄悄结婚就行了。

他态度坚决，只能由他。但系里的同事还是在他婚后次日，相约去他家祝贺。

李教授当时就住在银杏坡。那时候住房紧张，许多拖家带口的教师，都是几家人打伙住一个套间，早上起来进厕所，要排很久的队，碰上肚子不争气的话，简直憋死人，甚至有人在外面大呼救命的，而里面的人还没尽兴，免不了边起身边咕隆，由此产生了一些摩擦；做饭也是矛盾的根源，大家的时间都紧，谁先做？谁后做？弄到后来，谁也不进厨房，各家准备一个煤炭灶，摆到走廊上去。那真是乌烟瘴气。李教授住在银杏坡，相当于住别墅，是学校对他的特殊照顾。

那天李教授听说有同事来，便借来凳子放在院坝里。同事坐了一阵，还没见新娘，就对李教授说：

"你还是让我们认识一下吧，不然她以后到办公室去，我们还不知道是大教授的夫人呢。"

系里真没有人见过她。给李教授介绍的媒人，也是校外的。

李教授就朝里喊一声："你出来倒杯茶呀。"

她出来了，穿着旗袍。那时的重庆，已没有几个女人穿旗袍了，穿旗袍的女人都在日本投降后回北平去了，回上海去了，后来又有一些跑到台湾去了。同事噢嗬一声，恭维她的年轻漂亮。但杜主任没恭维，这不是因为她本身并不漂亮，而是她刚在门外一站，杜主任的嘴就像被弹簧撑开了：

这不是安靖么！

他没敢认，直到她走到他面前，他才叫一声：

"老同学。"

她没回应，把茶倒好，递到他手里，说声"慢用"，就给别人倒茶去了。杜主任很难为情，一是怕认错了，二是怕别人听见，以为他要跟大教授攀关系。幸好没人听见，大家都在热火朝天地聊。

　　当然，最让他难为情的是：他并没认错，她也听到他打招呼，就是不想认他。

　　杜主任说，后来的事实证明，她的确是不想认他。

　　那时杜主任还不知道她叫安志薇了，是几天后听同事谈起才知道的，但他说毫无疑问，安志薇就是安靖，安靖就是安志薇，这两个人是一个人。安志薇在南开中学没读到毕业就退了学，可她的样子他是忘不了的。班上同学，最忘不了的人就是安靖。虽然她那时候胖乎乎的，有段时间还胖得一塌糊涂，现在瘦了，瘦得都敢穿旗袍了，但眉眼和气质是变不了的，人的眉眼和气质就跟掌纹一样准确。

　　杜主任说，安靖——就叫她安志薇吧——是个爱出风头的人。

　　那时候，日军在武汉的 W 基地刚刚建成，还没有携带炸弹、燃烧弹和毒气弹飞往重庆，重庆这片土地上，呈现出偏安之地共有的景观，人们抓住每一个白天和夜晚，急急忙忙地抢生活。

　　在这大背景下，又分出两个群体、两种态度：土著民的态度，下江人的态度。

　　"下江"本是长江下游的意思，但重庆人把当时逃亡而来的人统称下江人（或下江客），不管他来自武汉、上海、江浙，还是来自东北、平津和山东。他们有时把下江人称作江底脚的人、脚底下的人，这只是一种方言性的称呼，没有贬义，却也不是真的没有贬义。重庆人不喜欢下江人。重庆人觉得自己是透明的，他们吃热腾腾的火锅，下很重的辣椒，脾气是热出来的，也是辣出来的，男人说粗话，女人也说粗话，他们把心里想到的，爱恨情仇，都用粗话说出来，不说粗话就没有爱，也没有恨。

下江人却不是这样，他们大多中规中矩地说普通话，他们说的话像水草，一截儿露出来，一截儿埋起来。长水草的地方大多浑浊，重庆人觉得下江人就是浑浊的。单凭这一点，两者就不是一路人。

但这不是关键，关键在于：下江人的大量涌入，搅乱了重庆人的日子，使物资短缺，物价飞涨。稍微娇气些的女人，想去街上买双玻璃丝袜，还要请人帮忙扛钱，她自己扛不动买一双玻璃丝袜的钱。

反过来，下江人又看不起重庆人，广义地说，是看不起四川人。看不起，当然就不可能喜欢。

在下江人眼里，四川人脏、穷、懒。他们被日机追赶着，好不容易在宜昌上船，光着屁股的纤夫拉着他们的船，逆水上行，听够了猿猴的哀鸣和高寒的川江号子，终于把自己的半条命送到了重庆，在朝天门码头[①]，倒是看到了古渝雄关的气势，然而，下船之后，见层层石级之上，拥挤着脚夫、挑夫、乞丐、卖春妇和各类牲畜；爬上石级，走过河街，又见四川人大都包着白帕，不禁拊膝长叹：

"老天啦，我们大老远跑到四川来，结果四川死的人比我们那里还多呀！"

后来才知道，四川人包白帕不是有新人亡故，而是古巴人留下的习俗，是为了祭奠开疆拓土的先祖。可白帕早已不白，油光光的汗渍

[①] 朝天门位于重庆城东北长江、嘉陵江交汇处，襟带两江，江面广阔，百舸争流；壁垒三面，地势中高，两侧渐次向下倾斜，人行石阶沿山而上，气势极为雄伟。于公元前314年秦将张仪灭亡巴国后修筑巴郡城池时所建。明初扩建重庆旧城，按九宫八卦之数造城门17座，其中规模最大的即朝天门。门上原书四个大字："古渝雄关"。南宋偏安临安（今杭州市，有"临时安家"之意）后，时有钦差自长江经该城门传来圣旨，故得此名。1927年建成朝天门码头。

像涂上去的胶水,密布着红红黑黑的虼蚤屎、虼蚤血——这是脏。水里,风帆补丁重补丁;岸上,遍街的"捆绑房子",踩上去咯吱咯吱响,像马上就要塌了——这是穷。这哪像一座城市,纯粹就是个乡镇码头。懒就更不必说,天雨喝茶,天晴也喝茶,边喝茶边摆龙门阵,还乒里乓啷地打金钱板,咿咿呀呀地唱川戏。

（杜主任说到这里,杜芸秋插话:当年,四川省教育厅请在重庆的徐悲鸿主考中学图画教员,徐悲鸿出了个题目:"至少两个四川人,在黄桷树下有所事,黄桷树不画树叶。"考生抱怨,说这不像个题目,无从下笔,徐悲鸿启发他们:头上缠块白布,穿上长衫,光着脚,不即是四川人么?所谓有所事,摆龙门阵也好,赌钱也好,极度自由,有什么难的呢?学生恍然大悟。）

重庆人就是那样悠闲地打发着日月,但下江人不会悠闲,加之劫后余生,更是把每寸光阴攥得梆紧。上面说急急忙忙地抢生活,是下江人的生活,重庆人是被下江人挟裹着这样生活。因为不这样就没法活。物价像长了翅膀,而钱袋又像瘪了的气球,买米只能一角一角地买,"角"不是钱币,是量米的容器,买一角米,只能供一家子熬顿稀饭。买米需全家出动,排很长的队,有时要排大半天,上了岁数的人,常在排队时就饿昏了。开初,把米买回来,还把老鼠屎拈掉,用纱布裹着,舂一舂,后来舂也不舂,管它是秕糠、老鼠屎还是石子儿,都眼睛一闭吃下去。吃了这顿,再想下顿的办法。

他们甚至连烧饭的柴也买不起,只能一小把一小把地买。有首童谣这样唱:

"檐老鼠①,夜夜来。锅里煮的是角角米,灶里烧的是把把柴。"

---

① 指蝙蝠。

重庆人有怨气，认为是下江人给他们带来了厄运。

下江人也有怨气，认为重庆这么个烂地方，要不是战争，八抬大轿请我，我还不一定来呢！

这种气氛，也传染到了学校。

学校也分出两大阵营：本地学生和流亡学生。

有天上国文课，老师讲一个成语：蜀犬吠日。

老师刚把这个成语写在黑板上（一块破旧的门板），安志薇突然拍着巴掌，高声说：

"啊哈，四川人都是狗哇！"

教室里静了片刻，一个本地男生飕的一声站起来，指着前排的安志薇：

"亡省奴！"

教室里又静了片刻，所有人都站了起来，响起两大阵营拍桌打掌的对骂：

"四川狗！"

"亡省奴！"

"四川狗！"

"亡省奴！"

老师无法控制局面，直到把教官请来。

抗战初起时，全国学生就呼吁改平时教育为战时教育，他们不愿隔岸观火，准备随时以身报国，但不可能跑到前线去给日寇朗诵唐诗宋词或莎士比亚，必须学习适用的本领。在多数地方，这呼吁像扔进海里的沙子，只在重庆的部分学校开设了军事课，操练队列，偶尔拉到江滩打靶。

教官把双方压下去了，以为事态平息了，可当天傍晚，本地学生和流亡学生就在食堂打了群架。

校方很震惊,立即召开大会。

操场上,本地学生坐左边,流亡学生坐右边,校长亲自讲话。

校长把脸转向右边,说同学们,我现在不是你们的校长,我现在是你们的爹,是你们的妈,我带着你们,虎口脱险,走了很远很远的路,逃到了四川。为什么逃到四川?因为中国有一个四川,敌人的魔爪还伸不到四川,四川人民朴实、善良,他们会接纳我们,而且真的接纳了我们,把他们的房子给我们住,把他们的粮食给我们吃。你们以为四川穷吗?四川不穷,你们背诵过《迁都宣言》,里面怎么说的?"四川古称天府,山川雄伟,民物丰殷;而重庆缊縠西南,控扼江汉,尤为国家重镇。"我们到来之前,四川人没饿过饭,现在他们饿饭了,是因为他们把粮食分给我们吃了。

右边学生低下了头,校长又把脸转向左边,说同学们,我现在不是你们的校长,我现在是你们的爹,是你们的妈,你们的爹妈好好地活着,而他们的爹妈,还有他们的兄弟姐妹,许多都被日本人杀死了,他们不愿做亡国奴,或者说,不愿做你们所谓的亡省奴,于是逃,千里迢迢地逃到四川。为什么逃到四川?因为四川和他们有同一个中国。而今,中国的手断了,脚断了,只剩一个脑袋了,日军却步步紧逼,要砍掉我们的脑袋,这是我们共同的伤痛,共同的耻辱,共同的危机啊!

操场上有了哭声,流亡学生哭得最厉害。

事情是安志薇惹起来的,但大家都注意到,安志薇没有哭。

校长扫视全场,接着讲话。

他说,同学们哪,幸好我们还有一个脑袋,有了脑袋,就要想问题。为什么我泱泱中华,却被一蕞尔小国践踏成了这般模样?证明我们落后，落后就要挨打。想不挨打，就须强盛。要强盛，就得学知识。"风雨绸缪，同仇敌忾，竭诚纾难，矢志不移"，这同样是《迁都宣言》里的话。逃亡不是目的，偏安也不是出路，我们的目的和出路，是把侵略者赶出去！我听说，山东中学是以班级为单位逃亡的，他们带着书，带着小凳子，走路走累了，就坐下来听老师讲课。这件事情，让我看到了一束光，看到了中国的希望。你们就是中国的希望。你们千万不要让中国失望！……

杜主任说，这次大会过后，安志薇沉寂了些日子。

但是，一个爱出风头的人，是不会沉寂多久的。

她本来就喜欢逃课，现在逃得更勤，而且从不为此愧疚。

老师问她去了哪里，她都是若无其事地回答：

"到街上走走。"

鉴于她是只身前往重庆，老师想，她恐怕是去街上张贴或察看寻人启事吧，也便给予谅解。

1939年底，汪精卫与日本特务机关签订《日华新关系调整纲要》，并于次年在南京成立伪政府，汪精卫亲任行政院长和国府主席，企图将重庆政府贬为地方政府。消息传来，重庆各界成立了"声讨汪逆罪行委员会"，并举办了近万人参加的沙磁区"讨逆锄奸大会"。当时汪精卫的儿子还在重庆念书呢，同学们都要打他，安志薇又站出来了，拦住，不让打，说汪精卫叛国，他儿子又没叛国。

结果她自己被打了，打得鼻血长流。那时候，班上同学年龄悬殊很大，安志薇算是比较大的，但不是最大，再说她是女生，触犯众怒，又没人帮——汪精卫的儿子倒是想帮，敢吗？

杜主任说的那个安靖，怎么跟父亲说的安靖那么像啊。

体胖、逃课、退学……

杜主任还说过，她的老家在青岛。

难道她真的就是安志薇？

父亲说，世间存在着神奇之事，难道我的这次重庆之行，也遭遇了神奇？

今天，杜主任说到安志薇，不像第一次跟我谈她时那样平和了。

他对安志薇的印象似乎非常不好。

第八章　杜芸秋访谈录

　　安志薇的那场病，直到晓洋离开重庆的时候也没好。

　　也就是说，那次晓洋没能走进李教授的家，去问曾祖母的死况。

　　李同安倒是跟他见过。是我父亲带李同安去的。人家在招待所等那么久，父亲过意不去。

　　晓洋把他来重庆的目的对李同安讲了，李同安听得并不认真。在李同安那里，没有认真严肃的事情，他认为严肃是媚雅，媚雅的本质就是媚俗。他跟晓洋的年龄差不多，比我长四五岁吧，我父亲和他父亲在同一个系里，住家也相隔不远，从小就认识的。我们入学的时候，李同安成了所有熟人教育孩子的反面教材，因为他不爱学习，按他自己的说法是："我对书没有感情。"

　　那天晓洋一口一个"令尊"，对他父亲的敬意溢于言表，他却不以为然。晓洋回南京后，有天李同安碰见我，向我抱怨，说秋妹妹，杜叔叔带了个啥子人来呀，说话让人起鸡皮疙瘩！

他不知道我跟晓洋已经很"暧昧"了，虽然并没确立恋爱关系，但的确是有些暧昧了。意绪上的暧昧。一个长江头，一个长江尾，走到一起的可能性几乎为零。虽然南京也是我喜欢的一座城市，但我毕业后不可能过去。我姐已经漂洋过海，如果我再漂江过河，父母就太孤单了。谁家的父母都害怕孤单，重庆的父母尤其害怕。这是不是数十年前的大轰炸留下的后遗症，我没去想过。

　　听李同安那样鄙薄晓洋，我骂了他一顿，说他狗坐筐篼不识抬举。他咧着嘴笑。他这人就这点好处，难得去跟一个人计较，而且特别讲义气，你可以说他不务正业，也可以说他不学无术——尽管他在文理学院中文系读了四年大学，但算得上是一个可爱的人。

　　可以想象，晓洋多么希望去李教授家坐一会儿。他的肩上有双重使命了：不仅要去打听曾祖母的死，还要去看安志薇。不管他愿不愿相信，过去的安靖的确就是现在的安志薇。跟我父亲交谈过后，他就这么认定了，后来回到南京，他给他父亲仔细描述安志薇的相貌举止，他父亲进一步证实了。

　　他曾经告诉我，接到父亲的那封信后，他好几次在明月河都想对安志薇亮明自己的身份，因为他怀疑，安志薇的那些写了又烧的信，是给他大伯的。可再想想，又觉得不合情理，她知道大伯是南京人，而且是早年成名的演奏家，如果想跟大伯联系，很容易找到他的下落，何必要以这种方式表达思念？或许——你听清楚了，在晓洋那里，总有无穷无尽的或许——她现在是李教授的夫人，李教授健在，她不便跟过去的情人沾上什么牵扯？疑虑过多，晓洋终于保持了沉默，每一次，他都想听清她嘟囔些什么，听不清；想看清她信笺上写些什么，哪怕只看个抬头，也看不清。他都是在她烧完信，将纸灰撒进河里的时候，才去猜想信上的内容……他多么希望去李教授家坐一会儿。

但李同安没有邀请他去的意思，李同安对他说：

"等我妈好了，只要我爸愿意接待，你去就是。"

谁也说不清他妈啥时候好，晓洋也不可能一直等下去。

就在跟李同安见面过后，他去了文理学院历史系，表达了自己调过来的意愿。

凭他已经取得的成就，就是去北京、上海，人家也会鼓掌欢迎的。在这一点上，只要他想，就能办到。历史系立即上报校方，校方当场就拍了板，怕南京那边不放，还向晓洋表示：如果遇到阻力，你丢下一切直接过来，我们重新给你造份档案。这在当时，是相当有魄力的做法。

校方过虑了，他确实遇到阻力，但没有想象的那样大。他风头太盛，让一些人早就不高兴了。你想想，凭一篇研究生毕业论文，就打出一片天下，那片天许多人一辈子也望尘莫及；作为初出茅庐的讲师，竟半年时间不给他安排课，拿着全额的工资奖金，叫他去搞科研。

听说他想调走，然后又听说系主任舍不得放他走，他的那些同事，老的少的，男的女的，都跑去帮他求情，求情不成，就诋毁他的学术，有人写了匿名信，直接投到校长手里，列出条目，说《南京第十三》，至少有十三处是抄袭的。在西方，十三是个不吉利的数字，原来在东方也适用。

领导依然没加理会。校长并不懂历史，也没看过晓洋的那本书，但他有他的判断：如果真是如此，这么长时间过去，怎么没见被抄袭者出来说话？

见这招不奏效，又诋毁他的人品，说他孤傲（校长说，不对呀，他不是挺有礼貌的吗？系主任也帮他说话，指责那些说黄晓洋孤傲的人，是因为自己不是他的对手），接着又说他跟女学生有染（校长说，有这回事？你们有证据吗？）。这时候，校长的口气明显软下来了，系主任也不再坚持了。其实，他们心里亮亮堂堂的，然而，把晓洋留住，至少是个不利于团结的因素吧。

就这样，他回南京几个月后办好调动手续，来了渝州文理学院历史系。

这件事情，我是说，他往重庆调动的事情，我和父亲都一无所知。当他再次来到重庆，选一个星期天到了我们家，我该怎样向你描述我的心情呢？那是下午2点过，我父母到沙坪公园晒太阳去了（时令早已进入雾季，阳光要穿过厚厚的云层，洒到地上的，是一点花花太阳，但也弥足珍贵），我一个人躺在沙发上看书，听到敲门声，以为是父母，打开门，却是他！

我竟然没邀请他进来，而是堵在门口，也不跟他说句话。

还是他说："杜主任在吗，我可以进来吗？"我才让开。

一切都从头开始。

以前那种暧昧的意绪，需要召唤才能回来。

一旦回来，就膏一样稠。

他在沙发上坐下，我把水给他倒过来，才说父亲不在，但马上补了一句：

"爸爸很快就回来。"

他明显有些不自在，但装出大哥哥的样子，问我的学习。

我简短地回答他，而且都是以问句的形式回答，引他说话。

可不知为什么，我听不见他此刻的声音，只听见他那次在阳台上的声音。他重返重庆，一定是为了那个没能达成的目的，因此我听见的，是他讲述曾祖母被害的故事：雪地里的老人，还有那个日本兵……我当时就发现，这个故事跟他本人的关系，比跟前两者的关系还要大，大得多。

我的心痉挛了一下。对，就是痉挛。

我和他坐在同一张沙发上，但距离比较远，我站起身，把水杯往他面前推得更近些,并顺势挨他坐下了。那时候我脑子里一片空白,是怎样把头一歪,靠住了他的肩头,我是说不清楚的。我翕开嘴唇,等他。他呼吸急促,但没有动。空气潮湿。我抱住他的脖子,吻他。

一切都是我主动的。主动的反面是被动。我在主动当中也奇异地感觉到了自己的被动。这感觉是怎么产生的?……作为学画的人,我深知最容易打动人的,是"物理性"的顺当、妥帖、安定和松弛,而晓洋身上缺少的,恰恰正是这些。

两人冷静下来,他才告诉我,他昨天就到了。

"为啥不来找我?"

这时候我是在他怀里,问话的声音很轻,却有了控制的意味。

他说:"我要先安顿好啊,学校照顾我,给了我一个单间,尽管只有壁橱那么大。"

"在哪里?"

"杏园。那里至少住了二十个单身教师,我在四楼,从天桥过去,从左至右第五间。"

我听得有些糊涂,猛一下从他怀里支起身。

他说:"我调到这学校来了。"

是的是的是的,你说得对,礼物,对,礼物……他就是给我送礼物来了……

(杜芸秋连续摇了几下头,左眼和右眼交替被头发遮住,又交替露出来。)

一个多小时后,他起身要走。

我说你不等我爸了?

他笑。

我也笑。

第九章　致父亲的信

爸，我在重庆一切都好，你们放心。

安伯母的病已经好了，而且我今天去了她家。我去过两次，第一次没能进门，安伯母听到敲门声，刚把门打开，二话不说，就推着我后退，她也跟着出来，又把门轻轻带上。她家的房子，呈横着的"凹"字形，门开在缺口的顶部，因此我和她是站在巷道里。她说你找李教授？我点了头。

"不行，他正在工作。"

你说她说话带股涩味儿，但我没听出来。她现在说的是川话，我听谁说川话都差不多，一个腔调。

李教授工作的地方就是客厅，如果是热天，我进入院坝就能看见他坐在窗下的书桌前，现在不行，窗子关上了，还拉上了深蓝色的窗帘。重庆的冬天真冷啊。我简直没想到会冷到这种程度。入冬以来，雪倒是没下，霜却勤快地降临，清早起来，地上一片白，其中有两天，白霜变成黑霜，花园里顽强的小草，经黑霜一打，再也扛不住，都烂掉了，像被人踩了几脚，又像放进锅里煮过。

安伯母又对我说："从起床到睡觉，他只在早、中、晚三顿饭后各休息半小时，你要找他，午饭过后再来吧。"

可"午饭过后"是一个十分不确定的概念。我问他们家一般几点钟吃午饭。

"12点。他吃10分钟。"

我像是到了火车站或者飞机场。火车和飞机有时也要晚点，看来李教授比它们都准时。

在明月河见过安伯母那么多回，我以为她会认出我来的。但很显然，她对我没有丝毫印象，她那时在病中，对自己干了些什么，也可能完全不记得了。我很想告诉她，我的父亲是谁，大伯是谁，但没敢把这话说出口。等合适的时机吧。

只是，即便告诉了她，也不一定有什么意义。

那次我给大伯说我找到她了，大伯的反应是很怪的。他在里屋给二胡上松香，我推门进去，他就感觉到我有话要对他说。当听说她在，大伯瞪我一眼，站起身，在屋子里转，转了好几圈，才回到座位上，问我："她在哪里？"我说了地方。"当校工？"我说不是，是当家属。"好……好……她过得好吗？"我说大概不算很好，她成天自言自语，还常常去河边烧信。大伯的眼睛有些湿润，问是写给谁的信。我说写给谁不知道，看上去她是在怀旧，要是她能跟她怀念的人见见面……听到这里，大伯眼睛上的那一点湿很快不见了，激动也消失了，显出完全与己无关的神态，说：

"她想见的人，永远也见不到了。"

说完他用指头蘸上茶水，在书桌上接连写了三个"不"字。

幸好我没说安伯母的丈夫是李教授。

我是在丢下那个话题之后，才转弯抹角提到李教授的，结果大伯认识他，对他很尊敬，说李教授这一生，是由"事"组成的，想事、说事、做事，没有任何人，也没有任何力量，能剥夺他想事、说事和做事的权利。在中大时，他出门爱带雨伞，可真的下起雨来，哪怕是瓢泼大雨，他也记不起把伞撑开。那是他在想事。1942年8月，他站在小龙坎一座桥上，空袭警报响了三次，日机的声音一声比一声重地传来，轰、轰、轰……人们扶老携幼，朝防空洞奔跑，他却脚底生根，因为他在说事——他正跟一个姓环的教授激烈争论：小鸡出壳就知道啄食，究竟是本能还是在胚胎内就经过了训练？那次不知什么缘故，日机胡乱扔下几颗炸弹，然后俯冲下来，打了一阵机关枪，就飞走了，他便跟环教授一直站在桥上争论，从头天傍晚，争论到次日早上才分手。

至于他做事的时候能不能打搅，就可以想见了。

——难怪只要他在工作，安伯母就不放我进去。

大伯为什么会说安伯母想见的人"永远也见不到"的话？为什么要写那三个"不"字？

一切都只有猜想，都只能等待。我很赞同妈说的那句话——妈没有多少文化，但她说的话总是饱含哲理，有次我听见她劝对门的桂大姐，桂大姐当时正死心塌地地跟张大哥闹离婚，妈也觉得张大哥太对不起桂大姐，婚应该离，但闹到法院，判决书老也下不来，妈就对桂大姐说：

"你急什么呢，人这一辈子，多数时间不都是在等吗？"

如果我把我的身份说给安伯母，她会有什么反应？这是我要掂量的。

我也只能等，等恰当的时机。

但愿这种等待是有意义的……

我现在吃饭，星期天去杜主任家里（为什么这样，以后再告诉你们），平时吃食堂。今天我午饭也没敢吃，在宿舍等到差5分到12点，又往安伯母家走。从我住的杏园到他们住的银杏坡，需15分钟左右，上午我专门掐算过的。我12点9分到，又等了一分钟，才敲门。

李教授果然放下了筷子，噙了口茶水，去卫生间漱口。

安伯母见我来，也不再吃了，赶紧收拾。

他们的这个家，实在太简陋了，不仅藤椅是破的，沙发是烂的，连李教授的那张书桌，也癞疤癞壳。倒是收拾得很干净，看上去到处都是灰尘，用手一摸，才知道是旧，不是灰尘。这显然都是安伯母的功劳。李教授哪有那个时间哪。

对我的到来，李教授很欢迎，请我坐，让安伯母给我倒水。

安伯母得了那场"多话症"，而今就变得无声无息的了，倒水、收碗、擦餐桌，都是无声地干着。我估计这就是她的正常状态。她是不是压抑得太久，才有了那长达一个季度的爆发？她的生活空间十分狭小，脚下的路，是从银杏坡到明月河，再从银杏坡到侧校门外的菜市场和百货店，就那么两条。她自己剪发，所以连理发店也不去。据说，自从嫁给李教授，她就一直走着那两条路。她没有第三条路。李教授从不逛街，他没有时间。安伯母也不逛街，她的时间太多了，弄不清去哪里逛。非但不逛街，她恐怕不知道从银杏坡到菜市场，要经过运动场和游泳池，也不知道从银杏坡到明月河，沿途有爬满青藤的老楼房，有长年滴水的天然石壁，有破石而生的黄桷树，有形如蛋壳的喜鹊窝。

一只白猫紧紧跟随在她的身后，她走哪里，它就走哪里，还踮起后腿，往她身上跳，像狗。听杜主任讲，嫁给李教授不久，安伯母就养猫，这是她养的第三只，前面的两只，平均年龄活过了十四岁，她为它们养老送终，每死去一只，都用上好的衣料包裹着，装进一个小小的木匣里，埋在明月河边。她刚去明月河烧信的时候，杜主任还以为那些信是写给两只猫的。

坐下来，我就抓紧时间，向李教授请教问题。

正如杜主任告诉过我的那样，对数十年前的旧事，李教授是想说的。

妈担心的那件事，我知道处理。要说，这事怪不得我，据西方人研究，结婚早晚也有遗传，我是被遗传了。这是笑话，你请妈放心就是了。只是，我走了，家里就只剩下几个老人了。我们家的人丁实在不旺。如果当初我听话一点，不让妈流那么多血，吃那么多苦，乖乖地从她肚子里出来，她还可以生的，就是我坏了事。你让我到重庆后抽空去照顾安伯母，这一点我会尽量去做，却把你们晾在那么远的地方，想起来让我心痛。毕竟，安伯母自己有儿子，你们却没有后人在身边了……

第十章　黄晓洋笔记

从战时首都重庆可以看到中国社会的缩影。这里不像延安那样是相同意识形态的人群，国共两派一面同日军作战，一面争夺着国民革命的领导权，还有一部分是赞同其中某派观点的，另外就是人数众多的普通民众。重庆也不像延安一心一意瞩望未来……由于理想和意识形态的不同而展开了阴谋和策略的较量，新与旧、左与右、贫与富、洋与中，交缠冲突，形成独特的人间社会。

——摘自《从重庆通往伦敦、东京、广岛的道路》
［日］前田哲男　著

自说自话的地方实力派成为权力的中心，国民党中央已积弱不堪。高级军官作战迟疑，也不能与其他部队合作，而热衷于赌博、走私和嫖女人。党的各级领导，表面由选举产生，其实是党的更高一级任命。每个政府机关都充满虚伪和敷衍，所做的一切都脱离民众，脱离社会，成为颓废堕落的衙门。

——影印件（局部），刊报不详，页眉依稀可见"民国22年5月12日"字样

老实说，古今中外任何革命党都没有我们今天这样颓唐和腐败，也没有像我们今天这样的没有精神，没有纪律，更没有是非标准，这样的党早就应该被消灭被淘汰了！

——摘自《蒋总统思想言论集》

第十一章　黄晓洋日记（7日）

今天第四次拜访李教授，我终于忍不住，对他说：

"李教授，我的曾祖父是黄明焕。"

报了家门，我便一心二用，既注意李教授的反应，也注意安伯母的反应。安伯母收着碗碟，正往厨房走，她的脚步是否停了一下，我不敢肯定，但至少可以证明，她的反应并不强烈。看来父亲和大伯都没在她面前提到过曾祖父。李教授的反应在我意料之中，他本已在藤椅上坐下，又站起来，张开双臂来搂我。我也站起来，跟他拥抱。他的手不停地拍打我的脊背，喊叫着说：

"明焕兄啊明焕兄啊！你咋不早说呀明焕兄啊！"

好像我是我的曾祖父。

他那么苍老，动作迟缓，手上却很有力，说话也中气十足。

安伯母在厨房洗碗，水声时轻时重地传过来。李教授在水声里指着沙发对我说：

"你坐,你坐。"

他激动未消,手上的老人斑粒粒跳动。好在我们都坐下了。

等他情绪稳定下来,我说:

"我曾祖父去世半个世纪了,没想到我还能在这里见到他的至交。"

"要说至交,我还不敢称是你曾祖父的至交,"李教授很认真地纠正我,"只能说我跟明焕有缘。他去剑桥念过书,我也去剑桥念过,我去的时候,他早就回国做了大教授,但剑桥还流传着他的故事。他进图书馆,常常开门时进去,关门时出来,出来才知道渴,才知道饿。他是我的榜样。人给自己树个榜样是很要紧的,你曾祖父就是我的榜样——学问博大精深,做人天真浪漫。有天,伦敦下着捣竹竿似的大雨,他却光着头,安安静静坐在校园的最高处,为的是看雨后的彩虹。别人说这是发疯,其实应该叫浪漫。很多人想浪漫,但不是所有人都浪漫得起。人们把自己浪漫不起的浪漫,就叫发疯。"

(这让我想起李教授跟环教授在小龙坎桥上的那场通宵争论,那的确是浪漫不起的浪漫。)

"后来我回国也进了中大,"李教授接着说,"而且跟明焕做了邻居,我便抽个晚上去拜访他,把他在剑桥的故事说给他听,他笑得嘎嘎嘎的,尖下巴上的几根山羊胡,在灯光底下抖成一阵风。刚进门的时候,我是很紧张的,没想到他是这么个人!我叫他老师,他不许,从此我俩就以兄弟相称。"

李教授侧过身,端水喝。老式搪瓷缸,盖子和沿口上的瓷脱落殆尽。

他每喝一口,我就觉得自己的嘴皮被割得痛一下。

我接过李教授的话说:"我知道,你们经常往来,我曾祖父还常去您那里借书。"

说了我才后悔。真不该提书的事。

当年,李教授的藏书在南京城首屈一指,当他赶着牛羊向西跋涉,只能把书放在姨父家中。他姨父是中学教师,住在郊外,李教授的父母也跟他们住在一起。后来,中国军队被赶走了、枪杀了、活埋了,南京成了日本人的南京,老百姓的最大奢望就是活命,而不是像人那样过日子了。李教授的姨父家,到了整整两天开不上火的程度。再不想办法,只有饿死,而唯一的法子,就是变卖堆满厢房和偏厦的书籍。有个书商已经来走动过,愿出高价购买。李教授的父亲说:

"卖吧,这年月,要书干什么!"

但李教授的姨父很犹豫。这是外甥托付给他的。

犹豫归犹豫,除了卖书,别无出路。书商来选了70本走,过两天又来,选了45本,第五天,书商再次露面,说要海量收购。姨父起了疑心,经多方打听,才知道是为某大汉奸购买的,极为震怒,声明坚决不卖,并将已经卖出的书退款收回。南京沦陷的第三年,李教授的姨父、父亲和三个表哥都死了,但两个女人,也就是他的母亲和姨妈,直到抗战胜利后还活着,他的书也幸免于难。

他之所以没随中大回迁南京,是不愿回到故地,去默想亲人是怎样挨饿的,怎样受辱的,怎样死的。他只到南京把母亲和姨妈接走了,把书搬到了重庆。当时,重庆大学将挖在校内的一个防空洞批给他,让他放书;调到渝州文理专科学校后,该校没有多余地盘,重庆大学就依然把防空洞借他使用。再后来,他的书被红卫兵席卷一空。"文革"结束后收回一些——就是堆放在书桌上的那些了,这其中,李教授珍爱的古籍一本也没有。

他果然没搭我的碴儿,说:

"只可惜,明焕在最不该中风的时候中了风。但有什么办法呢,这是国运！他中风并不严重，只是暂时不能行走，要是和平岁月，治疗一段时间，说不定就好了，偏偏遇到战争……"

这恰好正是我想说的话题。前几次，我都是顺着李教授，泛泛地谈论"二战"。

我顺势问他："我曾祖母遇害的事，流传着许多种说法……"

问句还没出来，李教授就打断了我。

接下来，他完全沉浸在自己的思绪当中。

当时的重庆政府——李教授说，是一个饥饿的政府，啥都缺，啥都没有。抗战刚打一年，自洋务运动以来惨淡经营的近代经济设施，包括70%以上的工矿企业和教育基础，就毁损殆尽。到1940年，国力更是江河日下，为保证供给，只能"田赋征实"（不收钱，只收粮），还"田赋征借"（向民众借粮食）。国家这么难，某些官员却把军需当成自己的家庭账房，一面向政府冒领饷项，一面向地方勒索财物，名为供应前线，实则中饱私囊。"国难"这个词，在他们那里成了一个吉祥如意的名词。

官僚集团如此不堪，统帅是推卸不掉责任的。介公（李教授这样称呼蒋介石）忙碌了一辈子，最终闹到仓惶辞庙，不是没有原因。但首先说，在抗日大局上，毅然迁都、枪毙韩复榘、行刺汪精卫，都表明了他的决心。日军对陪都狂轰滥炸，企图瓦解他的意志，他的回答是绝不屈服。轰炸后那么混乱的局面，他还和戴着麦秸草帽的夫人，走上街头，安慰民众；夫人的专车，也贴上了难民运送车的标牌。为报复他的强硬，日军袭击他浙江溪口的故里，蒋经国的生母被炸死，经国夫人的华语老师，一条腿飞到了邻家的屋顶上。对此，介公的回答依然是那句话：绝不屈服。

他兼任中大校长期间，党政军务那么忙，还常来中大巡视并发表抗战演说。到了吃饭时间，就去学校食堂用餐。他的饭量很大，一口海碗，要吃两碗。每当他吃过，学生都去抢那口碗，留作纪念。从饭厅出来，正对松林坡，是中大的"民主墙"，学生自治会的选举公告往墙上贴，各大群社，包括个别师生，对时局和政府有了看法，写出来也往墙上贴，披沥陈辞，针锋相对。介公吃饭出来，会站在民主墙下看一阵，看到对自己不敬的言辞，也不言声，眼睛跳动几下，又继续往下看，并不追究。

那时候他还有那样的胸怀。

后来，特别是皖南事变后，他的心胸才变得越来越小：查禁报馆书店，收捕"奸党分子"，推行党化教育；在空袭的慌乱中，有人掏手绢擦汗，也会被当作是向日机发号，遭到当场射杀。

南京沦陷后，确有日军（包括后来的汪精卫）安插的间谍，混迹于难民到了重庆，其中最著名的"独臂大盗"，竟当上了重庆某高射炮团团长，利用赛珍珠《大地》一书，编制密码，向日军透露我防空机密，包括高射炮的射程，但这部密码很快被美国人雅德利破译了，"独臂大盗"也被收拾掉了。退一步说，就算间谍还在活动，也不可能掏手绢擦汗、放个冲天炮、拿出小镜子朝天上晃一晃，就能向日机发信号。其实他们也明白，只是以此为借口，威慑民众，围剿异己。介公好像并不懂得，作为统治者，有异己是福；他也不懂得，你把别人当异己，别人也必然把你当异己，你不容忍别人，别人怎么就该天然地容忍你呢？或许，他懂得这些，只是变得虚弱了。独裁者的出路，就是日渐虚弱。

关于抗战，介公有一句著名宣示："和平未到绝望时期，绝不放弃和平；牺牲未到最后关头，绝不轻言牺牲。"这本是相当到位的阐述，可问题在于，人家日本要的就是让和平绝望。日本被大洋包围，地少人稀，资源贫乏，自然灾害又多，危机感深重，于是他们维新变法，脱亚助欧。泰戈尔去日本看了，很担忧，回来说：如果日本单纯模仿西方，就可能走上一条征服扩张的道路：野蛮的道路，罪恶的道路。孙中山去看了，也很担忧，回来说：日本究竟是要做西洋霸道文化的鹰犬，还是东方王道文化的干城？但日本人自己不担忧，派了伊藤博文等一大批人去西方考察，学的就是弱肉强食那一套，西方文化中对生命的尊重，完全抛到一边。他们早就把侵华作为国策了。

当中国爆发五四运动抵制日货，当1923年日本发生关东大地震，当1929年出现全球性经济萧条，日本人的危机感更重了，觉得吞并中国，已经是时不我待的事情。

明治维新过后，日本人的方向感就非常强，确定了侵略中国，就从没打算改变。冯友兰抗战胜利后写过一篇文章，其中说："上距二十六年七月七月卢沟桥之变，为时八年；再上距二十年九月十八日沈阳之变，为时十四年；再上距清甲午之役，为时五十一年。"这几句话应证了日本人的方向感。

你介公一个宣示，不可能改变他们的方向；你的人道主义，在敌人那里成了懦弱的象征。

你再听听毛主席怎么说："个把日本帝国主义是不够打的。"

在当时的背景下，中华民族需要这样的气魄。

除了气魄，还有手腕。对政府和军队的腐败，介公心明眼亮，也曾想尽办法加以约束和控制，可就是控制不了。对自己命令的推行，他常常难以保证。难怪那个叫魏德迈的美国人刻薄地说：

"委员长远不能算是一个独裁者，事实上仅仅是一群乌合之众的首领而已。"

早在抗战之初，就有人指出，某些官员言不离货财，情不离宠赂，必将致士无斗心，民无固志。实事求是地讲，在打日本期间，这些征象虽很显明，却并没动摇根基。那时候国共两党主流上是合作的。重庆对于中国的意义，除了它是战时首都，还因为国共两党在这里"兄弟一般地团结起来，为抗日救国而斗争"①。介公1938年底率军事委员会从桂林飞抵重庆后，以周恩来为首的共产党人也进驻重庆，双方携手，共同筑成抵御外辱、再造中华的中流砥柱。民众也从未丧失斗志，只说当时的学生，许多人因生活太苦得了肺病，医务室天天躺着人，越躺越瘦，不多久就躺死了。尽管这么苦，当政府号召青年参军，病床上的学生把被单一掀，就报名去，真个是一寸山河一寸血，十万青年十万军。

可日本终归不可能打一百年。

把日本打完了，国民党腐败造成的恶果，只用四年时间就从树上掉下来，烂成了一包渣。

咋不烂？团长以上个个贪污！我这还是相当客气的说法，其实自上而下是烂透了的。只要手中有一点权，就让权力发酵，见到地皮就刮一层，连战地医院的药品，也被他们截留下来，悄悄卖掉。

普通士兵呢？衣不蔽体，食不果腹，类同乞丐。说衣不蔽体吧，又不对，有时候，他们热天都穿着冬天的制服。军营里，没有任何洗澡设备，也不给士兵发肥皂，身上虱子成群。你可以想象自己被枪打死，被刀劈死，却无法想象被堆拥着的虱子咬死。你去想象一下吧，那该

---

① 毛泽东为抗日民族统一战线的题词，全文是："国民党员，共产党员，兄弟一般地团结起来，为抗日救国而斗争，达到民族独立、民主自由、民生幸福之目的，是今日惟一无二之任务。"

是啥滋味！伙房就在厕所旁边，闻不到饭香，只闻到臭气，喝的水几乎没烧开过。这些肋骨毕现的冻馁之夫，行军几公里，就有人倒下；两个、三个乃至多个士兵共用一支步枪的现象，绝非个别；许多战地医院，没有床铺，很少有毯子和床单，连绷带和纱布也稀缺，更别说药物和消毒器具。就算有一点药，也多是假药和掺过水的。眼病、肺病和性病在军中漫延，好些人眼睛痛得没法举枪瞄准，却得不到医治。

因为挨饿受冻（有时是受热），士兵成了"掠夺成性的暴徒"。（李教授挥舞手指，打着引号，说："这是陈纳德将军的话。"）他们每经过一个村庄，都成为清道夫，又偷又抢，老百姓闻之色变。国民党败退台湾后，有过反省："我们在大陆失败的原因，就是因为我们没有与老百姓亲密地拉起手来。"为什么这样？怪士兵的偷盗和抢劫吗？不，怪自上而下的腐败。为什么腐败？因为没有民主。介公也在强调民主，可他理解的民主，是民众应该毫无疑虑地追随他们的领袖。

军队腐败如此，地方变本加厉。前方吃紧，后方紧吃。维持经济变成把持经济，缉拿走私变成垄断走私。就连去现场处理较场口惨案的官员，竟也将死者的手表撸下来，金戒指抹下来，钱掏出来，塞进自己的腰包，红红火火地做起了"空袭生意"！

当然，说国民党官员全都是抓拿骗吃之徒，显然是冤枉，但更可怕的在于，你不像同僚那样抓拿骗吃，就坐不稳你的官；而且当时还形成了这样一种古怪的风气：如果你是官，却像普通百姓那样分担国家的政策纲领，就无异于自贬身价。

这相当于什么？相当于他们拿着国民党的钱，却为共产党做事。

人心向背，早已分明，单在重庆，到1944年，所有进步学生都控制在共产党手里了。

也就是说，学生们读着国民党的学校，却把心交给了共产党……

——李教授微微抬起头,望着远处。远处就是墙壁。那墙壁已被他石头一样的生活磨得放光。他的眼皮薄如蝉翼。蝉翼之下的两粒眼珠,像游鱼吹出的水泡。等他把目光收回来,半小时的访问时间,就像两支烟那样被烧得干干净净。他并不因为知道我是黄明焕的曾孙就多我给一点时间。

他对我说了最后一句话:"你曾祖父也好,曾祖母也好,跟当时的重庆人比起来,都是幸运的。"

然后他转过身,拿起了放大镜。

安伯母抱着白猫,打开了门。这是逐客令。

我再次观察安伯母的表情。她低着头,没有看我,也没送我出门。

李教授最后那句话,似乎透露出,关于我曾祖母的死,他也听到过一些说法,但他并不关心那些说法。我承认,他的话伤了我的感情。但我能够理解。他是想表明,曾祖父和曾祖母都看见了敌人,而重庆人遭受着来自空中的大屠杀,却自始至终没看见敌人——他们连看到杀人者面孔的机会都没有就死了。只有一次,一架执行轰炸任务的日机中弹之后,坠毁于距重庆20公里外的江津,德容照相馆派人去给日军死难者照了相,并以奇低的价钱把照片向市民出售,他们才在照片上看到了敌人。

看不到敌人却被敌人屠杀,这是侮辱。

从敌人的方面说,面对面杀人和从空中杀人,感觉是不一样的,在空中操纵投弹杆,就像操纵汽车变速器,杀人者看不到数千米高空下的生灵涂炭,听不到大地上痛苦的呼号,闻不到尸体烧焦的恶臭,是极端失去知觉的战争行为,因而感觉不到自己在杀人,甚至觉得自己没有杀人。正所谓犯罪者制造了惨绝人寰的现场,而犯罪者却并没有到过现场。

李教授所说的"幸运",是觉得曾祖父母的死,必定在刽子手心里引起厌恶、焦虑和恐惧等等情绪,要说价值,这也构成微弱的价值,而重庆人的死却一文不值。

我理解他的意思,但我要求证的,不是这个,我想知道:杀人者除了厌恶、焦虑和恐惧,还有没有别的?战争可以消灭很多东西,但我坚信,它不可能摧毁人心中全部的柔软地带。人心是一部水底春秋。战争的历史同样是人心的历史,在战争中去考量人心,是险峻的道路,但也可能是最近的道路。

难道李教授也跟别人一样,觉得这种探索是没有意义的吗?

三天前,我才从《山城周刊》的"掌故"栏目中,读到一篇文章。文章从一张照片说起。照片年代久远,印刷出来,已很不清晰,但看得出是群死难者,整整齐齐地摆放着,数一数,七个。

——他们就是坠毁江津那架日机上的机组人员。

当时,即1939年5月25日晚,日机利用月明对重庆实施这天的第四次空袭,向市街东部的军事委员会行营投下密集的炸弹。我空军四架飞机奋起迎敌,市街周围,特别是江岸外国人居住地附近的高射炮和高射机枪也猛烈开火,一架日机中弹,操纵系统失灵,向武汉W基地相反的长江上游飞去,迅速在江津境内的农田中坠毁。(日媒的报道是:"我一架飞机中弹,勇敢地突入敌阵自爆。")当地百姓从四周赶来时,已无一个幸存者,他们把尸体拖出来,朝尸身吐口水。

然而,发泄是短暂的,因为死去的敌人也是这般可怜:茫然地瞪着双眼,肋骨剑一般刺出,有人还烧得脸都没有了。在遥远的岛国,他们也有父母兄弟、妻室儿女,他们的亲人在盼着他们回去……百姓将从残骸中搜出的八份地图册和飞行员日记,交给前去处置的重庆防空司令部领导，然后，把七位死者装进棺木，像埋死人一样，庄重地把他们埋进了黄土。

  文章的作者说，这张照片，是他母亲留下的。重庆遭受一、二轮空袭之后，他母亲就随父母避到了江津，亲自去了日机坠毁的现场，后来又从德容照相馆买下了这张照片。当时许多人都买了，但大多丢失了。日本并不因为中国人庄重地埋了他们的死难者，就不再侵略中国、不再轰炸重庆。还有二万余枚炸弹是为重庆准备的。每个白天，每个夜晚，重庆人都像背着飞机在跑。命都顾不上，哪里还顾得上一张照片。但母亲却把照片保存下来了。她是把它跟自己的结婚照放在一起的。

  母亲去世之前，郑重其事地把照片交给了儿子。她对儿子说：

  "我当时小，看到大人吐口水，我也吐，但总是吐不到尸体上去。我丧气得很，觉得自己笨。可后来，当我拿出零花钱买下这张照片，在照片上再看那群死人，就迷惑起来了。我为啥要吐口水呢？是憎恨？当时我好像还不懂憎恨。是模仿大人的行为？也不对，摸摸胸口，觉得还真有憎恨在里面。反正我弄不清自己为啥要那样做，几十年都没弄清楚。我千辛万苦把照片保存下来，就是想弄清楚，可到今天，我马上就要死的时候，还是没弄清楚。我把它交给你，就是希望你慢慢地帮我弄清楚……"

  历史的瞬间，总有那么多相似之处。

  但又并不相似。它们一个是正面，一个是背面。

  正面和背面都是面。

  它们不是相似，而是相同。

  从起点出发，走到今天，很可能走到未来，都一直相同。

  ——难道李教授会认为探讨一下我曾祖母的死，探讨一下那个日本兵的灵魂，是没有意义的吗？

第十二章　杜芸秋访谈录

你说晓洋称自己看不懂我的画，这是事实。更大的事实在于，他不愿意去懂。要说我对艺术有什么持守，那就是客观、再客观，而作为历史学家，晓洋却做不到客观。我不断向他强调，即便是艺术，客观也具有不可比拟的力量，他却厌恶"客观"这个词，说他写《南京第十三》的最大收获，不是给他带来了声誉，而是让他明白了一个道理：世间没有客观。他说，披阅古今中外的史籍，会发现，对同一事件，常常有着截然相反的解释。因此，事件不是以事件本身而存在，事件存在于解释之中。

他的这种史学观，使他自身陷入了纠缠不清的泥潭。

他不停地怀疑，而每一次刚刚起了怀疑的念头，他又提前把某些东西谅解了。

你听明白了吗？我是说，他带着善良的愿望，事先挖好了一口井，并企图把他眼中所见、心中所想的河川和涓流，都引入这口井里。历史上的政治问题和经济问题，个人生活的感情问题和行为问题，都被他纳入道德问题来加以审视。这样做带来的后果，基本上是灾难性的。

你不能因为那个日本兵在曾祖母背上踩了一脚，就丧失对人类的全部信心。

也不能因为他开枪前叫了一声奶奶，就抹掉所有的残酷和阴暗并获得拯救。

不管是前者还是后者，都改变不了世界的面貌。

但他与这个细节展开不屈不挠的斗争。

说真的，我很为他担心。这辈子，我好像只为他担心过。

尽管我父母那时候年事已高，但他们身体强健（从艰难困苦中走过来的人，到老年往往强健），女儿晶晶当时在读幼儿班，幼儿园就在文理学院里面，离我们家很近，连马路都不怎么过，接送都可以免去的，中饭和晚饭，都在学校吃，至于早饭，母亲几乎天天过来给她做——晓洋已经离开了杏园的单身宿舍，分到一套四十多平方米的房子，供我们一家三口居住，距父母的住处只有六七百米远。母亲不过来也无所谓，楼底下就有卖早点的，都是教职工家属在做，比较放心，花块把钱，买杯豆浆，加个茶叶蛋，就足够了。晶晶在读幼儿班的时候就知道保持身材了，叫她多吃她也不干。

对父母和女儿，我都可以放手，倒是对年长自己五岁的丈夫，老是牵心挂肠。

每天回到家，他都要给我念书，还要逼着我跟他讨论。都是他从书上挑选出的细节。比如西安事变后，蒋介石有一阵回到老家，住在奉化溪口的"慈庵"，时常唉声叹气，夜间似做噩梦，大声说梦话，侍从官还常在深更半夜听见他卧室里发出"瞿瞿"之声，不敢大意，又不敢擅自闯入，只能紧贴门缝，仔细听，结果是蒋介石在祷告。当时的蒋介石，究竟是一种怎样的心境？诸如此类的吧。我开始听得兴致勃勃，后来就有些怕了——不是厌烦，是怕。更确切地说，是担心。

只要有空，他就在李教授三顿饭后的休息时间去拜访他，但李教授的思想是跳跃型的、穿越型的，细节在他那里并不重要，涉及到晓洋的曾祖父母，也只讲他们的生，不讲他们的死。

我昨天对你说过，晓洋对曾祖母的死也征询过我和我父亲的看法，父亲的全部看法就是感叹：

"哦，你曾祖母是个好人啦，那个日本兵……唉，那个日本兵……"

至于我，当然知道他最希望得到的答复（不是答案，他知道我们不可能给出答案），这答复是："肯定叫了她一声奶奶。"理由也是有的，要想杀她，随时可以下手，不必等到很少人出动的下雪天，更不必等到她倒在雪堆里起不来的时候，那个日本兵是为了结束她的苦难，才朝她后脑开了一枪；兴许，在大海那边的岛国，他也有一个奶奶，由此及彼，心生悲怜。

我可以这样说，但我不能说，原因很简单：我不能助长他的多愁善感。

多愁善感对艺术也是伤害，更别说对科学。

人总是需要突破口的，在李教授、我父亲和我这里找不到，他就把问题丢给他的学生。

晓洋给每届学生上的第一堂课，必是告诫他们：无论从事什么职业，如果缺少了来自"人"这方面的热情，都不会有大的作为；只要理解了一个时代的人，也就能理解另一个时代的人，而且希望理解另一个时代的人。他说我们是学历史的，当然就从历史中去探究人。接着，他开始讲述发生在1938年冬天的那个故事。简要地叙述完毕，就说到那个细节，事实上是两个细节：踩了一脚（开枪后），叫了声奶奶（开枪前）。他没点明那老太婆跟自己的关系，只是问学生：

"你们从这个故事中想到了什么？"

学生回答不出来。他说回答不出来没关系，你们下去好好思考，思考成熟了，就写成作业交上来。

因为没明确说是作业，学生便有理由不回答。他们绷圆了的青春，似乎与思考这个词相悖，思考需要停下来，而他们停不下来。学习之外，要游玩，要交友，要恋爱。问一问那些来重庆念大学不到三个月的学生，只要父母给了足够的钱，就一定把重庆周边的景点跑遍了。恋爱和交友花去的时间更多，特别是恋爱，那是天底下最不计寒暑也最不知疲倦的活，爱情叮在他们的耳朵上，咬住他们的腿，爱情催促他们跑来跑去，所以没有时间思考，更没有时间把思考写成文字。

但后来的有一天，真有几份作业交给他了。

他把它们拿回家，让我看过的，所以我知道。

共三份，两份男生的，一份女生的。两个男生，我就用甲乙称呼吧。

男生甲说：如果我是那个日本兵，看见老太婆倒下了，我过去悄悄叫她一声奶奶，再呼喊同伙："快来看哪，这个老太婆又刺我们来了！"同伙跑出来，围在她身边，有说有笑地看她在雪地里挣扎。这时候，我很后悔，我应该先把她扶起来……坏人，只是对于某些目的而言才成其为坏人……

女生说：是那场雪促成了老太婆的死。我从小生活在水边，知道水会引出多少人间故事。雪是凝固的水。别人看到雪，说那是雪，我看到雪，一开始就知道是水。被赋予了颜色的水。如果没有那场白水，很多没有发生的事情会发生，发生了的事情却不会发生。白水是所有事物的原因。

接下来，女生用长达两页的篇幅，论证水（包括雪）是如何改变和引领着历史，特别是战争史，从赤壁之战说到甲午海战，又说到"二战"，认为日军奇袭珍珠港，德军深陷暴风雪，都是水的缘故：不是水造成了战争的结果，而是水让日军在那个清晨出动了飞机，也是水把德军带入了绝境。兵圣孙子之所以伟大，是因为他把关于水的思辨融入了自己的战争学说；毛泽东之所以伟大，是因为他总是以水为媒介论述战争，比如"陷敌于灭顶之灾的汪洋大海"。

看到这篇文字，我笑了，觉得这个女生真有意思，而且读了那么多书，实在罕见。但是，她和男生甲的答卷，都明显文不对题。接着，我看第三份，也就是男生乙的答卷。

第一句话就像子弹一样朝我射过来：

"那个老太婆活该！"

这句话单独成段。

我点上一支烟。晓洋坐在我旁边，也点上烟。点烟的时候，他的手在抖。

男生乙引用了一句毛主席的话："战争本质即战争目的，是保存自己，消灭敌人。"然后他说：

半个多世纪前的那个中国老太婆，枯瘦如柴，弱不禁风，既无法保存自己，更无力消灭敌人，这是勿需说明的，也是可以理解的，但让人愤怒的是，她连消灭敌人的想法也没有！她拿着剪刀去找鬼子拼命，面对鬼子的胸膛，却不用刀尖，而用刀把，鬼子帮她把剪刀掉转方向，她却哭着走开，这哪里是拼命？这分明就是示弱！如果我是那个老太婆，戳不穿鬼子的胸膛，也要戳穿他的眼睛。鬼子蹲着马步站在她面前，胸膛离她很近，眼睛离她也不会远。再退一步，戳不瞎眼睛，也要在鬼子身上留下伤形。那伤形是一个中国老太婆留下的，对整个抗战来说，也是一个局部的、小小的胜利。

但我不喜欢说大话，我讨厌大话，我之所以认为老太婆必须那样做，并非让她去想整个战局，去想南京人民是怎样在遭到屠杀和强奸，我只让她想想她的丈夫。她丈夫是中央大学名教授，是靠头脑活着的人，而鬼子偏偏削掉他的脑袋，让他的脑袋和身体分家，让他的脑袋和身体各死各的。

这不只是一种死亡，还是一种象征。

日本的侵华战争，许多人都只看到灾难，看不到象征。其实日本人从头至尾都在玩象征，杀人、放火、活埋、强奸、来自空中的无差别轰炸……统统都是象征。黄老师你给我们讲，有个鬼子兵见一个挂着拐杖逃难的中国人，用自拍相机给他和逃难者照了合影，然后他一枪把逃难者刺死，又给自己和逃难者的尸体照了合影，这难道仅仅是一次杀人事件吗？难道我们看不出其中的象征意义吗？

那个龟儿子鬼子兵，简直是了不起的死亡艺术家！

我们老是说，日本侵略中国，是一小撮军国主义者搞的，日本人民受了蒙骗，真是这样吗？之前的不说，单从九一八事变算起，日本蹂躏中国总计5107天；从七七事变算起，总计2958天，这么长时间过去，日本人民怎么一直不醒啊？

因为他们不愿意醒，他们早就爱上了这种"虔诚的暴力"。

更有力的事实在于，1945年8月15日中午，当日本人民亲耳听到裕仁天皇"终战诏书"的广播时，痛哭失声，纷纷跪倒在二重桥上。

为什么哭？为什么跪？因为他们还没把象征玩够啊，还想继续玩下去啊，怎么就"终战"了呢！

面对如此场面，我们还认为只是"一小撮"，就没有资格作日本这个可怕民族的邻邦。

当然，不只是日本。在一个邪恶政权的领导下，谁都会做出可怕之事。"二战"时期，德国对犹太人的屠杀，被一些"宽厚"之人认为是少数极端战争贩子所为，事实上，从医生到歌剧演员，从老师到逃学的学生，都曾是屠杀犹太人的帮凶。起码有20万德国和奥地利的"普通人"是罪行的执行者，不同宗教、不同年龄、不同文化程度的人，都有。我在一本书上看到，一个来自维也纳、名叫马特纳的小警察，1941年在白俄罗斯参与枪毙二千余名犹太人后，给他妻子写信："执行第一车人时，我的手还发抖。到第十车，我就瞄得很准了，很镇定地把枪对准很多很多的女人和小孩，还有很多婴儿。我自己有两个小宝宝在家，可是我想，我的小宝宝要是落到眼前这批人手里，可能会更惨。"

马特纳是诚实的，他说得没错。

如果我是1938年腊月二十三日南京城里的那个日本兵，我必定会枪杀那个老太婆。当然，开枪之前，我不会别过头去，更不会叫她什么"欧巴桑"！——别幻想了，当仁义、善良和美好根本就不存在的时候，一切关于它们的幻想，都是软弱——我就把枪口顶住她后脑，看着她在雪地上挣扎。我把看她的挣扎也当成一种象征。当我完全理解了这种象征的内涵，她快从地上爬起来的时候，我再开枪。

砰！她再次倒下。不是她主动倒下，是我让她倒下。我想让她倒下，她就必须倒下。

在她倒下的同时，血喷出来。血把雪烧出不体面的窟窿，血让雪变了颜色。变色本身，就是充满刺激的象征。我嫌这刺激不过瘾，当然要踩她一脚，踩一脚不够，就踩两脚、三脚、无数脚，让血像水柱一样冲开，洪水一般泛滥，将城市和乡村淹没，让所有的生灵，包括天上的飞鸟,都闻到腥味儿!

——我这里复述给你的,虽不是原文,但我敢保证,大体上是原文。它给我的印象实在太深刻了。

你说晓洋日记里有记录,我想这是必然的。他怎样描述看了男生乙这份答卷的感受?

我说给杜芸秋听,黄晓洋这样写道:

"他闻到了腥味儿,我闻到了焦煳味儿。我的心被烧焦了。办公室里已没有人,我将几张空白纸撕碎,进了走廊对面的厕所,将碎纸丢进马桶,拉了一下悬着的棕色绳索,转身离开。在我身后,炸开'哗!'的一声水响。我觉得水一直在响,直到走出办公室,下了楼,肥肥胖胖的夕阳照在我的脸上,我还能听见那水声。与此同时,一个困扰我多年的痛楚消失了。至少是藏了起来。"

我对黄晓洋的这段话同样印象深刻,因此能记住。杜芸秋听后,点点头,接着说——

是呀,他将几张空白纸撕碎,这是很有意思的。那几张空白纸,成了男生乙那份答卷的替罪羊,对答卷本身,他不仅没撕,还放在我们卧室的书桌里,保存得好好的。几天之后,我拉开抽屉找笔用,看见三份答卷整整齐齐地叠着,只有男生乙的答卷上才画了一个大大的红"√"。我第一次看的时候,没有这个表示赞赏和肯定的符号,是他后来反复阅读后给出的评判。

这怎么解释呢?你能理解他吗?联系到你说他在日记中写的,"一个困扰我多年的痛楚消失了",我觉得至少可以获得一种暗示,仇恨——我可以使用这个词吗?他的多愁善感和无处不在的谅解里面,包裹着仇恨。"当埋葬我们的孩子、我们的妈妈时，我们和他们，活着的人和死去的人，跳跃的心脏和停跳的心脏，只有一线相连：共同的仇恨！"这是剧作家宋之的面对日军暴行写下的宣言，晓洋如果生在当年，他一定会写下类似的宣言，他的骨头上刻满了字，每一个字都与仇恨有关。

可他表现出来的，拼尽全力要去实现的，都与仇恨的性质完全相反。那时候，每届学生毕业，辅导员都要征求各学科老师的意见，晓洋给了男生乙最差的评语！

他不会调和，他撕裂自己，宁愿把自己变成受虐者，去背负不该由他承担的责任，也要把骨头上的那些字抹去。我这样说，好像我理解他了，不，远不是这样的，否则我也不会把他留下的文字交给文博，托文博请作家来写写他（文博请到了你，我很高兴，我觉得我们谈得很愉快）。他的那个痛楚并没有消失，也几乎没有"藏起来"过，他不允许自己轻松，在他那里，轻松差不多与平庸等同，因此，受虐本身也成为神圣的了。如果他没把自己拴在载荷沉重的大车上，就觉得自己是在脱离地面，虚度光阴，浪掷生命，而这辆大车是否真的需要他拉，他能不能拉动，都不是他考虑的。

第十三章　明月河①

"你姓黄？"

吓我一跳。原来是安伯母。她的怀里抱着那只猫。

我说我姓黄。我为什么这样紧张呢？

"你说普通话，我以前也说普通话，几十年不说，现在都不会说了。"

"是……我听李教授也说川话，只偶尔夹杂一个普通话的发音。"

"你是……"

"我是南京人。"

"哦……"

"我曾祖父黄明焕，跟李教授做过邻居，那时候李教授还在南京

---

① 这篇文字虽然出现在黄晓洋的日记本中，但没注明日期，《明月河》的标题，也是原文就有的。

的中央大学。"

她枯瘦的手抹着猫背，猫半眯着眼睛，静静地享受着主人的爱抚。

"你去过我家无数次，经常挂在嘴边的，是你曾祖父曾祖母，好像你没有祖父母，也没有父母。"

"我祖父叫黄诚，父亲叫黄伯勇。我还有个大伯，叫黄伯道。"

她沿着河堤往前走，也就是往河的下游走。垂柳柔软的枝条在她肩头次第滑落。

我跟上去。没走多远，就看见那只白鹭。和我第一次见到它时一样，孤孤单单的，一动不动的，站在河心，任冰凉的水从胸脯底下漫过。

她怀里的猫，发出低沉的声音："呜——呜——呜——"

我说："它看见白鹭了。"

她说不，它闻到了同类的气味，它是在跟先走一步的伙计们打招呼，算是拜个码头。

这么说来，河岸边这块五米见方的平地，就是她埋那两只死猫的地方了。倒是看不出痕迹，春去秋来，杂草丛生。这两天正值倒春寒，尽管没有风，草梢却在瑟瑟颤抖。近旁一株野樱桃，白花满树。

知道了我大伯就是黄伯道，她怎么没有一点儿波动呢？

或许，因为病过那一场，她把什么都忘记了？

我又曲曲折折地提及旧事，说到中央大学、南开中学，还说到文德茶馆。

她终于问我："你知道当年的文德茶馆在哪里吗？"

并不等我回答，她的手指向河面，划拉了一下。

"这里以前不是河？"

她说不是，这里本是一条狭长的平坝，1957 年，才将一条散漫流浪的无名河改道,让它路经文理学校境内,注入嘉陵江,工程完结的那天夜里,明月当空,因而给它取了这名字。

没有明月河的时候,平坝上树木疯长,藤蔓断日,是鸟雀和小兽的乐园,还有丈多长的乌梢蛇、鲜艳迷眼的菜花蛇,这些冷血动物,如果抓不到鸟、鸟蛋、老鼠和兔子,就以同类为食,彼此缠斗和吞咽的景象,连上帝看了也会打摆子。不过,谁知道呢,她说,也可能上帝喜欢它们这样,上帝坐着龙椅,喝着小酒,背后站一群嫔妃媵嫱和文武百官,看下界怎样同类相残,就像看一场戏。

1930年代中期,她接着说,平坝被打理出来,很规整,从那以后的十年间,这里开着许多家茶馆,其中文德茶馆最为有名,既喝茶,也唱戏,门槛上贴着两副对子,一说喝茶,一说唱戏,说喝茶的平淡无奇,说唱戏的很有意思:"看我非我,我看我,我也非我;装谁像谁,谁装谁,谁就像谁。"

对文德茶馆为什么有名,我是知道的,但我装着不知道,说:

"书上讲,在当时的茶馆,大多是又喝茶又唱戏,传统川剧和新编抗战剧天天在大小茶馆上演,与街头剧、活报剧形成室内外两大群众剧场,其中《放下你的鞭子》《打鬼子去》……"

她的肩膀抖动了一下,迅速掐断我的话:"文德茶馆有名,主要因为它是考客们的聚居地。"

考客大都很穷,破衣褴衫,白天在茶馆里读书,饿了,去外面买块烤红薯,甚至有连续两天只用茶水充饥的,肚子饿得痛,又胀得痛,胀得尿脬风车样转,也不敢去放掉,怕放掉了更饿,实在没法,才走向尿桶。尿桶离门不过五六步远,挨挨挤挤地排着,用两面破晒席围住。尿桶里的颜色,跟茶杯里的颜色很相近。要是多人同时进去,放尿的声音有瀑布那么响。考客晚上也睡在茶馆里,不怕脏衣服,睡在地板上，怕脏衣服，就花五毛钱，租条巴掌宽的凳子，像挺尸那样睡在凳子上（茶桌是不会让你睡的）。天气暖和的话，还睡在茶馆外面，夜里进城掏粪收尿的农人，担心露气伤了他们本来就瘦弱的身体，有时就把自己粘满粪水的围腰解下来，盖在他们身上，同时嘟囔一声："造孽哟！"

"那时候啊，"她接着说，"有个女学生，在文德茶馆见到了一个带着二胡和手风琴的考客。"

我无法控制自己的激动，说："那个考客就是我大伯。"

她一点也没吃惊，沉默着，小步小步地走着。

她的体态这样细瘦，腰板这样挺直，我仿佛看到了当年的那个女学生。

于是我又说："我还知道那个女学生的名字，她叫安靖。"

"你大伯告诉你的？"

我撒了谎，说大伯常常念叨那个女学生。

"可是她早就死了，我是说那个叫安靖的女学生。"

她说得那么淡然，那么肯定，让我不敢搭腔。

连大伯为她终身不娶，我也不敢对她讲了。

对大伯的情况，她也没有主动问起。

我没跟她一同离开明月河。她走了好一阵我才走的。我走在落霞里，迈出去的腿将霞光撸开。路当中有只捡食的鸟，发现披在自己身上的霞光不见了，吓得扇动翅膀飞走，紧接着，另一只鸟从树上砸下来，蹲到离我很近的地方，朝我一阵乱叫，像是在骂我。很可能，两只鸟是一家的，我惊吓了其中的一只，让另一只对我很不满。这是鸟的感情。可什么是人的感情？鸟有的感情，人肯定有，人有的感情，鸟不一定有，鸟没有的那部分，应该怎样去发现和阐释？

第十四章　杜芸秋访谈录

说晓洋不说安志薇，几乎等于没有说。而且我发现，你跟当年的晓洋一样，也对安志薇产生了兴趣。但关于她的事，我能告诉你的并不多。我只能说，晓洋对安志薇表现出那么大的热忱，让我父亲很不以为然。有些话，父亲不好对晓洋讲，但给我是讲过的。

他说："安志薇不仅是个爱出风头的女人，还是个来历不明的女人。"

这听上去有些阶级斗争的意味。

但父亲有他的道理。"独臂大盗"被抓后，引起很大的恐慌，你弄不清自己身边的人是不是日军派来的间谍。当然，这个罪名太大，没有确凿的证据，谁也不敢妄言。就算排除安志薇是间谍，她的疑点还是非常多，当初她在重庆无亲无故，如果待在南开中学，有吃有住（教育部对流亡学生吃住免费），退学过后，她能去哪里？当然，现在你也明白了，她进了救护队。但离开救护队之后呢？晓洋的大伯和父亲不知道她的去向,她的其他熟人,同样不知道。

嫁给李教授之前的半年,她才到了陈家湾邮局上班,也不是正式工。据邮局一个姓刘的领导讲,那天她去邮局附近一个什么集体企业求职,被刘领导碰见,那阵子,邮局正差分拣工,刘就对她说,你先过来帮我两天。她只不过是想找个落脚点,根本没有选择的份儿,听说有人要她,立马跟着走了,还干得特别起劲。这一干就是半年。她自己的身世,自然也给刘领导摆谈过,刘曾是李教授的学生,有天去看老师的时候,见老师吃没吃样,穿没穿样,心想老师还不上六十,身体又好,跟第二任妻子离异也有两年,日子还长长久久的,实在该找个内当家才对,于是把安志薇介绍给了他。

我父亲说,安志薇命好,她恰到好处地嫁给了李教授,要不然,除非她躲进深山野岭,永不露面,否则是没法交代的。

但还是遇到一些麻烦。在那段特殊的年代,要做个隐身人可不容易。你必须透明,从头到脚地透明。而安志薇,却像月夜里走山路,一会儿暗,一会儿明,暗处主要有两点:一是来重庆之前,二是抗战胜利后到嫁给李教授之前。前一个暗处很难追究,她说她在青岛也好,在济南也好,你都没有办法,户籍早在慌乱和末日般的恐惧中丢失了,要她找证人,证人都被日本人杀死了。当时留在重庆的很多下江客都是这样说的。后一个暗处,尤其是解放之后的几年,安志薇却没有理由不交代清楚。

她说的是:"我在黔江的老山里当小学教师。"

黔江是重庆和贵州的接壤之地,大山连绵。问她是哪个乡哪个寨,她说了,哪座山,哪所小学,她也说了,组织上写信去问,却一直没收到回音。没有回音就意味着虚假,这是当时的普遍逻辑。

要不是李教授挡在那里,安志薇是要吃苦头的。

渝州文理大学最觉得骄傲的一件事情，是他们对李教授的宽容和保护。

你知道吴宓吧？他那时候也在重庆一所高校，却被打断了腿，继染眼疾，生活完全不能自理，三个女儿又都跟他划清界限，断绝关系，拒绝照料，只好让他妹妹领回西北老家，凄凉地死去，葬于白雪笼罩的嵯峨山下。在当时的重庆，跟吴宓同等级别的教授，唯有李本森。文理大学却没这样对待他。高帽是戴过的，街是游过的，斗是挨过的，却从没打算"从肉体上消灭"他，也没把他关过牛棚。后来斗争升级，上面点他的名，学校还想方设法为他找托词。最方便的托词是说他病了，病得不行，只好躺在床上了。李教授那人，发高烧也不愿浪费时间往床上躺的，上面派人来侦察，看见他竟坐在家里的书桌前，就要带他走，他一听说来人的身份，当即昏迷过去，而且真的生了场大病。

日本人的飞机大炮也没能把他吓住，却被那个人吓成这样，真是怪事。

不过从那以后，基本上就没人来惊扰他了。

他受到的最大冲击，是红卫兵闯进重庆大学防空洞，抢走了他的书。

安志薇是李教授的夫人，而且李教授要是离了她，只能吃食堂，大学停办之后，只能去街上吃馆子，衣服穿上一个月，恐怕也不知道洗。既然如此，也不能太为难安志薇。为难她也就是为难李教授。

有个人倒是希望为难她的，但他不是好好先生吗，别人都没过分，你一个好好先生怎能过分呢？

你已经猜出来了，这个人是我父亲。

他主动去认安志薇这个老同学，安志薇竟然不搭理，让我父亲记恨在心。

我毕业后进入双江潮画院，上班两年，跟晓洋结婚，婚礼那天，李教授和安志薇自然都请了，李教授作为一个多年不出门的人都到了场，安志薇却没出现。晓洋给我解释，说她肯定是不想见到大伯，她以为大伯会来的。其实晓洋家里的人都没有来，因为在一周之内，我们办了两场婚礼，重庆办一场，南京办一场。宴会结束，晓洋不仅给安志薇送去了糖果，还把从席桌上提前挑拣出的吃食，也打成包送去了。这让我父亲觉得，自己家的女婿好像成了别人家的女婿，心里更不舒坦。

父亲没有儿子，就特别看重女婿。他有两个女婿，但他只看重晓洋。姐姐姐夫三五年也回来不了一次，这且不说，关键是姐夫是个白人，金发碧眼的，不仅不会说四川话，连中国话也不会说，这让父亲感到荒诞，无法想象大女儿跟那家伙住在一起，是如何把日子打发下去的。尽管文理学院也有从欧美来的外教，但即使坐在同一个办公室开会，父亲也只能从他们身上闻到海洋和天空的气息，从不会打心眼里认为自己跟他们是同事，更不会打心眼里认同这样的人成为自己的女婿。

他那么看重晓洋，晓洋却对他不喜欢的安志薇那么好，他会高兴吗？到去世之前，他依然坚持认为：安志薇是个爱出风头的女人，是个装疯迷窍的女人，是个来历不明的女人。

他甚至把安志薇那年变成说话的机器，还去明月河烧信，都看成是出风头。

有时候，晓洋会问我："安伯母在被审查的那些年，提到过她跟我大伯的事吗？"

我告诉他：从来没有提过。

这是实情。

因为我父亲就是审查小组副组长，审出了什么新鲜事，他都拿回家来讲。他没讲过安志薇的恋情。

晓洋开始以为，那时候我小，父亲不好当着我的面讲，后来他也知道，安志薇是真的没有提过。

这无疑又构成一个耐人寻味的谜，他咀嚼着其中的苦趣，且将这种苦趣渗透到生活的方方面面。

第十五章　黄晓洋日记（14日）

昨夜做了一个梦，我梦见我睡了过去。

我睡的时候是1975年，醒来时是1979年。有个高高大大的护士来为我打针，仿佛我先在别的楼层，现在搬到了二楼，护士还在楼道那边，就高声问："在二楼啊？"她用的针头又粗又长，扎在我的肘弯处，扎几次扎不进去，有药水流出来。那种情形和痛感，现在也十分清晰。

当得知自己睡了三年多，我便问爷爷、大伯和父母，接着问芸秋、晶晶和岳父母——那时候我的生活中怎么会有他们？而且我还问了李教授和安伯母呢。他们都好好的，我才想到自己。三年多啊，对我来说是一个空缺，我就像一幢楼，没修6楼7楼8楼，就到9楼了。我觉得自己很空，很不真实，觉得自己在未来的生活中没法与人相处，因为有一千多个日子，我没跟他们一同度过，也没读过一本书，没写过一篇文章，我在这段时间死去了，不知道身边发生了些什么事情……

当我从"梦中梦"里醒来，好像才明白真的发生了很多事。

学校升级了，也扩建了，将明月河对岸的大片农田购买过来，还合并了周边两所学校，不足五百亩的校园，变成了二千多亩；不仅如此，还在万县设了分校，分校又是七八百亩。我刚调到重庆的时候，学院的学生不满三千，现在光本部就有三万余。学校热闹起来了，由小讲堂变成了大社会。

我没想到李教授还会关心学校的扩建，若干年前，他是学校的一块招牌，不知从哪天开始，反正是很早很早以前，就不需要这块招牌了，他成了这校园里的多余人，所谓多余人，不是多出来需要清理掉的人，而是有他无多无他无少的人，大概相当于路边的一颗石子儿吧。人人都对那粒石子儿视而不见，可石子儿自己说话了。今天中午我去他家，他问到学校的扩建，特别问到图书馆。

当年，主要是由他确定了图书馆的位置。

他说："图书馆建在哪里的？"

我告诉他，还是在原址上，只是多出了一幢大楼。

他满意地点点头。

"我扶您去看看吧？"

他又摇头了。他说等我需要借书的时候再说，现在用不着。而自从我认识他以来，他好像就没去图书馆借过书。更没有买过。他就把自己的残书反复阅读，在页边上写满了批注。

"我就是担心图书馆搬到中心地带去了，"他说，"那不行，那会闹出乱子。"

我一听就明白他的意思。以前的图书馆像座碉堡，守住学校的北疆。李教授等一批初创者，差不多都是逃难过来的，逃了千里万里，才逃到重庆，若重庆不保，还要接着逃，因此，距离在他们那里跟别人不一样。把图书馆修到边缘，离中心区域是远了些，但走十多二十分钟路，能叫远吗？就算远一点也有好处：同时涌进去抢位置的人相对少些，摩擦也会跟着少些。

抗战期间的大学生，为去图书馆抢位置，经常闹得不可开交。图书馆灯光昏暗，书本纸张又多为乐山产的嘉乐纸，红的绿的，比糖果纸还粗糙，印刷又坏，字迹模糊，唯坐在灯泡底下才能勉强看清。所以，抢位置也就是抢灯光。那时候的学生，一直都在抢灯光。傍晚时分，馆门前黑压压地挤满了人，不知情者，还以为是抢购电影票；门一开就涌进去，分头朝灯光下跑，笔记本挤烂了，笔挤丢了，手指挤破了……但还顾不了这些，占了位置，立即又去抢书，特别是老师指定的参考书。后来，图书馆顶棚被日机炸毁，学生照样去抢位置；电路损坏，一时修不好，电灯换成了瓦灯，显得越发昏暗了……

李教授以为图书馆没搬地址，就依然在校区边缘。他根本不理解扩建的规模。或许是不愿意去理解。当年，有人提议扩建中央大学，遭到一批教授和专家的强烈反对，说大学的"大"，是"精"的意思。反对者中，就有李教授。他不知道现在的图书馆虽然没搬，但差不多是在学校中心了。大学是三面观音，名教授是一张面孔，图书馆是一张面孔，教学和科研成果是一张面孔，既然图书馆这么重要，而且又是在另两张面孔缺失的情况下，怎么能修到角落里去？

李教授担心的"乱子"，完全是杞人忧天。从没听说过学生为去图书馆抢位置发生过争吵。何况现在还增加了一幢楼。现在的灯光很明亮，位置也常常空出来许多。

这些话，还是不对他说的好。

我觉得，他是把自己锁在过去的。他以这种方式来延长自己的岁月。

一些人，比如我爷爷，是不停地展望未来，追随潮流和年轻人的生活观，以此把岁月加长；更多的人，就跟李教授一样，从出生到中年，让时间之水朝身后哗哗流淌，进入老年后，便转过身，去寻找旧时的足迹。这时候是溯水而行，因此寻找起来格外艰难，许多人没来得及把足印找全，就没有那个时间了，只能支使从肉身逃走的灵魂，去完成肉身未竟的使命。

前年春天，我有一段假期，便陪芸秋去秦岭写生，住在一个老百姓家里，睡到后半夜，听到伙房里发出嗒、嗒两声响，接着女主人乍乍呼呼地把男主人推醒：起来，去镇上买火炮，我外婆走了！次日上午9点多钟，果然有人来放信，说老太婆昨天晚上去世了。我问女主人：你怎么听到嗒嗒两声，就知道是你外婆去世了？女主人说：那是我外婆收脚迹来了。人死之前，都要收脚迹，生前去过哪里，死的时候要去全部收回。我外婆走路爱拖着后跟，脚步声跟别人的不同，所以我听得出来。

人，终归不会在世上白走一遭。但秦岭乡民的生死观，依然让我感到惊悚。人走着两条路：向前走，向后走——其实是同一条路，只不过变了方向。但某些岔道，我们走过一次，就绝不可能去第二次，而且把它忘记了；但灵魂没有忘记，要把脚印全都收回来。灵魂是多么辛苦。

收回来干什么呢？是交给他人，还是自己保管？

我应该问问那个女主人，她一定会给我答案，可当时我没想起问她。

我在梦中昏迷了三年多，之所以没死，是因为我没想起去收自己的脚印？

这么说来，我之所以生，是因为我的疏忽和怠惰。

李教授今天的情绪似乎很低落，问了图书馆的事，就不想再说什么话了，我问他一些简单的问题，他也只是"嗯、嗯"地应，明显心不在焉。尽管离铁定的半小时还有十分钟，我也只好告辞。

安伯母没想到我这么早离开，在里屋没有出来。

午后的校园空旷得很，安静得很。我所在的位置，是老校区，每一棵树，每一棵草，每一幢楼房，都给人垂暮的印象。一旦走入明月河对岸的新校区，那些新植的草坪和不及拳头粗的小树，散发出的蓬勃朝气就扑面而来。可是又叫人无法忍受它的稚嫩。那是糊涂的青春。所谓青春无敌，是因为青春糊涂。很少有人不是把青春浪费掉的，因为青春时的心灵，受着肉体的支配。

于是有人说，人只有在走人生回头路的时候，才能感觉到幸福。

真是这样吗？在这静谧得近乎虚幻的午后，我很怀疑。老实说，我害怕那一天的到来，我害怕我正起了床，洗过脸，迎着初升的太阳出门的时候，耳朵里突然响起一个声音：

"你回去吧！"

这个声音不一定非到老年才会响起。

我觉得，大伯在很年轻的时候就听到这个声音了。

安伯母同样如此。

他们彼此不能谅解，是由于两人在原点相遇了。

他们分手后经历了这么长的岁月，但这段岁月对他们无效。

安伯母再没像那年一样说别人都听不懂的话，更没写信去烧，但每年的8月初到8月中旬，她照例地焦躁不安，甚至暴烈。去年8月6日，我去拜访李教授，简直把我吓坏了。

我跟李教授谈话的时候，安伯母坐在客厅至卧室的过道上——大门没关，过道上可以吹到凉风，那只白猫又往她身上跳，她嗔怪说：

"这么热的！"

却主动把猫抱上了膝盖。然后她坐在那里，脖子耷拉着，像是进入了午休状态。

我跟李教授继续谈话。我们的话题总是离不开"二战"，尤其是抗日战争。我研究的重心已经转到重庆大轰炸，我希望李教授给我讲述大轰炸的细节，但不知他是有意回避，还是缺乏描述细节的才能，一接触到细节的时候，就干巴巴的，迅速滑过。

我发现重庆的老辈人都这样，比如我岳父，就从不说大轰炸的细节，甚至提都不提那件事。他脸上那些小黑坑儿，是轰炸期间被弹药扑的，他的两个弟弟，一个姑姑，都在当年死于非命，但他从没说过，还是芸秋告诉我的，并且告诫我别在她父亲面前提起。他们的心里都藏着一个幽灵。

安伯母心里的幽灵，很可能更加难以捉摸……自从那次我跟她在河堤上说了文德茶馆和我大伯，之后就没再说更多的话了。尽管我好多次在明月河碰见她，也明显感觉到她有说的欲望，每次我把话头提起，她的眼神都会像通电的钨丝，可紧跟着，电就断了，暗下来了。她只亮那么一下。她的欲望或许是在别处，在我不知道的地方。校园扩建、石拱桥那边的庄稼地变成高楼之后，她连明月河也少去了，要是我不去她家，碰见她也难，更别说听她谈大轰炸。

在现实中，我听到寂静的洪钟大鼓。

在历史面前，我听到震耳欲聋的寂静。

——接着说去年8月6日那天的事。我跟李教授摆谈了20多分钟，我都准备离开了，安伯母突然站起身，眼光发直，把猫举起来，朝地上掼去。猫惨叫一声，向门外奔逃。

幸亏她没有力气，不然猫就被摔死了。

李教授推我，说小黄你走吧，她这怪毛病每年到这时节都会发作的。

我心情沉重，也倍感羞惭……我至今无法想象大伯曾经给予了她怎样的伤害。

还没等我离开，安伯母的眼光就变软了，仿佛想起什么似的，惊惶失措地起身去找她的猫。

猫并没跑远，就在门外，朝着她声声叫唤，每一声都拖得很长，大半都是颤音。

她弯腰把猫抱起来，将猫头贴在自己脸上，进了里屋。

这件事我一直没有记。今天把它记下来，是为了提醒自己：债务是赖不掉的，我要替父辈还债。

人在死亡之前（或在死亡的同时），放出灵魂去收回脚迹，是希望谁也找不到他，就子子孙孙地赖掉那笔债务吗？

——但是我不能赖掉！

还有两件事没记。

第一件，芸秋从画院辞了职。

这家伙！

她并没跟我商量。我并不怪她。画院分配给她的事务，大多无聊，比如召集数十名小青年，让她开培训班，这本是好事，可学员都由领导定夺，对美术缺乏虔敬，也缺乏志向，只不过领导去了他们的山头，他们吃三喝六地招待得特别起劲儿。他们只是希望从某项职业中获得好处，并不把学习当回事，每天上课，能来一半人就不错了，来的这一半，也是眼珠发红，满口酒气，听几句话，就扑在桌上打瞌睡，或者摸出手机发短信、玩游戏。芸秋出门写生，往往前脚走，单位的电话后脚就跟来，叫她赶快回去，说有要事，而所谓的要事，无非是装模作样地让她参加某个会议。在双江潮画院，只有她才是拿得出手的画家，就把她当桩子一样立着；也仅仅是根桩子，要建言献策，没人理你。画院听上去是个专业机构，其实早就成了衙门，里面呈现出的生态，跟大大小小的衙门毫无二致。

偶尔，芸秋隔那么些天再去单位，会听到许许多多的故事，但每个故事都不新鲜，都离不开"争权夺利"四个字。好像画院之所以存在，就是让少数几个人争权夺利的。再养上几十号闲人，"战"时拉帮成派，成为某些人争权夺利的帮凶，闲时将"战"时的故事传来传去，并热烈地期待着下一次风暴。这是芸秋最感厌恶的。

她早就应该辞职，耗在那里，浪费她的才华。她说，对美术的戕害有三，一是穷，二是忙，三是漠不关心。我们一直就不算穷，现在更是，她的《雾三峡》《阆中瓦歌》《重庆的天》《开花的声音》等作品，都在香港拍出了极高的价钱，而且有不少收藏家向她订货。忙倒是有些忙的。为自己喜欢的事情忙，不叫忙，为不喜欢的事情忙才叫忙，她经常做不喜欢的事。但她最提防的，还是漠不关心。画院里的那帮子，谁在关心艺术？芸秋不是神仙，在里面泡久了，难免不被浸染。

然而，如果她事先跟我商量，我依然会劝她三思而行。

正因为这样，她才不跟我商量的吧？

她是一个心中没有历史的人，我真羡慕她。没有历史就没有重量，没有重量就可以飞翔。我常常感觉到，我在大地上匍匐，而她却在高处。从上往下看是容易的，从下往上看，就困难得多。米开朗基罗完成西斯廷教堂的天顶画之后，差点儿变成了瞎子，这是芸秋告诉我的，刚好可以证明由下往上看的难处。我看不清她,也无法理解她的画。对艺术家而言,作品是其最真的思想和情感,也是其最深的生命,我理解不了她的画,就是理解不了她的思想和情感,进入不了她的生命。

许多时候,是的,许多时候,我甚至理解不了她的肉体。

饥饿、疼痛、病苦、性欲,以及由此引起的精神反应,都让我们明白,肉体与灵魂不可分割。

她有一个强悍的肉体,也有一个强悍的灵魂。

父亲说,他和大伯都是纤弱的,我显然遗传了父辈的纤弱,但为父辈洗礼的,是动荡的时局和血与火的战争,在这个对抗体面前,沉沦,让世人哀叹,反抗,让世人敬仰(就像陶行知先生在动员青年参军时赋的那首打油诗:"打一打,世界敬我有国格;打二打,中国变成头等国;打三打,和平之光照万国。")。而我面对的却是一个强悍的女体和女体里面的灵魂,我做出任何一种选择,都是失败。

无论哪个时代,遭遇的人生难题其实是大同小异的。人类的困境就跟人类一样古老。

对人生难题不同的思考方式和处理方式,构成了特定的时代性。

然而,当这个"不同"呈现在世人面前,或者说,呈现在时代面前,世人和时代却不认它。

第二件,我们搬家了。

学校在黄桷坡修了几幢面积宽敞的住宅,凡文理大学的员工,退休的,在岗的,都有资格购买。真正能买的并不多,太贵了。芸秋竭力主张买一套,让岳父母跟我们住一起,让两个老人不寂寞,再说他们身体都好,可以帮忙照顾晶晶,晶晶大了,学校会越读越远,接送是免不了的。

于是把先前的房子很便宜地处理掉,在黄桷坡买了一套,在三楼上，窗口树影横逸，枝叶婆娑。

黄桷坡，顾名思义，是那里长了许多黄桷树，其实，最初只有一棵，气根下垂，汲石而生，攀壁而长，年深日久，便独木成林。鸟雀在林子里安家落户，一早一晚，叽叽喳喳地闹个不休。黄桷坡也在学校西区，跟银杏坡之间，只隔着两条丁字形的水泥路，比先前更近了。

芸秋还在铜锣街为自己购买了一间画室，更大。那地方也不远。

昨天晚上9点过，我第一次去她装修好的画室。

从家里出来，斜坡之上的运动场，被看台顶端树丛里的灯光照得浑浑噩噩，能听见里面有跑步的声音，嬉笑的声音，但看不见人影。旁边的游泳池里更是一团漆黑。游泳池过去，是第三食堂，我刚调过来的时候，它还兼作集会和演出的礼堂，现在有专门的礼堂了。绕过第三食堂，一条直道走下去，就是学校侧门。学生进进出出，手里不是拿着麻辣串，就是拿着葵花子。门外的街道上，在已经关门的菜市场外面，围着一大堆人。不看就知道，站在人群中间的，定是那个五十来岁的女人。这女人不知来自何方，以乞讨为生，当她不饥不渴的时候，就站在街面，高声宣讲她过去的美好时光。

过了马路，再走两百来米，就是铜锣街了。

芸秋的画室在铜锣街中段，也在三楼上，像是两大间屋打通的，层距特别高，除了一张几米长的大桌子，房间里空空荡荡。芸秋晚饭后就来了，上半身伏在桌面上，用半截玉米黄的粉笔在桌上写字。那是她在规划需要添置些什么东西。

我并不主张她购买这间画室。

家里的房子是跃层，父母和女儿住在一层，我和她住在二层，二层有卫生间、储藏室和一个小小的书房，我们的卧室有好几十平方米，她完全可以把卧室用屏风隔出一半，供自己画画。

昨天夜里,当她把粉笔磨成一张皮,没法再写的时候,我又向她提起这个话题。

她说:"束缚人想象的事物非常多,空间也是其中一种。"

"对空间的奢侈。"我这样想,却没说出来。

艺术家,尤其是画家,似乎都有些让人想不通的地方。他们很能挣钱,然后又把钱不当数。至少从我高祖父开始,我家里就没缺过钱花,尽管到我父亲一辈,是穷下来了,但那是普遍的贫穷,普遍的贫穷也就不叫贫穷了;在我很小的时候,爷爷还尽其所能,让我见识钱的魅力,一是满足他自己享乐的欲望,二是要我记住:"你不是穷孩子出身。"我也真的记住了,心里很少装一个钱字。

即便如此,我对芸秋出手的大方依然感到惊讶。

芸秋还说,她要招收学生,不多,一次收几个而已。她要招收的人,必须是既有艺术才华,又有艺术理想。这两样东西,一样都不能少。

她就像一匹奔马,我只能看到她扬起的烟尘,闻到她因为奔跑而溢出的、具有金属质感的汗味儿。

我觉得,正是去了她的画室,听了她的计划,我才做了那个沉睡三年多的梦中梦。

第十六章　父亲的来信

晓洋，我跟你妈到了一趟重庆，对你确实就放心了。你那边爹妈都太好了。

你跟芸秋要好好发展自己的事业。芸秋那女子，真是个天才。你那边爸爸给我看了外界对她的评价，她得的奖杯，还有经她本人签名的、给收藏家的鉴定证书复印件，以及她新出的画册。你以前老给我讲她优秀，老实说，我没想到她优秀到了那种程度，她算得上一个大画家了。她姐姐写回的那封信你看过没有？说美国的好几家著名画廊里，都挂着芸秋的作品，常有不同肤色的人前去临摹。

真正了解了她的成就，我这心情是复杂的。

一方面，自己有这样一个儿媳，我感到骄傲；另一方面，我又不能不想到自己的儿子。

你跟她一样，都是年少成名，但这些年来，你好像再没有写出像《南京第十三》那样的著作。昨天我陪你大伯去你以前的学校借书，我专门到历史系走了一趟，碰到一直关心你的老主任（他两年前退了，被返聘回去教书），自然而然就说到你。我去的目的，也就是想从他们口里听些关于你学术上的事。老主任皱着眉头，对你的现状表示不理解，说这些年来，你在学界相当沉寂，论文是发表了一些，却都无法引起学界的重视。

你努力在寻找"正常"和"异常"，认为依赖于他者，依赖于前人蹚出的道路，就辨不清自我的颜色和性质，是异常。但老主任说，世间不存在完全脱离正常的异常。你觉得正常干扰了甚至腐化了异常，但腐化本身，也是促成生长的因素，譬如一棵树，落叶的腐化对这棵树而言，绝不是消极的，而是积极的。老主任感到纳闷，觉得你问题的根子，不是出在方法上，而是观念上。

你在一篇论文中，说有些人当海员，是因为热爱大海，而另一些当海员，是因为讨厌陆地，你觉得这两种人有天壤之别。然而在我们看来，即使承认他们有区别，也不是天壤之别，因为他们最终都做了海员。——这才是事实！你认为事实在许多时候不是把人引向真理，而是带往迷途，认为"事实胜于雄辩"这句话，就跟"存在即合理"一样，其背后的支撑是社会达尔文主义，是丛林法则。对此的确可以思考，然而，对历史学家的你，我的儿子，我依然要向你高呼：

"事实事实事实事实事实事实……"

如果我有那么大的肺活量，我要一口气向你高呼一百万个"事实"。"事实"才是你的立身之本！

对你转移研究方向，老主任觉得可惜，我倒不这么看，从我私心来说，非常希望你把重庆大轰炸的课题做透，你在那边工作，做田野调查也很方便。但让我忧心的是，你对大轰炸的研究，依然是带着显微镜的。你把那个显微镜从南京带到了重庆。你希望从细节中考察人心，可你要想想，在重庆，当敌机从空中投弹，投弹手完全看不到地上的惨状，就势必出现人心的真空。淡然。麻木。无动于衷。彻头彻尾的石头心。要说细节，再简单不过：打开投弹舱，推动投弹杆，再关闭投弹舱，完了！

然而，这简单的细节，既抹杀不了罪恶的目的——他们身上，带着描绘详尽的兵要地志图和重庆市街图，轰炸哪几个点，那几个点上有些什么建筑，居住着多少人口，都一清二楚，他们事先就知道，自己投下的不是雨水，而是炸弹——也抹杀不了造成的灾难：每次轰炸过后，日本电台都会及时发布消息，报告此次出击，毁了多少财产，死伤多少人众，以炫战功；除了电台，日本的《每日新闻》《朝日新闻》《读卖新闻》，头版头条，也必是发布这类消息，还配上评论，以鼓舞国民士气。

你怎么可以绕过目的和后果，截取很可能只是某个偶然的瞬间？

而且，日军看到了地上的惨状又能怎样？在南京，他们不都是面对面杀人吗？单是在挹江门外的中山码头，他们的机枪就猛烈扫射数小时，滚落到长江里的死者不算，光岸上的尸体，就有五万一千多具。他们还搞杀人竞赛呢，野田毅和向井明敏一路杀到紫金山，野田杀了105个，向井杀了106个，这两人都成为日本国的英雄，被大肆宣扬和热烈追捧。名匠关孙六铸造的一把军刀上，刻有"南京之役杀107人"几个字，又不知是谁的战绩了。"一刀一条命，一梭子弹一排活人"，是日军追求的至上荣光。他们杀了人，还把人头提在手上，面带灿烂的笑容，拍照留念。训练新兵，也是抓个中国人，心脏处画上红圈，你一刀我一刀地刺，但不能刺中红圈，否则一刀刺死了，就无法欣赏中国人挣扎的苦痛，就很没有意思。这种训练方法，恐怕全世界绝无仅有。

美国人和中国人为什么都把日本兵叫鬼子（美国还是麦克阿瑟将军首先叫出来的）？因为他们兽性、残忍、邪恶。1937年，东西方都有个统一的传言：有不明天体要撞击地球，并将致地球毁灭。这传言之所以产生，就因为日本军国主义的丧心病狂，也证明无论东方人还是西方人，都把日本兵跟魔鬼联系在一起。在日本兵心里，有帝国的荣誉，有对天皇的忠诚，但绝对没有对生命的尊重。别说尊重，连承认也没有。他们始终就没能完成对生命的认识，包括对自我生命的认识。日本军官都佩两把刀，一把长刀，一把短刀，长刀杀人，短刀自杀；他们宁愿自杀也不投降（日本国投降后，还有一批日本兵钻入原始丛林，直到1975年才出来）。那种切腹自杀的方式，恐怕也是世界上绝无仅有的。

从这些个意义上讲，日本根本就不能说自己是现代化国家。

以漠视生命的方式去铸造所谓的武士道精神，物质再繁荣，也不是"现代化"。

另一方面，晓洋，人是有分别心的。

这颗分别心使人类蔑视其他物种，使日本人蔑视中国人，西方人又蔑视亚洲人。

日军攻占南京时，误炸了停泊在距南京11里的美国炮舰帕内号，几天之后，美驻日大使约瑟夫·格鲁写过这样一段日记："在中国战场上若无其事地违背国际法、不知廉耻的日本军还有另一面，帕内号事件发生后，他们来大使馆'对海军所做的事情表示耻辱、谢罪和遗憾之意'，'所有阶层、职业的人们'都表示了诚意。现在，我们强烈地感觉到有'两个日本'存在。"

这是日本对中国和对美国的分别心。

反过来，美国对德国和对日本的态度也很不一样。

美国向日本投放了原子弹，还对日本别的普通城市实施了无差别轰炸，对德国却没这样做；表面上看，是因为珍珠港事件，更深层的原因，却是那颗分别心。

如果你忽视这种分别心，同样是置事实于不顾。

当然，我不懂你的学问，不该多话才对。我只是作个提醒。我需要你不断做出新的成绩。事业不能停顿，停顿了就不叫事业。要往前走，走得越远越好。

我们这个家族，学问家就出了你曾祖父和你，你曾祖父的在天之灵会祝福你的……

从你那边回来后，我读了费孝通等一批学者和作家写他们在西南联大时的文章，大半都把跑警报写得像是郊游：在空气清新的山野间，恋爱，闲聊，看书，下棋……汪曾祺的一篇文章里，说每次有日机来，别人跑警报，一个姓罗的女学生都不跑，为的是去锅炉房洗头；大家都跑了，锅炉房便热水充足。读着这些文字，我竟然流了泪。在重庆消防队干了不到一个礼拜，我就不会流泪了。那天你陪我去渝中区，站在抗战期间消防人员殉职纪念碑前，为我的战友们献花，你看见了，我也没有流泪。

没想到现在读几篇文章，又把冻结的泪水激活了。

再艰苦的环境，人们也要生活，也要追求美。重庆人同样如此。

我对你说过雾季公演，你别以为公演的剧目全是抗战题材，当时就有人做过统计，直接和间接关涉抗战的，加起来仅占所演剧目的8%。那时候，白天上班，晚上怕乱，剧院下午五六点开场，晚上10点散场，因此叫"阴阳戏"，沙坪坝、浮图关、草街子……的民众，放了学，下了班，就去看"阴阳戏"，看完戏，木排没有了，车也收了，只能步行回来，要走好几个钟头。夫妻同去的，为省一张票钱，一人进去看，另一人站在外面等，散场后，看的人立即讲给等的人听，讲的听的都激动万分。

重庆人趴在桌子底下躲炸弹也哼川戏，指头还叩击地板打节拍；二人躲在同一张桌下或相隔不远，必对唱一台川戏，直到被呛得透不过气，或者被炸死了、毒死了、烧死了，哼唱声才会停止。

1940年夏，日军发动"百一号作战"①，就从那时候开始，跑警报成了重庆人的日常生活。6月10日这天，是农历的端午节（郭沫若先生规定这天为中国的诗人节），重庆人正在长江上热火朝天地举办龙舟大赛，日军却出动数十架飞机，不顾那天低垂的云雾，强行闯入，将炸弹投向市街和江面。面对烈火、血泊和死尸，重庆人骂的是："龟儿子日本人，把老子们的端阳佳节整臊了！"

你到重庆已满十年了吧，依然不会说四川话，但应该听得懂"整臊了"这个词，意思是搞砸了、让我们丢脸了；我们本来可以把龙舟大赛搞得非常成功的，把这个祖传的节日过得很隆重的，结果你日本人一来捣乱，我们只得草草收场了，所以是"龟儿子日本人，把老子们的端阳佳节整臊了"。

我认识一个小女孩，炸弹的气浪剥掉了她的花衣裳，她的花衣裳在天上飞舞，她一直望着，看见我走过去，她捂住身体，羞羞怯怯又充满自豪地问我：

---

① 空袭重庆的作战计划。是历史上第一次针对单一目标有意图、有组织、长期连续的战略轰炸计划，无论规模和次数都远远超过1939年。1941年又发动"百二号作战"，认为"日支事变已进入战略阶段的最后5分钟"，要利用欧洲动乱之际，对重庆实施陆军严密封锁、海军航空兵奇袭作战之法，给"困顿已日甚一日"的中国陪都以致命打击。

"叔叔,是不是只有我的衣裳才会飞?"

或许正是因为想起了这些,特别是想起了那个小女孩,我才又会流泪的吧。

但我还是要说,昆明的轰炸和重庆的不一样,昆明人跑警报的时候多,被轰炸的时候少,有资料表明,敌机轰炸昆明带有练习性质,飞行员到昆明上空逛一趟,回去就可以拿文凭,只是毕业仪式的一部分,因此,昆明人有理由把跑警报当成郊游。重庆可不同,那是货真价实的惨烈轰炸,五年半啦!经常是昼夜轮番轰炸,有一次长达七天七夜没有解除警报……1941年过后,确切地说,是较场口惨案过后,好些人听到警报也不跑了,但他们的心态,不是那个姓罗的女学生的心态。他们是绝望了。

对生命的绝望。生不如死的绝望。

一个人处于绝望之中,某些时候还似乎进入了地狱,但即便如此,也总会有与这种痛苦相关的美好的东西。绝望并不等于毁灭,绝望还有另外的出路。

你研究那段历史,一定会被那条"另外的出路"鼓舞的。

我希望你的下一部书,会呈现你的鼓舞并带给读者鼓舞。

你可能也觉得奇怪,到了重庆,我怎么不去见一见你的安伯母?你没问过这事,但我知道你心里有疑问。坦白地说,直到今天,我也觉得,如果我去见了她,就对不住你的大伯。

世间的有些事,比如说爱情,蕴藏着多么可怕的力量呀。

原计划,你爷爷和大伯要跟我们一块儿去重庆的,可出发之前,你大伯临时决定不去了,再怎么劝也不去;他不去,你爷爷也就不好走。你大伯越来越沉默了,我的意思是,他不说话,拉琴的时候也比以前少多了，音乐书借来，大多数时候是看谱子，并不实际去拉。手指僵硬了，不知是拉琴少的缘故，还是他的整个身体都在僵硬。我看是后一种情况。他的身体还比不上你爷爷。没法不为他劳神。你大伯从小到大，你爷爷都没为他操过心，最近也不得不为他劳神。

　　空劳神……现在我也明白了，促成你大伯跟你安伯母见面，既不现实，好像也没有那个必要。

　　就让他们去静静地怀想和怨恨吧。我愿意把他们的怨恨理解成他们爱情的延续。

　　晶晶别的都好，就是跟她妈一样，长手长脚的，我真担心她长她妈那么高。根据你俩的身高推测，晶晶说不定比她妈更高。女孩子太高，会在生活中遇到很多麻烦。她将来又不可能搞体育。你抱怨她不够聪明，其实哪里呢！你像她那么大的时候，我也没见出你有多聪明。她外公好像对她有些娇惯，你不能全部放手，要抽出些时间来亲自带她，不能光顾了事业，就荒了后代，教育后代也是你的事业。

　　另：我再说几句，这几句话我说了，你就当我没有说。我见晶晶手指细长，是个弄乐器的好材料，就想，要是把她带到南京，跟她大爷爷学琴该有多好！有个孩子在身边，你大伯就会从梦里走出来了。我觉得他一直都在梦里，现在是进入更深的梦里。当然，我也不是没有私心，我也希望孙女在我身边。但我知道那不可能。那天晶晶跑到我怀里来，你那边爸爸马上把她拉了过去，责备她说："你咋这么不懂事呢？"孩子是他们一手带大的，我跟你妈一点力没出过，确实也不好意思享受孩子的亲热。领她到南京读书更不可能了……不过也无所谓，她外公外婆那么疼她，就跟我们疼她是一样的。再说孩子要是在成长期离开了父母，爷爷辈再疼她，也会造成缺憾。唉，要是你生两个就好了。

第十七章　黄晓洋日记（27日）

　　只要上床，她就全裸，这让我很不习惯。
　　结婚八年了，还是没有习惯。
　　不仅如此，我还感到莫名的畏惧。
　　夜已深，楼下的父母和孩子早就睡了。
　　重庆没有睡。但我和她潜伏在夜的深处，听不到浮在水面上的喧嚣。
　　我睁大眼睛，思考着她的话。
　　躺下之前，我把父亲的信给她看了。这可能是一个不太明智的举动。她看了两遍。也就是说，她从头看到尾，然后又从头看到尾，看第二遍的速度，比看第一遍时还要慢。这使我想起在明月河看安伯母烧信的情景，划火柴之前，她也是这样，把信看一遍，又看一遍……曾祖母—安伯母—芸秋，在这一代接一代的女人身上，我怎么老是无端地看到某种相似的命运？

她把信还给我后，说：

"时间不早了，睡吧。"

她是叫我睡，因为她睡觉的时间还没有到来。每天夜里，她至少工作到凌晨 2 点，有了铜锣街的画室，她都在画室里工作，工作结束，要么回来，要么就在画室的沙发上睡。我无法忍受这种格局。我把爱她当成了自己的需要，一天当中，如果没有见到她，或者见到她的时间不够多，我就很空。如果爱也是有颜色的，她就是我爱的颜色；如果我爱她也是一幅画，那必然是一幅重彩画。我终于说服了她，将卧室分割成两半，夜里，她拉上屏风，可以在那一半继续工作。

我以为她要去工作了，但她没有，她脱得一丝不挂的，上了床。她把自己的身体展示得多么自然哪，脱衣服的时候，包括做爱的时候，都从不关灯。她说，做爱关灯，是不文明的表现……她把衣服脱下来，方方正正地叠好，依照先外后里的顺序，在凳子上放整齐，才跨上床来。她身体的每一次弯曲，都把灯光碰得一明一暗，明得晃眼，暗得幽深。我为之着迷。

对自己畏惧的事物，我总是着迷。

她给我说到我父亲的那封信。

天气热，我和她都不喜欢开空调（大概是两人都抽烟的缘故吧），因此一切都听从老天爷的，老天爷热到什么程度，我们就承受到什么程度，虽吹着电扇，还是连被单也不敢盖，她就这样子谈论父亲的信，谈论父亲在信里提到的人。在我看来多么不宜，她却坦然无碍，反而把我弄得很羞愧了。

我穿着内裤，还穿着圆领汗衫，这身打扮，在裸体的妻子面前，我真是无地自容。

她说到女儿，觉得父亲的建议合情合理，她既理解南京几个老人的寂寞，也巴不得晶晶有我大伯那样一个音乐老师，然而，让晶晶离开父母去南京，的确也很困难。她说：

"要不，我们再买一套房子，让他们全都搬到重庆来住，好吗？"

好哇，当然好！可我们已经没有钱了。我知道她是怎么想的，她是要卖掉自己的《魔笛》《雨落长江》《神女与纤夫无关》等作品，这些作品是她怎么也舍不得卖的，是要留给她自己的。

我不能同意她这样做。同意了也没有意义，就算爷爷和父母愿来，大伯也不愿意——他连来重庆玩几天也不愿意，怎么可能愿意来重庆定居？——大伯不来，他们几个也绝不会来。而且，从岳父母这方面说，大外孙在美国，长得也是干净利落的一个洋人，他们看外孙子，只能看照片，还要做出不可思议的表情；如此，我们家和他们家，只有一个晶晶，几个老人从南京过来，我的父母和芸秋的父母，就要争夺这唯一的晶晶，不知要闹出多少的过节。

芸秋觉得我的话在理，但她认为，两家父母的关系，总有办法处理好，关键是大伯那里不好办。由此说到我的大伯，也说到安伯母。她跳下床，将被单一披，进了旁边那个小小的书房，十分钟后才过来，却空着手。看来她是想找一本书，没有找到。但她记得那书上的一句话，于是背给我听：

"表面是清晰明了的谎言，背后却是晦涩难懂的真相。"

——我思考的，就是这句话。

谁说了谎言？谁又掩盖了真相？

我思考不过来。

我曾经说过，安伯母可能会帮助我解除困扰我的某些东西，那些东西不是秘密，但比秘密更重要。也可能真的就是秘密。芸秋的话提示我，那的确是秘密。我内心是赞同她的，朦朦胧胧的赞同。因为，安伯母不仅没能帮助我解除什么，反而在大门上增添了一把锁。

但我还是要求芸秋解释一下。

她摇摇头，"直觉"，她说。

这时候，她的头放在床板上，将自己呈 70 度角折叠起来。

真相历来都是清晰明了的，晦涩难懂，就不是真相。可悲之处在于，某些人历尽艰辛找出真相，把真相扛着，在深黑的隧道中踉踉跄跄地前行，数年乃至数十年之后，终于把真相扛到阳光底下，这才发现，大众既不相信真相，也不需要真相……

她不容我往更深处诘问，把脸放下来，放到我的脸上，披散开的长发，覆盖了我的整个上半身。

身上很热，头发很凉，凉丝丝的感觉在我体内蹿过，使我的皮肤轻微地、很有节奏地跳动着。

我把她的头发捞开，放在一侧的床单上，让她的乳房很方便地从我经络上滑过。

她的乳房游走到哪里，我敏感的经络就跟到哪里。她已经是一个七岁孩子的母亲了，乳房还是那样饱满结实，还是那样带着不可思议的温度，像她的体内烧着一盆炉火，火越烧越旺，温度越升越高。她的身体也是那样紧，并不白皙的肌肤，一圈一圈变红，变烫。

我们做爱了。父亲的信就放在旁边。

在她还很紧的时候，在她的温度还在继续上升的时候，我就散了。

我听得见自己分崩离析的声音。

空虚。空虚得我无处躲藏。"过去"跑得无影无踪，"现在"被流放了，对"未来"，又根本没有精力去想。这是我最脆弱的时候。如果我让她满足了，我就不会空虚，就会呼唤她，乞求她把我抱紧，不管从哪个角度，能抱多久就抱多久，这样我就能把自己重新组合成一个整体。然而,我让她满足的时候是那样稀少。似乎从来就没有过。我们的女儿,也是在她不满足的时候怀上的。

女人在不满足的情况下照样能怀上孩子,这禁不住让我产生一种找不到方向的悲伤。

有时候我想,如果她是在满足之后再怀上女儿的,女儿会不会更聪明一些?

全都是我的责任。

今天她又没满足。我知道她没满足。但是她没说什么。

她不满足,从来就没说过什么。

我无法抹去一种感觉:她那叠得整整齐齐的衣服,是她的另一个自己,是比跟我做爱的那个她更加真实的自己,她的那个自己蹲在凳子上,对我们冷眼旁观……我没有呼唤她,她也没主动抱紧我,她只拍了拍我汗津津的胸膛,就起了床,穿上工作服,作画。"作画",则是她另一个男人的名字。她在"作画"那里去满足。我嫉妒她的"作画"。

我只能看到映在屏风上的黑色人影,但依然能感觉到她的热度。她的高额、长脸、束起来的双唇、微微上翘的下巴,还有那双表面波平如镜的眼睛,都散发出一种诡异的气质,一种燃烧甚至毁灭的欲望。她从来就不多想,她只行动。第一次见到她,我就觉得,她是光焰,自己是飞蛾,飞蛾不会因为知道要被毁灭就不去扑火。

我为不明确的事物着迷,为含义暧昧的恐惧着迷,为只求四平八稳的岳父却生出这么一个浑身滚烫的女儿造成的反差着迷,□□□□①……

---

① 以下数行,污迹斑斑,无法辨认。

卧室里的气味五颜六色、支离破碎,我在支离破碎的气味里睡过去了。

只是偶尔,我模模糊糊地听见她摁打火机点烟的声音。

——这则日记,通篇字迹潦草,从情形判断,是黄晓洋当天夜里摸黑写成的。

我猜想,妻子作画的时候,他没法真正入睡,便起来写了这篇日记。

在紧接着的另一篇日记里,有这样的话:

"她在工作,我在睡觉,我的睡眠多么可耻。尽管她上午可以补睡,我却要去上班,我依然觉得自己的睡眠可耻。"

第十八章　杜芸秋访谈录

许多时候，晓洋的矛盾是惊心动魄的，说他不注重客观、不注重事实，或者说他不注重明确的事物，都太表面和武断。你看过他写给小山清水的那封信吗？

（我告诉杜芸秋，说我看过了。我正要给她复述信的内容，没想到她竟能全文背诵。）

信是这样写的（前面的客套话我就不说了）：

在荆莽遍地蛇蝎扣门的蛮荒远古，中国有个名叫鄩卷的人，大舜和大禹都曾先后对他禅让，也都被他拒绝；他在思索，他忙不过来。思索得出的结论是：启迪民智，劝真向善，是比世间一切霸道和王霸的事业都更加重要的事业。原因在于，善是天地间最大的智慧，也是所有道德的核心。

但要完成这一事业，让世人"知道"是前提——不是知道一点,而是知道全部。

唯有"知道",才能避恶向善。

我们现在去回顾抗日战争的历史,并不是要记住仇恨,而是要把真相告诉世人。

因为,"知道"既是中华民族的权利和责任,也是日本民族的权利和责任。但日本政府既不想让中国人知道,也不想让本国人知道,战争期间,用《战阵训》等书籍为本国人洗脑,战争过后,又百般掩盖、隐瞒和扭曲侵略丑行,教科书里的插图,在中国的日人占领区,百姓仿佛沐浴着太平盛世的光辉,悠哉乐哉地端着饭碗,蹲在屋檐下吃,日本士兵满脸慈爱地把糖果分发给中国孩子……

而事实上,英人田伯烈编著的《外人目睹中之日军暴行》记载,日军攻占南京后,连最可怜的穷人也不放过,一个铜子和一条棉裤都不准保存;连婴儿也不放过,1937年12月16日,白天和夜间,被强奸的妇女至少上千,一个女人竟被强奸了三十七次,其间,因有五个月大的女婴哭声不断,日兵便把女婴活活闷死;连死人也不放过,掘开坟墓,焚烧棺木……这部书的成书时间,是1938年,日本全面侵华战争才刚刚打响,且仅限于南京,因此所载日军暴行,不过九牛一毛。如果算上后来的重庆大轰炸,我们要花去多少纸张、用一支怎样的笔才能书写?如果再看看因日本的侵略使中国军民伤亡三千五百余万,占整个"二战"死亡人数的百分之四十,我们又该如何去默想、去承受?

是日本给中国剜开了最深的伤口。

是日本人让中国人付出了最悲壮的牺牲……

德国著名战犯豪斯,走上绞刑架时沉痛呼喊:"千年易过,德国的罪孽难消!"

而在你们日本，七名甲级战犯，一个都没有悔罪；他们不认为自己有罪。

很多战犯在离世之前，吟诗、作词、写字、画画，文文雅雅地过着"名士生活"。

也从没听说过有任何一个日本军人，为自己在中国犯下的罪行而切腹自杀。

人类从漫长的岁月里走过来，从滴岩山洞到钢筋水泥，从兽皮草裙到时装展览，从刀耕火种到火箭升空，是一个不断累积的过程，这过程的环环相扣，便形成历史。但我们累积起来的，是知识和物质，不是德性。无论社会如何进步，如果没有人本身的进步，任何进步不仅是虚妄的，还可能成为制造欲望和罪恶的温床。鄙卷数千年前思索的问题，到今天依然是一个问题。我相信到了将来，同样是一个问题。每一个人，不管他是谁，要想毫无一点愧疚之心地活在这个世上，都是不可能的，但至少要懂得愧疚。如果连愧疚之心和悔罪之意都消失殆尽，我们还能通过哪一扇窗口去洞见世界的未来？

我想，日本并非不企望原谅与和解，然而，正如迪斯蒙·图图主教所说，任何人都只能原谅自己知道的事物，不知道，就无所谓原谅；而没有原谅的和解是不可能的，没有原谅的正义也是不可能的。

贵国有句话："恶意无法像善意那样走远路。"但愿这是痛定思痛后的彻悟，但愿它能烛照人心！

小山清水三十五岁前在东京大学教书，之后离开校园，开了律师事务所。他读了晓洋《南京第十三》的英文版，非常震撼，想办法跟晓洋联系上了。遗憾的是，晓洋虽然懂一些日语，却懂得不透彻，小山那时候根本就不懂中文,两人只能用英语交流,都觉得别扭。更遗憾的是,小山家族很快陷入债务危机,小山的律师事务所也被迫关门,他在给晓洋的电话上说,他的境况"整个就是一团糟",两人的联系也因此中断。你没在晓洋的资料中发现小山给他的信吧?小山写过两封信来,言辞间充满了对自己民族的反省。这两封信都被历史学会拿走了,说是用一用就还给他,但一直没有还回来。

尽管小山跟晓洋联系是因为《南京第十三》,但两人打上交道,却是在晓洋来重庆多年之后,你从晓洋的这封信里,不难看出他对真相的渴望;这种真相不只是内心的真实,还有外在的客观。对"客观性"分明带着如此强烈的期盼,他为什么又要执意避开清晰了明的事物,跨入晦涩难懂的渊薮?……

小山是个很负责任、同时也很具有人类使命感的学者,走出人生的困境后,他又开始了自己的事业,并且一直关注着晓洋。晓洋的研究重心转移到重庆大轰炸,他也对此发生了兴趣,经过深入探讨,他的反省更加彻底了,觉得自己终于理解了美国记者怀特的话(怀特当年就在重庆,亲身经历了那段惨痛的岁月),怀特说,自己国家向日本发射了原子弹,他并不感到内疚。因为日本早在中国和东南亚实施了"广岛前的广岛",尤其是"重庆古垣之中,一处军事目标也没有",日军却还是选择它作为化为灰烬的对象,为的是挫败人们的精神,"这是他们不能理解的精神"。同时,小山也觉得自己理解了日本学者前田哲男的话,前田认为:"日本只有同德国对格尔尼卡事件,英国对德累斯顿事件那样,正视自国对重庆实施的'空中恐怖'的历史,否则,就没有道义和资格只谈论广岛和长崎的悲剧。"

有了这种认识,小山苦学中文,并最终组织了日本律师团,来重庆调查当年的受害者,而且与晓洋见了面。这是后话了。

第十九章　杜芸秋访谈录

就在那段时间——晓洋给小山清水写那封信的前后，李教授第一次跟晓洋谈到他的几十本残书。

意思好像是说，他想把书赠给晓洋。

那已经不是几十本书的事，还凝聚着李教授晚年的心血。

书上不是密密麻麻地写满了笔记嘛！

我也说不清原因，李教授除了誊写需要寄出去的论文，从不使用纸张，有了想法，都往书的页边上记。据说自从西迁重庆后他就是这样的。如此看来，是当年纸张短缺形成的习惯，也可以叫后怕症。

他跟晓洋谈那批书，证明他预感到自己来日无多了。

他的年纪的确很大了。

可这却让晓洋不好应答。那几十本书是一笔财富，在识货者眼里，是了不起的财富。李教授有儿子李同安，还有跟第二任妻子生的女儿李小楠，要传，也应该传给他们，怎么能传给晓洋呢？如果晓洋是研究生物学或动物行为心理学的，还说得过去，而晓洋学的是历史，对李教授的学问一窍不通。

晓洋也这样委婉地提醒他："同安是怎么打算的？"

李教授没回他，神情很是悲伤。

我告诉过你，李同安对书"没有感情"。大学毕业过后，就没见他再看过书。他看报纸，看电视，上网，但不看书。为此，李教授经常骂他，李教授说你好坏是教授的儿子，怎么能不看书呢？一日不读书面目可憎，你已经多少个日子不读书了？你天天出门前照镜子，怎么就看不清自己的那张脸呢？

面对父亲的责骂，李同安都是左耳进右耳出，他不读书照样把日子过得有盐有味，照样有一大堆男人愿意跟他交朋友，照样有江南江北的女人凑到他面前，让他猜自己洒的是什么牌子的香水。他毕业后从事的职业，也与文化扯不上多大关系，不过就是个坐办公室的，平时闲得慌，大不了登记一下文件，那玩意儿有小学文化就足够了，他这堂堂正正的大学本科毕业生，已经是一笔不小的浪费。

在长相上，李同安跟父亲极其相像——李教授你没见过，年轻时绝对算得上英武，但父亲再英武，如果自己跟父亲看不出多大区别，也是一种悲哀。迈克尔·杰克逊成名后，每过十多天就要去整一次容，把自己弄得面目全非，就是为了不像自己的父亲。他不愿意在照镜子的时候，看到的不是本人，而是父亲，他宁愿丑陋也不要像父亲。在这点上，父母是子女一生的敌人。李同安没那个勇气、也没那个条件去整容，但内部有一个声音在唤他，有一双手在推他：我长得像父亲，但绝不做父亲那样的人！你不是嗜书成瘾吗，我偏偏对书没有感情；你不是惜时如金吗，我偏偏今天混了混明天；你不是有神圣的理想和情感吗，我偏偏玩世不恭……这是他对父亲缘自骨子里的反叛。

当然，他对父亲的话不以为然，除了这个，还有一些更具体的原因。

李同安曾经给我讲过一件他小时候的事。

那天他从外面回来，闻到了一股能把人醉死的肉香。那年月，即便父亲是教授，也不是天天都能闻到肉香的，何况他父亲李教授老在接受调查，老在写检讨书，有时在家里写，有时在办公室写。他像写论文那样写检讨书，不允许有任何一处引用错误，检讨书后面，还要列上参考书目，某个想法的产生，如果不是出于自己，都要特别注明感谢×××；这个×××，多数都是叫他写检讨书的人。

平均起来，一个星期能吃上一顿肉，就很不错了。为闻到肉香，李同安经常像条狗那样，跑到学校食堂去转，但食堂也没有肉香，只有菜叶的腐烂气息，其中有个食堂还停火了，而且听说所有食堂都要停火。于是他又往街上跑。当时的重庆可不像现在，现在是座富丽堂皇的不夜城，但那时候，老祖先留下的捆绑房子和吊脚楼尽管比先前少了许多，但街上行人很稀，且大多不能把膝盖打直；许多店铺也像瞌睡人的眼——唯有掏粪工人跑得最起劲，因此李同安闻到的，是一股粪水的气息。

那天他就是闻够了粪水味儿才回家的。

出乎意料的是，还没进小院，就闻到了肉香。

他不敢断定这股香味是从自己家飘出来的，但银杏树的叶子在无风自动，一只小鸟在喳喳欢鸣，就知道香味真是自己家的了。父亲没回来。父亲回来后必然是坐在客厅的书桌前，一眼就能看见。他走进厨房，见煤灶上坐着锑锅，已经七翘八拱的盖子，被蒸汽推起来，落下去，又推起来。

母亲没在厨房，大概是在卧室里为父亲缝补袖子吧。父亲的衣服，袖子总比别处先烂。母亲则总是围着父亲转，尽管父亲似乎并不需要她。他把锅盖揭开，豪豪的一股气流，将他包围，并挟裹着他向上飞升。他看清了锅里是一整只牛蹄，牛蹄快炖烂了，因为土豆和红辣椒都放进去了。他啪的一声将锅盖盖上。是怕香气跑没了。他想，要是香气可以收集起来该有多好，想吃肉的时候，就把那香气闻一闻。他弄出的响声惊动了母亲，母亲跑过来，盯他一眼，笑了笑，没有责备他。

这是十分稀罕的。母亲的主要工作之一，就是责备他。

母亲自己并没有要责备他的地方，她是帮父亲责备他。

只要父亲回来，他说话声音大了一点，母亲必压低嗓门叫一声："安安！"

他胆敢朝父亲坐在椅子上的背影挪过去，哪怕还有好几步远，母亲必然又是一声："安安！"

然后一把将他拉开。

他从小就知道，父亲是这家里的贵重瓷器，碰不得。那件贵重瓷器是不会说话的，既不跟母亲说话，也不跟他说话。只是到了后来，他上大学了，父亲似乎才蓦然发现，自己有这样一个儿子，也才在饭后的半小时，抽空跟他说说话。他的话全是教训，全是书，仿佛这个世界就是由书构成，没有书，天就会垮，地球就不会转动。父亲的"话"让他自卑，因为他越来越不喜欢读书。他考大学本来想考到外省去，越远越好，远到天涯海角，更好！但他的考分泼灭了他的希望，读父亲从教的学校，可以享受一些照顾，接受了这点照顾，才勉强能读，不然就进不了大学。在他看来，进不进大学无所谓，关键是一时找不到工作，就只能待在家里，这令他恐惧。谁家里放着贵重瓷器，谁都会恐惧。

可外人老说他有福，生下来就有个做大教授的父亲，父母又那么恩爱……

往常，他希望父亲晚些回来。最好是不要回来。他有好多次做梦，都梦见一个上午的时光有两个白天那么长，在有两个白天这么长的时间里，父亲都在给学生上课，都没有回家！

今天他却希望父亲快些回来了。

父亲不到家，母亲就不会开饭，他饿得哭，照样不会开饭。

但父亲在上课，谁知道他什么时候回来呢？

那时候的学生有句话，说地府一定是李家的天下，意思是说，李教授是阎王爷。每次上课，他都像捉拿犯人似的清点人数；讲起课来，语速快，板书快，进度快，什么都快，学生的脑袋都快胀爆了，而他却有句口头禅："根本就很简单！"学生往往还没把黑板上的内容抄下来，就被他迅速擦去。他以这种方式逼你集中精力。嫌刷子太小擦起来耽误时间，他擦黑板全用袖子，两臂并用，刷刷刷，没了！他的衣袖破得快，不只是伏案时磨破的，还是擦黑板擦破的。

如果抽你回答问题，你答得不完美，就会遭到痛骂，男生女生都一样。

且有许多怪癖。有天通知沙坪坝区大学生去市中心集会，他没接到通知，按时去教室，见一个人也没有，正在奇怪，一个工友跑过来告诉了他原委，他没言声，把讲义往桌上一放，就对着空桌椅讲课，讲得眉飞色舞的，到激情处，还在讲台上原地转一圈，一只脚往后踢，把墙壁踢得啪啪响，弄得那个工友在外面偷偷笑岔了气。学生下午回来，他又去补讲那堂课，依然那么激情四溢。有谁考试不合格，他不当面通知，而是郑重其事地写封信给你。学生去他办公室，只要说了一句与学业无关的话,他就把脸转向你,慢悠悠地、又十分有力地送你两个字:"出去!"

然而,碰上那些跟他一样痴迷于学问的,他会兴兴头头地跟你探讨;出了教室,他就不对学生说"我讲给你听",而是说"我们来探讨"。某些时候,探讨得没完没了,下班后一两个小时,也不回来。

今天别又遇到这种事啊。

李同安问母亲:"妈妈,几点钟了?"

母亲又走进卧室去。他知道母亲这次是进去看表。他们有块怀表,藏在枕头底下的,因为那块表是父亲赶着牛羊到重庆后,一个要人赠给他的。(藏得那么紧,后来还是被搜走了)

母亲看了表出来说:"11点。"

11点距12点,还有一个钟头,即使父亲不跟学生"探讨",也还有一个钟头啊。他想哭,知道哭没用,于是就不哭了,走出门,到院坝里,抬头找那只鸟。那只鸟还没飞走,但也没有叫。

母亲却叫他了:"安安。"

在厨房里的一张小桌上,放着一只空碗。是他的专用搪瓷碗,表面涂了层绿釉,被他又摔又磕的,好些地方的釉都脱落了。母亲将皮肉和骨头已炖得分开来的牛蹄,用漏瓢舀到那只碗里。

他大惑不解地望着母亲。

母亲说:"吃吧。"

那可是一整只牛蹄呀。

而且父亲还没回来呢。

他不敢吃。他觉得那是不可能的事。

母亲说:"今天是你的生日。"

那一天,他刚满八岁。

李同安把这件事记得这么紧,是因为他觉得,这件事可以表明,从生理到智性,父亲都压抑了他的成长,使他欢乐而不快乐。父亲不仅压抑了他,还对他的前途不闻不问。

他大学毕业的时候,同学们都找了各种关系,没有关系的,都绞尽脑汁去跟辅导员和系主任套近乎,本事大的,还去跟院长书记套近乎,他没有去套近乎,凭父亲的资历,凭父亲跟洛伦兹有过一场学术上的斗争(虽以完败告终,但跟大名人斗争的经历本身,就是了不起的荣耀),他觉得自己没有去套近乎的必要。结果,分配方案下来,他被打发到了离城百多公里的某家矿务局。

到这时他才慌了手脚,同学的聚会也不参加,跑回来找父亲,而父亲正坐在书桌前工作——日本人的炸弹也不能中断的工作。他知道无望,只站在屋前的坝子上,朝父亲垂着的头颅眼巴巴地望了半分钟,就跑回去了。

他找到辅导员,对围在辅导员身边的几个同学不管不顾,说:

"何老师,我父亲叫李本森,你知道吗?"

辅导员对那几个同学说:"你们先去吧,等一会儿我一定来参加。"

那几个人出门前,给李同安打招呼,李同安看清楚了,他们是最会献媚的,因此没理。

辅导员去把门关了,回来坐在椅子上,带着笑脸说:

"知道啊,怎么可能不知道呢。"

李同安说:"我父亲李本森是这学校的创始人,你知道吗?"

辅导员说:"知道。"

然后又说:"你父亲是我们大家都尊敬的,他可以说是我国动物行为心理学的泰斗。"

对这样的谀词，李同安只皱了一下鼻头，像鼻头被蚊子叮了，痒。

他说："我父亲李本森今年七十八岁了，你知道吗？"

辅导员说："他老人家有七十八了吗，还看不出来呢。"

李同安说："我父亲李本森只有我一个儿子，你知道吗？我父亲还有个女儿，那是我姐姐，但我姐姐是我父亲和他前妻生的，跟他没什么感情，平时也不来照管他，这些事情，你都知道吗？"

辅导员不言声了，他也起身走了。

就在那天下午，分配方案改了，他被留在了市里。

这事情后来大家都听说了，并不是李同安说出去的，而是辅导员，辅导员觉得李同安太有趣了。

尽管打的是父亲的招牌，但李同安觉得，他能免遭发配，都是他自己争取来的。

我记不清是啥时候，他跟一帮人在街上吃串串香，喝夜啤酒，我和晓洋从那里路过，硬被他拉上了席桌。席桌上有某某影楼老板、某某销售主管、某某气功大师、某某演出公司策划、某某模特儿公司经纪人，还有自由职业者和政府部门的什么主任。这大致是他交往的范围，他的范围也就是没有范围，各方人士，不论层次高低，只要性情相投，都能成为他的朋友。他就像摆在重庆街头的夜啤酒摊，既接纳光着膀子还在肩上搭根汗帕的，也接纳系着袖扣打着领带的，既接纳月收入不足八百元的，也接纳亿万富翁。他跟他的朋友们，彼此都没个正式称呼，全是哥啊妹的叫。

他把我叫秋妹妹，却把晓洋非常规矩地称作"黄老师"。

晓洋留给他的第一印象，使他不得不这么称呼。当然哪，在他那里，这可不是表示敬意的称呼。

听说"黄老师"是文理大学教授，席上一个被称作"小妖精"的女子，嗲声嗲气地对李同安说：

"李哥哥，你还好意思提文理大学几个字？你恐怕是那学校最差的学生吧？"

李同安呵呵呵笑，满口承认。

然后他兴致勃勃地说到他父亲骂他不读书时的情景。

父亲骂他时，他就想，你读那么多书又怎样呢，除过元旦那天有一两个院系领导来例行公事地坐几分钟，平时鬼影子也见不到一个。你没有朋友，你的朋友们不是死了，就是老得走不动了，现在没人愿意跟你交朋友了，你希望像你当年跟黄明焕教授一样，和某个年轻人成为忘年交，但你身边找不出这样的年轻人。因为他们不像你那样傻。为小鸡刚出壳为啥就能啄食，竟然和那个姓环的家伙——无疑又是一个傻子——争论了一夜，还连警报也不跑，天底下有这么傻的人么？说穿了就那么回事儿，小鸡不会因为你俩争论不出结果，出壳后就拒绝啄食而要吃奶，也不会因为你俩争论出了结果，出壳后就跑来给你俩献花。人家说"荫及子孙"，你没有"荫"，只是一个光秃秃的树桩子，别人封你什么"泰斗"之类，无非是想把你往古董的位置上推。

他这样想，却不敢这样对父亲说。他说的是：

"别说我干那工作本来就跟文化无关，就是那些吃文化饭的，照样不读书。"

然后他举了几个例子。从小在大学校园里长大，他认识好些大学老师，那些老师有读书的，但也有不读的，他们天天拿着教材去教室上课，但读教材不叫读书，那只不过是他们的饭碗，除教材外，就不再读别的书。要评职称么，是熬年头熬出来的；评职称时需要论文么，东拼西凑地弄出一篇，再花钱去刊物买版面。他还认识几个分管文化的官员，他们天天跟他打牌，天天带着张酒精脸，连放出的屁，也带着茅台的香味儿，根本不可能读书。然而，他们知道世界大事，知道明星的绯闻，更知道察言观色、审时度势，他们只要一个电话，就能把别人碰破脑壳也办不到的事摆平，他们个个都有大房子，个个的儿女都有好工作。他们在打呼噜的时候心里也清楚：文化不是别的，文化就是产业。

他父亲坐在藤椅上，眯着眼睛，长满老人斑的手压住膝盖。他这是在想事。他想事的时候就是这个样子。李同安正要起身离开，父亲的眼睛睁开了，一字一顿地说出了他的判词：

"堕！落！"

接着又说："一个人的堕落！一群人的堕落！整个民族的堕落！"

接着再说："你说你的职业跟文化无关，我告诉你，这个世界上，没有一样职业跟文化无关！"

他的眼睛又眯上了。

李同安对我们说："没再等他把眼睛睁开，我就赶紧溜了。"

他把话说得非常俏皮，说到分管文化的官员时，还指着席上那个政府部门的主任，主任也很俏皮地笑，引得众人都笑。

但晓洋这时候是不会俏皮的，也是不会笑的。

等别人笑过了，他严肃地说：

"当年衣冠西渡、工业西建、教育西迁，是迫于强敌压境的无奈之举。衣冠西渡在历史上出现过，而教育西迁，自孔子以降的两千多年里从没出现过，西渡与南渡，都是国破家亡的征兆，所以当时的亡国论，并不仅仅是意志薄弱的表现，也不仅仅是依据中日力量的对比，还有历史规律的阴影。我们打破规律，扭转乾坤，转败为胜，原因是多方面的，其中非常重要之处在于，中国士兵用他们的血肉之躯，在前方抵挡住日军的炮火，成功地实现了教育大转移；而一大批转移到后方的知识分子,像李教授等人,在亡国灭种的紧要关头,不屈不挠,奋发图存,深明大义,勇于牺牲,勤心教学,在精神层面上大大提升了全民抗战的勇气和决心,才为我们民族保存了文化的血脉和读书的种子。"

这一席话,说得多么好啊,却又显得多么不协调啊。

气氛凝固了,像化不开的牛油。

"小妖精"开始有一眼没一眼地看晓洋,晓洋长得帅嘛,可等晓洋说了那段话,她就不再看他了。她明显感觉到晓洋和他们有着完全不同的气场。气场这东西很怪,有的人谈论春秋大事,你也觉得轻佻,而另一种人,只说声"今天好热啊",你也感到庄严。"小妖精"知道自己走不进晓洋的气场,也不想走进去,因为她要的不是庄严,而是惬意。

别的人只是生硬地附和:"对,说得对。"

神情却很冷,甚至带着方向不明的恼怒。

不过,只要有李同安在,就既不会冷场,更不会闹僵,化神圣为平庸,变严肃为搞笑,是他的拿手好戏,他端起酒杯,说:

"龟儿日本鬼子早就他妈的滚蛋了,现在该老子们喝酒了,干!"

他的朋友们又笑了,牛油又化开了,香气四溢。

如果从某种高度上去要求,李同安真是有些堕落的。

儿子的"堕落",让李教授悲伤。

他不可能把凝聚着自己心血的书传给一个"堕落"的儿子。

也不可能传给李小楠,父女俩的感情本来就不深嘛。

而且李小楠的母亲是个特别……怎么形容呢,是个特别要强、又特别阴冷的女人。她跟李教授的年龄也是有悬殊的,离婚的时候她还年轻，但她没再嫁，独自拖着七岁的女儿过日子。她在大田湾一所小学任教，那学校里从校长到锅炉工，从老师到学生，都怕她，怕她的阴冷。

有一阵，重庆的电比较便宜，大家就烧电炉，做饭、烤火，都烧电炉，这加重了电力负担，又容易引发火灾，便严令查禁。但大家还是偷偷烧。有个星期天，学校几个年轻教师躲在宿舍里，用电炉烫火锅，被发现了，开大会时被点名批评，还罚了款，几个老师在办公室抱怨：

"肯定是有人告密吧？"

也不是真抱怨，说得嘻嘻哈哈的。

那时候李小楠的母亲在办公室，听了几句，就走到几个老师面前质问：

"你们说我告密，我可没做那缺德事！"

几个年轻人都从学校毕业不久，很单纯的，对老教师也很尊敬，马上同时起立，说陈教师，我们没说是你呀，我们也是说着玩的，根本没怀疑谁去告了密，任何人也没怀疑。她不听，揪住不放，对天发誓，说要是自己去告了密，不是被雷劈死，就是被车撞死，急得一个女教师当场就哭起来了。

后来，她在教书之余，还在家里开作坊，做挂面卖，有个老师说要用余下的菜票去她那里换几斤挂面，可过了两天并没有去，她就跑到那老师家里，问他为什么污蔑她在挂面里下了毒。那老师吓坏了，说天啦陈老师，我说过这话我就烂舌头，我没去你那里，是因为我有几个亲戚来，去食堂多买了几份荤菜，把菜票用完了。再怎么解释，她也不听，那老师只好说：

"陈老师，你叫我咋个做嘛，你叫我跳楼，我马上就跳！"

女儿长到十四岁多的时候,学校要发放什么补助金,搞家庭情况调查,填表时,办事员好心好意地对她说:"你呀,干脆让小楠改姓陈算了。"

她顿时火冒三丈:"你是欺负我没男人吗?"

好像女儿姓李,她的男人就还是李教授,女儿跟了她姓,她就没有男人了。

这些事我都是听别人讲,没有亲见,但大体不差。据我父亲说,她和李教授在一起过了几年,学校的人就都不喜欢她了,觉得她说话做事怪模怪样的,跟李教授实在不般配。

她是那样一种人,日子又过得那么难,怎么可能给女儿一个良好的教育。性格上的影响就不去说了,学业也很荒疏,李小楠高中毕业,就在母亲任教的学校做了勤杂工。而且传承母亲的手艺,做挂面卖,至今她也还做挂面卖,慢慢地,日子也算过得去了。我偶尔会在文理大学去银杏坡的那条路上碰见她,但我认识她,她不认识我,彼此从没打过招呼,更没有任何交流。

如果李教授把书传给女儿,她能干什么?拆开裹挂面,还嫌纸太旧、太脆、太脏。

所以李教授很纠结,很悲伤。

但你知道他心里最深的痛是什么吗?

——你说得太正确了!

想想吧,做了几十年教授,到头来,竟没有一个可以传授衣钵的学生。

他看上得的学生,都先后跑到国外去了。实话说,那些学生都很孝顺他,时常向他问好,有了成绩向他汇报,其中有个芝加哥大学的,还将数十年前老师与洛伦兹的争论翻出来说,连续发表论文,证明老师是对的，洛伦兹是错的，虽没取得实际的效果，对老师的忠心和爱戴却天日可鉴。可像李教授这种人，是从亡国的悬崖边走过来的，"祖国"在他心里是一个动词，"祖国"长着两条腿，稍不知珍惜，就从你身边溜掉了。去国外的学生对他再好，李教授也不可能把书传给他们。"科学无国界"这句话，只是理论上的，否则各国就都不该设置科研保密机构。

留在国内的学生，并非个个没有才华，有些人的才华还相当高，但这些人要么做了领导——他们做领导之初，李教授曾写信规劝，说学者从政，难展抱负，虚与周旋，内心良苦。——要么成天外出讲学、当评委、做明星；更有甚者，把黑的说成白的、白的说成黑的，如果某个权势人物发话："上午10点钟是晚上。"好，他们就引经据典，论证为什么"上午10点钟是晚上"是正确的。

李教授送给他们的，是两个字加两个叹号："堕！落！"

会不会把书传给他们，就可想而知了。

生命将终的时候，他彷徨四顾。

天地茫茫。他只看见一轮快速沉落的夕阳。

——那是他自己。

这时候，他想到了晓洋。晓洋是他"一个伟大的朋友和师长"（李教授这么评价黄明焕教授）的曾孙，晓洋常常去拜访他，跟他谈那些别人很少谈论、不愿谈论甚至早就忘记了的话题，晓洋身上刻写着的谨严与韧劲儿，都让李教授想到他，也只能想到他。

第二十章　黄晓洋笔记

　　像李本森教授这样的知识分子，从事任何一项研究，都与人的命运联系起来（尽管李教授研究的是动物），与祖国的命运联系起来。他们的研究课题是物，人和祖国是象，象与物不离不弃，犹风之有动、水之有流。无论世事如何变迁，始终保持朴茂的精神，不为燥湿轻重，不为穷达易节。在他们身上，闻不到铜臭气，更见不到官气。尽管禀赋各异，才具有别，但"为天地立心，为生民立命，为往圣继绝学，为万世开太平"的阔大胸襟，从来也没有缺失过。

　　李教授主张自由必须与责任相结合，唯负责而后有真正之自由，唯自由而后有真正之负责。他特别强调，作为学者，需注意潜修，浑自韬晦，待学问之有成，弃无根之荣誉；他严守知识的贞操——守望真理，不趋众好，绝不自欺，更不欺人。如此"日日面对永恒"，终成大家。

　　但大家之成，必有一段苦修。

在留学剑桥期间，李教授只有两套衣服：冬天一套，热天一套。有年他大衣被盗，正值寒冬，冷风日夜呼啸，大雪压弯路途，他却无力再行购置。他要把各项费用省下买书。课余时间，他终日枯坐一室，轻浮的英国人，还以为他是东亚病夫，不知道他曾是清华研究院中第一高才生，更不知道他在那斗室之中，正贪婪地吸收人类文明的精华。他买的书很杂，读的书也杂，几乎关涉自然科学和社会科学的全部领域。他认为，科学之间立着高墙，但对志向高远者而言，凡墙皆是门。

每逢假期，他还到英国各地走动，遍访名师，开阔眼界。

跟当时众多知识分子一样，李教授之所以学成回国，是因为祖国羸弱，羸弱的祖国需要他们。回国后，他在中央大学任教，跟国学大师黄明焕结为至交，两人关门修炼，开门畅谈，所议话题，不是国事，就是学问。黄教授曾在《金陵札记》中感叹：

"虽本森研究自然，我研究国学，但我一日不读书，便无资格与本森谈论国学。"

要干好某种职业，需一定的天赋，但要成为大家，却需要比天赋更深刻的东西。

人的智力分为两种：大脑的和心灵的。优秀者之所以优秀，是因为他们拥有大脑，更拥有心灵。如果对做人的道理没有足够的追求，深奥的学问也一定探索不到。有人作"名家与大家"之论，认为名家有技巧，大家有气度，名家有知，大家有识，而名家之"有"，大家必有之。当年那批西迁知识分子，身居土墙小屋，心系民族兴亡，即为大家的气度，也是大家的胆识。李教授不避身危，不辞劳艰，亲自带领名贵种畜徒步入川，更是对大家风范最好的诠释。

对待教学，李教授的严苛是出名的；对一心向学的弟子，对无家可归的沦陷区学生，却又如同慈父，关怀备至。大轰炸期间，重庆各校，暑假被迫放很长时间，有时长达四个月，沦陷区学生游荡在校园，思念故乡和亲人，可故乡遥遥，亲人不在，愁烦悲苦，无处倾诉。某天夜里，李教授从街上回来，见十余流亡学生坐在松林坡的石梯上，面朝大江，齐声轻唱：

> 那一天，敌人打到了我的村庄，
> 我便失去了我的田舍、家人和牛羊。
> 如今我徘徊在嘉陵江上，
> 我仿佛闻到了故乡泥土的芳香。
> 一样的流水，一样的月亮，
> 我也失去了一切欢笑和梦想……

等他们唱完，李教授走过去，邀学生去他家里。从此，这些学生夜夜去李教授家，求教疑点，也寻找温暖和信心，往往过了子夜才离去。当时，李教授单身住在夹壁屋里，除简单的炊具，家无长物，且忍受着亡妻丧子之痛。暑期结束，学生们都觉长了知识，更长了生气。"学校犹水也，师生犹鱼也，其行动犹游泳也，大鱼前导，小鱼尾随，是从游也。从游既久，其濡染观摩之效自不求而至，不为而成。"这著名的"游泳论"，正是李教授和他弟子们描绘出的动人图景。

——《山城周刊·大家是怎样炼成的》剪贴本（局部）
作者：刘华

第二十一章　黄晓洋日记（11日）

《山城周刊》的记者去采访了李教授……可惜太晚了，李教授已不说话。

那之前，李教授有一整天不吃饭，李同安知道了，要送他去医院，他不干，说自己没病，只是不想吃饭。他说不想吃饭并不能证明我就病了。第二天早上，李同安又到银杏坡看他，他还是不吃饭，还是说自己没病。李同安打了120，他才说："你这是干啥呢，我吃就是嘛。"很不乐意地端上碗，吃了小半碗红枣粥。李同安还是不放心，强行将他送到了医院。他躺在病床上，医生为他做了多次检查，得出的结论，都说他尽管衰老，但各项生命体征是正常的。但还是要求他住院观察。

在最初的十多个钟头里，他一直睁着眼睛，目光落在一个虚幻的点上。

安伯母抱着猫（医院不准带猫进去，听说是有人给院方打了招呼，特许她带进去了），坐在床头的凳子上。医生和护士出出进进，给病床上的人听胸音、考体温、量血压。安伯母帮不上忙，只偶尔腾出手，为丈夫拉拉被单。抗战时期，她护理过那么多陌生人，现在却只能由别人来护理自己的丈夫。

猫头朝着男主人，时不时轻柔地叫唤一声，像是在安慰他。男主人也应答似的眨一眨眼。生活中，他跟它并不亲近。退休过后，李教授对动物行为心理的揣摩，就不是通过实验，而是通过回想。这听上去很是古怪，其实一点也不，"任何人，包括动物，只要愿意，都可以跨越物种的界限"，这是李教授早期的思想，进入老年，他便实践着这种思想。此刻，白猫跟他一样，跨越了物种，陷入了回想。

在远古的某片松岗上，他们辨出了彼此的足迹。

物种与物种之间的界限可以跨越，人与人之间反而不能跨越吗？

这个问题，我跟芸秋讨论过。

芸秋的回答是："从本质上说，不能。"因为，人与人之间比物种与物种之间，更加壁垒森严。恩格斯有句名言，说，人与人之间的差别，比人与猴子之间的差别还要大。这样说还不够，同一个人，在不同时期、不同环境和不同心境下表现出的差异，也比人与猴子之间的差异要大。孙悟空被师傅赶回了花果山，他便幻化出另一个自己，找到师傅，一棒将师傅敲昏……

芸秋的话击中了我。

每个人都是在一条狭窄的巷道里行走，两边是看不到、摸不着却异常坚固的黑色栅栏，这栅栏就是你的规范，有了这个规范，哪怕你和他是完全不同的两种人，也会做出完全相同的事；反过来，你和他长着同一个大脑、同一颗心脏，也可能做出完全不同的事。许多时候，我宁愿相信枪杀曾祖母的是两个日本兵，一个在她后脑留下枪眼，还在她背上踩了一脚，另一个在开枪之前，叫了她一声"欧巴桑"。我还常常把自己想象成那个日本兵，把雪地中的曾祖母想象成敌国的女人——我会怎么做？

我最深沉的苦恼，并不是无法找到曾祖母死况的真相，而是看不透自己的内心。

芸秋说她看不透我，她不知道，一个人之所以无法被别人看透，是因为那个人自己看不透自己。

他让一个灵魂附着在自己的身体上，从生到死，身体和灵魂呼吸着同样的空气，观赏着同样的景色，经受着同样的苦痛，分享着同样的欢欣，它们一同睡觉，一同醒来，一同吃饭，一同工作……然而，他跟那个灵魂自始至终都很陌生。人生的荒诞，莫过于此。

李教授在医院躺了三天，就坚决要求回去。他用三段论来阐述自己回去的理由：

"医院是为病人设置的，我没有生病，所以我不该躺在医院里。"

我理解他为什么要求回去，他是不想别人来探望他。他住在家里的时候，是个多余人，一住进医院，忽然变得重要起来了，各方人士都来看他，送来的鲜花堆满了病房，而他的身体和他的心，都觉得自己不该躺在病房里，因而这些鲜花也就与他没有关系。听说，某些级别很高的人也要来探望他了，他会因此走上电视，暴露在众人的目光里。许多人都为他高兴，包括我岳父。李同安尤其高兴，他喜欢结交人，平时结交的，不是牌友就是吃友，他说的是"性情相投"，可如果因为父亲的缘故让他有了跟大人物结交的机会，他就不在乎性情了。

就在有人报告大人物次日就要到来的时候，李教授浑身抖索起来。我岳父见此情景，流下了眼泪。他以为李教授是因为激动才抖，他为李教授的激动而激动。可李教授不是激动，是冷；几十年来，他一直被埋在地窖里,现在却要被挖掘出来,暴露于风中,无法不冷。

当他抖了一阵,并说出了他的三段论,我才知道他是怕冷。

说了三段论,他从床上爬起来以表决心:你们不送我回去,我就自己走回去。

医院领导都来劝他,他身边的所有人都劝他:

"您老听我们一句话吧,明天一过,绝对送你回去!"

他无可奈何,又躺回到病床上。

但从此他就不说话了。

第二天,传说中的人并没有来。可能是消息有误,也可能是大人物有了别的更加重要的事情。

回到家里的李教授,再也硬撑不下去了。

尽管他的各项生命体征都正常,可是他老了。

"老"是生命体征"正常"的一部分,但它却能将人打倒。

由此可见,"正常"不一定都是好的,它不仅在极深处蕴藏着非正常的危机,它本身就可能构成危机。"非正常"可以防,而"正常"不可防,它是暴露在众目睽睽之下的隐形杀手。

我再次想起跟芸秋去秦岭山地的那个春天,那已经是很迟的春天了,重庆的大街小巷,早已飘扬着夏装,安伯母也早已穿上了她的旗袍(她为啥这么喜欢穿旗袍啊,而且都是直筒的,将脖子箍住),而秦岭还拂动着高寒的气息。但不管怎么说,该出土的都出了土,该发芽的都发了芽,缠绕在山间的岚烟,也抹上了一层眼睛看不到、却能用心感受到的绿意,鸟儿的叫声水汪汪的,小兽奔跑的脚步声,能让人联想到柔软的泥土、润湿的山坡……万事万物,都在争春,都在春天的和风里展现灿烂的快意,只有一棵槐树无动于衷!

它就在我们借住的那家主人屋后,好几天傍晚,男主人都提着斧子,去它身上劈下木柴,像挂腊肉一样挂在火堂的铁搭钩上,晚上烤火时将它们烘干,第二天做饭用。刚被劈下时,它们身上带着隐隐的绿、丝丝的黄,这是生命的颜色;对植物而言,颜色不仅可以看,还可以听,颜色就是它们的心跳声。槐树的心跳尽管微弱,但它还活着,它没有死。我问男主人为什么要劈它。

男主人说:"它老了。"

就像说"我吃饭了"或者"我回家了"一样自然。

后来,女主人的外婆死了,主人一家大小,倾巢出动,去另一个山头奔丧,要五天过后才回来,但把钥匙交给了我和芸秋,叫我们就像住在自己家,还把他家的盐罐、油罐、米缸和菜地都指给我们。次日清早,芸秋走几里路,蹲到一个寨子上画朝霞去了(外出写生,她就跟山里人一样,黎明即起,日入而息),我做好饭,等芸秋回来吃,她迟迟没回来,我便走到屋后,看那棵槐树。

它依然站立着,但躯体已残缺不全,因为它老了。

它躯体的一部分走在死亡的路上,一部分已经被焚烧。

"老"不是状态,而是时间,是即将被书写的历史。

"死亡"同样不是状态,而是时间,是可以书写的历史。

老与死亡靠得最近,联系也最为紧密。然而,从通常的法则来看,老与死亡的联系并不公平,只有"老→死亡",没有"死亡→老","死亡"掌握强权、发而命令,"老"便是命令的忠实执行者。

听女主人说,她外婆也没有生病,是老死的。当接收到死亡的命令,她的魂来到外孙女家,收她的脚迹……如果李教授也这样,收得过来吗?当年,他跟王酉亭等人带着六畜,徒步从南京出发,经安徽,过河南,入湖北,进四川,跨越五省,走了多少里程?沿途交通阻塞,牛羊过不了身,只好自辟路径;雇不到运载工具,便将鸡鸭兔等小动物，装进笼子，驮在荷兰牛、澳洲羊、美洲猪的身上，如同沙漠中的驼队，偶尔，猪不听使唤，乱跑一气，还得穿林打叶、上坡下坎地去把它们追回来。在河南商城境内，天寒地冻，大雪纷飞，刚刚留下的脚印，立即被雪花覆盖，李教授找得到吗？……

    李教授在家里冷冷清清地躺到昨天，那个姓刘的记者就来了。她在李教授家待了个把钟头，李教授照例地没跟她说一句话，她只是东看看西看看，然后把安伯母叫到小院里，问了一些情况。安伯母对李教授的过去并不太了解，只记得自己流亡到重庆时，是李教授安置了她，此外听过李教授的演讲（除到中央大学听过李教授演讲，当年南开中学有一门课，叫"集会"，邀请各界名流去宣讲时事，李教授也去讲过），因此她告诉刘记者的，都是李教授的生活起居，比如几点起床，几点睡觉，吃什么，穿什么。刘记者此前一定做过许多扎实的案头工作，知道自己面对的，是一个重若石头的生命，因此她不能像写明星那样去写李教授的吃喝拉撒（李教授本来也不是明星）。——所以我感谢她！

    她昨天来，今天就把文章发出来了。她的那篇《大家是怎样炼成的》，是许多年来把李教授概括得最好的文章。除本身写得好，还因为：它是唯一的。

第二十二章　意外之一

原以为，黄晓洋的资料已经过初步整理，杜芸秋的谈话也不过实录下来再切割成若干部分，工作起来应该比较轻松的吧，结果完全不是那么回事。做这件事情，比写我自己的小说辛苦多了。

写小说的时候，我连提纲也不拟，直接开闸放水。人物是现成的，男人和女人；故事也是现成的，素不相识的男女在咖啡馆相遇——反正不能是茶馆，即使在荒山野河相遇，也比在茶馆好，这是小说的基调，十分要紧，不能不察——从此，两个人就像水遇到了水。特别要说明的是，男女二人，至少有一方处于婚姻状态，而且，处于婚姻状态的那方，夫妻关系非常好，两人过得很幸福；不幸福而出轨，是正常，正常得连道德也对它无可奈何，但我们要的是非正常，并在非正常中见证幸福的脆弱。我知道你会说这是陈词滥调，但我告诉你，我出了二十多部书，还没有一个读者这样说过我。

我懂得人们需要什么。同时也懂得，人们既有挑战生活的渴望，也有对重复的渴望，为什么喜欢听老歌？为什么某些玩笑百开不厌？为什么今天跟女人（男人）上了床过两天又想上床？

整理黄晓洋的资料和对杜芸秋的采访，性质完全变了。

我自己的河道消失了，要进入他们的河道，而对他们的河道我是陌生的，我不知道水深水浅，也不知道哪里有漩涡，哪里有礁石，我就像个昨天才离开师傅的水手。

总之，累，不是累在体力，而是累在精神。我老是有个感觉，黄晓洋写到的人物，杜芸秋说到的人物，都在精神上拒绝我的参与。

我开始失眠，情况相当严重，眼睛睁开的时候，头脑晕晕沉沉，别说做事，连饭也不想吃；眼睛闭上，整个脑袋立即像一盏点亮的大灯，能照彻黑夜。

失眠的本质在于，它剥夺你应该放弃的部分。每个人的一生，都有许多东西应该放弃，造物主深知，不管这人拥有多么强大的意志，要他自己放弃都很艰难，因而用睡眠来帮助他。由此便可以理解，为什么意志越强大，睡眠就越少，比如拿破仑，他就敢说一天的睡眠超过四小时，就是猪。陪都时期的周恩来，有连续三天不睡觉的纪录，这三天他并没有遇到什么特殊的、紧急的事故。（有些人打麻将连续几天不睡，那是欲望的强大，不是意志的强大。欲望逼迫他不能放弃。）

从黄晓洋的日记里看出，通常情况下，他每天夜里12点就寝，早上6点半起床，且没有午休的任何记载，这样算来，他一天睡觉六个半小时，这当然不算多，而且我觉得，他的实际睡眠时间要远远低于这个数。

"芸秋躺在身边，证明是2点过后了。眼睛的涩度告诉我，黎明还在远处，但我不能这样躺着，否则就再也睡不过去。我得起来看书，看一阵书,我又能睡了。书是世间最仁慈的事物,它给予我知识和欢悦,还给予我宁静,且能帮助我呼唤睡眠。我看书是不会把芸秋弄醒的,她总是在应该醒来的时候才醒。她是睡眠的宠儿。她在睡眠上也比我成功。"

类似的文字是非常多的。由此判断,间隙性失眠是黄晓洋的常态。他得的是慢性失眠症。慢性失眠症比我的急性失眠症更顽固,也更痛苦,可是他挺过来了。我却不能,我必须休息。

早在几年前,就想去距我住地400公里的百里峡看看,听说那里河水清澈,百兽聚会,峰丛入云,深谷一线,形成长达140多公里的"百里峡"奇观。之所以一直没去,是因为我有那么多小说要写,许多时候,不是我在写小说,是小说在写我。可是现在,写与被写,我都有能力拒绝了。

我把资料重新入箱,约上几个可以自由支配时间的好友,驱车前往。

你或许想象不到,百里峡给我的最大抚慰,不是它的美景,也不是它治好了我的失眠症,而是没有手机信号。不管是我喜欢的人还是不喜欢的人,谁也找不到我,我就相当于从人间消失了。

在年富力强的时候,想办法让自己从尘世消失一段时间,是件多么好的事啊。

原计划在峡谷里待三天,结果是七天过后,才恋恋不舍地掉转了车头。

朋友把车刚刚开出信号盲区,我就接到妻子的电话:

"你快回来呀!"

说得很急,像是这句话几天前就从妻子口里出来,一路奔跑着来追赶我,却被峡谷挡在了门外,它便眼睛也不眨一下,白天黑夜地守在那里，直到看见我的身影。

妻子是不这样说话的。婚后不久，她就开始学禅，认为快乐不是归宿，痛苦不是归宿，混乱和慌张，更不是归宿，——内心的平静，才是真正的归宿；只要对事物有如实的彻见，混乱升起的地方，就是平静升起的地方。她不会因为变迁的现象而失措。正因此，我的第一个念头是：完了，家里进了盗贼，盗贼趁我妻子出门买菜的时候，把黄晓洋那口箱子当成金银宝贝偷走了！

毕竟我知道，妻子只用禅意来要求自己，对我的事情，儿子的事情，再伟大的禅宗也不能使她平静。她明白我眼下最看重的是什么。

结果不是，而是有个重庆人来找我。我走的第二天就来了。

我问是谁。

妻子说是个六十来岁的老太婆，但她拒不说明自己的身份，只说要见我，非常固执。她肯定打过我的手机，打不通，然后才打了座机。妻子告诉她，说我出门旅游去了，要过几天才回来。

可对方不信，对方沉默了片刻，说：

"大姐，我不过是想见见他，又不找他啥麻烦，你为啥要骗我呢？"

如果不是因为那声大姐①，如果不是因为妻子学了多年的禅，即使不怀疑我在外面沾惹了什么风流韵事，单是那个"骗"字，就会让她冒火的。她没有冒火，心平气和地说：

"他真的旅游去了，我骗你干吗呢？请问你是谁呀？"

对方只说她是重庆人，别的都不说，但跟上一句："我又不会耽误他多长时间。"

这证明她依然不信。妻子说，耽误不耽误时间，不是事情的关键，

---

① 西南许多地区，上了岁数的人往往把比自己年轻的已婚女人通称大姐。

关键是他确实不在家。

对方说:"大姐你咋这么不相信人呢,你就让我跟他说几句吧。"

带着乞求。这时候——妻子告诉我,她只好不停地摇头,好像打电话的人能看见她摇头。

把头都快摇昏了,才说:"我咋给你解释呢……你看这样好吗,我家电话没有来电显示,你把你的电话告诉我,等他回来,我让他立即跟你联系。"

连自己是谁都不愿透露,怎么可能把电话告诉别人?对方又沉默了片刻,挂了。

以为这事就过去了吧,谁知第二天她竟找上门来了!你简直想不出她是怎么找来的。听上去,她明显跟我素不相识,就算知道电话,也不可能找到小区、找到住家,她是怎么做到的呢?

这是"不信"的力量!

妻子说,当她打开门,见到来人的第一眼,立马作出判断:这是昨天打电话的那位。

果然没错。

妻子说:"天啦……你进来吧。"

她进来了,坐在客厅的沙发上。妻子给她倒上水,她不喝,只把眼睛到处瞅。

"我没骗你吧,"妻子微笑着,"他真的不在家。"

她却说:"大姐,我只耽搁他一会儿。"

妻子只剩下呻吟了,翻着白眼,又叫了一声"天啦"。

坐十来分钟她就走了。

第二天她又来了,而且从这天开始,她每天至少来三次。妻子就像个溺水者,有气无力地对她说:

"老人家，我的家就这么大，你去每间屋子都看看吧。你要是觉得有必要，我把衣柜、抽屉、冰箱、马桶盖，全都打开，你看看他是不是藏在里面。"

话说到这个份上了，她还是不信，还是要来，每次来都说："大姐，我只耽搁他一会儿。"

妻子在电话上愤怒地指责我："你出去多少天了，还不滚回来！我都快被折磨死了！"

我听出来了，那个固执的人所持有的"不信"，已让我妻子多年的禅修前功尽弃。

"不信"的力量比"相信"的力量要强大一万倍。

我却格外兴奋，因为我猜出了她是谁。

个子偏矮，脸黑，鼻根凹陷，头发短得像是个男人，右肩明显高于左肩。这就是我见到的人。一点都不像她父亲。我估计，她完整地复制了母亲的形象，包括两只肩膀的高度差。母女俩都从事着同样的职业，长年累月地揉面团，右臂用力多，肩膀也因此往上抬。

但我说的形象，不单指长相，还指被身体锁住的灵魂，特别是看人时直往人骨头里钻的眼光。眼光自然不是长相，是灵魂。

"听说你在写我妈？"

"不不，没有没有。你听谁说的？"

跟她说话，我首先就想到她会不信，因而否认她的话时，禁不住用了叠词。

她不回答我。这无所谓。杜芸秋不是说过要征求相关人物的意见吗，看来也问过她。

仿佛是为了不让自己心虚，我给她说的每一个字，都力求真实，把孙文博在某个下雪天给我打电话,我去重庆,提走了黄晓洋的那口箱子,过了好几年,又去重庆采访杜芸秋,前后经过,都一五一十地向她交代。的确只能用"交代"这个词,因为,坐在一个"不信"的人面前,我才发现人是多么容易说谎。并不一定成心说谎,可谎言往往随口而出。比如,我很可能把上述经过说成是这样的:我听说孙文博的表姐夫黄晓洋自杀身亡,就给孙文博打电话问这事,他说他正想找我,让我去重庆,提走了黄晓洋的箱子……这样说并不损害谁,可它分明就是谎言。

我终于明白不同的人写同一段历史,为何总有出入,那是因为,再谨严的史学家,也是人,也克服不了人命中注定的弱点,往往把自己的想象或众人的传说当成事实来写。就连伟大的司马迁也不能免,他写汉高祖醉卧,人"见其上常有龙",显得神怪、缥缈,不好评说,写申包胥"立于秦廷,昼夜哭,七日七夜不绝其声",就是显而易见的谎言了。且不说秦廷会不会让他昼夜立在那里哭,单是七天七夜不绝其声地哭,就没法让人信。

同时,我也像是理解了黄晓洋为什么要做曾祖母遇害时的那道选择题了,杜芸秋认为他是希望还原真相,但很可能,他只是希望把别人的想象转换成自己的想象……

来人一直用心听我交代,像我对那些过程的陈述至关重要。

然后她说:"你整理黄晓洋的日记,不可能不提到我爸。"

我点了头,说确实提到了,而且很多。

她又说:"提到我爸,不可能不提我妈。"

我正要顺口否认,可立即把话咽了回去。杜芸秋不是提到她妈了吗?即使没有杜芸秋对她妈的那段描述,前面还有李教授"第二任妻子"的话呢,虽是一笔带过,也照样是提到了。

因此我只能认罪伏法，说："是。"
"那你为啥要撒谎？"
我的脸憋得通红，却无言以对。

第二十三章　李小楠的眼睛

我来找你，就是要跟你说说我的爸和妈。

爸妈离婚的时候，我已经懂一些事了，记住的事更多。生在一个不幸的家庭里，小孩的记忆要比别人开发得早些。我爸是大教授，收入在当时也算很高，所以我不该说自己不幸。但法律并没有规定所有大教授的女儿、所有收入很高的人家的女儿，都应该是幸福的。

既然没这样规定，我就有啥说啥。

我妈和我的不幸，全都是我爸造成的。

他是个虐待狂。你没看出来吧？是，很多人都没看出来。他后来跟安姨生活那么多年，恐怕除了我和我死去的母亲外，没有人知道安姨受了多少苦，连同安也不知道。同安可以把银杏坡那幢房子当成家，但对我来说，那里是噩梦开始的地方。这不是比喻，我文化浅，不会说比喻，我说的噩梦是真的做噩梦。首先是我妈做。我记得很清楚，在我五岁那年的夏天，刚搬进银杏坡不久，重庆就开始落雨，落了多长时间，我说不准，在我的记忆里像是落了好几年。到处都是湿的，我们院子里的石板，一踩就出水，不是石头缝里出水，是石板自己出水，长时间的雨，把石头变成了海绵。

有个星期天的早上，我妈拿着木瓢，去院子里戽水，戽过后又扫。这活只能星期天干，平时她没有工夫，她上班的地方要坐半个多小时公交车，而且自从生了我，她就像袋鼠，把我挎在身上，老是累兮兮的，手忙脚乱的。

其实院子里的水没必要戽，也没必要扫，那天的雨是下得小了些，但并没有停，到处是水，往哪里戽？往哪里扫？把长江里的水往长江里戽，往长江里扫，有用吗？

但是女人嘛，总希望干净。女人来到世上就是要世上干净的，但是男人并不领情。妈弄出的水点子，跳上窗户，溅到了爸爸的书上——那时候他坐在客厅的书桌前，他就发火了。他站起身，把椅子往后一推，推得哐啷一声。妈听到椅子响，就知道爸爸发火了，她停下手，胆怯地说：

"我马上就做完了。"

在爸爸面前，妈不像个妻子，因为她害怕爸爸。

夫妻之间，一方对另一方害怕，还能叫夫妻吗？

妈对我说，在我两岁之前，她过得最舒心。那时候，我奶奶和我姨婆在重庆，我两岁过后，奶奶和姨婆又回南京去了。当时，解放战争进入第二年，解放军已开始反攻，用扫帚柄都能防住的区域，也被解放军占了，看来国民党已是江山不保。两个老人特别迷恋旧时代，说死也要死在家乡（尽管家乡在被日本人占领的时候，给了她们那么多屈辱），就回去了。回去没过上半年，就先后死了。我说的先后，是一天之中的先后。她们一定是背着日本人给她们的屈辱和对未来的恐惧死去的，死也要死在一路，相互有个依傍。

她们在的时候，我爸虽然有很多怪毛病，但不至于让我妈害怕，她们离开重庆，特别是死去过后，爸爸就把他心里的魔鬼放出来了。不是猛一下放出来，是慢慢放出来，因此在我四岁之前，也还过得去，某些时候甚至跟我两岁之前没多少区别。我过了四岁生日不久，爸爸就被魔鬼一寸一寸地卡住了；到我满了五岁半，他自己就变成了魔鬼。你别见怪，我就是这样看他的。

但你不要误解，以为他打我妈。他从来没打过我妈。他对同安寄予了很大的希望，同安却让他失望，即使这样，他也没打过同安。他不打女人，也不打孩子。他就是把自己锁起来，不理我妈。

他把自己锁起来的工具，是时间。

别人是把时间拿来做事的、睡觉的，做事和睡觉，都是为了活命，所以时间是用来活命的，只要知道时间，就证明自己活着；那些死去的人，分明死去多年了，却不知道自己死了，那是因为他们心里已经没有时间。爸爸好好生生地活着，但是他的心里也没有时间。

去学校上班，不知道回来；肚子饿了，不知道吃饭；夜晚都快过完了，也不知道上床。

于是我妈去叫他。如果那时候他脑子里一片空白，他就会听从我妈，像木偶一样跟我妈走，但这样的时候实在太稀罕了，大多数时候，他没说事和做事，也在想事，他就朝我妈吼。久而久之，我妈就害怕了。吼她并不让她害怕，让她害怕的是他的眼神。那眼神……能把我妈吃掉……虽然妈也感觉到，那眼神想吃掉的好像并不是她，但只有妈站在他面前，不是想吃她又是想吃谁呢？

真的，我有啥说啥，一点也不骗你。

再怎么说，我也不想在一个外人面前用欺骗的话来诬陷我爸爸。

认真说来,我是在二十岁过后才认真去了解爸爸,也才知道他有那么了不起。

那时候到处张贴他的大字报,说他是反动学术权威,他跟另外几个人一起,坐在卡车上游街,还到妈和我做事的学校来过,卡车停在操场上,让全校师生都去接受教育。

说来奇怪,我们第一眼竟没认出站在正中间的那个就是爸爸,纸糊的高帽快把眼睛遮住了,腰又勾得那么深,确实不好认,直到有人拿着大喇叭宣讲他们的罪行——第一个就是我爸爸,那人喊一声:"李本森!"我爸往前一站。那人命令:"再前去一点!"爸爸又挪了挪,但只是做了个挪的动作,因为实在太靠边了,再前去就只能往车下跳了——我跟我妈才把他认出来。

妈转身就走了。

这样做是很危险的,何况学校从上到下都不喜欢我妈。

我低下头,把眼睛翻上去四处瞅,发现所有人都兴致勃勃地在看卡车上的人,才放了心。

把爸爸的罪行听完,我也偷偷溜了。回到家,看见妈拿着毛巾,揩她的鼻涕眼泪。毛巾都湿透了。等我把门关了,妈就开始骂我:"他是你爸爸呀,人家把你爸爸整成那样,你还忍心看到现在才回来?你那肚子里装的是狼心还是狗肺?"骂得再狠,我都当没听见。

宣讲罪行的那个人,说我爸在国民党教育部当过陈立夫的走狗,说他的很多论文在国外发表,去讨好洋鬼子,还说他某年回母校剑桥大学发表演讲,恶毒攻击党和人民……我爸爸真是这样的吗?

后来我就特别留意能看得见的报纸,上面有不少批判我爸爸的文章,但他们把很多事情搞错了,比如我爸回剑桥演讲,是1936年的事,他攻击的是国民党。他很早的时候就倾向于共产党了。1948年,国民党日落西山,往台湾逃几乎是唯一出路,中央大学有人主张迁校台湾,我爸听说后,立即赶到南京去,"虽然我现在不在中大,"他说,"但我是中大的老人了,我没别的能耐,我就守在图书馆门口,图书馆里的一只痰盂,你们也休想拿走!"后来有人出面,向他保证说不搬,他才回到重庆。

回来不久,香港大学就请他去任教,月薪一千港元,并有依山傍海的小别墅作为寓所,托他在剑桥时的同学(那之前几个月去了港大)写信,劝他速带家眷去香港,信中还附寄了别墅的钥匙。他却把钥匙退回去,说:"我已吃尽了当亡国奴的苦头,再也不愿在外国人手下干事了。"

批判我爸的文章里面,有一句常常提到的话:"当年,李本森打着经国济世的幌子回国……"

读的批判文章越多,我就越是学会了从反面去认识真相,说他打着经国济世的幌子,我就知道,他的理想真的是经国济世。大量事实也证明了这一点。来找你之前,为把事情说得明白些,我花了好些天工夫,去重庆图书馆翻看旧书。其中有本《"海归"中国》,说我爸他们那代知识分子,普遍"无所适从",他们从国外归来,一心要缔造一个新中国,但办事不切合实际,不知道也不理解自己的人民有什么想法。但特别说到我爸是个例外。我爸认为:一切研究的归宿,都是提供社会所需。

中国当时的最大需要,就是打日本,爸爸的所有理论都是建立在这个上面的。

一旦日本投降,他就跟很多同辈知识分子一样,突然找不到方向了,学问也就跟着做完了。

——他的学问在抗战胜利后就做完了！

他自己分明知道这一点，却一头扎进书里，把时间拽得那么紧，任何一项职务都不愿担任。

这与其说是在做学问，不如说是在逃避。

逃避痛苦。

日本人给他的痛苦。

他的发妻和两岁多的儿子在武汉被日本飞机炸死，他没能及时得到消息，后来他知道了——不仅知道母子俩都死了，还知道了一些细节。那天母亲抱着儿子，在街上逃，开初并没直接中弹，但一股气浪把两人分开，儿子飞出去，正正中中钉在一根五六米高的断树枝上，像那根断枝长在那里，就是为了把他钉住的，从背心钉进去，对穿对过，断枝上残存的树叶，被唰唰唰地剔落到地上。

他挂在上面，不知道自己马上就要死了，像也不知道痛，只是哭，还把双手伸出来，要妈妈。妈妈号叫着扑过去，要把儿子取下来，可那么高，怎么取呢？街上那些逃难的，要么在继续逃，要么断手断脚，要么当即就成了死人，不可能有谁来帮她，她就往树上爬。

爬到一小半，又一颗炸弹扔下来，钻入了树下的土里……

听到这消息不久，我爸就从头至尾地见识了重庆大轰炸。他不可能不想到他的妻儿和还在南京的亲人。尽管消息闭塞，还是有一鳞半爪的消息从南京传过来，他的母亲和姨妈，都遭到了日本兵的凌辱。多大年纪的人了啊，可以做日本兵的妈，甚至可以做他们的奶奶了啊！

我爸想到这些，但他表现出的不是悲痛，而是另一种姿态。

——蔑视日本人。

他跟环教授在桥上夜谈的事，很多人都知道，其实，在那之前，每次重庆遭遇空袭，他都不进防空洞的，而是守护在实验室外面。后来，学校组织员工，在实验室里挖了一个地下防空洞，听到警报，立即将仪器转移下去，爸爸才没再去守。有些师生在回忆那段往事的时候说："李教授为保护学校财产，把个人安危置之度外。"这话很好听，但仔细想想，那有用吗？

爸爸心里想的，不是要获得人们的歌颂，而是：他蔑视日本人。

可一旦被蔑视的人投降了呢？

他的敌人就不再是日本人，而是日本人留给他的痛苦。《四川与对日抗战》这本书里有句话："残暴的空袭刻下了我们的仇恨，百年后也不会忘却。"其实，不能忘却的不是仇恨，是痛苦！

日本人带给中国人的痛苦，有我爸的一份。

除此之外，他自己也给自己带来了痛苦。

中央大学内迁时，本来打算把学生、教工及家眷一同运走，但舱位太紧张，图书、仪器，还有航空工程系三架拆卸式飞机、医学院供解剖用的尸体，以及农学院部分实验良种动物……太多了，如果没有民生公司总经理卢作孚，恐怕啥都带不走。民生公司当时正负责输送开赴淞沪战场的川军，抵达南京后，随即西上返回四川，就把一批客运船舶免费提供给了中大。

由于舱位紧张，中大决定，化整为零，各自想办法办理船票，十天后在汉口集中。中大在汉口设立了中转站。我爸让爷爷奶奶包括姨公姨婆一家，和他妻儿一同逃难，但他们相信政府，以为哪怕全国都丢了，南京也不会丢，因此坚决不愿动身，只是爷爷奶奶离开城区，住到了姨公姨婆的郊外，爸爸也把他的书运了过去，随后他就带着牛羊徒步入川。那时候，妻儿还没买到船票呢。他们拖了很长时间才买到船票，辗转到达武汉时，武汉的天已经成了日本人的天了。

如果他不坚持亲自带领那群牲畜,就可能有时间把几个老人包括几个表哥劝走,把他们劝不走,也会想办法提早买到船票,船票不能及时买到,至少他跟妻儿在一起,有他在,到武汉时就可能待在另一片街区,遭遇空袭时,就可能选择不同的逃跑路线,灾难也许就降临不到他们的头上……

这并不说我爸就后悔了。他没有后悔。然而,不后悔不等于不痛苦。

痛苦最能发酵。我是做面生意的,我知道发了酵是啥样儿。它再也不能复原了。爸爸被发了酵的痛苦撑得不成人形,他不想让别人看见,就用时间的衣服,把自己严严实实地裹起来。

谁也不敢去碰一碰那件衣服。

同安说,爸爸是放在家里的贵重瓷器,这话证明,他比我幸运多了,安姨也比我妈幸运多了。我们在银杏坡时,他不是瓷器,是毒药,瓷器摔不得,总看得、摸得,毒药就不一样了——爸爸是那种看一眼就能让人中毒的毒药。他由毒药变成了瓷器,可能是随着时间的推移,痛苦变淡了的缘故,也可能是他对安姨和同安有了爱。但老实说,我更相信是前一种,爱一旦被毁损,恢复起来比补天还难。

李小楠嘴皮干得起壳,我请她喝水,她犹豫半晌,问:
"你家里有一次性纸杯吗?"
我说没有,没关系,你喝就是。
她又是那种往人骨头里钻的眼光,说:"我知道,等我一走,你就会把这只玻璃杯扔了。"
我想说不会扔,她绝不会相信,又要徒劳地绕老半天圈子,不如干脆啥也不说。

她却又说:"我没有传染病。"

我说我知道。

"你咋知道我没有传染病?"

我又开不起腔了。

"你分明不知道我有没有传染病,却说知道,可见是说谎。"

说完她直愣愣地盯住我。我低着头,尽量不去看她的眼睛。这么僵持了好一会儿,她到底把水喝了,嘴唇没接触杯沿,是把杯子高高举起,往嘴里灌,就像在自来水管下面喝水那样。

喝了水,她长出两声气,接着往下说——

我文化浅,说话没个重点,没个先后。我不是在说那年夏天的雨吗,咋扯了这么远的南山网?

那天我妈扫着院子,听见爸爸发火,说她很快就做完了,爸爸怒视着她,那眼神让我妈发抖。就在她准备收起扫把回屋时,发现爸爸的眼神变了,而且也没看她,是看着她头顶的树。就是那棵银杏树。我很小的时候,那棵银杏树就跟现在一样粗了,因为连天雨浸泡,看上去比现在还粗。

妈也抬头往树上看。

妈吓得惨叫一声。

在离她头顶不足半米高的地方,倒挂着两条青竹扁蛇!

两条蛇晃晃悠悠的,再下来一点点,就缠住妈的脖子了。淋淋漓漓的雨水,从弯曲的蛇身滴下来,经过它们尖尖的嘴和时不时撩出来的信子,滴到妈的脸上。

妈本来就怕蛇。她娘家在歌乐山脚,那里阴湿,是蛇喜欢的环境。在她十三岁那年的秋天,妈有天早上起来,觉得枕头怎么比往常高了许多啊,一摸,硬邦邦的,冷浸浸的。她枕头里塞的是谷糠,不该这么硬,也不该这么冷。她问我外婆:你往我枕头里装了些啥呀?外公外婆跟她住隔壁,也起了床,外婆走过来,说没装啥呀。我妈说还没装呢!把枕头提起来,给外婆看。这一提不打紧,咋这么沉啊!外婆也觉得奇怪,接过枕头拍了拍,说:你睡的时候是这样么?妈想了想,对呀,她昨夜躺下时不是这样的。外婆说:倒出来看看。妈正要去拿剪刀,结果不需用剪刀,枕头外侧,有好大一个洞,谷糠瀑布一样往外流。跟谷糠一同流出来的,是厚厚一饼黑凛凛的家伙。

到地上,它就懒洋洋地舒展身体,外婆和妈也才看清那是一条蛇。

枕头上的那个洞,就是蛇咬的。人们只听说过蛇往枕头上盘,没听说过蛇把枕头咬烂,钻到里面去,把人的头一点一点地抬高,还让人全无知觉。

我外婆说,出了这件事情,我妈两个月不敢上床睡觉,更不敢用枕头。妈跟爸不同,爸常常忘记睡觉,妈当姑娘时却是个瞌睡虫,只要有工夫,可以躺在床上大半天不起来的,床是她最觉得舒坦的地方,可是现在,她不敢相信她的床了,也不敢相信她垫在头下、还经常抱在怀里的枕头了。

好在从那以后,她再也没有看到过蛇。

谁知现在它又出现了,而且一来就来两条,还倒挂在她的头顶上!

她将扫把一扔,冲进屋,去卫生间里呕吐。

我到外面的走廊上,看那两条蛇。一条大蛇,一条小蛇。那条小蛇看上去比筷子长不了多少,肯定是那条大蛇的儿子(或者是女儿吧)。喜欢阴湿的蛇也被水泡烦了,大蛇把小蛇带上树,是想找个干燥地方。可那时候没有干燥的地方给它们,所以它们倒挂着,让水从身上流走。

妈在卫生间吐得翻江倒海的,那声音听起来相当吓人,像吐的不是肠胃里的东西,而是肠胃。我跑回屋子,见爸爸还站在窗前,望着外面。我就进了卫生间,给妈递纸,让她擦嘴。

妈吐了好多黄胆水出来,吐得没啥可吐的时候,她上气不接下气地喘了一阵,再洗她的脸。她把半块香皂都用完了,你看看她是怎么个洗法!洗得脸上浸着血珠子——她把皮都抠烂了。

我跟我妈出来时,爸爸又坐在了书桌前。也就是说,他跟我们之间,又被"时间"隔开了。

后来,爸爸的生活有了规律,每顿饭后,还留出半个钟头休息(黄晓洋不是经常利用这半个钟头去见他吗,我都碰到过的),可我跟妈住在那里时,爸爸连吃饭也在"想事"。妈曾经说过,爸爸是唐僧,孙悟空用金箍棒在他外面画了个圈,他就再也不从圈里出来,她想进去,就会遭遇电光石火。

那天妈有多伤心哪,她嫁的不是一个男人,而是一块石头,石头还可以靠一靠,还可以捡起来,打走树上的蛇,可是爸爸呢,她吓得那么厉害,吐得那么厉害,他竟然连一句安慰的话也没有。

好在那两条蛇已经不在了。我又去走廊上看了,回来对妈说,蛇没有了。

妈尖叫一声,叫我不要再说那个可怕的字眼。

当天晚上,她就做噩梦。说是梦,又不像梦。她依然站在银杏树下,头顶上倒挂着两条蛇,她把头仰起来,嘴张开,伸出舌头去接蛇流出的涎水。蛇的每一滴涎水,都在她肚子里化为一条小蛇。她能透过皮肤看见自己肚子里面的情形,她看不见五脏六腑,只看见堆堆拥拥黏黏糊糊的蛇身。先进入她肚子里的,已经长成了大蛇,大得肚子装不下,只好往外吐。

妈在梦里吐得嗷嗷嗷的，像是狗叫。

她把自己吐醒了。也把我吐醒了。

四岁之前，我跟爸妈睡在一起，过了四岁，晚上就在客厅给我安张小床，单独睡。按我妈的意思，四岁的孩子照样可以跟父母同床，但爸爸不同意，他是受过西方教育的人，觉得我已到了享有独立空间的年龄。第一次在客厅给我铺床时，我妈流了眼泪。你是男人，你不理解我妈这时候为啥要流眼泪。女人这辈子，是有好多坎儿要过的，让孩子分床是一个坎儿，儿子结婚、女儿出嫁，又是一个坎儿。儿女是女人的镜像，儿女分得越开，女人破得越碎。不过，那时候我依然是幸福的，我爸还很爱我。尽管只是给我铺张小床，爸爸也做得相当正式，在客厅的柱头和墙壁上贴了好几张画，嘿（李小楠迅速笑了一下，笑得少女般羞涩），那不是画，只不过是我的胡乱涂鸦，爸爸把它们贴上去了……

我妈本来是个很逗人喜欢的女人，她很漂亮，如果不怕得罪安姨，我就要说，她比安姨漂亮得多。你别看我，我这副丑样，一点也不像我妈，我妈真的很漂亮！当然主要是她的性格好，一说一笑的。妈是后来才变了，遭遇了那场"蛇灾"，就变得很厉害了，但还不至于让所有人都厌烦她。是离婚过后她才被集体厌烦的。因为离婚是她主动提出来的。——天啦，她怎么可以跟李教授离婚呢?!

当时就有很多传言，说我妈嫌我爸年纪大了（这样的待遇，几十年后的安姨也碰上了。都过去几十年，人们为啥就没一点儿长进？连说闲话为啥也不能想出些新花样儿来？）。我爸成了反动学术权威后，又有人说，我妈是个先知先觉的巫婆，她早就看到了这一天，所以提早跟李本森撒手。妈从来没有解释过，她一解释，就必然损害爸爸的形象，这样的事，打死她，她也不做。

——那天晚上，妈像狗叫一样的呕吐声把我吵醒了。我很害怕，希望听到爸爸的声音。

没有爸爸的声音。我估计，爸爸睡觉的时候也在想事，也不把他的时间给我们。

妈稍稍能回过气来的时候，立即拉亮灯，看她吐出来多少根蛇。地上没有蛇。她担心蛇溜到了客厅，又光着脚跑出来，把我抱起，浑身拍打，还把手伸进我衣服里去，到处摸。那时候我系着小辫子，我把头往妈的身上靠，小辫子扫着了她的脸，惹得她又是一声惊叫。

幸好银杏坡是独门独户，要不然把邻居吵醒，还以为发生了惨案呢。

妈的噩梦持续不断。有一天她对我说：

"小楠，我晓得那两条蛇是谁了。"

难道蛇也有名字？

妈说："我不晓得它们的名字，但我晓得它们跟我十三岁那年碰到的蛇是一家的。那条蛇是爸爸，这两条，大的是妈妈，小的是儿子。那条蛇爸爸被你外公打死了，它们现在就找我算账来了。"

"它们为啥不去找外公算账？"

妈捂了我的嘴，像是怕蛇听见一样，然后说：

"本来就该找我嘛，是我告发它的。"

如果只是这样，要怪爸爸，也不能深怪。妈小时候受过刺激，见到挂在头顶上的蛇，有了神经质的发作，这不是爸爸的过错。再说妈本来就相信神秘的事情。歌乐山那边，经常出一些神秘的事，松毛全都变红了呀，雾岚可以燃烧，而且一烧就烧五个月，水浇不熄土盖不灭呀……那里阴气重，日本人扔了一阵炸弹、燃烧弹和毒气弹，国民党杀了一阵共产党，阴气就更重了。

连天雨已经停了，天像被落空了，显得特别高。夜晚的月光亮得能看书。天越高，月光就越亮，也是我那时候发现的。那天晚上就有那样的月光。10月份，天很热，窗户没关，月光没一点阻挡，就跳上窗台，进了屋子，在爸爸的书桌上，还有地板上、墙壁上，抖动着鼻子，歪歪扭扭地到处嗅。我不停地把身子缩小，还把妈为我准备后半夜盖的被单打开，将自己裹起来，只露出眼睛。我是怕月光嗅到我这里来了。我觉得它是一条野狗。正怕得快要撑不住的时候，爸爸起来了。

我以为他是上厕所，结果不是，他轻手轻脚地出了门。

我能清晰地看见他走到银杏树底下，弯了一下腰，然后直起来，往后退，退到窗口，停住了。

他站在那里，一动不动。

这时候的爸爸，在我眼里是一个巨大的阴影。

过了好一阵，听到"啪"的一声。

爸迈着大步，朝树底下走去。

原来他是放了个夹子，夹到了一只夜行的老鼠。

这并不奇怪，他本来就是研究动物的嘛。我曾跟他去过学校的实验室，小铁丝笼里关着好多老鼠。爸爸捉动物有一整套本领，他甚至不用夹子也能抓到老鼠。他还跟动物说话呢，嘴里咕噜咕噜的，腮帮一阵乱动，舌头一阵乱搅，你说他是胡言乱语吧，可动物都听他的，有回我跟他在路上走，他这么咕噜几声，几只鸟就飞过来，歇在离我们很近的枝头上，朝着他叫。真的，我有啥说啥，我不骗你。

那天晚上爸爸提着老鼠回屋不久，我也睡过去了。

第二天，我对妈说："爸爸昨晚上捉了只老鼠。"

那时候妈在做早饭,爸爸坐在书桌前。或许是妈跟我一样,对爸爸捉老鼠并不奇怪,或许是她还沉浸在自己的噩梦里,总之她没应声。

但我们都注意到,爸爸的书桌上多出了一口坛子,很旧,大概是从屋旮旯翻出来的空泡菜坛子吧。坛子不太大,也并不小,盖子是临时搭配上去的铁皮盖,用钉子规规整整地钉出了几个小孔,看上去像和尚头上的戒疤。铁皮盖用麻绳跟坛身捆在一起,上面还压了块很沉的大理石镇纸。

我很想去打开看看,但自我出生过后,就跟着妈,我刚满月,妈就上班,她把我带到学校,让守门的阿姨帮忙带着,她下了课再来喂奶;后来我读书,也一直跟着我妈,包括读初中、高中,也不是在文理大学的附属中学,而是在大田湾。因为学校远,我们总是比爸爸先出门。当然,这并不是说我就没有机会,中午或晚上,妈做好了饭,爸爸还常常在办公室不回来,有时候甚至去了重庆大学的防空洞,当时他的几万卷书还放在那边。不管他在哪里,妈都去叫,这时候我一个人在家,机会是有的。

然而,当我真的一个人在家时,那种好奇心就荡然无存了。

爸爸的东西不能动,是我从小就领受的戒律。这戒律比最严酷的法律还要严酷。何况镇纸那么沉,要是不小心摔碎了……更何况盖子还是用麻绳捆住的,说不定麻绳没解开,爸爸就回来了。

我猜想里面装着爸爸捉来的老鼠,贴近了听,能隐约听见"咕、咕"的声音,像打嗝,又像吞咽。

可许多天后的一个夜里,妈睡觉的时候,看见爸爸将坛子抱到床上去了!

很可能,自从有了那口坛子,他晚上都是抱到床上去的,只不过妈身心劳累,总是比他睡得早,没有发现而已。

这证明那里面装的不是老鼠，而是金银财宝。

妈就对我说过，爸爸肯定是去哪里挖到了金银财宝。

很长时间过去，我都以为金银财宝是能发出"咕、咕"的叫声的。

又是许多天过后，妈在半夜里惊醒，夜太静，她听见屋子里窸窸窣窣响，而且响声就来自床上。她以为是小偷。小偷来偷爸爸的金银财宝了！妈大叫一声。我醒了，爸爸依然如故，没有醒。妈的耳朵里像蜂子朝王，那是她自己喊出去的声音又回来了。她没听见小偷逃跑的脚步声。为了财宝，盗贼竟然变成了抢匪？妈哗的一声拉开灯。除了她和爸爸，卧室里再没有别人。

妈又壮着胆子，出客厅来看。门好好地关着，我也躺在小床上。

我叫了声妈，她没听见，又回了卧室，因为——她后来告诉我，她看见爸爸搂着那口坛子睡觉！

妈觉得，爸爸爱财爱到这种程度，实在不像一个声名远播的大教授。

她感到悲伤，爸爸有多少个日子没这样搂过她了？

他们躺在一张床上，各睡一头，爸爸就像没有她的存在。

妈没来得及让悲伤走得太深，又听到窸窸窣窣的响声。

声音是从坛子里发出来的！

妈再也顾不得那么多了，把爸爸摇醒，问他："那里面……"

爸爸很不高兴，沉默着，支起身子，将捆住铁盖的绳子一圈一圈地解开。

盖子打开的瞬间，一大一小两颗蛇头，飕的一声立起来。爸迅疾把盖子合上了。

……妈吓成啥样，我就不去说了。有一点你一定想得到，妈再也不睡那张床了。

她宁愿到客厅搭地铺，也不愿上爸爸的床。

但这并不能解决问题，她的噩梦还在升级，我又开始做噩梦。每天晚上，我都要被噩梦吓醒五六次。想想吧，这屋子里有个搂着两条蛇睡觉的人！我的梦也大多与蛇有关，最常见的，也是最可怕的，并不是蛇把我吞了，而是我变成了一条小蛇，我没有了双脚，只能在地上爬行，妈给我买回梨子、甘蔗、饼干，总之是我喜欢的吃食，我才发现自己也没有手。于是我哭起来，把自己哭醒。

哭醒好一阵，依然觉得自己不是一个人，而是一条蛇。

几岁的孩子，夜夜哭，纵是块铁砣子也会哭瘦。再这么哭下去，我会哭死的。

爸爸也感到事态严重，抱着那口坛子去了远远的南山，把两条蛇放了。

然而他已经在我和妈的心里种下了恐惧，蛇在与不在，成为次要的了。恐惧的源头是他本人。他要是只把蛇装在坛子里，我也好，妈也好，怕的是蛇，他搂着蛇睡觉，性质就变了。

妈见我夜夜哭，焦心如焚，度日如年，挨到我快满七岁的时候，她觉得再也不能拖了，再拖下去，我真的只有死路一条了。不得已，她向爸爸提出了离婚。

爸爸一点也不奇怪，一点也没拦阻。

只在手续办好，我跟妈要离开银杏坡的时候，他才拉住我的手，对着我妈说：

"我对不起你。"

妈就"吃"着这句话，活完了她后面的三十多年。

说到这里，李小楠仿佛从梦中惊醒，突然问一句：

"我说这些干啥？"

这是问她自己，我不好回答。

然后她又问我："我说的这些，你都相信吗？"

我照样没回答。

从李小楠身上，我发现不说谎是困难的；也是从她身上，我发现相信人同样困难。

由此我想起黄晓洋的一则日记，那则日记写到他跟李教授在某天黄昏的一次谈话。

李教授向他讲述动物的社会行为，说小狼出生后，由双亲共同喂养，但公狼和母狼各有所司，母狼在窠里守着孩子，公狼外出猎食，偶尔猎获不多，公狼便自己留下一点受用，母狼洞察一切，定睛面对公狼，用低沉的声音吼叫，有时还扑上去撕咬。犯了错误的公狼并不还手，好似自知理亏，乖乖地把私留的食物全部吐出来，母狼才肯罢休。听后，黄晓洋说：

"动物界一定存在着某种人所不知的密码，这密码能帮助它们看清真相。"

李教授若有若无地摇着头，眼睛不看黄晓洋，说：

"没有谁比人更清楚那种密码，也没有谁比人把那种密码掌握得更到家。"

黄晓洋等待着他的解释。

"不信，明白吗？"李教授说，"不相信，不信任，总之是不信。人们常常把'不信'当成一个贬义词，不信上帝，是信仰出了毛病；不信领导，是忠心出了毛病；不信朋友，是道义出了毛病……凡此种种，其实都是错误的。母狼对公狼不信，使公狼吐出私货，喂养小狼，从而保证了物种的延续；人对上帝不信，使人类敢于探索和挑战貌似牢不可破的铁律;人对人不信,使我们有了隔音室和越来越先进的保密手段,自然也包括有了摄像头和窃听器。不信,不仅是人类从远古带来的基因,还极大地推动了时代的进步和社会的发展。"……

尽管李教授列举了"不信"的诸多好处,但面对他女儿李小楠的质疑,我最终还是说:

"我相信。"

李小楠说:

"不管你相不相信,反正事实就是这样。我告诉你这些,是希望你写到我妈的时候,别把她写得太坏。你不要以为人人都不喜欢她,她就很坏了。尽管我只念过高中,不该去想柴米油盐之外的事情,但没有人愿意跟你交往,不去想事,还能干啥?你的白天晚上,跟别人的一样长,你得设法把白天晚上填满。我发现,人生来就不是要与同类友善相处的,对别的家庭,别的种族,别的国家,或多或少都带着敌意。要是你有一种天生的本领,无论啥时候,你都能听见城市和乡村各个角落里的谈话,你就会发现,说人好话成人之美的是那样少,送人恶言挑拨是非的却是那样多。我妈跟别人的区别在于,她连表面的虚假也不维持;不是不愿意,是极度的缺乏安全感,让她丢掉了那个能力。连睡觉的床也不敢相信,连自己的丈夫也不敢相信,还敢相信谁?她不相信别人,也认为别人必定不相信她。"

李小楠舔了舔嘴唇,接着说:

"但我妈不是坏人。一段时间,有人天天来找我妈,让她揭发我爸,她一个字也没说,利诱她,威胁她,都不说!妈死后,我去看爸爸的次数比以前多些,是妈临终前的嘱咐,她知道同安是个大而化之的人,安姨么,跟我妈一样,嘴上不说,内心一定很苦,要不然,她每年为啥都要犯病?一个内心很苦的人,精神是恍惚的,自己都照顾不好，别说照顾人。妈让我多去看望爸爸，也顺便看望安姨。"

这些话，李小楠说得多么理智啊。

但话音刚落，钻人骨头的目光立即又从她眼睛里射出来了。

没等我发表意见，她就起身要走。快到吃饭时间了，我和妻都留她。我跟她在我的书房里说话，妻子在旁边的客厅，听到了我们谈话的大部分内容，这时候妻子说：

"你别以为厨房没生火，留你吃饭就是假话了。小区外面就是饮食一条街，我们随便去哪家吃点。"

她坚决不同意，说了要走，就是一定要走，否则她就说了谎话了。于是只好放她走。

我要送她下楼，她也不许。她可能心里在想：其实你并不想送我下楼。

她的脚步声在楼道消失之后，我坐在原位上，完完整整地回想她的话。

一个细节挥之不去：李教授把蛇装在坛子里，喂它吃的，搂着它睡。

那是两条蛇，一大一小。

那两条蛇挂在树枝上。

我自然而然想到数十年前武汉街头的那根树枝，李教授的儿子被树枝穿透，妻子往树上爬……

如果我是在写小说，我会发挥这种联想的，然而我是在实录，不是在写小说。

因此，李小楠没那样说，我也就不能那样写。

第二十四章 黄晓洋日记（31日）

学生们看了《山城周刊》，大为惊讶：

"哟，原来我们学校还有个骨灰级人物！"

今天，李教授真的变成骨灰了。

阳光艳丽。据说，上天送自己眷顾的人走，要么电闪雷鸣，要么刮风下雨，总之是动荡的，或者悲悲切切的。可今天的阳光却这么好，投在地上的树影也白得透明。李教授是不被眷顾的人。就像我的曾祖父。我特地翻阅过那年的气象资料，曾祖父被日军少佐斩首的那天，南京城同样有艳丽的阳光。

上午10点，去殡仪馆遗体告别室。一同进去的，有李同安、李小楠、崔校长、母书记、梁主任、芸秋及我岳父。安伯母没去。是我们不让她去。简单的追悼会后，安伯母绕着冰棺，从头到脚地看了她的丈夫，哭得死去活来，如果去火葬场，她会承受不住的。

我觉得，进入告别室来的，还应该有一些——不是人，是物，牛、羊、猪、兔等动物。

它们比我更有资格来送李教授最后一程……

挂着米黄色窗帘的铁窗格里,是间长方形的屋子,天花板上,每隔两米左右,就横卧着一盏日光灯,日光灯都亮着,使那间屋子看上去像间教室,但空空荡荡,因此,它更像是一个舞台。

李教授今天是演员,他要为生者举办最后一场演出。

几分钟后,屋子那头陡然旋动着强烈的光线,是门开了,阳光泼进来了。喧喧闹闹的阳光显然是不受欢迎的观众,只听"嗒"的一声响,阳光被请了出去。这才看见一个人,神情漠然地推着一辆车,远远地从那边走过来。车和人都走得极其沉缓,却带着逼压而来的气势。

我们身后靠墙的地方,几个乐手用唢呐吹奏着哀伤的曲调,可当人和车移至中央,曲调突然变得欢快起来,甚至轻佻起来,好像死者的这一生,活得潇洒随意,现在死去,也就无怨无悔。这种转变让我无法忍受。某些时候,哀伤是需要的。而我们总是惧怕哀伤,更惧怕持久的哀伤,从小,我们就被灌输着可怜的乐观主义,我们吃着乐观主义的药丸,把哀伤像蛔虫一样杀死,排泄出去。

车子到了窗口底下,火化师让好生辨认。勿需好生辨认,就知道躺在车里的是李教授。但又不像他。整容师为他仔细化过妆,搽了胭脂,涂了口红,涂得很浓,使他的方口变成了樱桃小嘴。

所谓死亡,就是任随别人怎样给你化妆,你都不会反对。

火化师拿出一叠翠绿色的单子,让李同安签字。

李同安签了,递还过去,火化师说:

"看最后一眼啊。"

话音未落,他就摁动了某个按钮,李教授连同他睡着的那个软软的床垫,发出"卟"的一声细响,像是笑了一声,随即蹦进了圆圆的炉洞。

李教授演出的节目，就是横着一蹦……

在离我们很近的高炉里，发生着神秘的蜕变。

一个人正变成一把灰。

这个正变成灰的人，这个"各项生命体征完全正常"、却因衰老而死的人，许多人都不认识他。

他是剑桥留学生。

他是奔赴国难的勇士。

他是成就卓著的学者。

他是诲人不倦的老师。

他是——李教授！

从告别室出来，我回到休息室抽烟，没抽几支，李同安就抱着个骨灰盒进来了。后面跟着李小楠。那个盖面上雕着棵青松的陶罐里，装着人高马大的李教授。作为生物学家，他毕生研究生命的组织结构，以及这种组织结构之下的生命形态，可他自己的结构被打乱了。就算他现在从骨灰盒里苏醒，也无法将自己混杂在一起的各个部位清理出来，更无法将它们重新组装。有人说，死亡并非生命的终点，人人都可以在神的引领下"走过死亡"，就算这话是真理，我和李教授之间，也横亘着死亡的黑水了……

第二十五章　杜芸秋访谈录

　　李教授的去世对晓洋的打击，用"沉重"二字来形容也显得太轻。他把李教授的死，看成是一个时代的终结。知识分子的时代。

　　我前面说过，风骨是知识分子最突出的标志，风骨的内涵，就是在细节上也不妥协。

　　你可能会问，李教授当年写检讨，不是常在后面注明感谢×××吗，而这×××，大多是给他发布命令的人（有几次还是我父亲呢），这不是妥协又是什么呢？

　　那么我告诉你，发布给他的每道命令，都不是以个人的名义，而是以人民的名义；千错万错，人民是不会错的，因为谁也不知道他们口中的人民究竟是个啥玩意儿，耗资数亿搞工程是代表人民，尚未竣工就将工程拆毁，还是代表人民，所以他们可以理直气壮地声称：自己所做的一切，都是为了人民。——想想当年，日本发动侵华战争，天皇竟也说，这场战争是为了日本人民，也是为了中国人民，还是为了亚洲人民——人民是他们揣在兜里的赞成票和反对票；人民今天是氧气，明天是二氧化碳；人民刚刚重若泰山，转过身就轻若鸿毛……总之，人民是他们的。

而在李教授那里，人民却有血有肉，人民是自为的主体，他深知自己受着人民的滋养，因而真诚地反省（不是妥协），觉得自己对人民做得还不够多，也不够好。

你可能还会问：如果给李教授的命令明显要他违背良知，如果李教授也像吴宓那样断了腿、瞎了眼，也像老舍那样被一群小毛团儿东拉西扯地折磨后再抽得头破血流，他还会坚持吗？

这个我不知道，因为历史不能假设。

——哦，对不起，我有些头晕，我听见晓洋的驳斥声了。

（杜芸秋喝了一口水，抽了几口烟，才接着说下去。）

我曾经对他说过，历史不能假设，他立即面红耳赤地跟我争论：

"历史为什么不能假设？承认它不能假设，就相当于承认它的一切都是合理的，今人就可以为所欲为地为后人制造'不能假设'的历史。人类只有在对历史的假设中才能进步！"

（杜芸秋又喝了一口水。）

不谈这个了吧……

我说李教授的去世给了晓洋异常沉重的打击，不是指悲伤。

它要远远大于悲伤。它是悲伤的反面。

我们可以设想这样一种情景：两个人，在广袤无垠的荒漠上，一前一后地走着，前面的那个扛着旗帜，向南向北，向东向西，都由他说了算，后面的人也虔心跟从。可是某一天，扛旗的倒下了，再也起不来了，你说说，跟从者该怎么办？如果他想活下去，就得接过大旗，继续前行，方向由他自个儿辨别，艰难困苦由他自个儿承担，孤独，则是他必须付出的最高代价。

这时候他需要一种信念：有这面旗帜在，就一定会有人跟上来。

然而，在别人跟上来之前，他是荒漠上唯一的活物。

你读过红军过草地的故事吗？在那片被称为"魔毯"的大泽国里，死了很多人，原因有多种说法：死于饥饿，死于沼泽，死于毒蘑菇，死于食盐短缺……无疑，这些都存在，但还有一个更加重要的原因：草原的辽阔单调、杳无人烟！放眼望去，各处的景物是一模一样的，没有起伏，没有变化，你根本不知道何时才能走到尽头；而且遇不到一个人啊——遇不到农人，遇不到牧民，遇不到马帮，竟连敌人也遇不到一个！只有他们自己，他们成了地球上的最后一批人。许多人就是这样垮掉的。

平时，我们总是在抱怨城市的拥挤，到真正看不见人的时候，再试试看！

这方面我自己是有体会的。三年前，我带了一车吃的喝的，独自去西藏古格临摹壁画，古格你没去过吧？十七世纪上叶，那里是个辖数万人众的王国，两兄弟一为政治领袖，一为藏传佛教的精神领袖，彼此本来就矛盾重重，加之一个叫安德拉德的西方传教士从中挑拨，让国王遣散佛教僧侣，两兄弟便打起来了，结果是王国倾覆，文明毁损，之后不久，古格人烟断绝，成为世上罕见的荒凉之地。我待在那里，只能听见野风在洞窟中鸣叫，第一天受得了，第二天受得了，过一个星期，也勉强受得了，到第十天，就受不了啦，过了半月，就快崩溃了，过上一个月，简直是要疯了。

没别的原因，就是想看见人。"来个人吧，来个人吧。"这是我每天睁开眼睛就祈祷的。开始，是想象来个亲人或自己喜欢的人，后来降低标准，是来个熟人，后来再降，是随便来个什么人，哪怕是自己讨厌的人，后来再降，具体到自己讨厌的某一个人——别的啥都不重要了，只要那个人来就好啊！

可是没有人来。你喜欢的人，你不喜欢的人，都不来！

红军在草地上，觉得自己是地球上的最后一批人，想想，要不是"一批"，而是"一个"呢？

你一定明白了我的意思，也一定感觉到了晓洋的夸张。从某种意义上说，我跟你的感觉是一致的，可同时我又提醒自己：你没有资格去怀疑晓洋精神的高蹈。他是外恭内倨的人。他内心的骄傲源自于他绝不苟且的人生，源自于他对自我的严格把握，源自于他对更高规律的执着追求。凡·高有种观念，认为作为知识分子，如果不去探求真理，无论他在生活上有多么洁净，也照样是罪孽的、不道德的。在轻飘飘的世界里，我对凡·高这样的人充满敬意，对晓洋，我同样充满敬意，尽管他是我的丈夫。

要是晓洋能一直那么骄傲下去（杜芸秋深长地叹了口气），该有多好……

不知你发现没有，晓洋把李教授看得那么伟岸，一是因为李教授值得，另一方面，他是把李教授当成他曾祖父的。李教授的年龄并不比他爷爷大多少，但因为跟曾祖父是朋友，他自然就把李教授看成了曾祖父的那一辈，许多时候，是看成曾祖父本人。

他曾祖父黄明焕是个不拘小节的人，经常一只脚穿袜子，另一只脚不穿，衣服的扣子老也扣不齐全，鞋子老是趿着，弄得曾祖母很没脸，但曾祖母拿他没办法，袜子是给他备好的，他却穿一只就跑，出门后才系衣扣。学生们私下取笑他，但知道这个下巴尖削、脸如犁弓、留着一撮山羊胡的人，是从剑桥回来的，能通背《神曲》和《红楼梦》，取笑就变成了敬佩。好些学生还模仿他的穿着呢。

而这个不拘小节的人，对某些事却认真到了不可理喻的程度。

在南京中大对门，有个天津商人开了家饭馆，想到顾客多是中大师生，便给饭馆取了个很雅的名字：潇湘馆。黄教授知道后，气得山羊胡翘起来，翘得太直，绷断了几根，他怒气冲冲地走进饭馆去，找老板说话：潇湘馆是黛玉的住所，是至纯至洁的地方，怎能容你糟蹋成酒林肉池？老板以为这个邋里邋遢的老头是个疯子，准备把他轰出去，可他注意到，自老头进屋后，脖颈上绷着青筋高声划拳的学生，都哑了，把头低下去，筷子也不敢动了，心想这人肯定有些来历？悄悄问学生，学生说：这是黄明焕教授。那老板算得上是个儒商，早知道黄明焕的大名，当即换成一张笑脸，给黄教授赔罪，并表示明天就换名字。第二天果然换了，在馆字前面加了个饭字，变成了"潇湘饭馆"。

这件事后来有了众多的敷衍，有人说是吴宓的故事，也有人说是金岳霖的故事。这个我倒觉得不必去追究。即便不是黄教授的故事，能敷衍到他身上去，至少证明他有着同样的认真劲儿。很有意思的认真劲儿。对待学生考试，黄教授更是认真，每到考试那天，他都身着正装，如临大典，而且总是提前半小时进入考场；他还把每份卷子都亲自递到学生手里，说一声："你辛苦了。"

晓洋一心一意跟曾祖父那代知识分子学习。他时常警醒自己，曾祖父、李教授他们那辈人，忧国忧民，投身社会，而今天的学人，要么理所当然地享受着知识给自己带来的特权，要么骂骂咧咧，愤世嫉俗，很少反躬自问：我究竟为这个国家和民族做出了什么贡献？晓洋不希望自己成为那样的人。

但我知道，其实他想学的，不仅是曾祖父们的认真，还有他们的洒脱。

我甚至可以这样说，与认真相比，他更想学的是洒脱。

然而，认真可以学，洒脱是怎么也学不来的。

晓洋工作时认真，平时也认真，在公共场合，他从不说一句过头的话，总是留有余地，衣服上从来就没有污迹，走路永远都是把脖子放正，把腰背挺直——他走路也走得兢兢业业。温文尔雅才符合他的身份，于是他温文尔雅；不爆粗口才符合他的身份，于是他不爆粗口（在重庆生活若干年，不爆粗口是了不起的本事）；对领导不卑不亢才符合他的身份，于是他不卑不亢；对学生不厌其烦才符合他的身份，于是他不厌其烦。

他身上背着一副沉重的甲壳，那甲壳就是身份。

在学术上，他义无反顾地否定自己，但他不敢对"身份"越雷池半步。

这相当于在一个小小的笼子里，关着一只拥有垂天之翼的大鸟。

有天上午，我起床看到书桌上放着一张字条，他上课去了，我便把字条拿起来看。

结果是他的自问自答——

问：我可以像顾孟余校长那样，因受了蒋介石几句责备，觉得责备无理，就忿然辞职吗？[1]

---

[1] 1941年7月，顾孟余经陈布雷推荐，被任命为中央大学校长，于教育行政管理较为宽容，很受师生拥戴。1943年初，蒋介石在中央训练团开会，要求重庆各大学校长参加，顾却派了训导长出席，蒋有所责备，顾闻之忿然辞职。蒋亲自出面，两次慰留，未果。学生因闻C.C.派吴南轩将来校继任，即以一千五百人游行，后闻教育部长陈立夫将亲任中大校长，又引发"驱吴拒陈"风波，直至行政院长蒋介石兼任中大校长，风波始告平息。

答：我想，但是我不能。

问：我可以像李本森教授那样，对着空教室眉飞色舞地讲课吗？

答：我想，但是我不能。

问：我可以像曾祖父那样行迹自主吗？

答：我想，但是我不能。

问：我可以像闻一多教授那样，说了不到抗战胜利就不剃胡子，果然就把胡子留七八年吗？

答：我想，但是我不能。

诸如此类的，还有很多，都是"我想，但是我不能"。

由此你可以看出他内心有着怎样的挣扎。

挣扎归挣扎，标准却立在那里。他从来不会因为挣扎的苦痛就降低自己的标准。而且他坚信，只要"想"，就有"能"的时候。曾祖父是他追随的榜样，可这个人却在半个多世纪前就被杀害了，当他的头颅和身躯分开，就像音乐没了音符，绘画没了色彩，文学没了文字。

日军少佐挥出去那一刀所留下的文化空白，是一个武夫怎么也想象不出来的。

但我要说，文化与武夫，是一对奇妙的组合。让世界流血漂橹的，不是武夫，而是文化（或者说文明），武夫是"文化"手里的刀子，武夫没有大脑，只忠心耿耿地发挥着一把刀子的功能。日本要强占中国，要消灭中国文化，刀子就把中国文化的头颅和身躯分开。他们根本不懂得，有一种文化是共通的，是全人类的，削掉了中国文化的脑袋，也就是削掉了自己的脑袋。

这话用于日本，尤其贴切。

晓洋经常给我谈到：从文化的角度讲，中国对日本有大恩大德。日本政治家吉田茂在《激荡的百年史》中也承认：中国文化对日本文化给予了莫大的恩惠。井上清的《日本历史》说得更明确：日本像拼命追求母乳的婴儿一样追求中国文化，是中国让日本由野蛮进入了文明。这话并不夸张，早在公元前219年，徐福就带三千童男童女赴日传术，所以后来的日本自民党党魁羽田孜，才说自己是中国人，是秦人的后代。唐代鉴真和尚双目失明后，第六次东渡日本终获成功，在鹿尔岛登陆，带去了中国的文字、中医、建筑学等等。日本明治以后的四代天皇，年号都出自中国的古典。就连他们的国名，所谓扶桑国、东瀛国，也来自中国的智慧。中国文化是日本文化的母亲。

然而，野蛮和文明，绝不是表面化的东西，日本民族性格中的自暴自弃，使他们从未脱离野蛮而且数典忘祖。你觉得自暴自弃这种说法奇怪吗？是的，日本民族沉郁（听听日本的音乐，能感觉到他们的头发梢也是沉郁的）、整饬、坚韧，这些都没得说，但他们也乖戾、狂妄和凶残。世间所有的凶残，骨子里都包含着自暴自弃。日本拒不接受波茨坦公告，非要挨了原子弹才宣布无条件投降，是典型的自暴自弃。自暴自弃是他们的文化，也是他们的刀子。

这把刀子架在中国的脖子上，中国依然希望用文化去拯救野蛮。面对日本的狂轰滥炸，中国却进行着人道飞行。1938年5月19日，两架马丁式轰炸机从汉口起飞，依靠天体导航，20日凌晨进入日本上空，没扔一枚炸弹，只投放了14万份传单随即返航。传单上写着："中日两国有同文同种、唇齿相依的亲密关系，应该互相合作，以维持亚洲和世界的和平。日本军阀的侵略战争，最终会使中日两国两败俱伤。希望日本国民唤醒军阀放弃进一步侵略中国的迷梦，迅速撤回日本本土。"

这有用吗？1938年到1945年，整整七年过去，日军才因战败被迫撤离。

抗日战争打得那么苦，除实力上的差距，与我们对日本文化的误解也有极大关系。尽管在此之前，日本是靠强夺中国的数亿两白银发达起来的，日本外相松岗洋右还说：因为东三省要给我们提供这样那样的物资，所以我们应该派开拓团前去发掘资源。——尽管这样，我们却还是没认清自己的敌人，以为日本跟自己同文同种又一衣带水，就该也是仁、义、礼、智、信的，在心理准备上就严重不足、严重错位。当终于明白日本不仅要侵占我们的土地和财产，剥夺我们的国家主权，还要使我们彻底丧失人之为人的尊严时，深受儒家教化的炎黄子孙，才觉得是不可忍受的耻辱了。中国人后来为什么能够前赴后继地抛头颅，洒热血，并最终取得战争的胜利？最基本的动力，还是来自我们的文化：知耻。

晓洋的难处在于，他要把"文化"和"刀子"掰碎、杂糅，铸造一颗共同的人心。

我要说，许多文化人都有这样的梦想，只是没有晓洋走得那么远，做得那样极端。

他追随曾祖父，要把曾祖父留存于天地之间那粒文化的种子吸纳进去，在他体内生根发芽。

但他太稚嫩，没有能力培育。

——幸好有李教授！

他第一次来重庆，虽是为曾祖母遇害的事，但我完全有理由相信，曾祖父的朋友李教授对他的吸引，同样重要。他那么快就决定往重庆调，除了对安志薇的兴趣，对我的爱情，一定少不了靠近李教授的渴望，而且是非常强烈的渴望。从他时时到李教授家去，不管李教授跟他谈论的话题是不是他想听的，他都要去，就可见一斑。你已经知道，晓洋家里，除了他，都是上了年岁的老人，他对老人是很孝顺的，要丢下他们远行，是相当困难的决定，没有更深的精神上的需要，他做不到这样。

李教授成了他曾祖父的化身，是那个走在前面扛旗帜的人，晓洋对他有了依赖。

可是现在，李教授也走了。

他无枝可倚，只能独行。

我说他受到了异常沉重的打击，指的就是这个：

他需要独自承担。

（杜芸秋的肩膀抽搐了一下，像是某种重量突然加到了她的身上。）

把李教授视为曾祖父，那么安志薇呢？

安志薇是李教授的夫人，自然而然的，就该是他曾祖母的化身。事实上，他真是这么看的，我跟他结婚两年过后，他还向我谈起他在明月河观察安志薇时产生的幻觉。他觉得，安志薇手里的信，是写给他曾祖父的。每当他朝安志薇靠拢，想看清信上的内容，就清晰地听到一声枪响。他看见安志薇倒下去，倒在血泊中。他惊惶失措地退开，退得远远的，直到安志薇把信读过一遍，又读过一遍，划燃了火柴，他才从数十年前的时间冰窖里清醒，知道眼前的女人不是曾祖母。

把安志薇当成曾祖母，可她却是跟父亲和大伯都恋爱过的人。

安曾祖母、安伯母……这层伦理上的复杂性，加剧了晓洋心理的复杂。

对他而言，小小的一个称呼，也会在心里引发战争。

他把安志薇叫伯母，证明他在形式上屈就了后一种关系。屈就不等于认同，但从某种角度讲，的确又代表了一种认同。打个不恰当的比方，我们屈就于强权，在强权底下过完了白天又过晚上，日复一日地让自己长大，让自己变老，还娶了妻子，生了儿女，甚至还有了让自己夜不能寐的艳遇，但我们为自己辩护，说我并不认同强权，这种辩解是有意义的吗？

屈就，是多么坏的一种感觉……许许多多的混乱，都是由屈就引起的……

李教授去世后，晓洋大伯的身体也日渐糟糕，倒是没有拿得上台面的大病，除基本上不再拉琴（对他来说，不拉琴即是病），就是便秘，连续两个星期排不出大便，形成赤目。吃了很多排便的药，也不见好。晓洋回去看他，用物理方法为他治疗（卫生棉粘上肥皂水，插进肛门里引导，这些事都是晓洋为他做），效果不是没有，但很不明显。不明显也没有办法，晓洋除了带研究生，还给本科生上课，几天过后，他只好又回到重庆。

回到重庆后，他怎么也打不起精神。他牵挂的事情太多了，除上面的那些事，还有一件事：李教授的那批书。李教授给晓洋谈的时候，晓洋装着不懂他的意思，没有应承（我必须指出，晓洋这样做，是出于负责），李教授走了，他又觉得后悔，觉得对不起李教授的信任。但现在要去把书拿过来，根本不可能，李教授是在睡觉的时候"顺便"死去的，没留下半个字的遗嘱，你凭什么去拿？

第二十六章　黄晓洋日记（8日）

每天早上，我都在楼底下的马路上跑步。那条坡度很大的路，上通运动场，下通明月河。我不往运动场跑，而是跑到明月河，再折回来。虽是早春时节，稍一运动，汗水就存不住，从头到脚地往下淋。重庆的春天本就短促得可以忽略不计，冬装刚放进衣柜，夏装就该上身了。

安伯母屋里的灯光早就亮了，有一股干燥的气息从她家窗口飘到马路上，我想，她是在熨她的衣服吧。她总是穿得那么周正，即便不穿旗袍，每寸布料也跟她的身体很贴。衣服是她身体的一部分。这不像我大伯，而像我父亲，也像我。大伯这方面不太讲究。

当然，不讲究并不等于邋遢。扣错纽扣、穿一只袜子、趿半截鞋子，放在别人身上是邋遢，放在曾祖父身上，就是名士风度。尽管大伯沉默得像块石头，可他比父亲和我都更具有名士风度，内在气质也更与曾祖父靠近。我甚至要说，爷爷的气质也比父亲和我更与曾祖父靠近……

跑步回家，岳母早弄好了早饭，岳父倒好了两杯酒，坐在餐桌边等我。重庆气候潮湿，不少人有喝早酒的习惯，我以前滴酒不沾的，和岳父母住在一起后，天天看岳父喝，慢慢也就会了，喝酒跟下棋一样，是可以看会的。只要上午没课，我也会"晕"上一杯早酒。重庆人说的这个"晕"字，不是喝了酒头晕，而是品咂喝酒的美妙滋味。

三扒两下冲了凉，就过来陪岳父岳母吃饭。

墙上的钟嚓咔嚓咔地响，如同一把剪刀，把生命剪去。这真不是好事。我反对在任何地方摆放能听见响声的钟表。它诱惑我去看它。起床过后，我的生命又被剪掉了一个小时。有时候，我觉得这一个小时很有意义，有时候又觉得毫无意义。我最需要强健的，不是身体。

岳父总会在吃饭的时候问我一些事，最常问的是这样两句：

"碰见你安伯母没有？"

"人家说芸秋的画已经超过了×××，你觉得呢？"

我承认，听他说话，我越来越感到是一种负担。我觉得我的岳父跟我当初认识的杜主任不是同一个人。杜主任明白自己对我没有特权，岳父却觉得对我拥有特权。他手里握着一根烧红的铁钎，往我内心里扎。那是我自己也不愿坦荡面对的内心。连芸秋也不知道我有多自尊。自尊是一把大锁，将我自己锁闭起来，却在内在世界，在别人看不见的地方，给我带来无穷无尽的麻烦。

岳父总是对安伯母冷嘲热讽。安伯母不认他这个老同学是原因之一，但还有比这更深刻的原因。

有一次，他自己不留神，把那"原因"的面纱掀开了一角。他说："唉，要不是李教授，安志薇当年哪有那么轻松！"

听了这话，我不寒而栗。尽管岳父做了多年系主任，但他最感到荣耀的职务，或者说最愿意捂在心里让自己回味的职务，是审查小组副组长。后者（虽是副职）对别人拥有特权。至少比系主任（虽是正职）的特权要大。他本来想利用这个特权，给不认他这个老同学的安伯母一点颜色看看，但碍于李教授，没有给成，让他终身遗憾。不只是遗憾，安伯母当年没有受到他想象中的惩罚，显然伤害了他，让他对她的怨气得到升华，成为维护自身尊严的正义行为。

而今，时事变迁了，他有什么想法，再也无能为力了，只能逮住机会，对安伯母嘲讽几句。

其实岳父也怪可怜的。在表面上，他又得做出一个好好先生的样子（这是人们对他的普遍评价，他心甘情愿地顺从这个评价，这个评价给他带来的好处，要远远大于弊端），便越发可怜。

不过怎么说呢，跟某些人比，岳父值得尊敬。李教授是棵大树，岳父切实地保护着这棵大树，就非常了不起（当年要把这棵大树伐倒，轻而易举）；他不仅保护这棵树的躯干，还保护他的枝叶，尤其可贵。他怨恨安伯母，却不把自己的感情当成价值和标准，就不只可贵，还是可敬的了。从古至今，把感情当成价值和标准的人比比皆是，这批人造就了世界的平庸，也给世界带来了不可胜数的灾难。

岳父至今怨恨安伯母，尽管产生怨恨的理由如同针尖，我也不取笑他。恨和爱一样，无所谓大小，恨也和爱一样，具有超乎想象的韧性；而在事实上，恨的韧性要比爱的韧性强蛮得多，这显而易见的真相，不是谁都对别人承认的，却是谁都对自己承认的。

往常，我会耐心地跟岳父谈论他喜欢谈的事，要么应答，要么沉默，总之是陪着他，直到8点半钟，也就是说，在我白天的生命被剪去两个小时之后，我才会离开他，进书房，或者去办公室。今天，我从安伯母窗口闻到的，除了熨衣服的气味，还有一股寂寞的气味。这让我很不好受。我想起南京的几个老人。虽然上午没课，吃过早饭，我就到办公室去了。

在办公楼下碰到余主任。他是学校设在万县分校的历史系主任，今天回本部开会。我俩站着谈了一阵，他说他很苦恼，想调回本部来。他儿子在重庆三中读书，明年就参加高考。我问他去学校申请过没有？他神情含糊，未作回答。这一下，我看出他真正的苦恼在哪里了。如果回到本部，他就只能跟我一样，做个普通教授，在万县，却是系主任，不仅利益上有区别，别人对他的称呼也有变化，在重庆，是叫他余老师或余教授，在万县，是叫余主任。我知道，只要他申请，他完全可以回来的，但回来就做不了主任，他舍不得丢掉"余主任"。"主任"的光荣远远大于"教授"的光荣。主任有行政级别，教授只是专业职称，行政级别的光荣，远远大于专业职称的光荣。

第二十七章　黄晓洋日记（15日）

跑步回来，岳父又是那句话："碰见你安伯母没有？"

我没碰见她。我从明月河去来，都没见她屋子里亮灯。

"她是不是病了？"岳父又问。

"我昨天下午还看见李同安，他刚去了银杏坡，没说他妈生病。"

"人老了，病说来就来。"

岳父怎么突然这么关心她了？

这关心是不真实的，他是在试探我。前些天，我无意中听见他带着气恼对芸秋说：

"晓洋太一根筋了……比如他曾祖母的死，那个日本兵究竟是踩了她一脚还是叫了声奶奶，无非是南京街头的传言，很可能事情要简单得多，日本兵在大雪天里把他曾祖母枪杀了，仅此而已，那之前和之后的故事，多半是某个好事者杜撰出来的，是无根的枝叶，他却揪住不放，仿佛不弄个水落石出，那段历史就成了空白。再比如对安志薇，她有儿子，还有丈夫跟前妻生的女儿，她的生活不需要你去照管，她儿子也不高兴你去照管，但他总是丢不下，觉得自己跟她有很深的、绕不开的关系。你跟她有啥关系呢？说白了，你跟她屁关系也没有！"

或许岳父说得对，曾祖母就是被日军枪杀的一个普普通通的中国老太婆，枪杀了就枪杀了，没有踩她一脚，也没有叫她奶奶。然而，即便这两种情形是杜撰的，人们杜撰它，难道不代表了某种愿望？一个生命的生和死，是对另一个生命的启示，如果我将来写就的历史，只有罗列而没有启示，不就回到《南京第十三》的路数了吗？我这么多年的探索，不就把工夫白费了吗？至于安伯母，别说她跟我大伯的关系（岳父不知道她跟我大伯的那段过去，芸秋没把我父亲的信透露给任何人，尽管我从没这样向她交代过），单凭她跟李教授的关系，也不能说她与我没有关系。

陪岳父喝下几口酒，岳父说："你今天没课，吃了饭去看看你安伯母吧。"

他是知道我的心思才这样说的。但我装着不明白他的真正想法，很顺从地答应了。

安伯母正在打扫她的窗台。也就是说，她没有病。

小叶榕叶落遍地，那些落叶青郁郁的，正值壮年。它们是在给春天让位，给新的生命让位。构皮树爱生"吊颈婆"，黑黑的、如同阳尘那样的虫吊子，牵着丝网，在枝丫间长长短短地悬着，勿需风吹，只要阳光射过来的微力，就能让它们飘起来，一荡一荡的，荡到窗台和屋子里来。

跟大多数女人相比，安伯母更爱整洁，稍有空闲，就打扫院坝和房间。为这事，她常常惹恼李教授。李教授在窗前的老式木桌上伏案半天，连头发上都是落叶和吊颈婆。秋末和冬天还好一点，可以把窗子关上，别的季候，重庆的那种热法，像在空中顺手一抓，就能摘下几粒火球。见李教授头上粘着脏物，且摊手摊脚地眯着眼，张着嘴，无所顾忌地现出稀稀拉拉的龋齿，以为他睡过去了，安伯母便放轻脚步向他靠拢，想把他头上的脏东西吹掉、拈掉、抹掉，结果惹得他大光其火。

李教授去世后，安伯母可以无所顾忌地要回她的整洁了。

看到我，安伯母说：

"晓洋，把窗框上那片叶子扫下来，玻璃卡住了，我扫几次都扫不动。"

我不必用扫帚，手一伸就够着了那片叶子。

安伯母说："晓洋，把沙发往里面移些，太靠门了，我一不小心就碰着腿。"

我又去移沙发。

沙发很沉。看上去就是一个光骨头的铁架子，不知道为什么有这么沉。

安伯母说："晓洋，我这菜刀不好使，你拿到石头上去鐾几下。"

我又去鐾菜刀。银杏树的根部，就卧着几块细砂石。

李同安昨天才来看过母亲，但母亲没让他移沙发，也没让他磨菜刀……

把几样事都做好了，安伯母没什么可吩咐的了，我才说：

"安伯母，今天早上你起得晚，我还以为你身体不好了。"

"我好得很，"安伯母说，"我在忙着收拾你李伯伯留下的书。"

随后，她示意我弯下腰，再凑近我的耳朵说：

"你可不能告诉同安，我把书打成包，都放在——"

她指了指沙发底下。

难怪沙发推起来有那么沉。

几波几折的岁月之后,当年南京城里那个著名的藏书家,余下的书只剩沙发底下的那一点沉了。

我说:"同安他……"

"他想把书卖给万书记。"

我一听就知道她指的是哪个万书记。那人是江北某集团公司纪委书记,名叫万民,是逃难者的后代,祖籍哈尔滨,爷爷是日军731部队抓去的"马路大"。1945年8月,日军工兵将距哈尔滨20多公里处的150多座建筑,即臭名昭著的"死亡工业城",夷为了平地。这是他们打的最后一仗,以前是毁灭敌人,现在是毁灭证据。炸光建筑,日军撤退,最后撤退的千余员工集体宣誓:"一、忘掉这里曾经发生的一切,终身绝口不提;二、同僚之间,从此老死不相往来;三、今后不许担任任何公职。"炸楼之前,"马路大"被悉数烧死,带着细菌病毒的动物却全部放了出去。动物只认识人,不认识敌人,它们怀着对人的满腔仇恨,昼夜奔袭,见人就咬,周边22个县感染鼠疫,数万人为此丧生。因此,当年的哈尔滨逃难者,抗战胜利后很多都不敢回到故乡,被迫留在了重庆。

万民是个藏书家。两年前重庆举办藏书家评比,他排名第一,晚报和晨报都报道过他的事迹。他所在的那家公司,效率好,收入高,自己又身为上层领导,但他那个家却稀里糊涂,冰箱、洗衣机和电视机,都是十多年前买的,而且至今没装空调,幸好是在江边,靠了风的帮忙,不至于被热死。他把钱都用来买书,还有装书的屋子:一间地下室,虽阴暗,却宽敞。

要想够得上藏书家称号,不仅书多,还要书好,最好的自然是孤本、绝本,但孤本、绝本比天才还稀有,便退而求其次,搜罗故去的名人留下的藏书。如果书上有名人的圈点和批注,更好,而李教授就特别喜欢这样。自从《山城周刊》发表了那篇《大家是怎样炼成的》,李教授再次变成名人了。

但李教授的书怎么能卖给万民呢?

万民这个藏书家跟李教授不一样,他把书放进柜子就再也不拿出来:自己不读,也绝不外借。一般说来,嗜书而不读书的人,即使不愿外借,也希望别人参观,但万民不,连参观也不允许。只在夜深人静时分,他才打开两扇铁门,一个人走进地下室去,随即把铁门关上。铁门碰撞出的响声在夜晚的洞窟里回荡。里面有盏可以摇动的射灯,他把柜门一扇一扇地打开,然后退后五步,握住射灯的摇柄,慢慢扫过去,又慢慢扫回来。如果是周末,他可以在里面待个通夜。

他嗜书就像某些人嗜女人,嗜女人的男人,大多不准备把女人读懂,只是占有女人。他对书也是。他不希望与别人分享,哪怕只是站在他房间里看一眼。那次举办藏书评比活动,他之所以参加,之所以让评估团进他的书库,是因为得了前三名分别有三万、两万、一万的奖金,他需要钱,有了钱就可以占有更多的书——他心目中的女人。

李教授的书怎么能卖给他呢!

我问安伯母:"同安知不知道他姨公的事情?"

安伯母说:"知道。他说姨公是不愿把书卖给汉奸,万书记又不是汉奸。"

接着,安伯母很突兀地冒出一句:"唉,人活一辈子,就是互相伤害。"

这句话让我无端地去猜想她和我大伯的关系。

第二十八章　杜芸秋访谈录

你要问这个，我还真不好给你解释。我只能说，他太热爱他的大伯了，所以关于大伯的去世，他不愿在日记里多写。那次，晓洋接了他父亲的电话，我们立即奔赴南京。大伯已是多日不能言语——李教授死前是不愿说，大伯是不能说，但晓洋往他床前一站，刚刚握住他十指修长、也没怎么起皱的手，他竟然用干涩的声音说话了。就说了一句。人来到这个世上，说话多少也是有个定数的，老天给大伯的"话"很悭吝，他活几十年，说的话那么少，可现在只剩最后一句了。

他就把这最后一句话说给侄儿听："我要参加葬礼。"

他的意思是，他要参加他自己的葬礼。

在他的枕头底下，放着一盘磁带，是他录制的曲子，全是他在国际广播电台演奏过的，《流亡三部曲》《热血歌》《抗敌歌》《保卫黄河》《五月的鲜花》《义勇军进行曲》……简直不知道他是在什么时候、又是在哪个地方录制的。他躺在殡仪馆的那几天，没放过一声哀乐，翻来覆去就播放着这盘磁带。他就以这种独特的方式，达成了自己的意愿，参加了自己的葬礼。

晓洋虽然没大在日记里写，平时也不说，但他的悲伤是显而易见的，大伯的生日、祭日，他都去明月河烧纸。那里曾经是文德茶馆所在地，大伯在文德茶馆做过考客。

料理完大伯的丧事回来，他去安志薇家也比往常频繁得多了。

大伯是一段历史，而安志薇是这段历史的延续，或者说是这段历史活着的部分。

我可以这样去理解晓洋的想法，但我父亲不会。

父亲觉得，尽管晓洋说他的任务是揭示秘密，而事实上，他与安志薇有着某种共同的特质。他们似乎都不喜欢明明白白的生活，故意（像是故意）用一些隐蔽的、被称为秘密的东西，把生活搅浑，如同在一杯清水里滴入一滴墨汁。晓洋去找安志薇的次数太多，父亲就觉得他是在"滴墨汁"，因此动不动就刺他一句：碰见你安伯母没有？这除了因为父亲本身就不喜欢安志薇，还因为——我一开始就对你说过，我跟晓洋第一次见面时发生的争吵，在父亲心里是留下阴影的。好好先生都是把阴影遮起来，不让别人看见，可在自己家里，他勿需遮得那么严实，时不时的，也要让女婿看看那片阴影。

晓洋被刺了，从不搭言，就像没听见一样，这让父亲更不舒服。

为了让自己舒服起来，他往往还要当着晓洋的面，对安志薇含讥带讽地咕哝几句……

但要说来，父亲对安志薇也不是只有嘲讽。

晓洋因为没答应接纳李教授那批书，懊悔之余，总想给它们找个好的归宿。他问我父亲有没有专业出众的学生，如果有，让他跟李家联系，把李教授的批注整理出来，也算是对死者的慰藉，对社会的贡献。很遗憾，父亲没有这样的学生。他当官的时间比教书的时间还长，而且客观地说，他教书的时候，也算不上一个好老师。晓洋当然可以通过别的途径找到那么一个人，但这种事，不知根知底，就没法让人放心。连公开发表过的论文也敢抄袭，更别说喂到口里去的。

出于对李教授的敬意，也出于当系主任多年，对系里教师的关心吧——这方面我父亲是做得很到家的，他关心教职工福利，自己又特别清正廉洁，如果写私信，他绝不用公家一张信笺——父亲决定去找一找安志薇。

那天，他去了李教授的家里（当然，现在应该说是安志薇的家里了）。他后来给我详细讲述这件事情的时候，说自己本无心去她家，但他出门转路，在路上碰见她了。他好像是碰见她之后才意识到自己走到银杏坡来了。我知道这是假话。

他犹豫了一下，对安志薇说：

"我去你家里坐坐吧。"

安志薇没回话，只在前面走。我父亲跟在她的后面。她并没邀请他，连一个头也没点。但父亲说，他心里很深的地方，有种东西在苏醒，在搏动，在流淌。如果不是老同学（尽管她不认他），他怎么可能在没被邀请的情况下跟在别人后面，往别人的家里走。

喜不喜欢某个人是一回事，单是在青春年少时光做过同学，就是不大不小的奇迹。

现在，他们都老了。有人说，光阴看不见摸不着，其实是看得见，也摸得着的，父亲的精子和母亲的卵子一旦相认，生命就开始了，那个生命的光阴也开始了，然后你变成男人，或变成女人，光阴也跟着变成男人或女人，光阴随你而赋形，你的高矮胖瘦，就是光阴的高矮胖瘦，你老了，光阴也就老了，最终，你变得不是你的时候，光阴就结束了。光阴不是一直往前淌的，它不停地诞生，不停地消亡，不停地消亡，又不停地诞生，它给每一个个体以整体，也给每一个个体以全部的忠诚。

跟在安志薇身后的父亲，回到了当年的南开中学。

在那星汉绵延的"沙坪学灯"里，有一盏是我父亲的，还有一盏是安志薇的……

安志薇照旧穿着旗袍，白、黄、绿相间的小花布旗袍，开气儿很高，每走一步，下摆都被她的细腿撩开。她的两只手放在腹部，左手把右手握住，手指伸开来，两条臂弯，便微微宽于身体，像安在腰部的两个耳。这本来是一种很美的姿态，但放在安志薇身上，一点也不美。

她不再是摆出那种姿态的年龄了。她是那个年龄的时候，只顾出风头去了。

"不知道的，"我父亲说，"还以为她以前是个淑女呢。"

黄色木门，颜色早已黯淡，可以说是黄色，也可以说是灰白色。但擦得很干净。安志薇开门的时候，里面传来猫的叫声。她知道猫在门板后面迎接她，怕把猫碰着，将门轻轻推开。刚进屋，猫就扑过来。她没叫父亲坐，父亲自己坐下了。他本来想坐窗边书桌前的那把藤椅，想到那把藤椅是李教授生前的专座，便坐到了沙发上。沙发凸凹不平，父亲用拳头擂了擂凹下去的部分，几公分下面，就硬硬的，硌手，他知道那是李教授的书。对那批书现在的处境，晓洋对我讲过，我又告诉了父亲。

父亲故意问："李教授的书处理了吗？"

"书？他没有书了。他的书被人搜走了，还回来几本，都跟他一起火化了。"

父亲冷笑一声。李教授火化的时候,我父亲是在场的,安志薇也分明知道。

这就是安志薇的风格!我父亲说,她总是明目张胆地制造历史,如果一粒尘埃也可以进入历史的话。她不想做尘埃,因此便制造一摞砖、一幢楼、一座城市……的历史。在她隐姓埋名的十多年里,很可能只是躲在某个角落,等着某个男人娶她,而她竟然说,她在黔江的老山里当教师。有一阵,她甚至篡改自己在陈家湾邮局当分拣工的经历,说她在日本投降之前做过地下党,蹲点小龙坎邮局,负责报刊检查,有好几期揭露国民党阴谋的《新华日报》,都是在她手下放行的。她说做地下党的时候,她的名字叫江凤,然而,国民党证明不了她是地下党,共产党同样证明不了,查遍当时所有的资料,在小龙坎邮局工作过的,都找不到一个名叫江凤的人。

当然,由于大轰炸,留存下来的资料极其有限,正好供她钻了这个空子。

她钻的最大的空子,是及时地嫁给了李教授。

我父亲想,就算你嫁给李教授又怎样呢?要不是我说服审查组组长放你一马,看你还能不能装模作样地穿旗袍!父亲觉得,安志薇应该知恩图报的,但她从来就没有报答的意思。

他进她家里来了,她竟连杯水也不倒给他喝。

他对她产生了新的厌恶。

客厅里,除了那张烂得不成体统的藤椅,除了这张沙发,就没有多余的坐处,因此安志薇跟父亲并排坐在沙发上。她刚落座,白猫就跳到她的腿上。她腿上的裙摆裂开来,就像她的身体裂开来——这是我父亲的原话。你听听,好好先生也变得这般刻薄了,他四平八稳得太久了,总得找个地方发泄。因为你知道,这世上是没有人真正愿意四平八稳的，四平八稳，就意味着屈就。

猫尾巴在安志薇裙摆裂开的地方扫来扫去。那只猫实在太像狗了，俗话说女不养狗男不养猫，安志薇养了猫，却是一只像狗的猫。天气太热，加之刚走了一趟回来，长毛披拂如只绵羊的猫又躺在腿上，安志薇的额头上汗珠粒粒，汗珠饱满圆润，纹丝不动，像是从肉里长出来的。父亲衣兜里有纸巾，他想给安志薇递张纸巾，手插进兜里，又空空地取了出来。"她不值得！"我父亲说。

安志薇的两只手都在拍猫，猫舒坦得闭上眼睛，脑袋像天线一样有节律地转动，然后猛地翻转身体，肚皮朝天，两只前爪抱住安志薇的两只手，又咬又舔，一个指头一个指头地舔。

安志薇让它舔，空不出手来自己去拿纸巾。

猫闹够了，安静下来。安志薇伸长下巴，解掉旗袍领子上的盘扣。

在两片衣领翕开的瞬间，父亲看到了她脖子上一条隆起的疤痕。

疤痕的方向指向胸前，向下延伸。父亲能感觉到那种延伸的力度。它会去向哪里？又是怎么留下的？学生时代的安志薇，脖子上绝没有这样一条疤痕。而今，她的身体已经白了，老年人的那种白，被时间之水长久浸泡，松松散散，没有弹性，而那条疤痕却鲜红而紧凑，也就是说，它没随它的主人一同老去，它究竟是受了怎样的冤屈，才让它有勇气和力量与时间抗衡？

安志薇发觉老同学在看她，而且也似乎知道他看到了什么，说："大轰炸留下的。"

可接着她又说："国民党特务留下的……不是，是我打扫卫生不小心在门框上划伤的。"

父亲等着她继续说下去，看她还能给出多少种说法。

他突然产生了这样一个念头：安志薇不认他这个老同学，很可能是在故意抹杀自己的一段历史。

但她不再往下说了。

"这段时间,同安来看过你吗?……你为啥不去跟同安住在一起?"

"我为啥要跟他住一起?我又不是老得啃土了……同安没大来看我,倒是小楠来的时候多些。"

后一句话是实情。正因为她说了这句实话,而且样子挺落寞的,使父亲的心变软了些。

他起身告辞的时候,对安志薇说:

"你要是有空,"——简直是废话,父亲想,她随时都有空,她就是空闲时间太多了!——"去图书馆找找邹馆长吧,李教授的书放在图书馆是最好的。"

我觉得父亲的话很有道理。暂时寻不到可以托付的人,不如给图书馆。李教授没说过捐给图书馆,就让安志薇卖给他们吧,这既能启迪后学,说不定将来还真能碰上一个德才兼备的人,把前辈的笔记帮忙整理出来。既然是在图书馆,必然很多人看过,整理者要想据为己有,也不容易。放在家里可不一定,万一被偷了呢?我把这话对晓洋一说,晓洋也觉得有道理,于是他就去找邹馆长。

那天我在家,文理大学图书馆扩建后,我还从来没去看过,便跟他一同去了。

没想到惹了一肚子气。

馆长办公室在新楼的二层上。新楼共有七层,古籍书放在最下面,下面光线暗,古籍就该待在光线很暗的地方,还要散发出不是因为潮湿或管理不善、而是时间赋予的霉味儿,否则就不配叫古籍了。二层是期刊和过刊阅览室,是读者最多的地方,馆长之所以把自己办公室设在二层，是要亲自看住那些刊物。学生老是偷书。后来学校规定，去阅览室，都必须带上学生证和身份证，不准带包，但还是控制不了，书照样丢。我跟晓洋进去的时候，馆长正摊开一张专用卡片，让一个偷书的学生填写自己的信息，包括院系、班级、学生证号、身份证号、班主任姓名等等，罚多少款，受什么处分，再定。

那个学生是文新学院三年级的，正准备毕业论文。而今的学生大多在三年级就提前把毕业论文做好，四年级他们没有时间做论文，也没有时间看书，连上课的时间也没有，假如一个年级三百个学生，有一百人进教室听课，就证明这老师相当有水平，或者相当厉害。他们都到哪里去了？找工作去了。学校睁只眼闭只眼。你认认真真地把他们招来，认认真真地收了他们那么多钱，却让他们毕业就失业，他们会想：我的分数本来不够，你们把录取线一降再降，让我读了大学，我以为要把我培养成人才呢，原来是为了收我的钱，收了我的钱，然后又把我扔掉，我连一块抹布也不如了。但是，你们吊高了我的胃口，就算我是抹布，我也以为自己是绸缎，因此我不愿再做抹布该做的事，我只做绸缎该做的事，你们为我找不到这样的事，我就自己去找，我要花整整一年甚至更长的时间去找。

但最终，他们可能还是做了抹布，而且，能做抹布已经不错了。

当然，也有特别走运的学生，四年级时已在某家公司上班，只等学制一满领毕业证。

这位偷书的学生，喜欢沈从文的小说，并把分析沈从文小说作为自己论文的选题。刚好北京某刊发了一组纪念沈从文的文章，这学生觉得对他的论文有利，就想把这本书偷走。阅览室里就有复印机，他可以把需要的资料复印下来，但他没想复印，只想偷。不是怕花钱，而是要独占资料。他的同学中也有选沈从文的，他不希望同学看到这本书。当时的学生不像现在个个有电脑,能从网上查资料。

那学生填卡片的时候,馆长给晓洋打招呼,问他有什么事。

晓洋说你先忙你的。晓洋还把我介绍给馆长,馆长说认识认识,把我大大地恭维了一番。

其实馆长我也认识,关于他的风流事我听过不少。他妻子有个女伴跟我熟,那人一碰见我,别的啥话没有,就一个劲儿地给我唠叨馆长的那些烂事儿。

馆长用脚给我们推过来两把翻板椅,就去他自己的位置上坐下,脱掉皮鞋,将穿着白袜子的脚架在写字台半拉开的抽屉上。他实在太胖了,脖子看不出来,腰看不出来,大腿和小腿也分不出来,块头又大,看上去像座人山,他要让抽屉分担一些重量。

将自己安顿踏实了,又像爬了坡那样喘上几口气,他才讲这个学生偷书的过程。

他一次拿了两本书,将要偷走的放在下面,摸摸索索地折叠。"我就站在他的正前方,"馆长说,"他没发现,他折叠之前鬼头鬼脑地看了几眼,看了左右两边,还转过头看了后面,就是没看正前方,他一定这样想:监督老师怎么会站在正前方呢?一看就知道没读过《三国演义》,一点计谋也没有!他把书对半折了,怕口袋装不下去,又折,书鼓鼓囊囊的,再折很难,他那张脸憋得变了形,只能孤注一掷,拿书的手往桌底下缩了,这时候我就把他抓住了。他还不承认,说是无意识,我把书举起来,大声问:'同学们看看,把书搞成这样子,是无意识的吗?'"

说到这里,馆长呵呵呵笑。他的笑声也很胖,带着白生生的油脂。

他一笑起来,脖子上的肉向两边扇动,可以隐约看见几缕陈旧的指甲印。

晓洋问那学生为啥偷书。

"我要分析沈从文小说中的人性美和人情美。"学生这样回答。

晓洋笑着说:"你觉得你自己的行为是人性美还是人情美?"

学生说:"这两者之间没有关系。"

他已填好卡片,往馆长面前一推。

馆长仔细核对之后,将学生证和身份证还给他,他昂首挺胸地走出了办公室。

晓洋那么问学生,本意是想替他向馆长求求情的,没想到他的态度如此恶劣,答话的时候,不仅大口大气,还连看都懒得看问话的人一眼,出去的时候,脚步下得地动山摇。

他出去后,晓洋说:

"这种家伙,应该重罚!"

馆长倒是见惯不惊,微笑着说:

"你不能因为他偷一本书就在他档案上记一笔,学生找工作不容易,听班主任们说,学生只要没犯法,品德再坏,都尽量夸,往死里夸,只恨中文里面夸人的词语不够用。你更不能因为这件事就把他开除。至于罚款,他不心痛的,反正是父母的钱。——黄老师你有啥事?"

馆长问这话的同时,把偷书学生填的那张信息卡撕掉,扔进了他椅子旁边的字纸篓里。

晓洋目不转睛地盯住那个字纸篓,几秒钟后,才转过头说:

"你知道李本森教授留有一批书吗?"

馆长没说他知道,只说:"我听说过。"

"确实有,但不多,放在沙发底下,我推沙发都能推动……"

馆长说:"那是不多。"

馆长有些心不在焉的，因为他不知道晓洋是什么意思。要来跟他谈李教授那批书，也不该晓洋来谈：要么安志薇来，要么李同安来。晓洋来谈不会起什么作用。

他心不在焉还有个原因，现在是下午5点，还有半小时，他就该下班，他下了班要去市歌舞剧院看演出，演出7点钟开始，正值堵车的高峰期，开车过去，一个半小时不一定够用。

"今天的演出是不能错过的，"他说，"爱尔兰'大河之舞'舞蹈团，能错过吗？听说那当家的一秒钟能用脚把地板敲击三十五次，怎么理解也不理解不过来，只能说那家伙长的不是脚；还有那个女的，可能是二当家吧，我在电视里看过，腰身直得像根桉树条子，比那还直，是用尺子靠出来的直！"

说罢他将票摸出来给晓洋看，一不小心，把两张票同时摸出来了。

我暗自笑了，知道他就算错过了爱尔兰的踢踏舞，也不能错过跟女友的约会。

他跟那个比他小十多岁的女人，已有两年多的交往。他妻子知道他在外面有个年轻女人，但她无所谓，她亮眼晶晶地对女伴们说：

"他那×样子，我还以为没有女人喜欢呢！"

当初她嫁给他时，他差不多就有现在这么胖，她因此常遭女伴们取笑的。

然而，每次他回家，刚走进家门，她就把他顶在鞋柜旁的墙壁上，遍身闻，闻到了别的女人的气味，就在他身上乱抓。她这两年留了很长的指甲，不是为了好看，而是为了抓他。

对此，他是能够忍受的。做什么事都得付出一点牺牲，在外面找女人，却不愿为妻子在自己身上磨磨指甲提供方便，是没有良心的男人。这话是他自己说出来的。他觉得妻子是好妻子，她只用指甲，没拿菜刀，鞋柜左侧就是厨房，进去拿刀十分方便，但她没有去拿。

馆长不停地看表。据说，只要跟女友有约会，下班前的最后半小时，他都是在看表当中度过。他那块表的表带，显然是特制的，展开来，宽大得可以做街上那些时髦女子的腰带。他看着表，眼睛像抽鞭子一样抽打着时间，半小时过去，时间没怎么受伤，他自己却往往很疲惫了，下楼开车，扳方向盘也累。如果办公室有人，他一面抽打时间，一面还要应酬，更累。因此他希望我和晓洋快点离开。

晓洋却对馆长的态度有些吃惊，又问：

"你们不想去把那批书收来？"

他以为只要图书馆知道李教授有书，就一定想去收。

馆长也吃惊："李教授的家属从没来找我们谈过，我们咋能去收？"

"可以主动去谈啊。"

馆长将手臂一挥（因为太胖，他的手臂显得特别短）："没那个道理。"

他又在看表。

晓洋知道快到他的下班时间了，说：

"书放在沙发底下，又不是用箱子装着，而是用旧挂历和旧报纸包着，要不了多久会损坏的。银杏坡潮湿得很。还有老鼠，老鼠不识字，啃书却比谁都卖力。"

"很可能老鼠识字，"馆长乐呵呵地说，"只不过我们是看书，它是啃书。它啃书比我们看书吸收的东西更多。要不然，人类想尽办法杀它们，就是把它们杀不绝，还越杀越多……"

像是应证馆长的话，一只老鼠不知从哪里蹿了出来。木地板是打过蜡的，滑，老鼠跑得太快，到傍壁处滑了一跤，站稳后，转过头来，很不高兴地看着馆长，鼻头一皱一皱的，胡子一翘一翘的，好像是在质问：把地板搞这么滑干啥?！之后沿着墙线，跑出门，进了对面的期刊阅览室。

馆长说："龟儿子，刚才那样子分明是在教训我，它还以为它是校长呢！"

晓洋听着这话不对劲。其实馆长没有晓洋想的那种意思，他也知道，可他就是觉得不对劲。

他机械地重复了一声前面说过的话："可以主动去谈啊。"

馆长还在想那只老鼠，脸上挂着非难的笑。当然他也没忘记看表，同时也没忘记回答晓洋：

"我告诉过你，没那个道理。她如果想给我们，就该主动有所表示。"

"反正是买卖，谁先表示谁后表示，又有什么关系呢？"

馆长把眼睛恋恋不舍地从表上移开，看着晓洋。他这是第一次认真地看晓洋。

"黄老师，"他说："对本校教师的藏书，我们都不买。学校供给图书这块儿的经费相当有限。"

晓洋像傻了一样："连李教授的书也不例外？"

"不例外，"馆长说，"我们等着捐。不愿意捐也就算了。他们会捐出来的，书在家里放了几十年，书跟主人就分不出彼此，书里有人，人里有书，要是书会说话，那腔调肯定跟主人的一模一样。保管那些书，就如同保管书主的骨灰。我们这些搞图书管理的，相当于管理公共墓地。别的墓地收费，我们的免费，你不主动捐来，难道还要我们花钱去买你的骨灰？"

馆长觉得，自己这段话说得超乎意料的精彩，因此兴奋起来，忘了看表，接着往下说。除进一步阐明墓地跟图书馆的关系，还说："不是所有人捐来我们都要的，关键是看够不够格。李教授的书么，自然不会拒绝，尽管我知道，李教授其实没有什么好书了。"

学校的广播响了。放的第一首曲子，是古筝弹奏的《春江花月夜》。渝州文理专科学校改成渝州文理学院不久，傍晚广播的第一首曲子，必是《春江花月夜》，升格为渝州文理大学，照例如此。想必没有谁作这样的规定，但大家都这样做了。正如晓洋所说，什么都有韧性。所谓传统，就是韧性。

广播响起来的时候，馆长"啊呀"一声。

——超出他的下班时间快5分钟了。

"啊呀"那一声之后，馆长完全顾不得礼貌，把晓洋往外推，说黄老师，对不起啊，我们以后再谈啊，我今天有事啊。他块头大，个子并不高，比晓洋矮一大截，但他的那身肉，就像卷土机。

那天回家，晓洋气得饭都吃不下。

他生气，有明明白白的原因，还有一个隐秘的原因，你注意到了吗？

（我对杜芸秋说，我注意到了。黄晓洋在日记中写过这件事。写到那个偷书的学生时，他说："想到自己前后态度的转变，我浑身冒汗。"）

对，他还生自己的气！事实上，当时摆在晓洋面前的同样是一道选择题，他可以继续帮学生向馆长求情，也可以说"应该重罚"，但他选择了后者。本来，这是人的正常反应，因为那学生冒犯了他嘛。人的本性就是进攻，遭到冒犯，自然要还击。然而晓洋想得更多、更远。

人啊，遭到冒犯而不愤怒是多么困难，保持理智是多么困难，心怀慈悲是多么困难。

我们的慈悲心，是在没被冒犯的时候才能显现，才能生辉。

尤其是，在他说了"应该重罚"之后，馆长却当着他的面把学生填的信息卡撕掉了。

至于李教授的那批书，晓洋去跟安志薇谈过，问她愿不愿捐给图书馆。安志薇明确表示不愿意。她并不是想卖钱，如果想卖钱，还不如卖给万民呢，万民不仅多次跟李同安联系，还亲自跑到银杏坡找过安志薇，出的价相当高。他不是当成普通图书来购买，而是当成古董。他是钻研这一行的，知道百年之后无废纸，李教授的那些书，没有百年，离百年也不会太遥远了，何况还有李教授的笔记。

后来，晓洋想把这事说给校长，因为他始终不相信邹馆长的话，什么本校教师的图书都不买，只等着捐，甚至连李教授的书也不例外，这可能吗？新上任的校长是个有理想的办学者，对李教授也相当尊敬，只要告诉他，他一定会放在心上的。但我阻拦了晓洋。我是害怕校长去说，安志薇照样不答应，就会弄得校长脸上无光，下不了台；如果安志薇本来就无意给学校图书馆，见校长去说，勉强给了，心里也不痛快。不管怎样，她是李教授的夫人，李教授的遗物怎么处理，是由她说了算。另外，你这么做，必然得罪邹馆长，虽然并不害怕得罪他，但又何必去得罪他呢？

第二十九章　致父亲的信

爸，你连续几封信批评我做事太缓，但在我自己看来，我恰恰就是太急了。去年一年，我发表了七篇论文，每篇都在两万字左右，偏多了。那些论文照例没在国内引起任何反响，倒是那篇《世界战争史的新思维》，被斯坦福大学的勒布朗教授翻译过去，发表在美国的《星球》杂志上。发表不久，姐姐[①]打电话回来说："晓洋，你的文章在《星球》发表了知道吗？我还是偶然看到的呢，世界上好多学者从青丝到白发，就想在《星球》发表一个字，可最终也高攀不上，只能一声叹息，走进坟墓，待来生努力，你怎么那么伟大呢！"

她在美国待得太久，既学会了美国人耸肩膀，也学会了美国人的夸张，动不动就"伟大"。但那篇文章确实在欧美史学界形成了一股小小的旋风（这样自夸的话，我只敢对父母说），勒布朗教授给我转

[①]　指杜芸秋的姐姐杜芸春。下同。

来很多信件,尽是赞誉之词,虽然没提"伟大"这两个字,也跟那差不多了。

你说南京方面有不少人踏践我,你不要去听。人最可悲的处境,不是位卑和贫穷,而是自觉自愿地活在别人的语汇里。包括欧美学者对我的赞誉,我也仅仅是知道而已,并不把它往心里听。否则,我在这边无能,在那边"伟大",我就没法自处;而且,说我无能的,到某一天有可能继续说我无能,还可能说我"伟大",说我"伟大"的,不同样存在着颠覆的征象吗?

毁也好,誉也好,让别人去淘神吧,与我本人没多大关系。

我只做我应该做的事,而且在我的能力范围内,把那应该做的事做到极致。

前几天跟芸秋谈论类似的话题,她提到达·芬奇的《蒙娜丽莎》,说有人认为,蒙娜丽莎之所以微笑,是因为她发现自己怀孕了;又有人认为,蒙娜丽莎之所以微笑,是因为她发现自己没有怀孕。这两种解说,呈现出两个完全不同的蒙娜丽莎,前一个是贤妻良母,后一个,就可能是偷情的荡妇了。

但不管别人怎样说天说地,与蒙娜丽莎本人和她的微笑,究竟有什么关系呢?

在消失了自我的地方,才会诞生愚蠢。

其实我知道,不仅南京学者在踏践我,国内史学界,凡知道我的人,大多在朝我身上踹脚。在他们的文章里,常采用"顺手一枪"的战法,不点名地批评"某位学者"不是从黑暗的隧道走到阳光底下,而是从阳光底下钻入黑暗的隧道;如果正面提到我,也只提《南京第十三》,对我后来的研究,从没认真了解过,更没认真对待过。他们这样做,一个非常重要的原因,是我的《南京第十三》受到他们的热烈称赞，而我自己却对它评价极低，并且毅然走上了一条与《南京第十三》的研究方法完全不同的道路，于是我触犯了他们的尊严，也引起了他们的恼怒……

最近我重读了两本书。

一是丘吉尔的《第二次世界大战》，封面上，丘吉尔口含粗长的雪茄，虚着眼睛，一脸坏笑。他在笑什么？历史上的那些大人物，永远不会看到个体，个体是他们的泥淖，因此必须越过去，直指对手。对手帮助他们创造人生，成就辉煌。如果没有"二战"，丘吉尔进入英国史书也难，不可能成为绕不开的巨石，更不会被全世界人挂在嘴上。对大人物而言，对手才是他们最深刻的朋友。

但小人物就不一样了。我读的第二本书，是色诺芬的《远征记》，其中一段，记录两个男人在卡尔杜基安山被抓住，并要他们说出从哪条路跟踪希腊人，"其中一个什么也不说，尽管受到种种威胁，但仍保持沉默，所以，他在同伴面前被杀死了。同伴这才讲了他拒不说出路线的原因：他已结婚的女儿，就在希腊人必定走的那一边。"这段文字表达出的哀婉和爱，每一次读，都让我受到深深的震撼。

我在想，人类的爱和牺牲精神为什么如此动人心魄？那一定是因为太稀少的缘故。稀少不等于没有，古往今来，它被众多小人物演绎着。我这样说，并非要把爱和牺牲精神跟大人物绝缘，不，我没有这个意思，当大人物们最深刻的朋友侵犯自己的祖国，屠杀自己的人民，他们便把祖国和人民握在手上，奋起抗争……他们的牺牲精神，与成就人生的辉煌并轨而行。

我需要做的，是把历史彻底摊开，在那片广阔的天地里，没有大人物和小人物，只有人！这些人地位不同，贫富悬殊，乃至种族和国籍也不一样，但都是人，他们有着人必然会有的、倾向一致的取舍。

我既要探讨他们为什么会作出那种取舍，还要探讨他们内心里是否有着相反的选择。

爸，我渴望在探索中去获得新的生命。

对重庆大轰炸的研究，我没有忘记你要我在绝望中寻求"另外的出路"的教诲。我一直在尝试，在努力。难度比我想象的要大得多，因为我很难找到更多鲜活的细节（是的，我又说到细节）。你在信里给我描述了许多，但我需要被细节浸泡，我不是以后来者的身份去回望那段历史，而是要进入那段历史。大轰炸的亲历者，重庆尚大有人在，但麻烦的是——正如我以前告诉过你的那样，所有人都回避细节，他们说出的话，比写在纸面上的还干巴。他们有回避的权利，但集体的沉默，却在客观上造成了这样一种局面：重庆这座在救亡图存的斗争中对中华民族做出过巨大贡献、付出过惨痛牺牲的城市，被严重忽视了。

不知道那段历史吗？知道，但人们知道的，是某年月日，重庆成为陪都；又是某年月日，重庆完成它作为陪都的使命。对大轰炸不知道吗？也知道，但知道的仅限于统计数字，连解放碑以前是精神堡垒①，继之是抗战胜利纪功碑，也不一定清楚。

我们曾经说"百年后也不会忘却"，可当它仅仅写在纸上，事实上就是忘却了。

这怪不得民众，只怪我们书写的历史是死的，是不能呼吸的，不能呼吸也就不能进入血液。

何况我们是在比赛着看谁忘得最快。

---

① 1941年底建成，顶部置一口深蓝色大瓷缸，内铸燃油棉条，每逢重大集会，即以酒精点燃，焰火熊熊，象征中华民族自强不息的伟大精神。

回避本身，就是对记忆的抗拒。

安伯母依然犯病。我指的是每年从8月初到8月中旬这段时间。我曾经问过一些医生，上个月我去北京开会，还托大学校友的关系（那人读书时到我们家去过，他现在身份特殊，不便透露），请教了一个无任何名声、手段却极其高明的医学专家，结果他说的，跟普通医生说的一样：安伯母在这个时段受到过非同寻常的刺激，找不到刺激源，就很难治好她的病。姐姐也在美国帮忙打听过，说法大致相同。李教授去世后，安伯母在我面前，话倒是比以前多，大伯去世后，她待我越发亲切，亲切到了许多时候把我当成后代使唤——人的有一些情感，是不是要在对方死去之后才能释放？——然而她说的，都是平平常常的家长里短，很难与"非同寻常的刺激"挂上钩。

你说她是在距日本投降不到十天的时候突然消失的，也刚好是8月初，我在想，或许是大伯在8月初跟她提出了分手，她悲伤过度，才留下了这后遗症？

可大伯那次为什么又说，她想见的人永远也见不到了呢？这究竟是一个比喻还是实情？

还有一件事。听芸秋说，她爸去看安伯母，无意间发现安伯母脖子上有条长长的、隆起的疤痕（难怪她总是穿直筒旗袍或者高领衣），据说以前是没有的，她自己对疤痕来历的解释，也相当混乱。岳父不相信她的解释，我也半信半疑。你怀疑她自杀过，很可能这是真的。

我会一如既往地照顾她，你放心。我只希望你们照顾好自己。

爷爷居然能一口气爬上中山陵祭堂？像他那么高龄的人能有这么好的精神，在南京城恐怕找不出几个了，这实在让我高兴！大伯去世了，爷爷不再牵挂什么了，他的身体和精神也都变得更好了。

你们还是不愿意来重庆居住，我能理解，但我也还是那句话：什么时候想来，我这边就什么时候给你们买房子。钱的事不用担心，芸秋能挣钱。她的画现在成抢手货了。只是，自己的作品成了抢手货，并不让她欣喜，反而是警惕起来了。在艺术上，她对自我的要求十分严格。她认为，所谓才气，不是一个词，是两个词：才和气。才者华丽，所以逗人喜欢，气者朴拙，所以让人小瞧。但纵观古今艺术史，最终取胜的是"气"而非"才"，因为"气"是内力，是思想，代表了持久和穿越的力量；且有"气"者必有"才"，只是玉韫珠藏，不像单有"才"者那样炫才。芸秋觉得自己有才，但缺少气，因此必须潜心修炼，画越抢手，出手越少。不理解她的人，以为她在培养市场的饥饿感，是经营手段，已经有人这样写文章了，好在她知道"蒙娜丽莎的微笑"，对别人的评说不为所动。

在有些方面，你和妈都要学习爷爷，我每个月打两千块钱给你们，爷爷从来没说过什么，有了钱，他就花，你和妈却老是说不该打钱。尽管我知道你们不缺钱，但叫我怎么办？我不能守在你们身边，你们又不到重庆来，如果连给一点钱都不接受，我简直都不好意思说是你们的儿子了。

你告诉妈，她的担心完全多余，按月打钱，不是我的主意，是芸秋提出来的，而且她开始说每月打三千，我说太多了，用不着，才改为两千的。退一步说，即便是我先提出来，芸秋也不会介意，她不是那样的人。她对金钱的态度，既不像曾祖父他们那辈知识分子，视金钱如粪土（金钱怎么可能是粪土呢？），又不像当今的许多知识分子，把挣钱当成目的（这比视金钱如粪土要糟糕一千倍），她知道金钱存在的意义，是让人生活得更自由。

我这样讲，你们别以为我花的钱都是芸秋的，我明白这是你和妈的另一种担心。我自己不是有工资吗？而且你们知道，除吃饭、抽烟，别的我几乎没什么开销，我不打牌，也不爱吆三喝六，不到万不得已，应酬上的事我是尽量避免的。书是买了不少，但学校的书报补贴不仅足够，还用不完。

现在这位校长相当不错，尽管李教授去世后很久他才上任，但他不像先前的校长只把李教授当成古董，他每年都给全校师生发表几次演讲，每次演讲都提到李教授，说李教授之所以能成为大家，禀赋之外，首先是有抱负，有了抱负才有方向，有了方向才知道往哪处使力。有一次他还提到曾祖父。去年他去欧洲转了一圈，回来后深有感触，说在广场、地铁、公园，到处都能看到忘我读书的人群，哪像我们，即便离开牌桌，说的也是牌桌上的事，这很不像话，在大学校园里尤其不像话！因此他特别鼓励读书，让班主任发动学生成立读书小组，给教师的书报补贴，也提高了数倍。

别的事不用担心，倒是爸你对晶晶身高的担心，将成为现实。

已经是现实了。她才多大点儿呀，就长到了1米72。她妈妈有时跟她开玩笑，说晶晶，我们在你头上放块磨磴吧。她嗤一声，说我算啥，我们班有1米85的，也是个女生！个子高并不怕，她总不可能高到天上去，我就是觉得她的成绩太一般了，班上五十个人，她只能排到十五名左右，虽然比以前进步了，我跟她妈妈还是着急。她自己却全不在意，一到周末，就呼朋唤友地到处游逛，街上逛得没趣了，就往电影院钻，并不是对电影感兴趣，而是买票的时候，顺带买瓶饮料，买盒爆米花，舒舒坦坦地坐在影院里，悠悠闲闲地吃喝，据说这也是一种时尚。

现在孩子的身高,已经打破了遗传(有些孩子的父母都很矮,照样蹿到 1 米 80 左右),就是这样舒舒坦坦地催出来的。跟政治泡沫、经济泡沫和文化泡沫一样,都是泡沫。这是身体的泡沫。群体性地打破遗传,绝对不是好事情,它意味着对基因的否定。

除了身体的泡沫,晶晶这代人还有人生观的泡沫。

她会随口就给你来一句:"不在沉默中爆发,就在沉默中灭亡。我沉默。"或者:"你还年轻吗,别着急,很快就会老。"反正是诸如此类的人生格言吧。我知道是从书上捡来的,她却说得格外认真,嫩嫩的脸蛋上做出历经沧桑的表情,弄得你哭笑不得。

有一回,她跟几个同学星期六早上出门,中午也不见人影,找又没法找,急得她外婆直抹眼泪,外公更是不顾麻木的双腿,去街上见人就问,好像所有人都该认识他的外孙女,本来很滋润的白发,一个钟头内就变枯了。在我马上就要报警的时候,她才打来电话,说去了北碚的缙云山,第二天才回。那次她进门我就打了她,她外公朝我发火,我也管不了那么多了。她回自己屋里哭了一场,然后进到我的房间,我以为她是来认错的,结果是给我讲道理来了!她问我:

"老爸,你去过缙云山吗?"

我不明白她的意思,就摇了摇头,她很老练地笑了笑(泪痕还挂在脸上的),说:人生就是这样,许多身边的、容易得到的东西,往往得不到,总觉得既然容易得到,就什么时候都可以顺手取来,不必急的,结果是一辈子的错过。紧接着她又冒出一句格言:

"离山十里,薪在家里;离山一里,薪在山里。"

有时候我想,他们小小年纪,为什么会懂得这么多道理?他们的童真童趣到哪里去了?压力过重,是我们能看得到的原因,有天早上我叫她起床上学,她磨蹭半天才爬起来,说的第一句话是:"唉,要是我像外公外婆,退了休就好了。"除压力之外,还有没有别的原因呢?她对人生的道理那么敏感,而且每次都用得恰到好处,这是不是可以证明,某些人生的道理,并不需要尝遍了酸甜苦辣才能获得?是他们把形而上的人生缩得太短,还是我们把它拖得太长?我们是在碰了无数钉子之后才懂得一星半点的道理,他们先把这些道理收入囊中,比照着去指导人生,是不是就用不着碰钉子?

不仅山川地貌和大气环境,不仅社会走向和世界格局,就是人自身,也在发生着深刻的变革。

其中人的变革最为本质,然而,也正是人的变革让我怀疑。

因为这种变革是平面化的,缺乏深度,也缺乏进步性。

晶晶他们这代人,对日本人多有鄙夷,同学间开刻薄的玩笑,也常拿日本人作比,这实在出乎我的意料。看了几部抗日战争的喜剧片,学了一章抗日战争的历史,就简单地学会了轻蔑和仇恨,这种狭隘令人悲哀。我前面说,大家都在忘却,而轻蔑和仇恨是另一种形式的忘却。但愿这不是悖论。

我研究重庆大轰炸的目的,就如同追寻曾祖母遇害时的情形,希望是一个生命对另一个生命的照拂和启示,绝不是要人们记住仇恨的。对此,我曾在给小山清水的信里提到过(就是你来重庆时看的那封,日本一家报纸发表了这封信,但我没收到样报)。我对晶晶说:在侵华时期,日本就出现过许多杰出的反战人士,还有日本人参加了八路军呢!你既然喜欢钻电影院,多看看黑泽明和小津安二郎等人的电影,就知道,那个民族跟我们一样,有孤独和哀愁,也有值得我们倾心悲悯和尊敬的地方。

芸秋同意我的意见,将一本东山魁夷的画册推荐给晶晶,还把德富芦花的散文,夏目漱石、三岛由纪夫和川端康成的小说(芸秋特别欣赏日本艺术，包括绘画、文学、音乐、陶瓷，连日本的艺妓歌舞也欣赏），都推荐给她。她是否看了，我还没来得及过问，但没受到任何触动是肯定的，昨天她在家里接同学的电话，说了几句作业上的事，就开始互相编排，日本人又成了他们的佐料。

第三十章　黄晓洋笔记

和平只是少数人的志向，过去、现在和将来都是如此。

——（英）乔治·吉辛

要消灭鸟类，不能只击落飞翔的鸟，还包括留下的鸟卵和鸟巢。

——（意）杜安

在长达半年甚至半年多的时间里，重庆这座河谷之城被雾气锁住，从空中俯瞰，根本不知道地球上还有重庆这样一座城市。进入5月，雾被大江收回，重庆人又才知道头顶上的确还有一个世界，又才能看到属于自己的天空。我们已经忘记了天空竟有那么深，天地间竟盛着那么多光明。

现在，山城苏醒了，身子轻快了，眼睛明亮了，重庆的孩子写作文，也敢于像中国其他城市的孩子一样，使用"万里无云"这样现成的词语了。

多好啊！彼此并不认识的，也想打个招呼；铁了心要离婚的，发现这婚姻还能够维持下去；把安眠药买好、绳扣结好、爬上窗口的凳子准备好的，觉得昨天还被绝路逼得喘不过气，还闻到自己死亡的气息，现在什么都过去了，大地上道路宽阔，空气里花香徜徉，自己还可以而且应该继续往下活……

是的，我们——重庆人，不仅拥有了大地，还拥有了天空！只要想，我们就望一望天空。望天的时候，我们尽量踮着脚尖，拉直脊梁，伸长脖颈，为的是离天空更近一些，也把天空望得更深远一些。

重庆渴望天空，天空也渴望重庆，天空在重庆之上，一整天一整天地蓝着。

我们相信，在九天之外，依然是这样的蓝天！

——摘自《我们为什么崇拜天空》；作者：凡娘

第三十一章　黄晓洋日记（3日）

在重庆，最让人愉快的节日，不是春节，而是第一次看到天空的那天。

今年，看到天空的日子是5月3日。

全城最典型的庆祝方式，是吃火锅。各家火锅店爆满，无论走向哪一家，至少都要等上半个钟头。幸好我们去得早，下午4点钟，岳父就到"辣得跳"占位置去了。平时吃火锅，都慢条斯理的，一片肉一片菜地烫，今天可不行，见外面那么多人等着，就没法慢得起来。什么东西都往锅里倒，有的烫化了，有的还没熟。到重庆这么多年，我适应了麻辣，却依然对这种烫吃的方式很不内行，一条"软皮蛋"[①]才过了血气，就被我送进嘴里，惹得晶晶笑翻了天。

吃完出来，天还很亮，晶晶找同学去了，岳父岳母回家去了，芸

---

① 鱼的一种，产于嘉陵江，最大的仅拇指长。

秋说我们去游船上喝杯茶。我们都难得有这样的兴致。可走了好长一段江面，游船里都座无虚席，只好打道回府。

在学校门口，我跟芸秋分了手，她继续乘出租车去画室。

街灯已上，街灯夺走了白天，却夺不走人们的好心情。

学校中心花园周边的草坪上，男男女女的学生，铺着油布，坐在上面边吃零食边谈天。是真的谈"天"，天空成为他们说话的主题。我站在灯影里听了一阵。有个男生说，今天凌晨，他听见外面传来呼啦呼啦的声音，以为是园艺工人昨天剔了树枝，趁学生起床前把树枝拖走，结果——是两条大江把雾气扯回去了！他说你们发现没有，今天嘉陵江的水涨了好多，长江我没去看，肯定也涨了，那是雾气化成了水，这水今天早上之前还淹在我们头顶。凡到重庆生活一年以上的人，都会变成两栖动物，半年在水里，半年在陆上。"生活在陆上多好哇，"那个男生说，"当我被那声音吵醒，然后又睡过去，然后再醒来，看见对面窗子上映着一轮金光闪闪的太阳，我差点儿只穿条内裤就跑出去了。"

夸张的话语里隐着实情。说来奇怪，重庆第一次现天的日子，太阳总是出得特别早，它好像懂得"成事在秘"的道理，生怕人们起了床，它在众目睽睽之下就出不来了，而且永远出不来了。太阳很早出来，很晚才落下去，学生在教室上课，在图书馆看书，都想着天空，想着天上的太阳。他们把课桌、黑板、老师的面孔，都当成了天空。现在，坐在星光底下说话，也会时不时地去望天。

天空越望越近，星星触手可及。

他们是在天空里说话……

我没有回家，直接去了银杏坡。

出去吃饭之前，我就去看过安伯母。那时候她刚给猫洗过澡，在打扫卫生，猫坐在沙发上舔毛。这只老猫早就跟我熟了，见我进去，也不躲避。安伯母丢下扫把，拿出自己梳头的牛骨梳子，坐下来，把湿漉漉的猫抱在身上，给它梳理毛发。她并不理我，边给猫梳，边对猫说话。她说："我家的咪咪是最漂亮的对不对？"猫不回答，把背躬起来，大概是被梳子弄痛了。她说："我家的咪咪是最聪明的对不对？"猫依然不回答，只呼呼地喘，表明它现在不痛，它很舒坦。她说："我家的咪咪是最听话的对不对？"这次猫回答了，猫说："唉。"它真是这样说的，它不叫"喵"，而是说"唉"。

她说："既然你听话，就要记住妈妈对你说的，你不能死在我后头，要死在我前头，记住了吗？"

猫又不回答了。

她说："妈妈让你死在前头，不是妈妈怕死，是怕我先死了，就没人养你了，明白吗？"

猫没吱声，似有若无地摇着尾巴。她放下梳子，捉住猫的前腿，将它半提起来，让它望着她。

她的情绪似乎很糟糕，一直没有理我。我多么希望她能跟我们一起去吃火锅，但这显然是不可能的，如果我把她叫上，岳父多半会离席而去。

此刻，银杏树和寄生树遮没了星光，屋子里也没亮灯，这幢独院漆黑一团。

安伯母可能是被李同安或李小楠接走了。

要不是我在院外的马路上站了一会儿，就会像晶晶说的那样，把身边的事情错过。

站那么一会儿，我的眼睛适应了光线，才看清院坝里坐着一个人。

其实我首先看见的不是人，而是伏在人身上的白。白，成为了黑暗的阴影。

"安伯母!"我叫了一声,走过去。

"安伯母,你吃过晚饭了吗?"

"早吃过了。"

"小楠和同安……"

"小楠来接我去她那里,我有事情,就没去。"

"什么事,我来做……"

"我的事就是等你。"

她把放在身边的一张圆凳推到我面前。

安伯母等我,是要告诉我一些事情。

——她终于要告诉我一些家长里短之外的事情了!

她说,1939年的重庆人,也是在5月3日这天第一次看到天空。

但首先发现这天会看到天空的,不是重庆人,也不是中国人,而是日本人。

日军电文说:"四川晴空万里……"

发这封电报的时候,5月3日的天空还在夜色中,但据日军预测,5月3日白天,四川重庆不仅有很好的太阳,气温也只有24摄氏度,是一个温暖而柔软的白昼。

重庆人既能看到天空,又不被溽暑折磨,重庆人有福了。

可日军电文还有一句:"对空袭重庆来说是绝好的天气。"

在武汉的W基地,日军通宵作业,检修飞机,不放过任何一个螺丝钉。

他们要轰炸的目标,是重庆这片土地上外国使馆之外的所有。

"法律依据"早已完备,去年(1938年)12月2日,裕仁天皇就在御前会议上批准了可直接从空中攻击平民。敌国平民——特别是首都平民——的士气和爱国热情，同样是一支强大的敌人，因而是必须打击的军事目标。敌国平民应该像洛伦兹实验中的那条狗，卧地屈服，把咽喉露出来，可他们没有，他们受了本国政府的蛊惑，也被李本森"反洛理论"提醒，纷纷从日人占领区逃亡。这就给外界造成一种印象：日本不是去"亲善"他们，而是去侵犯他们。这种印象对大日本帝国相当不利。

上午8时，W基地连接跑道的导引线上，排着40架中型攻击机，挂满炸弹的机身贴近地面，用结实的支柱支撑着，机体披着绿色迷彩，机械师在做最后检查。9时，36架轰炸机陆续起飞。从武汉到重庆，水路1370公里，航程780公里，去时需四小时，返回三小时。天气这么好，气流这么平稳，驾驶员戴着风镜，心手相合，感觉不是飞机在飞，而是自己在飞。11点半，飞机越过三峡上空，俯视雄伟的巫山与褐色的扬子江，机组人员心潮澎湃，有人吟诵起某军官所作的《维新之歌》："汨罗江波涌，巫山乱云飞。乱世吾辈立，血潮涌义愤。维新展春潮，良友结正义。胸藏百万兵，樱花散长空！"

然后，机组人员吃午饭。

有红烧肉、咸烧鱼、红酸莓、煎鸡蛋，饭里配有芝麻盐。

吃过饭，从暖水瓶里倒出热咖啡。

吃得喝得都很满意。

重庆人也很满意。这么好的阳光啊！对雾都重庆而言，阳光是神的光芒，"当一个婴儿早晨醒来呀呀喊叫和咯咯大笑时，从他的眼神中，可以看见某种比海洋更深、更宽、更加永恒的东西，因为婴儿在他的摇篮中看见了阳光。"不管说这话的人生在哪朝哪代，也不管他是哪国人氏，他所说的，一定就是重庆的阳光！现在，雾气消散了，神圣的光芒出现了,应该好好享受今年的第一个好天气,大人们在屋里做午饭,房顶升起浅淡的炊烟,他们想赶紧把午饭吃过了,好坐到太阳坝里去喝茶;孩子们则三五成群,在阳光下画一块地盘,跳房子,打珠子,踢毽子……

谁也想不到,这时候的好天气,对他们来说就是坏天气。

12点40分,全市拉响空袭警报。

一刻钟后,拉响紧急警报,并在市中区标高370米的枇杷山升起红灯笼①。

下江人大多是听过警报的,但重庆本地人没听过。那声音真好听!灯笼他们虽然见过,却没见过那么大的灯笼。他们不把灯笼叫灯笼,叫球,看见大灯笼升起来,只听遍街呼喊:

"呃——快出来看啦,挂球了!挂球了!"

在他们兴奋的呼喊声中,日机越过涪陵。

红灯笼由一盏(预警)换成两盏(敌机接近),又迅速换成三盏(敌机已侵入上空)。

警报声也响得越发急促。

天空中,飞机烟烟雨雨的。

市民对球不感兴趣了,都跑上楼顶看飞机。许多人没有看到过飞机,飞机真好看!太阳照在机身上,吐出或长或短的银色光芒。人们左手搭凉棚,右手戳指头,一架一架地数,老是数不清,数了这架,又忘了那架,真是怄死人。为究竟是多少架,双方争执起来,互骂对方是猪脑壳,是龟儿子。

---

① 灯笼分为三种:红灯笼表明要投放炸弹和燃烧弹,白灯笼是有伞降部队,乌灯笼是要投放毒气弹。

市中心的中央公园里，这天有不少游客。能看见天了，当然要出来玩。公园里有只老孔雀，毛发纷乱，叫声粗莽，还叼人，因此大家叫它"蛮子"；它似乎很喜欢这名字，一叫蛮子，它就开屏。这天，蛮子从上午9点钟——即日机起飞时间，一分不差的——开始叫，叫声与往日不同，像是在感喟："哟喝！哟喝！"叫几声停下来，撩一撩片毛不存、疙疙瘩瘩的棕色脖子，再叫，把喉咙都叫哑了。游客被逗得直乐，大人小孩都笑得合不拢嘴。后来，蛮子的叫声越来越嘶哑，越来越慌乱，且连成一片："哟喝哟喝哟喝……哟哟哟……喝喝喝……"

日机就在它这样的叫声里，哗哗啦啦犁开780公里的气浪，把浪头堆涌到重庆上空。防空火炮拉下炮衣，向日机发射，然而它们打出的黑烟，却在机翼下方飘荡（这与"独臂大盗"有关，他事先透露了我高射炮的射程，敌机便飞到射程之上）；从白市驿机场起飞的中国老一代战斗机，也很快被敌人击退。当蛮子慌乱狂叫的时候，天上只剩下在机头涂着血红圆盘的日本飞机了。

游客们丢开蛮子，也跟那些跑上楼顶的人一样，把头抬起来，看飞机，数飞机。

飞机上的人，不能清楚地看到好奇的观众，但他们清楚地看到了漂浮在两江上的半岛城市。

它像一片树叶，静静地漂浮着。

千千万万年地漂浮着。

多美呀！

他们闭了一下眼睛，然后，打开炸弹舱，将投弹杆轻轻一推……

安伯母说，那年的5月3日，中央公园里的那只孔雀，蛮子，比人最先看到飞机"拉屎"。飞机拉出的屎，把太阳的光芒劈开，发出"日——"的哨音，欢快地从云空坠落。下坠的速度越来越快，接近地面时，声音变了，不再是"日——"，而是像筛着一筐破铁。人们终于跟蛮子一起听到它，看到它，但还没来得及反应的时候，它就钻入地下，炸开了花。它不知道坠落意味着它的死亡。

强风从地下刮来，把人的耳光打得啪啪直响。黑烟在风里奔蹿。

蛮子怎么不叫了？因为没有蛮子了。

只有蛮子飘飞的羽毛。

一片羽毛向不远处的孙中山像飞去，像是呼救，但塑像轰然倒塌。

半分钟前，这里是人间，茶在喝，牌在打，金钱板在敲，川戏在唱，而现在，这里变成了阎罗殿。

墙垛上，屋梁上，电线上，将断未断的树枝上，到处挂着碎肉和肚肠，巾巾吊吊的。

那棵树上是什么？是一条女人的腿。腿上套着黑丝袜。重庆的女人，春、夏、秋三季，都爱穿黑丝袜。那是高贵的颜色，也是性感的颜色。树上那条套着黑丝袜的腿，小巧的脚上穿着鞋子，是半高跟，红色的。腿的断裂处，咕嘟嘟地冒血，血很稠，在黑丝袜上缓缓地、吃力地爬行，想重新找到一个栖身之所。北边的断墙上，有个印子，仔细一看，是个人印，肩部很宽，看来是个男人的印子，他是被气流扔到墙上的；再看仔细些，在人印的旁边，是一条狗印，那个男人大概是牵着他的狗出门的。

持续了40分钟的爆炸声停歇之后，仿佛又过去了数十年，都没有声音，也看不到活物。

后来声音起来了，活物也出现了。那个走过来的中年男人，屁股上的肉一层一层地翻出来，像他的屁股上挂着好几串干萝卜卷。那个坐在地上的老太婆，半边脸皮撕开了，她哭叫着，把悬在下巴上晃悠着的脸皮捧起来，往烂糟糟的脸上贴。那个半人高的孩子，头发烧得精光，脸膛黢黑，已分不出是男是女，他（她）大惑不解地瞪着自己的右肩，然后去周边寻找，他（她）的右臂不见了……那些跑上楼顶数飞机的，即使楼房没塌，即使没被炸伤，也没力气下楼了，他们要在原地坐很长时间，确认自己是活着的，才四肢着地，慢慢地朝楼下爬，爬到自己的家里去。

有人的家还在，有人的家没有了——他们的家成了吐着黑烟的废墟。

分明知道没有家了，还是朝家的方向去；那里曾经是他们的家，一家人挤在并不宽敞的"捆绑房子"里，又苦又甜地过着日子。现在却成了废墟。于是他们就在废墟里寻找，看能不能找到一只碗、一双筷子、一件衣物，让自己在呛喉刺鼻的硫黄味和焦煳味中，分辨出家的气味。

夫子池德智小学旁边的那家人，可没工夫去废墟里找什么，他们在急急忙忙地筹措棺材，装家里的死人。他们要一次性找七口棺材，装七个死人。

孩子们饿了，要吃的。

家都没有了，哪里去找吃的？

一个卖盐茶蛋的老太婆，把蛋发给他们。

孩子的父母说："婆婆，我们没钱。"

婆婆说："吃吧，吃吧。"

婆婆是重庆本地人。从她手里接过盐茶蛋的，是下江人。

就是从这天开始，重庆人和下江人才变成了同一种人。

（听安伯母说到这件事，我想起我初到重庆时，在菜园坝火车站也见到了一个卖盐茶蛋的老太婆，当时我心里一热，不知道为什么，现在我知道了。这种遥远的感应，使我心惊肉跳。）

5月3日那天夜里,大片区域停电,还出现了月全食。

重庆在黑漆漆地忙碌着……

千余公里水路之外的武汉W基地,日军也在忙碌。

他们跟5月2日一样,通宵作业,检修飞机。

因为,5月3日过后是5月4日。

这又是一个阳光灿烂的日子,阳光把山山水水照得发亮,昨天炸毁的房舍、庙宇、车辆和山体,零零碎碎摊在地上,同样发出亮光。家里有死人的,抓紧出殡。以往死了人,至少要在堂屋停放三天,发财人家要停七天,甚至有把寿材用上好的川漆漆封了,停上七七四十九天的,家属请来和尚,斯斯文文地做完全套法事,还请来戏班子,唱上若干台大戏,并让各路亲友轮番吊唁之后,才体体面面地送他们上坡。祖祖辈辈的墓地都在北岸的山上,埋进土里,把周围打扫干净,就地取材地采下白石,立块墓碑,碑前栽棵小小的松柏,让人感觉到,死亡不是悲伤的事情,而是十分精致的事情。

——这天的死者可不行,他们是凶死。凶死的人不能在家里停放,那会给生者带来晦气,死者都不愿给亲人带来晦气,而且,尽管他们没有呼吸了,却也知道伤心,要是他们看到不仅自己死了,还连家都没有了,在奔赴黄泉的路上,就会一直伤心,一直流泪,把眼睛哭瞎。何况,世上的事情,有了一次,就不愁二次,谁也料不到日机还会不会来、什么时候来,死者的尸首已经不全,活着的人不愿看到他们再次破碎,更害怕万一自己也死了,就没有人为先死的亲人出殡了。

在这样的时候,悲伤也必须变得短促。

不能在家里停放,却也不能去祖上的墓地,因为桥断了脊梁,船只成了顺水漂流的木屑,过不了江,去不了北岸。于是只好新辟墓地,沿江掩埋，让死者用白骨去倾听他们熟悉的江声。

精瘦的黄牛，默默地拉着装了棺材的架子车（没有棺材，就用篾席或草席包裹），吱嘎吱嘎地往荒草连天的江滩上走。找不到黄牛的，就靠人拉。连架子车也找不到的，就肩扛手抬。

到了目的地，随便挖个坑，把和着乱草的黄土锨进去，盖住算数。

这时候，死亡再不是精致的事情，而是十分潦草的事情了。

哭是免不了的，但哭声很稀，一抽一抽的，也见不到多少眼泪。

中午时分，该埋的都埋下了，城市又干净了，活着的人们必不可少的生活，又启动了。

那些死里逃生的孩子，从学校出来，在明亮的阳光里滚着铁环回家。

这一天，1939年5月4日，也是纪念五四运动二十周年的日子。纪念活动安排了一周，中央大学和重庆大学还联合拟定了节目单，从5月1日开始，分别是音乐晚会、科学晚会、诗歌朗诵会、青年运动总检讨会、足球比赛、美术展览及文艺晚会。前两夜，高高的窗槛上都挤满了人，因为所有活动都是开放的，节目单也在沙坝坪主要街区张贴，不仅外校大学生可以去听、去看，中学生也可以去。我大伯组织演奏的《民主进行曲》《孔子纪念歌》《满江红》，郭沫若先生、李本森教授等人的演讲，把两个夜晚连成一片，学生回到寝室，好些人连眼皮都没碰一下，就准备进入第三夜。第三夜的诗歌朗诵会，既有学校师生，也邀请了中华剧艺社和中国电影制片厂的著名编剧、导演和演员参加。

然而，这一夜他们却是在黑漆漆地忙碌着……

现在天亮了，他们要把漫长的黑夜吐出来，拿着小旗帜，浩浩荡荡走上街头，发表演说，呼喊口号，抗议日军暴行。

可日军看不到他们游行，也听不到他们呼喊。

看到了听到了又怎样呢，飞机已经检修过了，检修了就得让它起飞，不然为什么检修？

这天下午，日机再次从 W 基地出发。这次是 27 架，分三批抵达重庆。

再没有谁去数了。警报拉响，就朝防空洞跑。

防空洞分成三个等级：上层官员防空洞，里面可打牌、唱戏、跳舞；地方保甲防空洞，条件差些，且需私人拿钱买证；下层百姓防空洞，洞内有水，放了石头当座位，中间留条过道走人。一部分人进去了，多数人进不了，重庆人口近百万，防空洞只能容纳 20 多万。没能进防空洞的，匍匐在街道路口，尽管不去数飞机，但头上顶个锅盖或搭床棉絮，还是把眼睛溜出来，偷偷地朝天上望。

人们发现，飞机似乎比昨天更沉，声音也比昨天更闷。

这大概只是错觉，昨天扔了 166 枚炸弹，今天只带了 78 枚来。

其中 48 枚是燃烧弹。

日军感觉到，昨天虽然摧毁了重庆最繁华的七条街道，但战绩还说不上突出，重庆不是遍街的捆绑房子吗，好好利用，将事半功倍，于是就主要带了燃烧弹来。

当炸弹和燃烧弹尖利的哨音响起时，警察奔跑着，朝满街乱蹿的人群喊叫：

"趴倒！趴倒！"

可是趴倒有什么用？日军的燃烧弹里填充了固体燃烧剂，可持续燃烧 15 分钟，断氧也不熄灭，温度高达 3000 度，几公里外，也能感受到它锐利的热力，20 公分厚的混凝土，它也能烧穿。

在街上趴倒，跟站着是一样的，都是被烧焦。

整个重庆,弥漫着焚化肉体的臭味儿。

好不容易看到了天空,可白天的天空除了烟子,啥也看不到。

到了晚上,却漫天赤红:月亮是红的,星星是红的,江里的倒影,全是火苗。

重庆本就是座山城,现在变成了一座火山。

第三十二章　杜芸秋访谈录

那天晚上，晓洋比我回来得还晚。我倒没具体看时间，但你想想，我跟他分手的时候是 8 点钟，我去画室指导了几个学生，然后画了张草图，又接待了一个客人，跟那客人说了很长时间的话，才下楼回家。街上空了。你知道，在重庆街上空了该有多晚。回家的路上，我思谋着如何给他解释，往天，只要我 10 点钟没回去，他就毛焦火燎的。结果，书房没人，卧室没人，床上也平平展展地没有动过。我想坏事了，一定是他去找我（他经常这样），两人在某个地方错过了。我马上出门，往侧校门方向走了几十米远，就听到身后响起脚步声。回头一看，正是他。

不需要问，就知道他是从安志薇那里来的。

安志薇给他讲了些啥，你今天不说，我还是不清楚。但我能猜出个大概。

那之后的好几天，他都扭着我跟他讨论一个问题：日本兵在飞机上看到渝州半岛时，真的赞叹过它的美丽吗？推投弹杆之前，真的闭了一下眼睛吗？——这肯定不是安志薇告诉他的，而是他从安志薇的话里产生出的联想。有个日兵投弹手著书写过这件事，晓洋读过那本书——如果他们赞叹过，还闭了一下眼睛，为什么依然要把炸弹推出去？

可以说是执行命令，身不由己。

从局部看，这理由是成立了；从整体看，是不成立的。

命令他们的人自己来执行任务，很可能也会赞叹，也会闭眼睛，然后，把炸弹推出去。

就这么回事。

从数字走向数字，晓洋看到了历史的苍白。

从个体走向个体，他看到的是人心的丛林。

前者让他闻到死尸味儿，后者让他深度迷失。

他那么渴望历史的细节，不就是为了探讨人心吗，然而，天啦，人心！世界很简单，人心很复杂，简单的世界遭遇了复杂的人心，于是才有了错综复杂的人类社会。如果到了某一天，科学能把人心物质化，你想想会是什么景象？那定是无底的深渊，天上出一百个太阳，也无法将深渊照亮，"生命是光，光照进黑暗里，黑暗却不接受光"，这句宗教名言，就是对那深渊的描述；也可能，人心是滔天的黑浪，大地有一万条长江，也无法将其濯清。

我并不是说没有纯净的溪流，但那仅仅是溪流而非江河湖海。

——不过，把话又说回来了，人类的全部信仰，不都建立在微弱的光亮和清浅的溪流之上吗？

人不是活在"大"处，而是活在"小"处。"小"能帮助人作出明细的观察，迅捷的判断，果决的行动，因而它可以扩展为无限的大。

当年的黄明焕教授和比他年轻的李本森教授，扩展开的都是光明，那时候，他们拥有一个贫弱纷乱的祖国，他们完全可以留在国外，之所以回来，就是为了扑向想象中的、他们立志扩展开的光明。

可是晓洋……在他还是个孩子的时候，就听曾祖父母如何被害，从此，他身体的某一处就被戳开了一个窟窿，伤痛便深植内心；而且，自伤痛形成的那天，他便丧失了最起码的康复能力。

他似乎没有去想过，在世上活过的人，谁没有伤痛？曾祖父有了伤痛，就用行动战胜它。南京城陷，深通中国文化的松井石根列了个"不杀"的名单，黄明焕被排在首位，松井多次邀请这些人赴宴，黄教授因中风不能行走，每次都是汉奸带队，开车来接他，每次都要领他的唾沫，听他的怒斥。本国军民遭到杀戮，妇女遭到强奸，这巨大的伤痛，没有扑灭他内心的光明，于是他就为这光明而行动。他的行动就是不配合。松井恼羞成怒，才命人将他杀害。他的死本身就是光芒四射的行动。

李教授同样如此，那个名单里，李教授也赫然在列，他却离别父母妻儿，带着牛羊入川。

还记得我说过的男生乙吗？他认为日本人从头至尾都在玩象征，但是，日本人再会玩象征，也比不上李教授和他同伴们这次行动的象征意义之万一。这是旷古未有的象征。

还包括曾祖母，她是亲眼目睹丈夫脑袋搬家的，她没躲起来哭泣，而是拿着剪刀去找日军拼命……

有人说，对伤痛的记忆，需一年才能抹平；这句话反过来理解就是：一年之后，即能抹平伤痛。晓洋对这句话很愤慨，说它为历史何以是苍白的，找到了最强大的理由。说人们不知道，有一种伤痛是会潜伏的，它潜伏在时间的深处，潜伏在你身体的某一处暗角，你眼睛看不到它，心里也基本上不再想到它，就以为它死了，其实它没有死，它活着，它跟你一起度过白天黑夜，它阒寂无声，但总在你最不经意的时刻，突然张口，喷出脓血，发出臭气，硬生生地把你拽回去，强迫你回望和舔舐。

晓洋说得对，但他不知道怎样去解决。

在我看来，解决的办法，除行动之外，就是不去碰它。

他大伯黄伯道，当年一路流亡到重庆，在重庆待了好几年，还经常穿过整个沙坪坝，由西向东地去国际广播电台，可他基本上不去碰那段历史。

大伯不碰，李教授也不碰。

而晓洋，作为一个行动能力十分欠缺的人，却偏偏要把伤痛完完整整地从历史的祭坛上接过来。

从他的身上，我发现，能够让伤痛潜伏，实在算得上一种幸福。晓洋的伤痛只不让外人看见，对他自己，从来就不会潜伏，舔舐伤痛本身，构成了他生活的核心。我前面说过，他缺乏起码的康复能力，且可能在有意无意之间，他阻止伤痛的康复，成日里搂着它，捂着它，培育它，看它怎样生长，怎样毫无怜悯毫不妥协地侵蚀自己。这时候，伤痛成了他的主人，他成了伤痛的奴隶，主人吹哨他就跳，主人睡觉他就闹，直到把伤痛闹醒。因为，他环视周遭，唯有伤痛陪伴。伤痛变成了他的日常需要，既吞噬他，又保护他……只有伤痛才能陪伴他，保护他……晓洋太孤独了。

你说他在日记里数次提到明月河里的那只白鹭，我想，是因为那只白鹭和他一样孤独。

而今，许多时候，我都在梦里对晓洋说：

"起来，我与你同行！"

然而,他不躺在我的身边了。

我凝神谛听,想听到他在远方的回答。

可梦里很安静,安静得像8月的校园,安静得能听见安静的声音。

我以前听了他太多的声音,到现在才想起他没有声音了……

杜芸秋闭上眼睛。她的双眼皮薄如蛋膜,带着浓重的青色,这不是眼影,而是睡眠不足的缘故。尽管我不知道她被头发遮住的那只眼睛是否也闭上了,但毫无疑问,在这一刻,喧嚣的世界在她面前关上了大门。她就这么闭着眼睛摸出一支烟,然后铮的一声摁燃打火机。

响声、火苗与她的眼睛,几乎同时苏醒。

烟头的猩红在她的深呼吸中奔跑,而烟雾却被她埋葬。

当她把嘴唇翕开,烟拿在手上,先吞下去的烟雾也没有出来,真是奇妙。

她又吸了两口,一支烟差不多吸掉一半,才接着往下说——

那年5月3号过后,晓洋心里那个纠缠不清的老问题,又像虫子那样在他身体里蠕动开了。它平时是蜷起来的,没有爪子,也没有鼻子和眼睛,但只要晓洋的身体里有了适宜的温度,鼻子、眼睛和爪子就会迅速生长出来,在他的胃壁上爬。一直往上爬,固执地接近他的心脏。

他时常抽着烟,在烟雾里朦朦胧胧又清清楚楚地看着那只虫子。

他知道它是在朝他的心脏上爬,也知道它布满肚腹的肉红色爪子,会把他的心脏抓伤,这时候他只要想想别的,比如女儿学习的进步,爷爷身体的好转,再比如欧美学界对他那篇论文的反应……

如果他想想这些,也就改变了身体里的温度,那只虫子就会失去鼻子眼睛和爪子，变成没有意义的肉球，回到它该待的地方。但他没想这些，而是去想把枪口对着曾祖母后脑的日本兵，听了安志薇的讲述之后，他一定还去想那条穿着黑丝袜的断腿，想那面墙上的人印，想名叫蛮子的孔雀……

他是在不停地给那只虫子输送养料。

虫子没有辜负他，变得强壮起来，爪子有蟹爪那么粗，每向上爬一步，都在原地留下黏稠的酸液，把那地方烧得发白，还煮出气泡。他不去管它，烟抽得越来越多，越来越狠，像是在享受。

第三十三章　黄晓洋日记（23日）

　　我跟岳父在楼道里碰面，我便去扶他上楼。但他不让我扶。他说你走你的。我有些怪异。岳父以前不是这样的，只要同行，只要遇到上坡下坎的路段，我都扶着他，他也愿意让我扶。他被我扶着，还左顾右盼，希望别人看见女婿在扶他。有个星期天我们一家去沙坪公园，在红卫兵墓园外的一条小路上，被我扶着的岳父碰见一个多年不见的老熟人，两人接上腔后，那人看着我问："这是你家少爷？"岳父说是我女婿，我没有儿子。那人不仅没尴尬，还羡慕，说我就是记得你是两个丫头么……可你咋说你没有儿子呢，这不就是儿子么？人家说女婿半个儿，你的女婿不是半个儿子，是一个完整的儿子，比一个完整的儿子还强！听了这些话，岳父喜滋滋地点着头。

　　今天他却不让我扶，还把手甩了一下。

　　我让岳父走前面。看样子，他本来想走后面，但他没坚持。他走路下脚很轻，脚步声如窃窃私语。

黄桷坡的房子才修起几年呢，却像凝固了好长一段岁月，墙皮乌黑乌黑的，即使刚刚粉刷过，也掩盖不住那种乌，那种黑，那是从骨子里散发出来的气质。黄昏时的天光被树叶拦截，又被风窗拦截，落到墙壁和楼道上，就像睡着了一样。我跺着脚，想把声控灯吓亮，岳父说：没关系，看得见。他的眼睛的确好使，不像李教授，到老年的时候，要依靠放大镜才能看书。他只需要戴老花镜就够了。

而且他此刻好像喜欢这种模模糊糊、幽幽暗暗的感觉。

他一定又是从安伯母那里回来的。

安伯母说，岳父最近常常去看她。

"看的意思不是看望，是看住。"——安伯母这样解释。

听她的弦外之音，像她很同情岳父。岳父在掌握实质性权力的时候，因为李教授的缘故，没能让权力发挥效用，而今李教授不在了，可他那权力也早就生锈了。"我都为他遗憾"，安伯母说。现在他去"看"她，是想让她记住他曾经拥有过的权力。不仅如此，还一锄一锄地往她生活的底层里挖。

他会做出很不经意的样子问她：

"你老家是哪里的？"

"你做地下党，谁是你的上线？"

"黔江那地方冬天很冷吧？"

他的身份已经错位，不是退休的系主任，而是在岗的审查小组副组长。安伯母说，如果他诚心诚意地说些平常的话题，她会给他倒杯水，认认真真跟他聊几句，如果又想审问她，她就立即让他走人。

岳父今天又是被驱逐的吗？

门正对楼道，开着。还在二楼和三楼的拐角处，我就看见岳母起身走向厨房。岳母是一个安静得如同瓷瓶的女人，她脸上的安静可以摘下来，随意摆放在你喜欢的地方。由岳母，我想到曾祖母，战争到来之前，曾祖母一定也是这样安静的，她在曾祖父身边，悄无声息地吐着光环，曾祖父是被照亮的男人，而照亮他的，就是曾祖母。某种内在品性的传承，在女性身上体现得最为明显。但传承到芸秋这一代，就断了。芸秋不是光，而是火，她可以照亮，也可以焚烧……

我洗过手，又去卧室一趟，出来见岳父躺在沙发上看报。上午他就看过了，说不定下午去安伯母家之前又看过，他这时候是无所事事地等饭吃，于是又把报纸拿起来。他宁愿咀嚼已过去若干小时的旧闻，也不会去厨房帮岳母。他觉得这样做理所当然，岳母也觉得理所当然。在新式女性看来，像岳母这种女人活得很卑微，可我没觉得她们卑微，恰恰相反，那种静静吐放的慈心，使她们获得了我至高无上的敬意。厨房里响起炸油的声音。每天都是这样，岳母等到家里的三个人——岳父、妻子和我（晶晶要上晚自习，在学校里吃）——回来之前，先把饭煮熟，三个人都进了屋，再去炒菜。

可今天只有两个人进了屋：芸秋还没回来。

我推开厨房门，说："妈，你去歇一会儿，我来吧。"

岳母在炒回锅肉，肉已半熟，正将半筲箕青辣椒倾进去，辣椒被烫得锐声尖叫，青烟四起。抽油烟机流水一样响着，尽职尽责地打扫着战场。岳母别过头说：

"你别进来，一会儿就好了。"

我站了片刻，把厨房门关上了。我去厨房的目的，并非真心要帮岳母，而是想看看芸秋在不在，尽管我知道芸秋一般是不进厨房的。结果是芸秋不在。这么多年了，只要妻子不在，我生活在这个家里，就依然还有做客的感觉。如果家里只有岳母，这感觉不鲜明，有岳父在，特别是只有岳父一个人在，就鲜明得刺骨。刚跟岳父认识的时候，彼此的印象是那样好，随着两个不相干的人成为了一家人，却疏远了。在外面走路我去扶他，我并没感觉到多少亲情，相信岳父被我扶着时左顾右盼，也不是从亲情出发的。有些人注定了只能在门槛之外交往，注定了不能成为一家人。

岳父远不是我当初认为的那样平静、温和，他的心眼很细，细得就像他脸上那些被弹药扑出的小坑儿。他曾对我说：你安伯母那人，鬼头鬼脑的。意思是，安伯母故意把自己弄得很神秘。而我觉得，他本人却是另一种类型：本来有一些秘密的、纠结的内心，却在表面上把自己弄得很坦荡。

实在不能坦荡的时候，就去看早就看过了的报纸。

我再次走进卧室，看书。克劳塞维茨的《战争论》。

但只看了两页，就看不下去了。

我此刻需要做的，不是看书，而是给芸秋打个电话。

幸好芸秋不久前在卧室装了部分机，否则，我真不愿意在客厅里当着岳父的面给芸秋打电话。

芸秋关机了。

她的画室里没有座机，手机关机，就意味着她在我的远方，远到星云之外。没有电话的时代，两人相隔千里万里，也能彼此瞭望，有了电话，尤其是有了手机，哪怕在同一座城市，同一个小区，只要电话不通，对方就被某种不可名状的东西卷走了，消失了，就会引起焦躁和不安。发达的通信，不是拉近了人与人之间的距离，而是相反。我自知不能承受那样的感觉，所以不用手机。

芸秋有手机，但她关机了。

岳母在外面喊："晓洋，吃饭。"

我刚出去，岳母就笑微微地对我说：

"芸秋起先来过电话,说她忙事,今晚上不回来吃饭了。"

我轻轻哦了一声,像不在意。

她的手机一直不通。

11点过,我关掉台灯,走出卧室,又走出客厅。芸秋是个工作狂,我知道,但一个人再是工作狂,也不能把白天忙过去了,还要把晚上忙过去。我要去问问她为什么不回来吃晚饭,还这么晚了都不回家,而且关了手机。我早就想去的,但在晶晶和岳父母睡觉之前,我不好出门。我怕他们猜出我找芸秋去了。岳母饭前告知我芸秋不回来,我当时就觉得,她一定是注意到我的眼睛在寻找和期盼……

听铜锣街这名字,想必以前很喧闹,但如今,它是整个沙坪坝区最僻静的一条街,夜晚更静,静得像是隐藏着秘密。到处都是秘密。我被秘密跟踪,被秘密拦截。

站在芸秋画室的楼下,抬头一看,灯光明亮。

在我眼里,那灯光就是芸秋。

我几乎是跑步上楼的。

没有芸秋,只有她的三个学生。两女一男,我都没见过,看来是新招的。三人手里拿着画笔,呈品字形站在一幅未完成的画作前,商量着怎样上色。

我站在门口问:"杜老师呢?"

三个学生没有回答我。

我又问了一声。

一个扎着马尾辫穿着牛仔服的女生瞥了我一眼,说:

"杜老师不在。"

然后又加入了讨论。

我走进去，像很有兴趣地东瞧西望。其实我一点兴趣也没有。画室凌乱不堪，墙上是已经完成和尚未完成的作品，有的只用柳木炭条勾了几根弯弯曲曲且互不相干的弧线；墙角堆放着纸张、被打碎的石膏像、挤干了的颜料管，正中长长的工作台上更是五花八门，书、毛笔、苹果、鲜花、手套、手模、茶瓶、喷水壶、化妆品、调色板，甚至还有两个奇形怪状的布娃娃。我简直弄不懂这些东西是怎么搭配到一起去的。对艺术，我很不在行，无法掌握凌乱中的韵律。

几个学生像是没有我的存在，很专注地讨论着。

我不想打断他们，但没有办法，犹豫再三，只得又问一声：

"杜老师今晚上还回来吗？"

我站在妻子的画室里，却像是侵入了别人的房间。

还是那个女生回答了我："可能不会回来了。"

第三十四章　黄晓洋日记（12日）

上午看书，我走进了书里。

我跟几个军政要员坐在一起，讨论战争的进程。墙上挂着一张盖住整个墙面的地图，但这张地图不是按比例制作的，格尔尼卡、莫斯科、伦敦、重庆所占面积，比数个国家还大，重庆上空黑烟滚滚，黑烟之下是青色的火焰，火焰灼得我们嘴皮起壳，眼睛发干；那个指着地图讲解的高个子，腹腔都被烧爆了，我看见一大群躯体残缺者，在他肚肠里无助地沉浮。我们中间一个抽雪茄的人说：

"世界大战的贪婪、卑鄙，竟然奏响机会主义的进行曲，把一切廉耻抛在脑后。依靠戴眼镜的化学家、飞机驾驶员、机枪手……简直是不知羞耻！"

他抽完那支雪茄，又说：

"战斗机是我们的救星，轰炸机是我们的爹娘，我们要用尽所有方法烧杀敌人，让他们流血！"

话音刚落，汉堡、德累斯顿、东京等城市上空，轰炸机如地毯一样铺开。

军政要员们离开了，进来几个历史学家。

他们都带来了自己的著作，大半篇幅都是数据表格，表格列完，才是分析。为哪次轰炸才算战争史上的里程碑，争论不休，有一胖一瘦的两个人，甚至大打出手，起因是：瘦子说，直到今天，还没有任何城市像重庆那样遭受长期、连续和猛烈的轰炸，可它却在史学界和公众视野中被淡漠了；胖子说，重庆轰炸本来就应该淡漠，因为在那之后，城市无差别轰炸出现了戏剧性的进化。两人都是好口才，你来我往，唇枪舌剑，分歧也步步升级，并最终发现，再好的口才也不能制服对手，还得靠武力说话。瘦子抓起一方砚台，向胖子脸上猛掷过去；胖子猝不及防，脸如爆开的水管，整个屋子成了血水汪洋，胖子顾不得疼痛，顺手操起一支漂浮在血河上的断桨，刺向瘦子的心脏。

血水快要封门的时候，我跑了出去。

在门外碰到李教授。

李教授拉住我，说：

"你曾祖父遇害了，赶快跟我走！"

我问往哪里走。

他说去重庆。

"武汉快被封锁了，宜昌也危在旦夕……"

李教授说："从陆路，步行！"

我一听就双腿发软，浑身不由自主地打起了哆嗦。

笑声骤然而起，一浪高过一浪。哪来这么大的笑声？抬头一看，原来在李教授身后，有一大群牛羊和鸡鸭，笑声就是它们发出来的。它们在嘲笑我。

芸秋吃过午饭（对她来说是早饭）就离开了。

夜里，她又是很晚才回来。

她现在晚回来有了更加充足的理由，因为晶晶住进了学校。前些日，磁器口发生了一起凶案，一个三十多岁的男子，持刀在大街上砍杀了两名放学回家的学生。这事引起很大的恐慌，有孩子上学的家长们都不放心，我们也不放心，就让晶晶住校，成天关在铁门里不出来。

芸秋回来的时候，他①已经躺下了。

但我没有睡着。听见她的脚步声，我翻了一下身。说不上是有意还是无意。

她站在门口，迟疑了片刻，但她没开大灯，也没开床头灯，而是直接推开屏风，去了小画室。也没开灯，椅子轻轻地响了两下，就听见她摸烟的声音，摁打火机的声音。黑暗里，烟头的红光向深处延展。我闻到一股异乎寻常的香味。是芸秋的身体让那烟香起来的。她抽烟的时候，饱满的嘴唇把烟噙住，一直那么噙住，好像烟雾是可以吞咽的食物，很长时间过后，才把烟拿开，被她嚼过的烟雾，零零碎碎地成块状滑过她的嘴唇，云团一样飘出很远，再依依不舍地散开。

她抽完那支烟，又把椅子弄出轻轻的两声响，就传出干干爽爽的声音。

这是她在脱衣服，准备洗澡。跟上床一样，她总喜欢把自己脱得精赤条条的，再去浴室。在自家卧室如此，住宾馆照样如此。几年前她去桂林开会，适逢假期，我陪她去桂林玩，才知道她在宾馆洗澡，也要先把自己脱光了再跨进浴室里去。她脱光了从不遮遮掩掩，而是

---

① "他"似乎应该为"我"。

像穿着华服。我不知道要是她跟女伴同住，会不会也这样。

水声响起来。即使数九寒天，她也是洗冷水澡。

她要看着冷水怎样让自己的身体慢慢变红。她不是为了锻炼。

我想象着被花洒冲击着的身体。结婚这么多年，我依然习惯于去想象她的身体……

水声停了，传来细微至极的沙沙声。那是她在擦拭她的身体。她的身体跟绸缎一样，触手即能发出响声。门开了，灯光还没泼出门口，就被掐断了。软底塑料鞋踩在地板上，也如绸缎般响。

她又走到屏风隔开的小画室里，点燃一支烟。

我知道，这支烟点燃，她就要打开灯，穿上工作服，开始作画了。

我又翻了一下身，翻得很重。

灯没开，烟被狠滋滋地吸了两口，便杵灭在她从武夷山带回来的竹质烟缸里。

她走了过来，坐上了床。

带着凉意的裸体。

她说："你想我来，为啥不明说呢？为啥要以这样的方式叫我呢？"

我本想继续装睡，经她这么点破，装不下去了。

我说，你去做你的事吧。

怜悯。这是我感觉到的——她对我的怜悯。男人们总觉得自己占据着世界的主导地位，女人们也这样认为。男人女人都没看清，男人是被女人怜悯着。在女人眼里，棉花也会让男人受伤。

要是芸秋真的下床，我会把自己抛向荒野，独自去承受没有星月的夜晚。

她没有下床，半倚着，俯视我。尽管很黑，她照样能看见我。女人看人，是用心看，不像男人只用眼睛看。她把身子向下滑了一些，把手平伸过来，往我的脖子底下挤，然后手臂轻轻一弯，我便服从地翻转半圈，脸贴在她的胸脯上，嘴唇靠近她的乳头。喂过孩子的乳头，颜色早就变了，像7月的葡萄，带着成熟的甜香。每次面对这两粒彼此为邻的葡萄，我都想着一件事：它们之间，是日日夜夜地在进行着神秘的交流，还是一辈子互不相干？

与身体其他部位相比，乳头的温度更凉，我感觉自己靠近的是一粒冰糖，于是含住了那粒冰糖。她把静卧在胸前的几缕发丝理到耳后，用一只手把乳房托住，让我含得更深些。

我的嘴唇和鼻子，都被堵住了。无限甘美的窒息。

她说："要开灯吗？"

她的意思是：要做爱吗？她为开灯做爱找了若干条理由，除了认为那更文明，还说了七八条，其实，在我看来，那都算不上理由，真正的理由，是她要看着自己的身体怎样慢慢变红。

我没应声。我担心自己再一次不能让她满足。

但我们还是做爱了。只不过这次没有开灯。她伸手开灯的时候，我抓住了她的手。

我又错了。我不知道她的满足不是通常意义上的高潮，而是要看着自己的身体变色。

就像她不知道我在分崩离析的时候，需要她把我抱紧。

——初读黄晓洋上面的两则日记时，对其中的有些内容，虽也稍觉怪异，但我并没太当回事，毕竟，他过于敏感，任何一件小事，在他那里都可能牵一发而动全身。

然而，当我把这两则日记录入电脑，又一个人找上门来了。

这是我遇到的第二个意外。

有了这个意外（加上黄晓洋后面的日记），我才知道，事情并不如我想象的那样单纯。

　　但出于慎重，我暂时没把那人讲给我的话形成文字。

　　我觉得，应该问问杜芸秋。

　　可打了好几次电话，都和她联系不上。

　　孙文博告诉我，她出国了，连手机也没带走。等她多日后从国外回来，我才有机会跟她通上话，并把找我的那人以及他给我谈到的大体内容，转告给她，问她的想法。

　　她考虑了一会儿，以我熟悉的平静语调说：

　　"你在做这件事，你有决定权。只要是跟晓洋有关的，只要你觉得必要，就尽管按你的意思去办。"

　　有了她的答复，我才去翻听那段录音。

　　因此，关于这次意外的具体情况，会放到比较后面一些。

第三十五章　杜芸秋访谈录

我想，你不会介意谈论性的话题。其实我说不好这个话题，但我还是希望尽量的说几句。

我跟晓洋在婚前就有过多次性行为。对而今的小年轻来说，这不算什么事，但我们那时候，还不大不小的算一件事。就跟接吻一样，发生性行为也是我主动的。每次都是。

我去爱一个人，就无法不去索取他的肉体。有人把爱情说得很玄乎，仿佛那是神的境界，其实爱情就意味着索取，索取对方的心，也索取对方的肉体。心是神界，肉体是人界。爱情是两者之间的桥梁。这座桥是可以滑翔的，一会儿靠近神，一会儿靠近人，或者两头不靠。这种游离状态，注定了爱情的寂寞和愁苦。用四季来比，爱情更像春天。我看一幅描春的画，读一篇写春的诗文，如果只看见春天的生长，感觉不到春天的寂寞和愁苦，我的评语就只有两个字：拙劣。

但这只是我的美学观，拿入到现实生活中，我可以留下寂寞，却必须祛除愁苦，尤其要祛除感伤。没有肉体之欢的爱情，是愁苦和感伤的爱情，我不要。

晓洋爱我，用他的心。他把他的心推到前台，却将肉体隐藏。而我，偏偏要挖掘他的肉体。

我俩第一次做爱，是在我家里。爸爸妈妈出去了，而且是到领着我从安顺来的舅舅（我妈是贵州安顺人），到渣滓洞白公馆去了，没有两三个小时是回不来的。他们刚走一会儿，晓洋就来了，听说舅舅去了渣滓洞，他问我：我们是不是也该去陪陪他？真是个好孩子！我说不用，有爸妈陪就行了，爸爸说不定也是多余的，姐弟俩已两年多没见，有很多私房话要摆谈，有爸爸在，摆谈起来就没那么痛快了。晓洋觉得有道理，约我去逛书店，说他在市中区发现了一个3折书店，书好，又那么便宜，他已经淘回了十多本，今天时间充裕，再去淘，一定大有斩获。

我可不想因为书，就把这大好的光阴浪费掉！

我把他带进我的书房（也是我的卧室），让他看我的一幅习作。是对约翰·斯通《夜歌》的摹本。斯通是被美术界流放的画家，即便画圣母，她的笔也如魔杖，将圣母体内那根代表情欲的神经激活。为此她受到了严厉的审判。其实审判她毫无道理，要说神，耶和华和宙斯都是神，耶和华将难得的一对情侣从乐园中驱逐，而宙斯却几次三番变成动物，狂热地追求人间美女。

我更欣赏宙斯，因为他懂爱、想爱，还因为他真。一个诚实的人（神也一样），不讲究说话好听，做事好看，而可能恰恰是他们随便一句不中听的真言，一个坦荡无遮的举动，就远远超过那些极力劝说人类要仁慈博爱和明辨理智的道德家。一切都用理智来思考我们的生存世界，会多么无趣，多么虚假。在这里我又要顺便说一句得罪我父亲的话了,他展示出的"好好先生"的样板,让我在念中学时就立下志向:我这一生努力的方向,就是跟父亲背道而驰。我跟我姐两人,姐在父亲身上继承得更多,别看她老早就去了美国,生活在一群动不动就说 NO 的洋人中间,还是没改那老好人的德性。

《夜歌》画的是一个裸妇,取材于民间,与宗教无关,因而斯通可以大胆表现。所谓大胆,并非放纵,而是向最彻底的真实靠得更近些。少妇看上去有些疲惫,可通体给人淋漓之感,笔触之细腻,连衣服的褶皱也会呼吸,连一根毛发也会叹气。美术和文学,都有现实主义和现代主义之分,就我看来,最清醒的现实主义,正是——而且才是——现代主义的精华。要改变世界,必须首先认清世界的面目。有些人,不知道世界是怎样的,不知道源泉之所在,就说自己在为世界塑形,是在"现代主义"——可怜的现代主义。那些为刻意求新而牺牲传统的人,最终是要后悔的。

如果你认为我是用那幅画去勾引晓洋,我也并不否认。

但我并不放弃为自己辩解的权利(何况那样去理解我的意图,还委屈了约翰·斯通)。

我让晓洋去看,首先是因为画面的真和美。当时,我还并不知道晓洋把世界上的所有问题都纳入道德范畴去观察和思考,在我的观念中,真就是真,善就是善,美就是美。

我绝对不同意"真是最高的善"或者"美本身就是善"之类的说法。

岩鹰的后代长到一定时候,就会被赶走,一雌一雄两只大鹰,展翅飞翔,翅膀有席面那么宽,一会儿平伸,一会儿倾斜,上面是湛蓝的天空,下面是褐色的深谷,两侧是郁郁葱葱的山野,实在太美了。但在这幅绝美的画面里,回荡着雏鹰的声声哀鸣,只要它不走出大鹰的领地，就会被大鹰撕扯。我们从中看不到一点善的因素。有人说，那是大鹰的良苦用心。这只是人的理解。事实上，许多雏鹰离开父母的保护之后，就那样死去了，饿死，或者被山猫吃掉。

甚至连空战也很美。你去看飞虎队与日军空战的纪录片，尽管片子效果很差，依然能强烈地感觉到它的美感。飞机打架叫"咬尾巴"，都往高处飞，往敌机的屁股上靠，然后开动机枪。银的机身，红的火舌，既闪躲又纠缠，构成一张动荡的大网，美极了。

再进一步，日军轰炸重庆，炸弹从空中坠落时，很多人不也说那东西"怪好看的"吗？

总之，真也罢，美也罢，都不是善的支流。三者彼此勾连，却自成体系。

那天，晓洋陷入挣扎，他的眼睛想离开画面，可又离不开，因为每一个细部都带着血淋淋的真实。

真实"溢出"了他的道德。

复制那件作品，我费了很大的功夫，以至于我把它带到学校（那时候我还是学生嘛），上海美院一个老师来讲学，看过之后还以为是斯通的原件。

我用手指着，给晓洋讲解，不避讳女性最私密的地方。

我这样做，就是要他承认它的真实，也承认他自己的真实。

同时，还要他承认它的美。

他承认了吗？我咋知道呢！

还没讲完，我就抱住他亲吻。

一旦开始，我就不想停下来了。

晓洋完全是被动的。

我的被动者。

他自己的被动者。

这种关系，形成了我与他性爱的基调。

对这件事，我后来有过反省。要说过错，我唯一的过错是不该把跟他第一次做爱的地方选在我家里，因为说到底，那不是我的家，是父母的家，我不过在那家里有一个房间罢了。当你没有成为那家里的真正主人，就不能说那是你的家。——要是在宾馆，或者他的宿舍呢？我这样假设。

遗憾的是，得出的结论好像并没有多大改变。

他忧思重重、多愁善感、文雅谦让，而这些品性，在性爱中通通不需要，至少不应该成为贯穿始终的态度。将粗暴（这个词很难听）干净利落地从性爱中驱赶出去，就必然是收获了温情与平静，却丢掉了激情与创造。性是创造出来的，不是做出来的。

第三十六章 黄晓洋日记（18日）

刚进屋，电话就响了。岳母在厨房，岳父躺在沙发上看报纸，我鞋也没换，就过去拿起听筒。

是芸秋打来的。我猜就是她打来的。她说她有点急事，不能回家吃晚饭。

她又不回家吃晚饭。

但她说："我夜里要回来，只是晚些。"

她先后有两天夜里没回来睡觉了。我没有去查她，那很卑俗。

我去了厨房，叫岳母少炒个菜。

刚拿上筷子，岳父对我说：

"你安伯母来过电话，叫你空了到她家去一趟。我问啥事，她说有重要的事情要对你讲。"

说完，岳父无声地讪笑了一下，很快就神色凝重，有一眼没一眼地朝我看。把饭从头吃到尾，他也没说一句话。他或许在想：安志薇有什么重要的事情呢？她最重要的事情，就是没把自己从离开南开中学到嫁给李教授这段时间的行迹交代清楚。这件事她应该讲给我，怎么讲给我的女婿呢？

吃过饭，我没马上去找安伯母。到 8 点钟，岳父母相当投入地看起了连续剧，我才出了门。

安伯母抱着猫，坐在院坝里。尽管年事很高，她依然注意自己的姿态，行有行姿，站有站姿，坐有坐姿，她似乎要以这样的方式，来证明自己不把光阴放在眼里。她坐着的时候，背不抵在靠背椅上，而是将上身挺起，两手交合，放在腹部。在她身边，依然有张独凳，依然推给我坐。

我坐下后，她又给我讲过去的事情。

但我听得很糊涂，虽是大轰炸，可越听越不像重庆大轰炸。

她不停地重复着一句话："一瞬间……一瞬间……一瞬间……"

讲到后来，她自己的气血也被那些故事带走了。

她闭上眼睛，静默了片刻，然后往前一栽。

幸亏我跟她坐得近，眼疾手快地把她捧住。

我问她怎么了？

她没回答。她晕过去了。

掐她虎口和人中，忙乎好半天，她才醒过来。她醒过来的时候，是在自己的床上。我把她抱上床的。我抱着她，就像抱着一具影子。像影子那么轻，也像影子那样没有温度，没有起伏感。但我看到一缕一缕的青烟，从她身体里往外逸，我还闻到从她身上飘出的气味儿：硝烟味儿、焦糊味儿。我把她放在床上，摁燃打火机，找电灯开关。开关在墙上，老掉牙的那种，系着一根松散开来的麻绳。打开灯，见她脸色惨白，青烟倒是消失了，气味也淡了。我又接着去掐她人中。

掐了几下，她才醒了。

我说："我给同安打个电话吧。"

安伯母摇了摇头。

"要不给小楠说一声？"

她又摇了摇头。

跟着跳上床来的白猫，这时候摆着脑袋，也像在摇头。

我问她："你要喝点什么吗？"

"给我冲杯红糖开水。红糖在碗柜里，暖水瓶也在厨房。"

我去了，又是摁燃打火机才找到吊着绳子的电灯开关。

碗柜是用胶合板钉在墙上的，板已泛白，某些地方开始脱壳。拉开门，三排隔板上，除碗和菜碟，还稀稀拉拉地放着瓶瓶罐罐，分别盛了盐、花椒、酱油和醋，红糖装在塑料袋里，买来是什么样就是什么样。到处干净得很，连柜门的接缝处，也用刷子刷过了。把红糖袋撕开，没看见杯子，我只好取下一只碗，倒了小半碗进去，开水兑了，又从另一面墙的筷子兜里抽出一根筷子，轻轻搅拌。不知是水融进了红糖，还是红糖融进了水，开水惊惊慌慌地变着颜色。

我注意到，柜里有四只碗。她分明就一个人，为什么留着四只碗？

把另外三只摸出来看，都很干净，碗底还带着水，明显是天天洗的。

大概，每顿饭她都在等李同安和李小楠回来，也在等李教授回来。

把红糖开水送到她的床边去，搁在床头柜上，再扶她坐起来。她端着碗，一口一口地啜。她的手指全是骨头。开水从碗里到她口里，不发出任何一点儿声音，脖子上的皮肉也没有任何一点儿牵动，像她喝的是空气。她只啜了三口，就放下了，把床边拍一拍，是叫我坐。

我没有坐，我说：

"安伯母，现在好些了吗？"

她没回答，只说：

"还早吧？"

我看了看表，说不早了，都 11 点半过了。

她说："你再坐一会儿，坐到 12 点你就回去。"

我有些焦躁。我不知道芸秋是不是回来了。

安伯母看出了我的焦躁，说：

"你回去吧，我这里没事了。"

她越这样说，我越不好走。我是挨到 12 点才走的。

但这期间，她几乎没再说话。

走在回家的路上，我才想起，她不是有重要的事情要对我讲吗？那重要的事情，除了不像重庆大轰炸的大轰炸，是否还有别的？比如她为什么跟我大伯分手，离开大伯后她究竟去了哪里？

对后一个问题，岳父关心，我也关心。

但她没有告诉我这些。

芸秋 10 点钟回来，等我，等了个多小时（据她自己说），给我留张字条，又走了。

我盯住那张平摊在床上的字条。字很漂亮，就像她的体态，奔放不羁。

但我这时候不能欣赏她的字，字里所传达出的内容，让我觉得陌生。

她说，她还得去画室里忙一阵。她在家里不是有画室吗，尽管小些！想起上次去画室找她，连她的学生都不知道她去了哪里，还关了手机。她后来解释说，她托九龙坡某个朋友帮她寻找一批老照片，朋友通知她，说找到了，她迫不及待地过去取，而且手机也停了电。

接朋友的电话没停电，接我的电话就停了电……不过她的解释也有道理，接完朋友的电话，电就用完了；又像很牵强，怎么那么凑巧呢？"有道理"和"很牵强"，这两种可能我都相信，又都不信。我知道，即便我认同了一种可能性，那另一种可能性也绝不会因为我不认同就自动消失。她两夜没回来睡觉，她想给我解释，我阻止了她，不要她的解释。她也果然就没有解释。

我很疲惫，躺在床上写这篇日记。我的脑子里交替出现着几个女人。

曾祖母的后脑上留下了一个弹孔，安伯母的脖颈上留下了一条疤痕（抱她上床的时候，我没去注意她脖子上是否真有疤痕，当时我想到要看看的，但最终没看）。安伯母无一个字说到她自己，但我猜想，她讲出的所有故事，归根结底都是她自己的故事。甚至，那条穿着黑丝袜的断腿，背后映照出的，也是她自己。昨夜里，她在呼喊"一瞬间"的时候，是否又想起了那条断腿？……好多天来，我都想象着那条腿的主人，在下午1点半到2点过这段时间，她穿上黑丝袜是要到哪里去？

此刻，我觉得在前方等着那个女人的，是自己的父亲，不，是大伯。这么说来，那个女人不就是安伯母吗？

一忽儿，安伯母又变成了芸秋。或者说，穿黑丝袜的那个女人变成了芸秋。

这种转换是怎么来的，我说不清。几个女人唯一的共同点，就是她们都是女人。我想强行把她们分开，可越这样做，越是融为一体。我的头皮里像塞进了一块生铁，很痛。

我不知道幻影和痛感是什么时候消失的，当我醒来，天已经亮了，芸秋躺在身边。

她还要睡,而我必须起床。

我在晨光中看着芸秋的脸。芸秋的脸就跟她留下的字条一样陌生。简单地说,她更好看了。她昨天中午都没有这么好看。是下午出门后见了阳光的缘故吧。这些天全是好阳光,阳光从碧落出发,一路大笑着来到地球,照临重庆。她的皮肤还是那么光鲜,那么紧,饱满的嘴唇微微翕开,轻柔地、胸有成竹地呼吸着,像是唱一首歌。我俯下身吻她,她没有醒。

跑步时从银杏坡路过,见安伯母已经起来。门没开,但能听见屋子里的声音。我如释重负。按理,我该去敲敲门,问问安伯母的身体,可我没有,我连那个小院也没进。我感觉自己是在逃跑。"逃跑",所有动词中最难堪的一个动词。我是复制历史遗留的经验,却不具备那份沉甸甸的生命……

太阳已经升起,紫色的圆球,挂在校园东边的树丛中,让那一片树丛红得发亮。

冲澡的时候,我觉得热水的烟雾喷着火光,心里突突突跳,因此比往天冲得更快,只让水把身体淋了一遍,就结束了。

岳母已把两个酒杯满上,我坐到岳父的对面去,夹着刚从冰箱里端出来的炒花生,夹一颗吃了,喝一口酒,又夹一颗吃了,又喝一口酒。岳父喝两杯就停了,让岳母给他添来很稠的绿豆粥。我继续喝,连续喝了六杯。然后,我说到昨夜里安伯母讲的事(我知道岳父想探听),又说到安伯母的晕厥。

对安伯母讲的那些事,岳父岳母都石头般沉默。

对安伯母的晕厥,岳母吃了一惊,问我:

"啊？现在没事吧？"

我说应该没事了。

岳父却不以为然："她会晕厥？"

然后蛮有把握地说："你别以为她是被那些事吓倒的，她是自己把自己累倒的。"

我明白他的意思。他是说，安伯母那种不顾年龄强装出来的行姿坐态，是很累人的。

他早就说过这话。

"她不该那样去累自己。"岳父又意味深长地加了一句。

这一次，他是想说，安伯母心里有秘密，她是被秘密压倒的。秘密泡在岁月之河里，越泡越沉。

岳父还想说什么，但被他夹在筷子上的一颗花生米掉地上了，他弯了腰，去捡，花生米蹦跳着，向电视柜方向逃，他起身撵过去，在它钻入死角之前，终于撵上了，捉住，麻利地塞进了嘴里。

我没有吃饭，喝了六杯酒，吃了些菜，就饱了。

上午没我的课，原计划是去图书馆，但现在不想去。

主要是不想碰见邹馆长。

昨天下午，我在沙坪影院旁的"春秋书店"意外地碰见他了。

春秋书店因地处文化区，主要服务对象是高校学生，进门便横着一幅醒目的提示："同学们，不想买，就抄吧。"店内设了多套桌椅，供学生抄书。学生把桌椅都占满了，有的用笔，有的用电脑，还有用相机直接拍照的。在学校，反而感觉不到他们于学业上用功，还以为他们是垮掉的一代呢。这说明学校图书馆的藏书有问题。明摆着李教授那里有一批书，邹馆长却不当回事……我坐电梯上到五楼，去文史哲区找资料。文史哲区紧傍咖啡屋。咖啡屋并不封闭，门很宽大，隔板也有雕花窗眼，我随意朝里张望，一眼就望到了邹馆长。

他明显先发现了我，我望过去时，他的眼光正往鼻尖上收。在他身边，坐着一个二十四五岁的娇小女人，这个不是他女人的女人，摸出纸巾，帮他擦汗。天气并不十分热，还开着空调，他却满身汗水，蓝色衬衫的前胸上，湿了好大一片，像他自己会下雨。他伸手挡着女人，女人却把他的手打开，以固执表达她的恩爱。大块头男人对娇小女人的渴慕。娇小女人对大块头男人，兴许怀着同样的渴慕。

不想去图书馆，我也不想待在家里。

办公室呢？办公室也不想去。

我不知道要去哪里。①

---

① 这则日记明显是分成几次写成的，墨迹浓淡不一。而且在一篇日记里记了三天的事情。

第三十七章　黄晓洋笔记

抗战胜利纪功碑建于精神堡垒原址。在碑身不指明的地方，埋设有一个钢管。钢管里边，封存着抗战期间重庆的照片、胶片、钞票、邮票、文献、报刊等纪念品，以供后人发掘，作为当年陪都的历史见证。

——摘自《西南抗战档案》

重庆建为陪都，虽闹市为墟，伤亡山积，然而百万市民，物力财力之输委，有逾自救其私，实造民族精神之峰极。后世史家，循流溯源，将知重庆之于国家，实不止八年之献效也已。

——"抗战胜利纪功碑"碑文

第三十八章　父亲的来信

　　你安伯母脖子上有条疤痕？这事我真不知道呢。的确，她以前没有，至少我跟她最后一次见面时没有，那天她穿了件白衬衫，敞着风领扣，我记得很清楚的，如果像你说的那么明显，我不可能不注意到。或许是后来留下的吧。但愿那条疤痕的背后，不是过于痛苦的记忆！

　　她基本上不提你大伯，给你讲述五三、五四大轰炸，也只是在说到五四纪念周的音乐晚会时，顺便提到你大伯，为此你好像有些伤感，其实没必要。因为你知道，她也没说到她自己。你讨厌回避，但有些回避是必要的。谢冰心在谈到重庆大轰炸时说："作为人，作为一个中国人，千万不能心死；我们的心要永远活着，而且要活得痛快！"回避不等于心死，回避是为了痛痛快快地活下去。

　　你说你那边爸爸老是怀疑你安伯母有秘密，你没说自己怀疑，但我看出来了，你自己现在也在怀疑。每个人都有秘密，所以你安伯母有秘密并不奇怪。想一想，在生活中，我们能毫不掩饰地交往的人，又有几个？我们掩饰，是因我们心中有秘密，心中的秘密就像身体里的白血球，是我们的健康卫士。你安伯母从血与火的岁月里走过来，自然会在心里设置防线，保护自己。

关于她的事，我已经给你讲过一些，要补充，就是她进救护队之后了。

跟我在消防队一样，她表现出的勇敢异乎寻常，敌机还在天上，她就出发了，炸弹扔向哪里，就跑向哪里——不管多远的路程，都凭双脚跑去，没有车啊。她和同伴穿着能证明身份（公共卫生护士）的蓝衣服，戴着臂章（救护队员跟我们消防队员一样，衣服都是自己拿钱买，我们是穿黑衣服，打白绑腿），五人一组：一人填伤票，两人包扎，两人上药。

雾季过去，重庆的天气就只有一个关键词：炎热。你到重庆这么多年，早有体会，不需我饶舌的；天气一热，伤口容易长蛆，那些把伤口当成子宫的蛆虫，也知道这是战争年月，时不我待，在短短一两个钟头就出生、成长、壮大，一堆一堆的在脓血里滚。你安伯母她们，要先把蛆虫掏出来，才能上药。对伤者的悲怜，使她们甚至害怕弄痛了蛆虫。

要说，她只能做这些事了，她只在贵阳医学院接受过短期培训嘛。然而那时候，重庆除了灾难，什么都缺，别说是具备了一些救护经验的护士，就是刚入学的医学院学生，也不仅要做护理，还要动外科手术，那些严重坏死的手啊脚的，只能锯掉，没有那么多医生，不让他们上阵，还请谁去？反正不锯掉就丢命，死马当活马医，也可以说是活马当死马医。有一天，你安伯母和她同伴锯掉的手脚，装了满满一箩筐。

尽管是"海油子"，尽管可以毫不犹豫地改变爱情的方向，可她毕竟是女人哪……那时候，她差不多还是个女孩呢！

我记得，你大伯让你在重庆寻找她的时候，我给你写过一封长信，那信上说，只要你大伯有演出，我约你安伯母去看别人的演出，她都不会答应，但有一次例外。当时我没说清楚这个例外，其实就是她第一次锯人手脚的那天晚上。虽然雾季已经来临，但日机越来越傲慢，越来越疯狂，连续七八天，都不顾低垂的浓雾，强行闯入。他们把克服天险，制造灾难，当成可以向世界炫耀的武功。

那天晚上刚好有你大伯的演出，我去约她，以为她照例不答应，没想到她竟然答应了。我完全没有心理准备，突然间手足无措，而且，我心里牵牵扯扯地弥漫着忧伤——多年以后，我才辨清了那种忧伤的性质：我是担心她又变了主意，丢下你大伯，重新跟了我。

当我想清楚这一点，才感到后怕，我那么玩命地追求她，争取她，要是如愿以偿地把她争取到手，我该如何自处！果真如此，一辈子承受煎熬的，就不是你大伯，而是我了。

那天晚上，我对她的答应，抗拒多于迎纳，但我还是把她领出了救护队驻地，来到嘉陵江边。

刚在江边坐下，她就扑到我膝盖上，痛哭。她的头发有好些天没洗过了，油汗味儿和硝烟味儿混杂在一起，靠左耳的地方，还有一片被大火烧焦的叶茎。在她的哭声里，我变得越来越冷静。冷静归冷静，她的哭法却抓挠着我。那些年，重庆老是听到哭声，分明没有人哭，哭声也在耳畔萦绕，挥之不去。但没有哪一种哭声像她那样使我揪心，它超越了悲伤和恐惧，只剩下质问。从她的哭声里我已经明白，她答应跟我出来，与爱情无关。我把她头发里的叶茎拈去，开始劝她。

我劝她的话她大概一句也没听进去，因为她在自顾自地呼喊：

"为什么呀！为什么呀！"

这是我们大家都想问的。如果我能够回答就回答她了，但我不知道答案。

当她把白天的经历粗略地、充满厌恶地告诉我之后，又说：

"幸好我来了……幸好我来了……"

这句多少有些令人费解的话，不是对我说，也不像是自言自语，她双手抚住我的膝盖，半抬着头，说得咬牙切齿，仿佛在她面前站着个什么人一样。

第二天下午，重庆再次遭到空袭，她又拿着器具，奔赴炸弹落下的地方。

那次以后，日机到底不敢玩命，暂时收手，直到雾季结束。

雾季结束后的第一次轰炸，我和她同时出现在青木关，她在那里救人，我在那里救火。敌机是分四批到达的，第四批敌机到来时，青木关早成了地狱，但日本人只看见美丽的天空和美丽的半岛，看不见地狱里的景象，因此炸弹和燃烧弹照扔不误。我亲眼看见，她迎着一颗坠落的炸弹奔跑过去！我离她大约有五十米远，那一刻，我除了闭上眼睛，等待那声巨响，毫无作为。巨响过去，她趴在地上，但已远远偏离了原来的位置，是被气浪推开的。我的脚步还没动，她就跌跌撞撞地爬起来了。她一点也没伤着！

为此，她像是觉得非常耻辱，我去安慰她，她转身就走了。

这件事我从没给你大伯说过。

她心里在想些什么？她的这种做法，是勇敢还是对生命的浪费？我说不上来。西方观察家在评价中国的抗日战争时，也常常产生这种疑惑，中国军队在一个从组织、训练到装备都绝对优于自己的敌军面前，整整坚持了八年，彻底挫败了日本速战速决的梦想，与法国和英国的军队比较起来，中国军队的抵抗简直称得上是决心和自立的奇迹。

许多年以前,就连马克思也预言,未来的中国在与它"最近的"那个强国的殊死战争中,将会失败。——我们的确失败过,失败过多次,但我们在抗日战争中胜利了!在众多战场上,中国军人不拼尽最后一颗子弹,不拼死最后一个人,日军就休想占领阵地。这当然是勇敢。然而——在西方观察家看来,有一些拼命是毫无意义的,没有意义就是浪费。

何况,支撑那种勇敢的,还可能是恐惧呢。我自己就是一例,我表现出的勇敢,大致可分成三个部分,第一是要以此忘掉爱情失意的痛苦,第二是被恐惧支撑,第三是对敌人的猖獗和同胞的苦难红了眼。细究起来,这都不是真正的勇敢,真正的勇敢意味着敢于承受和正视之后的不畏牺牲。

你安伯母的勇敢是怎么分类的,我不得而知。

但无论如何,我都理解不了她没被炸死为什么会感到耻辱。

不过,自那以后,她就再没有过类似的奇怪举动了,她曾经对我说:

"我明白了,我的任务不是求死。"

她成了一个真正的勇士,即使面对较场口那样的惊天惨案,也能够控制自己。

在重庆只有9平方公里的时候,较场口隧道靠近大贫民窟朝天门,是重庆第七区最大规模的防空设施,因此又叫重庆大隧道。隧道入口环绕较场口广场,东接磁器口,西通石灰市,南为十八梯。

1940年,日军威力巨大的零式战斗机投入使用,9月13日,中国空军30架战斗机与13架零式战斗机在重庆璧山县上空相遇,20分钟后,空战结束,中国飞机被击落27架,13架零式战斗机却无一损伤。从此，日机在中国领空恣意横行，如入无人之境，当时发生过一件事：有架日机竟然停在了成都凤凰机场，飞行员大摇大摆地走出来，一把扯下中国飞机上的国旗，扬长而去。1941年1月10日这天，我空军第5大队34架飞机，在成都上空被日机击落13架，伤11架，第5大队从此撤销番号，称为"无名大队"，每个队员，胸前都佩了一个字："耻。"你二奶奶的弟弟就属于这个大队，他壮烈殉国后，身上带着五个字：除你二奶奶写的"永护领空"，再就是这个"耻"字……零式战斗机已尽逞凶狂，日军还征调了东北和驻扎在太平洋的四个飞行大队，集中火力轰炸重庆。

　　1941年6月5日下午，刚下过小雨的街道一丝风都没有，较场口一带，很多人在街上纳凉，不怕热的年轻人，钻进了电影院，江对岸卖凉虾和冰棍的生意人，利用天热，纷纷过来挣钱。到下午6点，警报骤然拉响，高岗上迅速升起三个红灯笼，市中心还挂起了乌灯笼。事出突然，人们没时间返回各自的住地，都朝最近的大型公共防空洞跑，尤其是那些来不及过江的，都涌向十八梯。较场口隧道容纳定员是4300人，最大容量不得超过6555人，可那天究竟进去了多少人，谁也说不清。

　　往常，只要进了防空洞，人们是悠闲的，唱戏，说笑话，架上铁锅烧开水、煮吃的，那些胸前挂着小牌的孩子①，在人群中窜来窜去，欢喜得很。外面爆炸的声音传进来，唰唰唰响，甚至把水壶、铁锅震到地上，但这掐不灭人们的生活，也收不走人们的乐观；有毒气弹么，照样不怕，洞口的大门上，都挂着防毒的油布，每个人还备了手绢或毛巾，浸了水捂在嘴上，没有水，就朝上面屙尿。

---

① 小牌上写着孩子的姓名、父母的姓名及家庭住址，以防走失。

然而 6 月 5 日这天，进去之后，就动也动不了。

胸贴胸，背顶背，个子矮的，立即被人山掩埋，好多人只能放一只脚在地上。

坚持一会儿吧，坚持一会儿就过去了。

可两个小时后，警报也没解除。日机是分批来的。

多数人家没来得及弄晚饭，饿了。大人可以忍，孩子不能忍，于是哭，哭得人心烦意乱。有人指斥搂着孩子的母亲："你让你娃娃安静些行不行，想死呀？人都要死了，还怕饿！"

母亲着急呀，就骂孩子，打孩子。越打越哭，越哭越乱……

那之后，《国民公报》发表了一首名叫《防空洞》的长诗，我至今记得几句：

> 是谁把我们从二十世纪的闹市，
> 赶到了荒野的岩洞。
> 我们快要窒息了，
> 却连咳都不敢咳，
> 只让年轻的母亲，
> 暗暗流泪在心底。
> 宝贝，乖巧些吧，
> 你别怨妈妈不宠爱你，
> 你说，是谁害得你
> 连哭泣的权利都被剥夺……

时间无限延长，想拉屎拉尿了，不管大人孩子，不管男人女人，裤带一解就拉了，还没有地盘供你蹲下去拉，只能站着拉。臭气熏得人睁不开眼睛。温度急剧升高，呼出的气流，让四壁结满水珠。氧气被吸尽了，油灯熄灭了。洞里一片漆黑。这时候，不仅孩子，大人也哭叫起来。他们哭叫的是：

"天哪！"

"地呀！"

"妈呀！"

"娘啊！"

到夜里10点，第三批日机到来时，哭喊转为哀号。不一会儿，哀号声沉下去了，喊不出来了，只是你推我拥，慌得乱抓，互相撕咬……人们疯了。

然而警报还没解除。

到11点过才解除。

这期间，防空洞管理员曾四次电话请示防空司令部，要求打开大门，均未获批准。

不是挂了乌灯笼吗，证明敌人要投毒气弹，毒气会渗透，会在爆炸后许久依然杀人。

可这天升起乌灯笼，却是个致命的错误：日机并没有投放毒气弹。

当最终将大门打开，洞里寂然无声，也没见几个人出来。

他们不出来，外面的人就只好点上马灯，去请他们出来。

碳气太重，氧气稀绝，马灯进门就熄。

通风很长时间，里面才能照明。照见的却是……死难者一层叠着一层，一直堆到隧道顶棚，形成奇特的尸体金字塔。有的轻轻一拉就撕下一块烂肉，那是被热空气焖熟了；有的脑袋栽到地上，看样子是想穿透土层跑出去；有的脸部膨胀得如吹圆的大气球；有的腋下伸出一颗头颅；有的把指头钢筋般插入自己的眼眶；有的把手伸进别人嘴里，揪断了别人的舌头……而绝大部分，都是七窍流血，赤身露体——那是互相抓扯时，把衣服裤子抓烂的；甚至连头发也被抓得精光。

要把这些尸体分开是多么艰难，后来的处理报告中就有这样的话："团挤一堆，解之不能，拖之不动。"

没有办法，只好用粗大的绳索将他们捆住，往外拽。拽出来后先码在十八梯的石阶上，横着码五个，竖着码五个，堆着尸垛。三天还没人认尸，就装上卡车，拉到朝天门，船载过江，运往对岸的黑石子，撒上石灰埋掉，成为孤魂野鬼，连块碑也没留下。好多家都死绝了，以往跑警报，害怕被"一锅端"，一家人通常分开跑，但这次太突然，只好跑进同一个防空洞，结果真的被一锅端了。

你安伯母那天正是在十八梯隧道里。

她下午6点左右在朝天门河街上领药，听到警报拉响，迅速奔赴较场口，从十八梯入口进了洞子。她是去发放金灵丹的。洞里通风太差，呼吸困难，把金灵丹含在嘴里，短时间内会感觉好受一些。发完金灵丹，她本应该出来，参加洞外的救护，但这天大门紧锁，她被囚禁在人墙里，出不来了。

后来救援队进去，在她屁股上踢了一脚（救援队以这种方式检验你是否活着），她模糊地哼了一声，才没被当成尸体绳捆索绑地拽出去，而是被抬了出去。她的身上片衣不存，就这么暴露在光天化日之下——虽是晚上，火光熊熊，如同白昼，真个是"光天化日"。

在石梯上放了好一阵（尸体与活人各放一边），赶往洞口念经超度亡灵的华岩寺和尚，才用一块破布把她盖住，她的同伴们赶来，才对她实施救护，并找来一套衣服为她穿上。她刚刚苏醒，就强撑起来，跟同伴一起投入工作。她就像你大伯穿越火海去电台拉琴，没有一丝慌乱。

但后遗症是留下的。在那之后的很长时间，她穿着厚厚的冬衣，也觉得一丝不挂，手经常在身上抓，以确认自己的确是穿着衣服的。她的眼里，也看不见别的东西，只看见层层叠叠的尸体。

仔细想想吧，任何人遇到这种事，出于本能，也要回避。

你曾经说，他们的心里都藏着一个幽灵，是的，死亡的幽灵，他们被死亡的幽灵所笼罩……

这次惨案死亡的人数，重庆防空司令部公布的是992人。去现场参与救援的警察局长透露：不低于3000人。卡尔·曼丹斯在《生活画报》发表他拍下的照片，标题是"4000余重庆市民因空袭在防空洞里窒息死亡"。韩素音在自传里写的是："约12000名重庆市民在公共防空洞里窒息死亡（也有报告称20000人）。"蒋介石的侍从官张毓中在回忆录里说的是："（日机）在人口稠密的较场口大隧道附近，投下炸弹多枚，造成数万人在大隧道中窒息丧生的惨剧。"6月13日的东京《朝日新闻》，没指明具体数字，却用了个比喻："像凝结的沙丁鱼。"并且说，"至少两平方公里的地区内，变成了死城"。

我知道你讨厌数字，但是，按照你的观点，既然尘埃都可以进入历史，难道数字反而要被排除在历史之外吗？有些数字，本身就是对历史的记忆，比如精神堡垒高7丈7尺，为的是纪念七七事变。更何况，数字很可能代表了某种规律，数字本身就是物质，当我们听说一次死亡数千乃至数万，胸口不是被那个数字撞得发痛吗？——你给小山清水的那封信，不照样也用了一些数字来说明问题吗？

晓洋，为了你的事业，爸爸都快变成一个"二战史"专家了。让我苦恼的是，不管我下多大的功夫，都没法帮得上你。如果你的思想处在《南京第十三》的时期，我自信能助你一臂之力，毕竟我是亲身经历过重庆大轰炸的。但现在我帮不上你了,因为我无法理解你。我相信你的同道也是由于不能理解你,才对你的学术保持沉默。

你的论文在欧美引起反响,这自然值得高兴,但我还是希望你能得到国内学界的认同。你生活在国内。每个人都是一条鱼,环境是他的水,如果水不认这条鱼,或者鱼不适应这片水,那么,鱼的命运就大可忧虑。

这方面,芸秋就比你做得好。在关注你的同时,我也关注芸秋。昨天我跟你妈去街上散步,看到有人摆地摊卖旧书,见有本多年前的《美术》杂志,我拿起来看,竟有芸秋两幅作品,一幅山水,一幅人物,都疏朗、爽透,阳光、树叶和人的眉眼,都带着罕见的诚实,诚实中散发出淡淡的甜味儿。这符合中国人的审美观。这证明她的眼睛、她的手和她的教养,都是传统的、中国式的。①

再想想你大伯,他最先学的是手风琴,然后才自学了二胡,但到了中央大学,他创办的不是西洋乐社,而是国乐社。这当中一定是蕴含着某种至理的。你大伯说过一句话:"一个艺术家,除了个人风格之外,拥有浓郁的民族特色至关重要。"

当然,艺术和科学不同,但个人生活在"环境"之中,这一点却没什么不同。

我说绝望中的另一条出路,事例是相当多的。

重庆遭受那么惨烈的轰炸,为什么没垮?可以说,最初靠的完全是一种精神。精神堡垒建成不久,被日机炸毁,人们便在那里竖起一

---

① 看到黄晓洋父亲对杜芸秋作品的这几句描述,让我想起我在她画室里看到的那几幅人物画和静物画,可谓大相径庭。看来,杜芸秋的艺术也经历过脱胎换骨。

根竹竿,再次将它建起来之前,那根竹竿一直竖在那里。

站在"百一号作战"前线的山口多闻少将,对他部下的训示是:要学习"剑圣"千叶周作的刀法,"既砍肉又断骨"。就在训示发出的当天夜里,"百一号作战"拉开序幕,山口多闻激励他的士兵:"在巴黎、伦敦(投降)之前降伏重庆。"为达此目的,他悲壮地表示:不惜第一联空全军覆没。还率先垂范,亲自坐到指挥官的飞机上。结果呢,重庆不仅没被降伏,还扩大了!飞行团长远藤三郎在轰炸蒋介石黄山官邸失败后,悲哀地宣称:"近来的报道对轰炸效果有夸大之词,对重庆已成废墟的判断有很大谬误,据本职实地考察,重庆正在向周边地区发展。"

他说得没错!重庆在向江北和南岸延伸。建在洞中的工厂,越来越多,从黑到亮机器轰鸣,山野震颤。理发店、裁缝店、钟表店、茶馆、饭馆、副食店……凡与日常生活有关的事物,都在雨后春笋般地生长。黄桷垭一带本没什么人,1941年过后,半山腰出现了别墅和洋房,一些外国机关也迁了上去,人们清早下山,傍晚上山(步行、打马、坐汽车或黄包车),热闹非凡。遇上空袭,黄包车夫就漫天要价,我不把这视为贪婪,而是看成他们对未来能过上好日子的期望。

说句日本人不乐意听的话:重庆由一个农产品集散港埠发展为现代化工商业城市,由一个内陆山城跃身为国际名城,正是在大轰炸时期!

当然,要说是废墟也不假,"从上空看,重庆完全是一片废墟,即便这样,人们仍然继续在那里生活。"(日本《海军中攻史话集》)——后一句话才是最重要的。每次警报解除,人们立即跑去救火,扑灭了大火,又忙着修理自家的店铺和房屋,整个市区,响起锤子的叮当声和锯子的沙沙声。

我记得你十三四岁的时候曾经说过：风雪满天的清早，你最喜欢听邻居开门的声音、说话的声音。我从你的这句话里，听出你是一个渴求温暖、也有能力为温暖感动的孩子。那么，你就去想象一下空袭之后铁锤敲打的声音和锯子割木的声音吧……

在重庆最困难的时期，断垣残壁上出现了这样的标语：

愈炸愈强！

还出现了这样一首民谣（你试着用四川话念才有味道）：

不怕你龟儿子轰，

不怕你龟儿子炸，

老子们有坚固的防空洞——不怕！

让你龟儿子凶，

让你龟儿子恶，

老子们总要大反攻——等着！

重庆人这种不畏牺牲、愈挫愈奋的精神，给整个抗战输送了巨大的信心。罗斯福曾这样评价中国的抗战："假如没有中国，假如中国被打垮了，有多少释放的日本兵力，可以打下澳洲，打下印度，一直冲向中东，和德国在近东会师。"中国没被打垮，重庆居功至伟，因此罗斯福才在1943年向重庆赠送卷轴，轴文说："在遭受空前未有之空袭时，重庆人民坚定镇静，不被征服，足证恐怖主义对于争取自由之民族，不能毁灭其精神，这种精神将鼓舞来世而不朽。"

重庆人有强健的精神，但绝不是只有精神。到1942年初，他们就为抗战募集千多万美金，居全国之首；从 1941 年到 1945 年，四川（包括重庆）给国家贡献的粮食，占全国粮库的三分之一，他们自己却勒紧裤带，由一日三餐改为两餐甚至一餐；抗战八年，三百多万川中子弟奔赴前线，每五个阵亡将士当中，就有一个四川人，而出川作战的部队中，有一半以上是重庆籍士兵。

为了中华民族的存亡绝续，就连重庆四大名寺（华岩寺、罗汉寺、长安寺、温泉寺）的青壮僧人，也脱下袈裟，穿上短帮，抬着担架，组成"僧伽救护队"，出入烟山火海，脚踏碎片瓦砾，在断垣残壁之间，救助遇难同胞。老百姓称他们"和尚同志""佛门兄弟"，说他们是"救死救生"。这些佛门兄弟后来很多都参加了远征军，并写下抗日诗："警报忽传成底事，顿教日月暗无光。太虚浮海自南洋，带得如来着武装。"

——这就是绝望中的另一条出路！

把话说得稍远一些，你想想西迁时，华北、华东、华中的上千家工厂，还有近 8 万吨黄金，要抢时间搬走，会遇到多少困难，设施没有车运，装箱肩扛，前面的人被炸死了，跟在后面的只"哎哟"一声，就从血泊中抓起箱子，继续前行。那时候是不分工人和老板的，老板照样满脸油污，照样汗流浃背，照样不惧枪林弹雨。教育西迁则波及百所大学、二百多次搬迁、七十余万师生，他们在苦难丛集的大地上，把个人命运与国家命运紧密相连，书写了中国知识分子共同的家谱。

你再想想，李教授他们当年赶着牛羊入川，饥饿的难民竟没有抢他们（这样的事件一次也未发生过），没把那些名贵种畜杀掉填肚子，本身就是了不起的奇迹。

晓洋，我给你讲的这些，除我亲眼所见亲耳所闻的，你自然比我更清楚,但我还是要讲给你听。我是想提醒你,正义和道德一样,从来就不是抽象的。正义是在非正义中才显现出它的正义性。

你大伯去世前,把最后一句话不是说给你爷爷和我,而是留着对你说,让你在他的葬礼上播放他的磁带,他这样做,一是对自己生命的回顾,另一方面,也是想用那些浸染过鲜血的曲子,对你作一个提醒啊。

我承认你说的,我们至今尚走在从需要到自由的路上,而且现代人成熟的标志,是对每一种事物都不止给出一种解释,刀子也有刀子的柔软,丝绸也有丝绸的锋芒,我承认这些,恰恰因为承认,我才觉得,你对人心绝对纯净化的要求是没有道理的。

既然你也同意人的本性是进攻,和平只是少数人的志向,就应该明白,战争不可避免,过去、现在和将来都如此。战争极其残忍,但并非全是毁灭,有时候,它可以表现得非常多情、非常精彩,凡有血气、有骨气、有才华、有担当的人,就会在战争中成就精彩。八百壮士孤军苦守四行仓库的时候,小姑娘杨惠敏夜泅苏州河(有人说是从垃圾通道匍匐过去),将一面国旗送到团长谢晋元手里,谢团长在凌晨4点便派三名士兵将国旗挂上楼顶,它给予战士和苏州河两岸百姓的鼓舞,是不可估量的。"中国不会亡,中国不会亡,我们的国旗在飘荡,在飘荡!"这是专为此事所作歌曲中的最后几句。

杨惠敏就是在战争中成就了精彩。

李教授,还有你大伯,都是在战争中成就了精彩。

世界不完美,人不完美,因此一切对丑恶和不完美的对抗,一切推动世界和人类进步的努力,都值得歌颂。"我要去战斗了,为了世界的美丽。"这句诗的真正含义在于:世界和人,永远也不可能完美,斗争也将持续不断。如果没有斗争,正义和完美即使存在,也会贬值。

"必须有一个全新的未来，否则就没有未来。"这话对，又不对，对的方面不去说了，不对之处在于，说这话的人希望未来是百分之百的纯洁，而这种希望，不代表对未来的信心，只代表对未来的否定。

你犯了同样的毛病，甚至走得更远。你希望现实就该百分之百的纯洁。人们在现实中犯下的错误和罪恶，历史上早就犯过的，你由此推断人没有进步，并老是感觉到世界无辜，世界在遭受玷污和损毁。但"世界"是什么意思？难道我们可以把"不纯洁"排除在世界之外吗？

站在世界面前悲悯和哀叹，与走进这个世界不是一回事。

你应该走进这个世界！

人不是为享受完美而生。人是为追求完美而生。人的进步，不表现在除去私欲和残暴——有时候，私欲和残暴的背后，藏着的是脆弱；脆弱应该与纯洁靠得最近，可它却以完全相反的方式显现出来。——而是理性和制度，这两样东西，可以帮助我们部分地克服人性的弱点。

丢开你曾祖母被害的事吧！你只要明白，那个日本兵在开枪前后有过心灵的起伏，他就不愧生而为人。你也可以把李教授对你说的那句话好生想想：跟重庆人比起来，你曾祖父母是幸运的。

我认为，这道理并不复杂，但你就是转不过弯儿。是你把它想得太复杂了吗？

有时候，我后悔把你安伯母跟我和你大伯的关系告诉你，后悔让你去照顾她。或许，那又是你胸腔里的一番缠斗。我希望不是这样。我也后悔让你学了历史，尤其是"二战史"，又尤其是抗日战争史。

你多跟芸秋谈谈吧，她会帮助你的，只要你愿意听从她的建议。

第三十九章　意外之二

下面这篇文字，就是我遇到的第二个意外的内容。我先介绍一下那天的情况。

那天午后，我收到一条短信，发短信的人称我为老师，说自己是我小说的读者，还说想马上跟我见一面，聊一聊。我没理睬。没理睬不是因为号码陌生，且没署名，而是因为她是我小说的读者。我之所以武断地用个"她"字，是由于我的读者十之八九都是女性；更确切地说，我就不知道有没有男人的目光沾染过我的文字。日本作家木羽说，一个作家是否成功，主要参考指标就是看有几成女性读者。我觉得这话说得多好啊，按照木羽的标准，我在这个行道上已经混得相当的有模有样了。

可那是以前的想法，我眼下的心境变了。我为自己的那些小说感到脸红。

我也为那个读者感到遗憾，要是在半年前接到她的短信，我会丢下写作，答应她去咖啡馆坐上几十分钟，还绝对不让她付账。

可见天下事都是有个机缘的。正像黄晓洋的父亲所暗示出的意思，有些人生在战争年月，会成就精彩，有些人则只能承受苦难。文学作品中的例子，便是《乱世佳人》中的卫希里，如果没有战争，他该是斯佳丽多么理想的对象啊，不幸战争爆发，而他的体质、性格，都不是为战争而准备的。他生错了时代。给我发短信的那位读者，选错了时间。

没想到两个小时后，短信又来了，我正要删除，她就直接打来了电话。

不是"她"，是"他"。而且从粗莽的声音判断，那人一定有张阔嘴，且生了一脸的络腮胡。

我无声地笑了。感觉怪怪的。同时我发现，自己那么注重女性读者的比例，但知道有男人也在读我的小说，我是非常欣慰的。于是我指定了一家离我住地最近的茶楼，说去那里会面。

他比我先到。我还没出小区，就收到他的短信："春水茶楼雅8。"

不出所料，是个粗犷的中年汉子，脸膛宽大，骨骼有力，络腮胡倒是没留，但枣红色的面颊上布满黑郁郁的胡楂子，让我感觉到，在我们握手、寒暄的时候，那些胡子就会长出来，他的脸就会荒草连天。稍感意外的是，他个头不高（比我略高一点），双腿短而壮实，微朝外撇，像经常骑马的人。我疑心他是城外老君山风景区的员工，那上面的松柏林里，辟了条马道，游客在领骑员——城里人称他们为"马师傅"——的护送下，骑马游览。"马师傅"看上去清闲，其实是很辛苦的。

干着那么辛苦的活，却还抽时间读我的小说。

我打定了主意接受他的恭维，若有必要，我会毫不吝啬地指点他几句。

然而，他根本就不谈我的小说。只听他说了几句话，我立即作出判断：此人仅仅知道我是个写小说的，却不知道我写过什么样的小说。连书名也不知道。而且，嘴角笔直的线条，表明他有坚强的决心，且惯于独自沉思。他并非"马师傅"。这让我非常不快。

好在他及时挑明了见我的目的，他说：

"我想跟你谈谈黄晓洋。"

"你是重庆人？"

他点点头。

"你和黄晓洋是什么关系？"

我这样问，其实心里在想，他一定是黄晓洋的那个朋友。杜芸秋不是转交给我一盘录音吗，是黄晓洋死后第二天，他朋友接受报社采访时录制的，我一直没来得及听。

可他却这样回答："我和黄晓洋不认识。"

"那你怎么跟我谈他？"

"我认识杜芸秋。"

他的眼神躲闪了一下。一个形象粗犷的男人出现那种眼神，让我觉得新奇，也让我丢下不快，对他产生了好感。我知道有些话不该问，但还是问了，我说：

"你跟杜芸秋是什么关系？"

他不回答我，浅浅地喝了一口服务员送上来的茶水，就直杠杠地进入了正题——

黄晓洋是一个深渊。那深渊是他自己掘出来的。孤寂的深渊。一个人，长年累月在自己身上挖坑，直到挖出一个深渊来，这个人纵然是神，也会把自己弄得很孤寂。他以为是在创新，其实是很好地适应了传统。我们教育的核心传统，就是把人引向孤寂。小时候，我们都读过愚公移山的故事，后人对这个故事有多种解读，但我还没有看到一种解读指出了它的要害。它是教我们怎样孤寂地过完一生，不仅自己，还要把子子孙孙都搭进去。

与世界对应真有那么难吗？世界这个词，听起来很大、很虚，其实不大，也不虚，它就是每个人的生存空间，就是你自己。正视你的空间，正视你眼睛看到的一切，正视你自己，就是跟世界对应。别说太行、王屋，就是太行、王屋上的一块土、一片叶、一根鸟羽，都可以成为世界的面貌。愚公根本没必要把山搬走，他站在山脚下，站在自家的院落里，就能看见世界的样子，听到世界的声音。他搬山的行为，看起来是要跟世界打通，其实是无视世界的存在。黄晓洋的做法，表面上和愚公方向相反（愚公觉得太行、王屋是多出来的；黄晓洋觉得在太行、王屋之前，还有山），本质上却没有区别。

都是用假象去代替真实。

我这样说，你一定不同意。杜芸秋也不同意。杜芸秋把她丈夫的所作所为、所思所想告诉我之后，我就说了上面那番话。为此她恨我，说我不配评价黄晓洋。原因在于，黄晓洋毕生的追求，就是把真实从黑暗的隧道扛到阳光底下来。她把黄晓洋那本《南京第十三》拿给我看，接着给我抱来一大摞刊物，都是黄晓洋到重庆后发表的论文，我都认真拜读了。好吧，我也认为黄晓洋是在寻找真实，但作为史学家，他不懂得一个最基本的道理：人类根本就没有能力承受太多的真实。

史学家的使命，不是把真实指给我们看，而是把人类能够承受的那一点真实指给我们看。

生命是短暂的，而我们能够面对每件事物的年月，更加短暂。孔子为什么说"君子远庖厨"？是他自己不吃肉、也要君子不吃肉吗？不，他是食不厌精，脍不厌细！孔子有那么多重要的话要说，却偏偏没忘记说这一句，是提醒大家：你不能承受全部的真实。如果你听到了杀猪时的惨叫声，看到了主人在屠户的指挥下，充满幸福感地将热气腾腾的肠肝肚肺拉出来，又搓又洗，还吃得下去吗？"远庖厨"是为了避开部分真实，是为了心安理得地吃肉，是为了生活得更好。

人类发明轰炸机，最原初的动机，也并非为了快捷地杀人，而是要与杀人的现场保持距离。

——我的这些话，很容易让人产生误解，说不定你也产生了误解，以为黄晓洋果真是在寻找真实。

我是顺杜芸秋的意才那么说的。事实上，黄晓洋的全部努力，就是逃避真实。曾祖母被日本兵枪杀，这是一个巨大的真实，是在我们眼里，无论如何都绕不过去的真实，他却将其抛开，去探寻刽子手的灵魂。这是将真实软化了、虚化了。这种探寻是不可靠的，既无法指证过去，也无法印证现实，更启迪不了未来。总有个时候，自己拒绝的东西，也会拒绝自己。许多事实表明，黄晓洋从黑暗的隧道扛到阳光底下来的，不是真实，而是比我们眼睛能看见的假象更加惊心动魄的假象。

假象的深渊。

深渊为什么存在？是为了让某些人和物掉进去。

生活在他身边的，危险系数最大。

杜芸秋的危险系数最大。

杜芸秋倒没担心自己会掉进去，见他第一面，她就对他产生了怜悯，这构成了她和他之间最重要、最牢固也是最脆弱的关系。到了后来，怜悯再不能成为爱的基础，而只是一个往昔、一种回忆了。杜芸秋是艺术家，而且是有着非凡创造力的艺术家，她不能在往昔待太久，待太久她就会渴死。她不仅需要水，还需要氧气充足活力四射的水。黄晓洋不是深渊吗，可在他那个深渊里，只能养活他的孤寂和她的怜悯，别的，再多一条小虾也养不活。不知道你怎么看，我觉得这无异于一种暴力。

对艺术家杜芸秋，尤其是暴力。不留下现场的暴力。

不想让自己的艺术死亡，她就得寻找新的水源。

为此，她付出了惨重的代价。我说的惨重，同样是看不见的。

惨案的现场在她的灵魂深处。

黄晓洋研究枪杀他曾祖母那个日本兵的灵魂，研究飞机上投弹手的灵魂，却忘记了自己的妻子同样是有灵魂的。他妻子的灵魂比那些暴徒的灵魂要丰富得多……有天黎明，杜芸秋起床，站在窗前，望着横窗而过的广玉兰，玉兰的花瓣上，照出了她的泪水。她的泪水比启明星还亮……

你见过她，你觉得她是容易掉泪的人吗？

（服务员来续了水，他端起紫色的陶瓷茶杯，吹了一下，喝了一大口。他喝一大口相当于别人喝两大口。然后，他的眼睛死死地往茶杯里剜，好像在奇怪水怎么变得这么少了，又像是有了什么疑问，需要茶杯帮助他解答。至少两分钟过去，他才把头抬起来。）

来找你之前，我觉得我有很多话要对你说的，可现在咋不知道说啥了呢？

是，我是在随便说，可我突然就不知道说啥了。

——他膝盖一绷站起来，大声吆喝："小妹儿！小妹儿！"

服务员过来了，他埋了单，急匆匆地跟我道别。

这个人，连他的名字我也不知道。他跑这么远的路程，就为给我说这不到二十分钟的话？

根据他的表述，他与杜芸秋的关系不言而喻，但孙文博分明告诉过我，他表姐现在如果不拿画笔，就心若止水。从我对杜芸秋的观察，我相信文博的话。要不是我给杜芸秋打过电话，对是否将这人的谈话写进书里征求过她的意见，我会觉得，这个凭空跳出来的家伙有毛病。

而且，文博说的"现在"，是指黄晓洋死去几年之后，并不包括黄晓洋还活着的时候。

不过，那人来给我讲这些是什么意思呢？是为杜芸秋开脱吗？

难说。他很可能是在为自己开脱。是杜芸秋在"寻找新的水源"。杜芸秋是主动的。

我的心里，涌起一股酸楚。整理这部书，我第一次有了酸楚的感觉。

第四十章　黄晓洋日记（5日）

这个世界既不完美，也不可爱，它创造了生命，然后又用生命去消灭生命。

草吃土，羊吃草，人吃羊，土吃人……世界就这样处于永恒的悲剧之中。

想起读研二那年的寒假，跟几个同门师兄去北京，看长城。站在八达岭的顶峰，我像阅读一部展开的竹简。历史暴露的血管，延伸到山的那边去了，延伸到沙漠，延伸到湖畔，延伸到大草原，延伸到民族的深处……我只看到一种景象：狼烟四起；只听见一个声音：战马嘶鸣；只读到一行文字：刀兵相向。我不知道那些被时光之水冲刷了千百年的石头，是祖先的哪一根肋骨，从册页上荡起的狂飙，是呜咽，还是歌唱……那天，长城劲风猛拍，远处苍云激卷，我望着变幻莫测的天空，心里想：寥廓宇宙，为什么包罗万象？美丽人间，为什么有黑暗有阴谋有饥饿有耻辱有战争有梦想？

这个问题，我一直想到今天。

我多么希望看到消灭背后的生长，可我的眼睛瞎了，那些如新月般清澈的生命，躲开我的眼睛，也躲开我的手指。我在战争中考察人心，人心开出的花朵，却离我越来越远。父亲说，芸秋能够帮助我，但我的芸秋也在离我越来越远。她现在基本上不回来吃晚饭，夜不归家的时候，也比以前更多。

我跟岳父岳母一起吃饭，他们的女儿却不在……

今天，晚饭吃到一半的时候，岳父对岳母说：

"安志薇老了。"

吓我一大跳。四川话的老了，就是死了。

岳母也是这样理解的，她说你听谁说的呀？

岳父说："我站在路上亲眼看见的。"

这么说来，他所谓的老了，是指身体的衰迈。他的话也因此成为废话。安伯母应该老了。

但岳父说这句话的时候，却带着轻蔑，好像一个人变老，是应该遭到轻蔑的，好像他本人不是八十岁，而是十八岁。人们总是看不清自己。看不清自己的心，也看不清自己的老。

这两样东西都是由别人帮你看见的。

岳母就看见了岳父的老，她对岳父说：

"你以为你还年轻呢，你跟安志薇是同学呢。"

岳父把脸沉下去。其实是把眼神沉下去。他已经老得无法从脸上判断他的心情了。他脸上那些带着战争痕迹的小坑儿，被岁月填满了，再也看不出来。

如果提取岁月里的物质，想必会有骄傲，也有失意，但主要成分是失意。

以前，他为安伯母不认他这个同学耿耿于怀，现在恐怕不这么看了。

如果安伯母不是他同学，他就不会有她这个参照。

岳母注意到了岳父的眼神，于是她又说：

"你老了，我也老了。我们都老了。"

岳母说出的"老"这个词，散发出一股馨香，带着回归大地的平静意愿。

晚饭过后，我去看安伯母。我已经多少天没去看她了。路还是那条路，我穿着薄薄的软底皮鞋，踩在熟悉的路面上，却觉得我和路之间，隔着几丈厚的物质。我和路没有隔膜，我和熟悉的路却有了隔膜。路上有几个牵狗的老人，站在一棵芙蓉树下，谈论她们的狗。

我听见一个老人说："那些科学家，屁！"

另一个老人问她："你是说李教授吧？"

前面的那个老人说："我不说他还说谁？他死这些年了，我还是要说他，屁！有回我问他：狗有表情没有？他说狗没有表情。狗怎么没有表情？我家的狗经常对着我笑呢！"

说罢，老人自己嘿嘿嘿笑。

最近一段时间，无论走到哪里，都能听到人们谈论李教授。市区搞街道文化、广场文化、公交车文化，文博他们拨款为李教授塑了等身像，立在公园里，还请重庆各大媒体，包括一些中央媒体，大张旗鼓地宣传李教授的事迹，并组织专家（包括我在内）去大中学校演讲他的事迹。李教授好像又活过来了。这是多好的事情。不管人们怎样谈论他，在谈论，就有重塑理想主义和人文精神的希望。

当我见到安伯母，才明白，岳父那句话不是随便说的。

她是真的变老了。

她脸上的皮肉松弛得叫人害怕，眼睛旁边的，吊到了脸颊上，脸颊上的，吊到了下巴上，像她的皮肉是用一根看不见的线缝起来的，现在那根线朽了、断了。因为穿着高领衣，看不见她的脖子，如果看得见，那脖子上的皮肉该是吊到胸脯上了吧？整个人都在下坠。她本来有满口白牙，当然，是假牙，以前她把假牙当成自己的牙齿，不仅用来咀嚼，还跟她血肉相连，可现在，她把假牙取了下来。她是担心戴上假牙，就使脸颊上下垂的皮肉显得太臃肿了吗？可取下之后，嘴里少了一样东西，舌头固执地去寻找那样东西，腮帮像吃着什么，不停地动着。她的两只手也不是先前那样扣起来，放在腹部，而是悬垂着，走一步晃一晃，像是附加在她身上的。

我想叫一声安伯母，可是叫不出口。

人人都会老，这是常识，如果人在很短的时间内老得不堪，就超越了常识。

……据说，死人也是要接着生时的模样老下去的，大伯比安伯母年长，那么在虚空世界里的大伯，是比安伯母还要苍老了？——他也是这么突然老去的吗？

第四十一章　杜芸秋访谈录

晓洋没有夸张，安志薇就是"突然"老去的。在那之前，尽管她年龄很大，可她在路上走，从背影看去，既像老年人，又像年轻人，现在即使离她两百步远，也能清楚地知道那是一个老年人了。她的背驼了。上七十岁后，她就爱在头上套个青色发网，现在把发网摘掉了，满头白发披散着。她似乎觉得，驼背已经说明一切，再用青色发网去掩饰，于事无补。

对这种生命的奇迹（这当然算是奇迹），我很感兴趣，再说因为李教授的缘故，因为晓洋的缘故，还因为我看过晓洋父亲写的那些信的缘故，我对安志薇是怀着敬意的。有天，我跟晓洋一起去看她。

房门锁着。我第一次专门去看她，结果她不在家。我跟她真是没有缘分。

但后来我听李同安说过他母亲变老的过程。再突然，也是有个过程的。

李同安那次到母亲家去，一是因为他确实有很久没来看母亲了，二是要给母亲说件事。他没想到自己看到的是一个完全认不出来的母亲。平时那么吊儿郎当的一个人，也被某种严肃的存在镇住了，震惊得骨头发炸。他只在他父亲往火化炉一蹦的瞬间，才这么震惊过，那次，他父亲蹦起来后，他猛地抓住窗户的铁条，把铁条都扳弯了。

他说妈，你咋老成这样了？

安志薇正在客厅里抹李教授生前坐的椅子，门没关，李同安像猫那样悄无声息地进来，大声地这么问一句，吓得她的手在扶手上快速地搓了好几下，才停下了。

"你今天才晓得妈老了？"

她的声音也老了。

李同安把母亲手里的抹帕接过来——以前看到母亲干活，他是绝不会帮忙的。他无力把一把椅子擦得像椅子那么干净，尤其是对一把破旧的藤椅，简直就拿它没办法。好在母亲已看不清椅子上的黑，究竟是时光让它黑的，父亲的手让它黑的，还是灰尘让它黑的。擦完椅子，他气喘吁吁。平日里，半夜半夜的喝酒、说话、唱歌、跳舞，他不觉得累，擦一把破椅子却累得不行。什么东西都有选择性，记忆有选择性，累也有选择性。他已经发福了，小肚子里像装了一个圆鼓鼓的火炉。

不仅帮母亲擦了椅子，还陪母亲吃了顿饭。

吃饭的时候，安志薇向儿子讲述了自己变老的过程。

她是看着自己老去的。

叫晓洋去她家的那天晚上，她讲述着不像重庆大轰炸的大轰炸，就听到有个声音在召唤她，就预感到自己会老去。她后来晕厥，不是因为回忆撕扯，而是预感对她发出了警告。如果晓洋不把她救过来就好了,她挺过那个夜晚再醒,就不会老,因为她在很深很深的意识里,看见光阴也跟她一起晕厥了,光阴仰面朝天地躺在路上,呼吸微弱,根本没有力气将她变老。

可晓洋偏偏救了她。

她醒来,光阴也跟着醒来。她希望晓洋陪她一夜,有自己信赖的人守着,可能会躲过一劫,但晓洋那天焦躁不安,到12点钟就走了。

晓洋的脚步声刚刚消失,她就听到了另一种脚步声。

"终于来了。"

她这么说了一句。语气介于沉默和呻吟之间。

来的就是光阴。

她曾经以为,自己是光阴的主人,现在看来她错了,主人外出一阵,把一座空宅子留给她守住,她就以为自己是主人了。而今主人回来了,该她交出来的,都得交出来。她听见光阴进了客厅。白猫也听见了,警觉地撑起前爪,支起耳朵,随时准备逃跑的样子。谁也帮不了她。光阴——那个没有头、没有身子、只有一双腿的东西,从厨房旁边浅浅的巷道走过来,在她卧室门口停顿片刻,像是在确认,然后才进屋。白猫一看,进来的不仅是主人的主人,还是它自己的主人,于是伏着不动了。

光阴轻巧地跳上床,跳到她的身上,从头部开始,依次取走属于它的物件。光阴在她身上忙碌时,她一直不看自己。她就看着自己墙上的影子。她清楚地看见影子的脸上,皱纹由浅而深;脸皮那么薄,皱纹却深如峡谷,真是奇怪。嘴巴周围的皱纹,既松松垮垮,又钳子般有力。然后,眼皮旁边的皮肉吊到了脸颊上,脸颊上的皮肉吊到了脖子上。光阴很慈祥,没有解开影子的衣领,她也就没看见脖子以下的部分。但她听见脊梁的某一处,发出折叠的声响,那声响如同带着铁环的腰带猛地一收。

整个过程,她没有乞求一句。当光阴从容离去,她才关了灯,平躺下去。

结果两头不靠,不能平躺了,这才知道自己的背也驼了。

第二天早上熬稀饭,从坛子里抓出一把绿豆,想挑出石子儿,挑啊挑啊,老也挑不完,她心想,今天抓这一把,咋有这么多的石子儿啊,多得就像抗战时期的"八宝饭"了;凑近了看,才发现挑错了,她把绿豆当石子儿挑了,也才知道自己的眼睛不像昨天那样好使了。

李同安去看母亲,不是还要给母亲说件事吗。是关于他父亲留下的那批书。他要告诉母亲:你想咋处理就咋处理,反正我再也不说卖给万民的话了,万民把我叫爹,我也不卖给他了。

那之前几天,他才跟万民打了一架。

当初万民想买这批书,李同安也想卖。他不是贪财的人,想卖的主要原因,是不想见那些书的面。见到它们,就像见到父亲坐在书桌前,让他心情紧张。万民跟他联系后,他马上就答应了。他来银杏坡找母亲,没想到母亲坚决反对,来一次,母亲反对一次,到最后干脆把书藏起来了。尽管一眼就能看透她"藏"在哪里的,但此举表明了母亲的态度。他只好去给万民解释。万民哼哼哼的,并不相信他的解释,觉得他是想抬价。直到有一天,万民亲自到了银杏坡,被安志薇抢白了一顿,才没再提起。

谁知好几年过后,李教授的名声越来越大,在重庆差不多家喻户晓,万民的心又动了,又来找到李同安。李同安是个特别重然诺的人,见万民这般恳切,这般执着,觉得自己开始答应了他,却不把书卖给他,是失信于人,现在人家老话重提,更是让他心里难受。但他又不可能违背母亲的意愿,只得再次给万民解释;为表达自己深深的歉意,他还到一家比较高档的酒楼,请万民吃饭。

两个人吃没趣味,又请了几个陪客。陪客之一,就是我前面给你提到过的"小妖精"。

见到漂漂亮亮的"小妖精",万民笑嘻嘻地对李同安说:

"哟,还上硬菜儿呀。"

"硬菜儿"是东北的说法。他们把女陪客称为硬菜儿。万民祖籍哈尔滨嘛。他没跟老祖宗学会别的,就学会了这个词。他以前对女人没有兴趣,因为书就是他的女人,几年过去,看来是变了。

"小妖精"已经结婚,但她依然跟李同安好。我说的好,是纯正的朋友那种好法。李同安喜欢跟姐姐妹妹们混,但关系都很纯正。他不仅受到女人们的信任,还受到那些女人的丈夫的信任。只要李同安招呼,她们又没有撂不开的牵绊,都会到场,有时跟丈夫一起来,有时单独来。

那天"小妖精"是单独来的,听说李同安请这顿饭是要向万民道歉,"小妖精"便挺身而出,给"李哥哥"扎场子①,大杯大杯地向万民敬酒。喝了很多酒,喝得"小妖精"迷迷瞪瞪的。酒的功能之一,就是让人迷迷瞪瞪。这种时候的女人,眼神湿润、热烈,又很飘。万民看到这眼神,觉得"小妖精"是对他有意思了,于是把她叫到身边,酒胆壮着色胆,他直截了当地对她说,"我想跟你睡觉。"

你是小说家,你知道日本"无赖派"作家太宰治有个观点:像包法利夫人爱玛那样的沉沦,是女人"与生俱来"的能力,因而是最符合女人的方式,也是最自然的方式,就像水往低处流、身体会衰老一

---

① 指帮忙、捧场。

般自然。对女人而言,每一天都是全部,她们只愿完成每一刻的美丽,溺爱着生活及生活的感触。

"小妖精"是这样的女人吗?

听李同安说,不是。结婚过后,她很爱自己的丈夫,也从来没想过要背叛自己的丈夫。

但奇怪的是,万民说了那句话,她的眼神就更湿润了,变成桃花眼了。或许真的是酒的缘故吧。

万民要了"小妖精"的手机号,几人分手后,万民迅速去开了宾馆,再给"小妖精"发短信。

"小妖精"果然就去了。

这件事让万民非常得意,尽管书是他的女人,但女人和书到底不一样,书他不翻,女人他却是要翻的,因为他喜欢翻。对他而言,女人和书的不同,就在于翻与不翻。当然,老婆并不在"女人"的范畴之内,他跟他老婆过得很结巴。听说,他老婆洗衣服,从不事先清理口袋。懒得清理。就算口袋里装着百元钞,也懒得清理。那么多钱都用去买了百无一用的垃圾,还外搭买间地下室去装那些垃圾,扔掉一点小钱算得了啥呢。一个家只让他一个人去糟蹋,老婆觉得亏,破罐子破摔,也不能只让他一个人摔,她也要摔,不为别的,就为了其中某个破碎的响声,是由她摔出来的。

万民得意,"小妖精"却后悔死了。

本来就后悔,万民还不停地打电话发短信纠缠,她苦恼不堪,就把这事告诉了李同安。

那天李同安约了一群人打牌,接了"小妖精"的电话,他就再没上场。他说我困了,歇一会儿。然后靠在沙发上,扯起小呼噜。呼噜是装的,他睡不着。他觉得自己对不起"小妖精"。人家亲亲热热叫他"李哥哥",他却没尽到一个当哥的责任,何况那天"小妖精"是为他才喝了那么多酒……难怪,前段时间他看"小妖精"的博客,"小妖精"写的全是她丈夫,写她丈夫的好,还把她跟丈夫春天里去南山郊游时,别人为他们拍的合影贴在博客上,两人手拉手站在云霞一样盛开的樱花丛中(南山你去过吗?那里有日本友人赠送的五百株樱花),从照片上也能闻到他们幸福的气息。

"万民那龟儿子,"李同安后来对我说,"我恭恭敬敬把他当成万书记,当成藏书家,没想到是个杂种!"

李同安那次来看母亲的前几天,约万民喝茶,万民高高兴兴地来了。他刚露面,李同安就将杯子一砸,砸得粉碎。万民愣了片刻,大致猜出是怎么回事了,有了怯意。但并没引起足够的重视,他觉得李同安不敢把他怎样。万民本来没有任何官派,但在这关键时刻,官派出来了,怯意消退了。李同安只是个永不进步的小职员,他却是纪委书记,尽管不是政府部门的纪委书记,两人地位的悬殊,还是天上地下的。自古以来,只听说天落陨石把地砸伤,天降淫雨让地发霉,天出骄阳将地烤焦,总之天才是主宰,所以人们在走投无路的时候,都叫一声:"天啦!"形容某人自不量力,也说是"捡起石头打天"。李同安敢把他怎样呢!

谁知李同安是个不信邪的家伙,冲上前去,抓住万民的领子,再一推搡,万民就朝后倒。

后面有根柱子,没倒透,万民的头和脚之间,形成30度角。

看来,单凭意识形态无力让自己摆脱当前的困境,万民只好降尊纡贵地够着手,也薅住李同安的领子(他比李同安矮),用力一扯,李同安踢倒一把椅子后,跟万民紧紧地贴在了一起,像很亲密的样子。两人都缺乏打架的才能,但空出的那只手却没停,使劲朝对方挥拳头。

老板听到动静,跑来劝解,劝不开,就摸出手机报警。

这时候万民才慌了。天和地颠倒过来了。他不比李同安,他是有职务的人,而且确实睡过"小妖精",虽然是"小妖精"自觉自愿让他睡的,可这时候怎么说得清,说清了又咋样呢,闹将出去,职位难保,还会让老婆知道,到那时,老婆摔出的破碎响声,恐怕就是惊天动地的了。

他马上松了手,叫老板别报警,他说我们兄弟之间闹点误会,你报啥警呢?

听到误会两个字,李同安又是一拳。

万民不仅没还手,还擦着嘴角的血迹,走到收银台,去把李同安泡的那杯茶钱付了,李同安砸烂的那只杯子,他也照价赔偿了。

安志薇突然老去后没过上一个月,就去世了。

去世的前一天,她还能走动的,像往常一样,买菜,做饭,打扫卫生。那天傍晚,她还去明月河,埋了她的猫。那只跟了她很多年、明显超出平均寿命的白猫,是自然死亡还是主人赐了它安乐死,无从知晓。从时间上看,后者的可能性更大。装猫的匣子早就备好,安志薇还给它穿了衣服,衣服看上去很古怪,一匹花布,中间剪个洞,让猫头从洞里伸出来,感觉是个氅子,但猫的背部又系了个腰包。

她埋猫的时候,两岸站了许多学生观看,但没有任何人发出声音,四周安静得像天底下别的事都不存在了,只有安志薇做的这一件事,充满了庄严的、战栗般的神秘。

河道里,照样有只孤独的白鹭,它站在那里,一动不动,让浅浅的水流从胸脯底下漫过……

安志薇去世后,银杏坡的房子充了公。那幢房子一直是学校送给李教授住的，后来搞住房改革，校方表态：别人的住房改革，李教授的不改革。为正式起见，还印了红头文件。李教授不需要出钱买，连租金也不用交。李教授去世了，现在安志薇也去世了，房子自然要被收回去。

腾房的时候，李同安很仗义地把姐姐李小楠叫到了一起，问她要些啥东西，李小楠啥也不要，只要走了父亲那把烂得不能称为椅子的藤椅，还有那张油漆剥落坑洼不平的书桌，你说怪不怪！安志薇有两万一千多块钱的存折，三十七块现金（她是个很节俭的人，李教授去世后，她领抚恤金过日子，还存了这么多钱），李同安要跟姐姐平分，李小楠也坚决拒绝了。

李同安东挑西拣。各类生活用具，床倒是非常结实，是那种典型的东方旧式木床，厚重稳沉，但那是学校配置的，不能拿走；除此之外，实在没啥可挑拣的，卖给收破烂的，人家也不一定要。

但他在床头柜里，发现了他从没见过的、用同一块绒布包裹着的三张照片和一枚印章。

照片之一很好认，是李教授和周恩来，那时候李教授很年轻，周恩来也很年轻，背景是一幢楼房，没有标志，世易时移，已经认不出是哪里了；但肯定是在重庆，因为李教授只在重庆跟周恩来见过。那是1940年初，美国作家海明威夫妇到重庆，李教授陪同夫妇俩去见了周恩来。照片之二，就是李教授和海明威夫妇的合影。第三张照片，给好多人看，都不认识站在李教授旁边的人。那人身材细瘦，脸色苍白，头发很厚，眼神忧郁，像他小小的身体里，负载着千斤重担。还是晓洋认出来的，那是日本反战作家鹿地亘。

印章是上好的寿山石，上面刻着："丈量山河，赠本森兄。"

李同安把印章拿给文理大学教书画的老师鉴定，说不得了，出自傅抱石之手!他也找我看过,古拙而俊雅,笔意刀意俱佳,确实像傅抱石的手笔。大概是李教授赶着牛羊徒步入川之后,傅抱石送给他的。但这只是猜想,因为没署名。傅抱石在重庆期间,赠人书画和篆刻,通常署上"金刚坡下抱石"或"傅抱石重庆西郊"之类,但这枚印章上没有。不管怎样,是个好东西,李同安欢欢喜喜地拿走了。

照片他只要了父亲跟周恩来的合影,另两张送给了晓洋。

对"二战史"专家而言,那两张照片弥足珍贵。

我父亲总是以为,晓洋关照安志薇太多,一定让李同安不满。父亲还让我去劝劝晓洋,我也确实劝过,我对他说:

"你不要去多管闲事,免得别人不高兴。"

他说你觉得这是闲事吗?

"我觉得是,你觉得不是,所以是不是闲事真不好说。但我觉得是。"

"我觉得不是。"

"我知道你觉得不是,所以我为你担心。"

这种争论当然不会有结果。世间所有的争论,最多只能分出胜负,从来就不会有结果。胜和负并不代表结果。我为啥要那样劝他呢?我只考虑了父亲的情绪,没考虑他的情绪。我可能是一个好女儿,却难说是一个好妻子。

不过,我说为他担心,倒不是随口说的,但不是父亲想象的那种担心。

凭我对李同安的了解,他无所谓的,只要不干扰他的生活,他对啥都无所谓,多一个人去关心自己的母亲,没什么不好。事实也证明了这一点。他不喜欢晓洋,仅仅是因为两人气场不合。

我担心晓洋的是……

(杜芸秋叹了一口气,点上烟,没把这句话说全。)

让人奇怪的是，李教授的那批书不在了！李同安坚持说他没有拿走，这话我信，他本来就不想看到它们嘛。李小楠更不可能拿，她取走父亲的藤椅和书桌后，就再没到文理大学露过面。

　　它们到哪里去了？有人说，是安志薇临死前烧掉了。但我和晓洋都觉得，安志薇不会那样做。

　　猜测层出不穷，但谁也给不出答案，因此，关于那批书的去向，至今还是个谜。

　　对此，我是相当愧疚的，早知如此，那次真不该阻拦晓洋去把书的事告诉校长。

第四十二章　朋友的证词

黄晓洋的这个朋友，名叫杨胜全，黄晓洋自杀次日，正是他接受了报社的采访。杜芸秋说，杨胜全是黄晓洋"最好的朋友"，但我必须指出，在黄晓洋的所有日记中，从没出现过"杨胜全"三个字，"朋友"两个字是出现过的，但说的都是别人的朋友，从没说过他自己的朋友。我觉得，黄晓洋根本就没有朋友，工作中，他或许跟杨胜全接触得多些，也仅仅因为两人都是渝州文理大学历史系教授，坐在同一间办公室里；从杨胜全的谈话录音看，黄晓洋的确给他吐露过自己的某些苦恼，但那显然不是向朋友倾诉衷肠，而是他实在找不到地方可以倾诉。

这盘录音的中心话题，是杨胜全讲述黄晓洋何以会走上自杀之路——

在黄晓洋出事的前三个月，也就是今年6月份①，全国历史学会组织的研讨会在重庆召开，会议的议程，主要是外地人到重庆玩几天，真正坐下来研讨，只有他们离开重庆之前的半天时间。别人把这半天当成休息，走了路，爬了山，吃了重庆冲劲儿十足的火锅，都有些累了，现在只想坐在长江的游艇上，看看江鸥，吹吹凉风，喝喝清茶，休息够了，明天好打道回府。

但黄晓洋把这半天看得非常珍贵。

他们游玩的时候，重庆本地除了相关负责人陪同，别的人都没参加，我和黄晓洋是6月12日午饭后才赶到游艇上去的。包了顶层的茶坊，外地有三十多人，本地有十多人，坐得挤挤扎扎的。说的是下午2点开会，到了2点半过，主持人也没说开会的话，大家不是忙着聊天、认识新朋友，就是欣赏江景。黄晓洋却等不及了，他走到带队的副会长身边，问啥时候开会，说他4点钟有课，他还要赶回去上课。其实我知道，他没有课，他是想抓紧时间研讨。

副会长并不认识黄晓洋，友善而矜持地点了头，就扬声招呼：

"开会了开会了，各位开会了。"

坐在窗口边一个人说："唉呀郑会长，还开什么会嘛，我们这么随便聊，不就是开会嘛。"

说话的人脸色黧黑，皮肤给人皮革的感觉，脖颈上挂一大串佛珠，明显是个十分开朗、也很能交往的人，这几天来，他多半是团队的中心，男男女女的都很喜欢他。他说没必要开会，很多人都附和。

但作为带队的副会长，心里毕竟是存着一个原则的，他回去还要写报告呢。他说：

---

① 指2005年6月。

"会不开可以，但费用就由自己掏腰包啊。"

虽是玩笑话，也表明过场是一定要走的。

又是几分钟过去，闹哄哄的声音才停下了，副会长开始讲话。几分钟前还是可开可不开的会，现在变得如此严肃，如此重要，重要到了在中国史学界必将留下浓重的一笔。他讲了十分钟左右，让大家发言。因为黄晓洋说过他要赶回去上课，副会长就点名让他先发言，他指着斜对面的黄晓洋说：

"这位……"

重庆方面的负责人立即介绍："黄老师，黄晓洋。"

副会长的眼睛亮了："哦，《南京第十三》！好，请黄老师先说！"

别的人也都把眼睛看向黄晓洋。

这些年来，黄晓洋很沉寂，人们记住他，好像也跟副会长一样，只记得他是《南京第十三》的作者。但事实上，《南京第十三》之后的黄晓洋，并非不存在。只要你在史学界混饭吃，就无法不正视他的存在。那是一个坚硬的存在，看上去打眼，摸上去硌手，你可以绕开他，但你必然知道他在那里。

黄晓洋穿得特别的规整，那么热的天，他还打着领带。他端端正正地坐着，连客套话也省去了（本来只有半天，还晚开了半个多小时，他没有时间说客套话），就陈述自己的观点。他的观点都是从细节中来的，他举了若干例子，从古到今，从中到外，每个例子都有极强的感染力，之后他总结说：历史不是由复数写成，历史是由单数写成。复数是冷的，单数是热的；复数是自鸣得意的，单数是谦卑诚恳的……

我当时有一种感觉，黄晓洋不仅把这次发言当成是对自己的证明，还希望被众人接受，形成史学研究的风气。仿佛他举着一面旗，招引众人跟上去。

我的意思的,他有些用力过猛,有些孤注一掷。

这让我产生了不祥的预感。

果然,他说了那声表示结束的"谢谢",戴佛珠的那位立即举手要话筒。副会长见状,面带轻快的笑容给重庆方面的人介绍,说这是王先生,王从喜先生,著名的明清史专家!我也研究过一阵明清史,老实说,我并不知道有个著名的王从喜。王先生伸出一只多毛的手,好像是要挡住副会长对他的褒奖,但那双大而发光的眼睛,看出他听到"著名"两个字是很受用的。他开口就说:

"我只知道黄老师是'二战史'专家,不知道黄老师的文学功底这么深厚,我敢肯定,如果黄老师去写小说,会取得更大的成就。"

会场上一片哄笑。

副会长也在笑,但看了一眼黄晓洋,就不笑了。他说:

"老王,你不要评价别人的观点,我们都想听听你的观点。"

王先生说:"评价别人的时候,我的观点自然就带出来了。"

他不是研究明清史的吗,可他偏偏跟着黄晓洋说"二战",说到日本的海洋政策、大陆政策,大陆政策如何战胜了海洋政策;又说到日本多么希望中国是一个贫弱无能的中国(既无富强的意图,又无自力更生的愿望,举国上下,唯以苟且偷生为能事,便于日人胁之以威,诱之以利)、卑鄙无耻的中国(但求一身之快意,不顾万民之涂炭,但图一时之荣显,不计千秋之骂名;如袁世凯辈,为做皇帝,不惜接受二十一条)、割据分裂的中国(军阀据地自雄,勇于私斗,怯于公战,日人可从中操纵把持,坐收渔翁之利)。确实,当时的中国也正像他们希望的那样,但经过一个西安事变,中国反而真正统一起来了,1937年清明节,国共两党还公祭了黄帝陵,这大大出乎日本人的意料,日本人感叹说:"中国如朝日渐升,日本如夕阳渐落。"他们迫不及待了，指使浪人制造事端，再以此为借口，兵戎相见。

王先生的话获得了热烈的掌声。

掌声停歇，他又语调铿锵地补充一句：

"唯坐以待毙，孰与伐之！"

诸葛亮的这句话，大概就是他的观点了。

这算什么观点？这只不过是中学生都知道的常识。

但他又迎来一阵掌声。

我期待黄晓洋的反驳，可是他没有。

他要反驳太容易了，但他一言不发。

我曾听他讲过一则故事：狻猊吃猫。故事说，狻猊走入猫群，猫四股战战，不敢动弹。狻猊捡来很多石片，在每只猫头上放一块，之后挨个去揣猫的肥瘠。猫们小心翼翼，生怕石片从头上掉落。当狻猊选中了最肥的那只，便用尾巴轻轻一拂，这只猫便跟着它走，其他猫也才甩掉石片，狂奔而逃。狻猊将选中的猫赶到水边，勿需指令，猫就知道去喝水，喝呀喝呀，喝得身体成一个球，水从皮子里浸出来，把毛都濡湿了，再也喝不下去了，于是吐，鼻孔嘴巴里喷出黄黄绿绿的东西。吐得没啥可吐的时候，它转过头去看狻猊。要是狻猊躺在地上，悠悠闲闲地听着风声水声，别无用心地望着远处，猫就明白，自己还得再喝、再吐。当狻猊觉得，猫已经把肚子里的秽物清理干净，才又轻轻地拂一下尾巴，猫会意，自觉地走到它的嘴边，狻猊站起来，把它吃掉……

黄晓洋说，当时的中国，就是日本选中的那只猫。

有人愿意做猫，大多数不愿意。据《川江史话》载，当年一批学生——其中包括黄晓洋的大伯，"史话"特别提到他大伯的名字——乘坐"平安号"入川，进川江不久，就看见民生公司一艘运货船被日机击中，爆炸声中，黑烟峰起，船开满速度，向岸边猛冲，岸边一片峭壁，突水而立，穿空而上，山崩地裂般的巨响之后，峭壁岿然不动，船却沉了。残余的火光在水面燃烧。"平安号"里上了岁数的老人，不停地求菩萨保佑，而七十多名学生却跑上甲板，怒视日机，挥舞拳头，齐声高唱：

"大刀向鬼子们的头上砍去！……"

唱完这首，接着又唱：

"前进，中国的青年……只有向前向前！"

是的，"只有"。已经没有退路。

黄晓洋并非不懂得"唯坐以待毙，孰与伐之"。

要他来陈述这观点，不知比王先生生动多少倍、深刻多少倍，可他就是不说话……

现在想来，他之所以沉默，是因为看到了自己无可挽回的败局。他的历史观已远远走到了别人的前面。他认为历史分为三种：政治家的历史、学者的历史、普通百姓的历史。相对于政治家而言，学者也是普通百姓，因此可以说历史分为两种。学者们的用武之地，就在于被政治家忽略的部分。

但很明显，这观点休要说被在座的赞同，连理解也不可能了。

开始大家无心开会，一旦开起来，气氛还是相当活跃的。越是活跃，对黄晓洋越不利——整个就是一边倒！在他们眼里，学者和政治家的使命是等同的，使命等同，但地位不等同，学者为政治家服务；在学者的灵魂里，并不需要黄晓洋特别强调的"温热"与"柔软"。如果把战场推进到日本，在东京街头有一个枯瘦如柴艰难行走的老太婆，像王先生这样的人，照样会朝她开枪，开枪之后再踩她一脚，踩一脚不够，就踩两脚、三脚、无数脚。没有别的原因，只因为她是敌国人。

他们毫不动摇地信奉这种逻辑。

黄晓洋不是说他4点钟有课吗，他完全可以3点半就离开，但他一直坐在那里，把别人对他的炮轰和嘲笑干干净净地听完。这是我无法理解的。更让我无法理解的是，他还留下来吃了晚饭，晚饭过后，还陪两个南京来的人去唱歌！那两个南京人，其中一个跟黄晓洋做过同事，但时间极短，黄晓洋快离开南京那所学校，那人才调进去，刚进会场时，彼此都没认出来，散会过后，那人才过来跟黄晓洋握手，做自我介绍，同时把另一个南京人介绍给他。黄晓洋表现出夸张的热情，跟着他们去了餐厅，坐在同一张桌上，问他们饭后有什么打算，有没有空去他家玩。他那老同事说，家里就不去了，吃了饭我们去唱歌吧。黄晓洋说好好好，我请你们，杨胜全你也去啊。

如果你们对黄晓洋有一丝一毫的了解，就会明白他的行为有多么匪夷所思。

平时在本地开会，他都是回家吃饭，绝不吃会议餐。

这并不是说他家里的饭好，会议餐不好，事实上你们也知道，现在的会议餐大多奢华。他回家吃，很大程度就是不习惯这种奢华。当然还有别的原因，第一是会议餐往往吃得很长，耽误时间，席桌上的话，一般来说又相当无聊；第二，是他对家庭生活很依赖，对亲人的情感很依赖。

（顺便提一句的是，他的亲人大多去世了，爷爷、父母、岳父母，另外还把他视为亲人的李教授和安志薇算上，都先后去世了——爷爷去世得最晚，那老人家活了百多岁——他现在只有女儿一个亲人了[①]。

[①] 在这个地方，我把录音翻来覆去听了好几遍，生怕听遗漏了，结果没有遗漏，杨胜全就是说的黄晓洋只有女儿一个亲人。这表明，黄晓洋不仅知道杜芸秋出轨，还给杨胜全讲过；即使黄晓洋没讲，至少也表明杨胜全了解内情。

这种亲情空间的严重稀释,肯定是他走上自决之路的原因之一。)

他不吃会议餐,尤其不会去什么歌厅!他整个生命的严肃,都是与"消费"两个字不搭界的。对渐渐风行于世的享乐主义,他不仅在内心里拒绝,在形式上也拒绝。

可是那天,他陪几个人(两个南京人又带了四个人去)唱到凌晨1点才回家,还喝了三瓶红酒。

两个南京人虽是他老乡,可他既不熟悉,更不喜欢。开会的时候,这两人都对他极尽嘲讽。他们连起来的观点也没有,所有的本事就只剩嘲讽。特别是跟他做过短期同事的那位,借别人说黄晓洋如果写小说会更有成就的话,大做文章,一本正经地夸黄晓洋文笔优美,比好多文学家都强,根本不谈黄晓洋的历史研究。这是明明白白的嘲讽。好比你是唱歌的,他却对你说:"嗨呀,你的字写得真好哇!"你刚唱了一首日本的《樱花》,他却对你说:"嗨呀,你的歌声具有多么浓郁的俄罗斯风味哪!"

黄晓洋是傻子吗?他看不出你的用心吗?他看出来了,却破天荒耗去那么长的时间去陪他们,尽管他没唱一首歌,但整个过程他都是谈笑风生的。

他是要以此表明:我并不计较,我不仅好客、大度,而且自信。

要说失败,这才是他真正的失败。

他已经输不起了。

这件事过去两个多月,日本来了个民间律师调查团,访问当年大轰炸的幸存者。调查团有七个成员,以小山清水为首。这事你们报道过,我就不多说了。我要说的情况,是没有披露过的。

重庆这边由历史学会接待。黄晓洋曾经和小山清水有过联系,历史学会也知道，因为他们保管着小山写给黄晓洋的两封信，加之日方跟重庆联系时，特别提到了黄晓洋，鉴于此，黄晓洋成为接待方的主要成员之一。那次活动本来没安排我，是黄晓洋把我叫去的。黄晓洋给我的任务是做翻译，虽然学会请过一个翻译，但黄晓洋更信得过我。他对我熟悉嘛。结果根本不需要翻译，日方个个都懂中文，小山清水的中文还说得相当地道，他不仅会说普通话，还会说四川话！可见这人是有心劲儿的，为了这次访问，是下过很大功夫的。

调查团和中方人员的合影你们登过，坐在正中间那位，就是小山，脸清瘦，眉毛分得较开，头发很长，个子嘛，在重庆这地方算得上中等身材。给我最深的印象，是他的礼貌无处不在，对工作的热忱无处不在。在重庆走访了十天，访问数百人，他都用心倾听；每天访问结束，立即回宾馆整理（根据安排，那些天我们也和他们住在同一家宾馆里，我和黄晓洋住一个房间），直至深夜甚至凌晨，次日很早又起床。他的同伴也一样。黄晓洋感慨地说："跟这些日本人比起来，我不过是头懒猪。"

为此他深感羞愧。

羞愧的不止是这个。

访问受害者，不可能去每个人的家里，都是到某个片区，由中方把那个片区的幸存者召集起来，让他们一个一个讲述自己的经历。

你去听过那些人的讲述吗？他们基本上说不出什么的。

开始根本就不说，后来终于有人起了个头。

是一连串的叹气。不是我们"唉唉唉"的那种叹法，而是"吭——吭——吭——"。

这叫不叫叹气，我也说不清。

叹气过后，是一声尖利的哀号：

"我的妈也……"

这一声出来，窗户大开阳光明亮的屋子，即刻变成阴风惨惨哀声不绝的地府。

"我的爸爸呀，你只剩半个脑壳哟……"

"我的儿呢，你被炸死的时候，我把你生下来还不到半分钟啊……"

"我的外婆哟，你活到八十二岁，本来该寿终正寝的……"

有人把袖子捞起来："你们看嘛，我那时留下的溃疡，现在都没好哦……"

有人一把拉下裤子："我的命根被狗日的弹片切了，害得我一生没近过女人，断了后啊……"

更多的人，嘴巴只管张，却说不出一句话，像马上断水的鱼。

日本律师团边询问，边点头，边记录。

听着这声音，看着这景象，作为中国人，能不羞愧吗？

你们做媒体的，大肆报道的是日本律师团此行的重要意义，你们采访了小山清水等日方人员，小山清水提到了"悔罪"这个词，你们就揪住这个词，仿佛有了这个词，大轰炸受害者就有了出头之日。但你们知道我们的感受吗？中国人遭了日本人的凌辱，数十年过去，受害者就生活在我们身边，可到头来，却要日本律师团来为他们申冤！可是我们还在唱高调呢，我们志得意满地分析着日本的海洋政策、大陆政策，分析着国民政府迁都重庆、以空间换取时间的必要和艰辛，分析着世界战局对中国抗战的影响，我们就凭这些早被人嚼烂了的所谓分析，取得教授职称和学者头衔，对太阳底下的万千生灵，却"理所当然"地视而不见。

黄晓洋是个极端敏感的人，他的感触比我们谁都要深。同时，他又是个极富使命感的学者，他必定会由眼前的情景，倒过头去反省自己的学术——尽管他没向我谈起过，但我相信他是一定要反省的。他避开外象，从战争中去考察人心，是否让他获得了精神上更大的自由度，我不作推测和评论，我可以推测的是，跟日本律师团跑这十天，让他觉得自己已经丧失了非常重要的承担。

怎么说呢，他的研究，很可能与王先生他们的研究一样无力……

另外一点——这一点是我完全不能理解的：小山清水刚到重庆时，黄晓洋很激动，两三天后，他对小山一行却莫名其妙地冷淡了，再后来，说冷淡还不够，差不多要说成冷漠了，小山面对面跟他说话，他甚至都没有听，还要我或别人提醒，他才回过神，惊惊乍乍地"啊"那么一声。他的眼神说冷漠又不够，是冷酷了，瞳孔里放出的光，冰得能让人分明感觉到它的硬度。你要知道，黄晓洋有着极其良好的教养，如果你不介意绅士这种称呼，那么他绝对是一个绅士。在长江游艇上面对众人的责难和嘲讽，他不跳起来驳斥，除了我指出过的原因，与他的教养也不无关系。

小山的教养更是惊人，黄晓洋对他这样，他却像没感觉到一样，依然那么礼貌、谦恭和友好。

他的队伍是8月29日下午3点离开重庆的，那天上午没安排采访，准备10点钟开个总结会，吃顿散伙饭，就送他们走。早晨刚过7点，小山就来到黄晓洋和我的房间，问黄晓洋一个问题：

"你认识井上安子吗？"

黄晓洋摇头，说不认识。

小山说："她在中国叫安靖……"

"安靖？……你的意思是，安靖是个日本人？"

小山说是的，她以前是日本人，现在是中国人，就住在重庆。

黄晓洋的那对眼眶，如同有人在撕扯，张大，再张大，大到目眦欲裂。

安靖，就是安志薇，李本森教授的夫人。

我也是那次才知道，她原来叫安靖；更是那次才知道，她竟然出生日本，叫井上安子！

1936年冬天，井上安子跟随父母到了青岛，父亲开啤酒厂，她在日侨区念中学。那时候她大概十四五岁。从日侨与中国人的关系，还有父母平时的摆谈，她明白自己正踏入的土地，与自己祖国之间存在着一触即发的紧张关系。然而她是安全的，在她父母和所有日本侨民的眼里，日本是把中国抹干吃尽的，中国要是胆敢跟日本开战，无异于以卵击石，自取灭亡；甚至，中国就是块烂柿子，不需要捏，自己就稀里哗啦了。正因此，加上她本身所具有的叛逆和冒险劲儿——这方面她非比寻常，你听我慢慢讲——使她敢于随便走出日侨区，到处乱窜，并东捡一句西捡一句地学了不少中文。卢沟桥事变后，她也无所顾忌，每天下午，舞着钥匙，打着赤脚，穿街过巷地去刚刚回暖的海里游泳。

游泳的时候，她遇到了一个中国男孩。她把钥匙放在中国男孩的鞋边，这中国男孩便为她守住，直到看见她从烟波里归来，他才离开。好些天都这样。有天她叫他等她，他果然就老老实实地等着。她回来了。她上岸了。但他没有上岸。她说："上来呀。"他才上去。他还没在沙地上站稳，她就从头到脚地打量他，然后皱着眉头说："你怎么这么白呀！"中国男孩羞得耳根都红了。一个女孩子说男孩子白，不是夸。他的单纯、羞涩和胆怯（她发现他从来不敢离开海岸五十米远），让她觉得怪好耍的。她就跟这个怪好耍的中国男孩发生了爱情；也是在那时候，她给自己取了个中国名字：安靖。

这个中国男孩，就是黄晓洋的父亲黄伯勇。

然而，"爱情"一说，只是黄伯勇的错觉。在安靖那里，那不是爱情，而是她对这个胆怯的中国男孩的同情。同情这个词带着浓厚的道德褒扬色彩，但那时候，安靖是这样理解同情的：同情不是针对别人的感情，而是不需要花任何代价，就能让自己愉快的感情。——不过，话是这么说，她究竟与她那些趾高气扬的日本同学不一样，也不大和他们交往。她跟黄伯勇之间，虽不是恋人，却有了依恋。黄氏一家离开青岛那天，日侨学校已经开课，她还偷偷从教室溜出来，去为黄伯勇送行。

后来，黄伯勇给她写了很多信，她一封也没收到，因为她的名字是假的，说给黄伯勇的住址也是假的。她待在青岛，百无聊赖，很后悔给了黄伯勇假地址。大约半年过后，她父亲发现来中国做生意是个错误，兵荒马乱的，啤酒销量十分可怜，因此决定回到故乡去。他们的故乡在日本广岛。

就在出发的前夕，安靖（或者说井上安子）做出了一个惊世骇俗的举动：逃！

往哪里逃？——悄悄离开父母，混迹于中国的难民群，向南方逃。逃到武汉后，她登记了流亡学生，滞留一段时间，乘船到了重庆。

她这样做，从本质上说，不是为了奔赴黄伯勇（她根本不知道黄伯勇在哪里），而是"满足自己冒险的欲望"。她想的是，到中国的战时首都去逛一阵，再设法回日本。她把这事想得非常简单，中国的半壁江山都成了日本人的，要不了多久，重庆肯定也会成为日本人的，要回日本，就如同从广岛至东京，从大阪到神户，只不过路程远些罢了。再说她的中文也说得日渐流利，走到哪里都不怕。

在重庆，她被李本森教授安置到南开中学读书，但她并不怎么读，经常逃学去街上闲逛。她是来看稀奇的,不是来读书的。有天,她看到一张寻人启事,竟然是黄伯勇的哥哥黄伯道在找家人。

她按照寻人启事上的地址,找到了黄伯道,并且跟黄伯道好上了。

要说爱情,她和黄伯道之间才勉强算得上。那时候,她已极其孤独,成天盼着日军来占领重庆,她好回去,至少跟家人通上信。可日军老也不来;川江顶端的宜昌虽成了日本人的,可陆路不通,江面封锁。黄伯道也很孤独。黄伯道的孤独是那种狼一样的孤独,狼的孤独需要你去抚慰、去同情吗?不需要的。不要她同情,却让她产生了爱情。但这并不是说,她和黄伯道有了真正的爱情,她再有冒险的欲望,也没打算跟一个中国人货真价实地谈一场恋爱,她一门心思盼望的,依然是日军快快到来。

日军终于来了,却不是从陆路,也不是从水上,而是从天空。

这便是持续五年半的大轰炸。

1940年过后,日军发了狂似的轰炸重庆,有一天就从空中屠杀五千人以上。这是他们创造的一项世界纪录。但正是从这时候开始,日本国民井上安子,学会了从高尚的意义上去理解同情,和黄伯道的心也才真正走到一起。两人相爱后,黄伯道经常伤害她,但她知道事出有因,不仅不怪罪,还更加爱他。有时候,她甚至希望黄伯道把她伤害得更狠些。尽管黄伯道和周围的所有人都不知道她是日本人,但她自己知道,并因此觉得别人也知道,觉得别人看过来的目光,是一根根锐利的芒刺。

所以她才参加了救护队,表现异常勇敢。在救护队里,她更加直接地见识了大轰炸给中国人造成的深重灾难,想在轰炸中主动求死,算是对日军嘲讽,向中国人赎罪。但她没有死成。从此,她凤凰涅槃,成为反战的勇士。空了,她就去看黄伯道的演出,并和他一起走上街头，抗议日军暴行……

尽管如此，她还是想回到日本去。日本是她的祖国，广岛有她的亲人。

然而，1945年8月6日，广岛却被"小男孩"[①]夷为了焦土，升腾起的蘑菇云高达近万米。

听到这一消息，安靖快疯了，当黄伯道兴高采烈地去找到她，她对黄伯道的爱情，竟也和她的故乡一样，一瞬间化成了焦土。她心里已没有任何别的感情了，只剩下悲愤。原子弹是美国投放的，但美国在地球的那一边，而黄伯道近在眼前，于是她把悲愤全都发泄到黄伯道身上。

她正告黄伯道，她是日本人，她的故乡在广岛！

扔下这句石破天惊的话，她就从黄伯道身边消失了，去南开中学的几个老师那里借了钱，说要回青岛老家看看。其实她是转道香港回了日本。

谁都会想到最坏的结局，谁都不希望最坏的结局，但事实往往正是最不希望的那种。

她的亲人全部遇难，连远房亲人也不剩一个。

她回到日本大半年后，黄伯道一家也回了南京。黄伯道终身未娶，毋庸置疑，对安靖的爱是一个原因——若干年后，他还让黄晓洋在重庆打听她；另一个非常重要的原因，是他在为自己的"兴高采烈"埋单。作为艺术家，不管安靖是不是日本人，黄伯道都会为自己当时的兴高采烈感到悔恨。人啊，说起来复杂，其实真的很简单，不合时宜的一句话，不合时宜的一种情绪和一个举动，很可能就影响你的一生，

[①] 投放到广岛的原子弹的名字。三天后投放到长崎的原子弹，叫"胖子"。

并最终成就你的命运。安靖始终没有原谅黄伯道,也是因为他的兴高采烈。

安靖在日本独自过了将近十年,失去亲人的悲伤慢慢淡去,她就开始怀念中国,怀念重庆。她生命中最要紧的部分,是跟重庆联系在一起的。当故乡没有亲人,也没有亲人的坟墓(当年的死难者,都是焚化后集体深坑掩埋),故乡其实就是空的,无法牵动你的神经。而在重庆度过的日日夜夜,却让她魂牵梦绕。她决定重返重庆。何况她还欠了南开中学几个老师的钱呢。在日本,她几次想把钱寄过来,但她不想让更多的中国人知道她是日本人。回到重庆后,她去找老师还钱,但那几个老师都是从沦陷区来的,早就迁回老家去了,天南地北的,再也找不到他们了。

不知出于何种考虑,安靖又给自己换了个名字,叫安志薇,并以安志薇的名字在重庆落户。

从井上安子到安靖,再从安靖到安志薇,是她人生的几个阶段。

世界很大,又很小,安志薇转了一大圈,结果嫁给了送她去南开中学的李教授,而且黄伯勇的儿子、黄伯道的侄儿黄晓洋,为曾祖母遇害的事,专门到重庆找李教授,又碰上安志薇的同学杜主任接待他,使他知道了安志薇就是安靖。

黄晓洋调到重庆后,常去安志薇家,称她伯母;李教授去世后,黄晓洋更是把她当亲伯母一样伺候。反过来,安志薇也真心待他。可以肯定的是,安志薇对黄伯道的爱情依然存在(只是不能原谅他),否则,她也不会常常把黄晓洋当自己后代使唤。(听黄晓洋说,他大伯黄伯道后来始终不愿再跟安志薇见面,个中缘由,很让人费解,我估计,黄伯道尽管保存着对安志薇的爱,但也觉得自己受了安志薇的欺骗。那个年代的人,特别是经历过大轰炸的人,不是像我们今天这样看待和理解日本人的。）

那天，小山清水向黄晓洋打听井上安子，是因为小山在日本也走访过广岛和长崎的幸存者，听说有井上安子这么一个人，1945年从重庆回到日本，然后又从日本返回了重庆。

不知他通过什么手段，查清了井上安子在中国叫安靖，调查行将结束的时候，想顺便问问。

可黄晓洋听说井上安子就是安靖，眼睛瞪得快要裂开，然后他站起来，走了。

小山见状，虽不知道原因，却也没再向中方别的人提这个话题。

黄晓洋走了就没再回宾馆，10点钟的总结会没来开，作为接待方主要成员之一，午饭后他本应该送小山一行去机场，但他也没去送。

这实在太怪异了。

两天过后，校长来我们系走动，当时办公室只有我一个人，校长问日本律师团走访得是否真有媒体报道的那样成功，我给他汇报了，边汇报边思索，要不要把黄晓洋的怪异行为告诉他？

最终还是告诉他了。

校长往走廊上望了两眼，向门口走去。我以为他是去别的地方呢，结果他是去关门。关了门过来，他坐在我的对面，细声地、很严肃地问我：

"你说井上安子叫安靖？"

"小山清水是这么说的。"

校长这样子，怎么跟黄晓洋差不多？

他干咳了两声，对我说：

"安靖就是安志薇……安志薇死之前，留过一封很长的遗书。"

老实说，听到这话，我脊梁骨里蹿过一股冷气，像有阴风在吹。其实也没啥好害怕的，但我身上真的发冷。你觉得身边么明明朗朗的人，突然发现她竟有那么深的秘密！

校长告诉我，安志薇死后，学校要收回房产，就把李同安通知过来。李同安腾了房子，很懂事地叫校方后勤处来察看，表明他除拿走了可以拿走的东西，别的都没动；所谓别的，其实也就是那架床了。床头柜本来可以拿走，但李同安没要。那天校长刚从明月河那边的新校区过来，路过银杏坡，看见后勤处长和李同安，便下了车，跟他们一同进屋。他当然不是去察看，而是冒出了一个新想法：不再将这套房子派用，就辟成"李本森故居"。后来果然这样做了。那天进屋去，后勤处长跟李同安在客厅闲聊，校长去厨房和卧室走动，盘算着怎样将屋子打整和修缮。进卧室的时候，他看见床头柜的三个抽屉都半开着，最底层的抽屉里，露出一张有字迹的纸。他心想这是李教授留下的吗？

李教授的那批书不知去向——安志薇去世后，黄晓洋首先就关注那批书，让校长亲自出面去给李同安说，让他不要胡乱卖给别人，结果书一本也没有了——已让他痛心不已，李教授留下的一鳞半爪的字迹，他也想收起来，以后供展览用。于是他弯腰去取。

结果，取出来的不是一张纸，而是厚厚一叠。

那就是安志薇的遗书。

这封遗书是跟三张照片和一枚印章放在同一个抽屉里的，可李同安根本就没去看，只把照片和印章取走（你们报纸也报道过那三张照片和一枚印章的事），信管都没管。

校长站在那里，读那封遗书，第一页第五行，安志薇就表明了她本是日本人。

校长撩开外衣，把遗书往兜里一插，离开了。

如果不是小山清水问起，校长肯定还要拖一段时间才会把安志薇的遗书部分公开。他有他的想法："李本森故居"初建，刚刚把黄晓洋手里的两张照片，李同安手里关于他父亲的全部遗物，李小楠拿走的书桌和藤椅，全部收回，李教授立在公园里那个等身像的复制品，还在制作过程中，却闹出他夫人是个本名叫井上安子的日本人，容易混淆视听；此外，安志薇所说都是真的吗？他需要证实。

他已经暗暗地在证实了，有了小山清水那句话，更是没什么可怀疑的了。

而且还有一个重要细节。安志薇死前去明月河埋猫，不是有许多人观看吗？她把坑刨好，才给猫穿衣服，穿好衣服再装入匣子，当天就有人说：那怎么有点像日本的和服啊？现在想来，她给猫穿的真是一件和服！她不在家里穿，而是到大庭广众之下去穿，很可能就有透露自己秘密的意思。她不愿意把秘密带到另一个世界，所以用那种方法暗示，还写了那么长的一封遗书。

那天我跟校长一起，去他办公室看了那封遗书。我给你讲的，全是遗书上的内容。

此外安志薇还写到，她每年8月初到8月中旬犯病，是因为"小男孩"的缘故。

我们都想知道另一件事：有年，安志薇的病犯得特别厉害，变成了说话的机器，数十天内天天去明月河烧信，这是为什么？但她在遗书里只字未提。对此我们只能猜想了。

再有嘛……她还说到自己脖子上有块伤疤，这跟……恕我不能告诉你。我只能说，战争在每个人心里都留有一块伤疤，包括李教授在内……我刚才说那封遗书只能"部分公开"，就是因为里面牵涉到李教授。何况，那还只是安志薇的一面之词。

现在的情况，是要还原安志薇的真实。她的故事，正好说明日本发动的侵略战争给他国人民和本国人民带来了多么巨大的创伤。安志薇是中国的朋友、重庆的朋友，在重庆最艰难的时期，她跟重庆人民相濡以沫，并肩作战。回到日本十来年，又返回重庆并落户入籍；她特别喜欢穿旗袍，她给自己死去的猫穿了和服，但她自己特别喜欢穿旗袍，死也是穿着旗袍死的。对国籍和服饰上的取舍，很能说明一些问题。正是有了对安志薇的这种定性，我才敢给你们透露这些事情。

我看了安志薇的遗书，当天就把大致内容告诉了黄晓洋，并且说，如果你有兴趣，自己去找校长。

听校长说，他并没有去。

校长不想让更多的人看到那封遗书的全文，但如果黄晓洋去，他会给他看的，他对黄晓洋很器重，也很信任，何况遗书里的许多内容，都跟黄晓洋有关，黄晓洋有权利知道。

尽管没去看，黄晓洋的神经却有些不做主了，上课也会迟到。

对他而言，之前绝对不可能发生上课迟到的事。

十余天后，他就自杀了。

安志薇的秘密咋会给他带来那么大的刺激？许多人感到疑惑，我也一样。但我还是勉强能给出一些解释。黄晓洋曾向我提起，说安志薇有天夜里叫他去她家，她有重要的事情告诉他，但安志薇对他说的，却是不像重庆大轰炸的大轰炸（现在明白那是什么了），看了那封遗书，我马上感觉到：安志薇除了说那些事，还想把这封遗信交给他——这才是她最重要的事情！——也就是说，安志薇的遗书是早就写好的。至于为啥又没给，是黄晓洋不想接受，还是安志薇放弃了自己的想法?

根据情形判断,前者是因,后者是果,要不然,黄晓洋为什么不去校长那里看看呢?

很可能,他早就怀疑安志薇是有秘密的人,但他不敢去承担她的秘密。

再小的秘密也是重荷,何况安志薇的秘密并不小。

作为立志在战争中考察人心的黄晓洋,渴望挖掘秘密、揭示秘密,但秘密真的蹦到他的眼前,他却不敢面对了。包括,李教授曾经想把书赠给他,他不接受,我以前也跟杜芸秋一样,认为是负责任的表现,但现在看来,或许另有解释。他拿不准李教授在书页上写了什么。我觉得,他心里是埋着恐惧的。对大轰炸的研究越深入,对人心的研究越深入,他的恐惧也就越深入。我还觉得,他之所以不敢一直挖掘下去,是害怕在很深很深的地方,碰到他自己……

就说这些了,我不多说了。

归结起来,黄晓洋选择死亡,是里里外外、方方面面的因素促成的。

他死了,是史学界的损失。

作为朋友,我对他更了解,也更知道他的价值,我想说的是:

他的死,是史学界的重大损失!

尾篇　太阳底下

杜芸秋来电话，说她的个展已基本就绪，将于一个星期后在重庆举办首展，问我要不要去看。

我当然要去的。

接了电话，我加班加点地完备这部书的雏形，以便带到重庆，请杜芸秋过目，作她认为必要的修正和补充。第四天晌午，我在电脑上打出了"他的死，是史学界的重大损失"这句话，立即赶往重庆。

个展前夕，想必杜芸秋很忙，我准备先找文博，事情过了再找她，结果得知，展览的筹备工作，联系场地，布置展板，组织宣传，都是文博在做。文博忙，杜芸秋不忙。我便直接去了杜芸秋的寓所。

寓所也就是她的画室。女儿晶晶在国内读了大学，就奔赴她的姨，去了美国，杜芸秋一个人，无心经营只有一个人的家，把文理大学黄桷坡那套房子卖掉，将日常生活搬到了自己工作的地方。

她有些疲惫，但丝毫不减活力。被疲惫包藏起来的活力。甚至可以说，因为疲惫，愈见其活力（这让我想起她所说的约翰·斯通的《夜歌》）。是疲惫让她变得更加饱满。她像一个久无人住的房间，当"疲惫"这位房客住进来后，也随即带入了门外的生机。不过，她跟我说话，照旧是安安静静的口吻，照旧是边说边抽烟，照旧是一只眼睛看世界。静穆的观照和飞跃的生命，构成她艺术的两元。

我表达了我的意思，递给她一个U盘。

她摇着头，不接，她说我为什么要先看呢，等出版过后我再看吧。

我告诉她："你的谈话在书里占了很大篇幅。"

她说没关系呀，我当时说给你听，不就是让你随便用的吗；人的心情如同流水，瞬息万变的，我拿现在的心情去修改以前的谈话，也就等于是修改历史，修改真实。

我想对她说：难道你就不想看看那个专门去找我的男人讲了些什么吗？

但我没把这话说出口。这个女人不寻常，因此不能拿寻常之理去测定。

即便这样问了，她多半也不会去看。

不过，她明显猜出了我的心思，微微垂下眼帘，说：

"我没照顾好晓洋……他前两次自杀，虽然我并不知道——是后来报纸报道晓洋自杀身亡的消息，登了他的照片，长江上一个渔民才说，他见过这个人，这个人在三天之内，两次跳江……"

"你的意思是，他跳的是长江？文理大学外面是嘉陵江，他却走了很远的路……"

她点点头，"你觉得这有特别的意味吗？"

"也说不上……我是觉得，重庆和南京，是被长江串起来的。"

"哼，有点儿道理……他两次跳江，地点相隔好几里，却都鬼使神差地被那个渔民碰上了,见他在水里扑腾,扑腾的姿势不像旱鸭儿①,可又没脱衣服,心想不好了,这人是在寻短见了,就划船去救。第一次,船没划拢,晓洋就自己爬上了岸;第二次,他去抓晓洋(那时候晓洋的头已没入水中),晓洋上了他的船,吐两口水,喘几口气,就很镇定地朝他笑,很礼貌地跟他摆龙门阵,问他家里有些啥人,生活过得咋样,反倒弄得他很难为情。说不定,人家就喜欢穿着衣服耍水,你却以为人家是在寻短见。他把船划到岸边,晓洋跳上岸,坐在石头上,还把先摸出来放在石头上的烟递给他抽,他是抽上烟才离开那段水域的。那几天太阳烈得很,晓洋只需坐几分钟,衣服就晒干了。他把衣服晒干再走上街面,再回家,谁知道呢?但作为妻子,说不知道并不能推脱责任。反而责任更重……我没有照顾好他……"

对杜芸秋的这段说得稍显迟疑的话,我是这样理解的:黄晓洋自杀后,正像孙文博讲过的那样,他表姐杜芸秋很悲伤,也很自责,便和来找过我的那位像"马师傅"的男人断了关系。

看来我理解得没有错,因为她接着说:

"要看轻一个人是容易的,如果我们心里只有自己,如果那人的精神层面高于我们,而我们又不配去接近……我曾经以为,自己爱晓洋是基于怜悯,他离去的时间越久,我越发现不是那样的……"

她摇了几下头,双手猛地攥紧,像要抓住一匹野马的缰绳。

那匹想象中的野马,是她爱的人。

她不是基于怜悯、而是从骨子里去爱的那个人,早已飞驰而去。

他是否已"走过"了死亡?……

至少半分钟后,杜芸秋才把手松开,点燃一支烟,恢复了平静。

---

① 不会水的人。

我问她:"你知道黄晓洋的最后一篇日记是怎么写的吗?"

"我记得我告诉过你,我没看过他的日记。"

我就把那最后一篇日记背给她听:

"你回去吧!"一个声音对我说。

如果"回去"就能清洗自己,让我变得单纯如赤子,让我看到纯洁的世界和纯洁的人心,让我能追上曾祖父和李教授的脚步……

——如果是这样,我就高声回答:"我服从!"

杜芸秋不言声,闭着眼睛抽烟,直到把那支烟抽完。

我想,此时此刻,我不能在黄晓洋身上停留太久了,便换了话题,问她个展的事。

她说,她的母校希望首展在他们那里举行,重庆美术馆也好几次登门,诚心诚意地跟她谈,都被她婉言谢绝了。她不打算把展览放在室内,也不打算放在只有美术界人士关心和进去的地方,更不打算卖钱,她的首展,是在三峡广场。——"你的意见呢?"

她这么问我,让我猝不及防。我除了说好,还能说什么呢?但我衷心感激她的信任。数月下来,我也在钻一条深长的隧道,我的额头和我的心,都抹上了一丝苍凉。

她的电话响了。是文博打来的。

听说我到了,文博说他马上去订晚餐,同时给我订宾馆。

这时候,已是下午5点过。听到晚餐两个字,我才感觉饿得慌。我还没吃午饭呢。

还有两天才是杜芸秋的个展，我对文博和杜芸秋说，你们各自去忙，我就住在宾馆里，吃在宾馆里，抓紧时间把书稿梳理一下。其实，这两天我都在跑，跑的地方，除文理大学银杏坡的"李本森故居"，全是重庆大轰炸的历史遗迹，其中好几处都是文博上次领我去过的，但这一次的感觉，跟上次完全不同。我带着黄晓洋的眼睛、黄晓洋的气息，因此，它们不再是陈迹，而是正在苏醒的生命。

"李本森故居"里，除了杨胜全说到过的展品，还多出了一些名人书画，包括杜芸秋的一幅油画：天边的火烧云，将大地和天空映照成赭红色，浓烈而动荡的背景下，一个人牵着一头牛，风尘仆仆又步履坚毅地从远处走来，牛和人的额头上，都画着一张中国地图。安志薇有照片和简介，简介写得很清楚，说她出生日本广岛，叫井上安子，后来变成了中国人。我想看看她的那封遗书，但没有找到。

个展的前一天夜里，差不多9点钟，文博把所有细节都打理周全了，来宾馆看我。

"明天上午10点开始，"他说，"有个简短的开幕式，来的领导都要讲话，你也讲几句好吗？"

在众人面前讲话，我很不在行，何况是美展，我哪有资格讲话。我又不是领导。

"你是远道来的嘉宾嘛。"文博说。

"去参观的人都是嘉宾。"

文博笑了："你咋跟我表姐说的一模一样？"

看来，他表姐杜芸秋并不主张搞什么开幕式。

我也笑了："这证明我还没从你表姐和表姐夫的河流里爬起来，我希望自己能一直浸泡在里面。"

文博自己去泡了杯茶，坐下后快乐地说："听起来，我给你找的这趟差事没有过分委屈你。"

说什么委屈,我发自内心地感谢他。由于太兴奋,我也不管文博的劳累,就从头至尾地把书稿讲给他听。讲到李教授那批写满了笔记却遗失的书籍时,文博将大腿猛击一掌:"嗨!"

吓我一跳。

"你前面说给黄晓洋写信的那个日本人叫啥?"

我说叫小山清水。

"我这一阵忙昏了头……"文博重重地拍着脑门,"你认识杨胜全老师吗?"

我说知道这人,书稿的最后一章,就是杨胜全谈黄晓洋。

"杨胜全去早稻田大学做了半年访问学者,上个月回了重庆,大前天我在市委碰到他,他说自己在日本发现了一本书,《李本森回忆录》!日文版的,署名是中国李本森著,小山清水译。杨胜全也觉得奇怪,因为李教授从没出过中文版的回忆录。他跟小山联系,问这部书的原版,小山说你见到的就是原版。他又问书稿来源,小山绕来绕去的说了一大通,不知道说了些啥,让他越听越糊涂。"

就像杨胜全听校长透露安志薇的秘密后,脊梁骨里蹿过一股冷气,我这时候也是。

"他说没说书的内容?"

"简单说了一下,回忆录嘛,李教授追述自己的身世,但不是从头写到尾,而是从1931年,写到1991年,刚好六十年。虽然跨越了六十年的岁月,但贯穿始终的核心,是日本的侵华战争,日本投降后的几十年,被李教授称为'后战争时代',战争造成的恐惧、伤害和人性扭曲,在'后战争时代'才慢慢往外吐。杨胜全说,李教授在书中毫无遮拦地呈现了自己的另一面,这'另一面'尽管他知道一些,但读起来还是周身战栗，某些段落，简直到了叫人不敢相信的地步。他想转译成中文，联系重庆一家出版社，出版社不敢接手，说要相关领导批了条子才敢接手。他去市委，就是为了这件事。"

"条子能不能批下来？"

"估计问题不大，袁部长是个很开明的人，那天听了杨胜全的想法，袁部长说了这么一句：'李教授对法西斯战争的控诉，日本都出，我们为啥不出？'"

言毕文博摸出手机，调出一个名字，拨了过去。

"哦，表姐你睡了啊？……这么晚吗？我们还没注意到呢，嘿嘿，把你吵醒了，不好意思啊……不是，我是想问你有没有杨胜全的电话？好，好，你说……没有没有……你休息啊表姐。"

挂了电话，我们才发现已是凌晨3点20了。

如果杜芸秋照旧是凌晨2点睡觉，她已经睡了一个多小时。

文博是个急性子，读书时是这样，毕业将近二十年，由小到大的做领导又有十多年，还是没改，这么晚了，他依然把电话拨给了杨胜全，想问个结果，因为那天他没听完就走了。

杨胜全居然没关手机，也没有睡。他告诉文博，袁部长最后还是让他先把书译出来，请专家和领导鉴定了再说。他正在熬更守夜地翻译。他请文博也帮忙在部长面前通融一下，因为这部书实在太好了，虽然阅读起来考验神经，但绝对是一部反战杰作，而且书中对重庆大轰炸有诸多描述，许多细节闻所未闻。文博满口答应，说他将尽全力促成此事。

然后文博问我："要不要杨胜全把李教授书里的某些细节提供给你？"

我说不用了，我整理的这部书稿，是通过黄晓洋等人的眼睛去看世界，杨胜全提供给我，我也放不进去。如果有幸，若干时日之后，我和读者们能够读到《李本森回忆录》，就够了。

但我在想一个问题：小山清水是怎样拿到李教授那批书的？

（根据情形判断，李教授的确是把回忆录写在了书页的空白处。）

我把杨胜全在黄晓洋死后接受报社采访时所谈的内容讲给文博，文博想了想，说：

"会不会是这样，小山清水不仅知道井上安子叫安靖，还知道她叫安志薇，在他来重庆之前，早就跟安志薇取得了联系，他那次问黄晓洋，不是顺便问问，还希望去看望她。他并不知道安志薇已经去世。黄晓洋的表现证明，中方不会让他去见，私下去见也不可能，即使他知道安志薇的住处；那次的情况我知道，日本律师团的所有活动，都是在中方安排下进行的。他想见安志薇，一是因为安志薇是广岛人，二是安志薇把李教授的书寄给了他。看样子，应该是在她'突然老去'之后寄的，那时候，尽管她衰迈不堪，照样能独自生活，不过就几十本书，往邮局多跑几趟，就可以全部寄走了。"

"可是安志薇为什么要给他呢？"

"不给他给谁？李教授去世后，安志薇肯定看过那些文字，给国内任何人，都免不了损害李教授的形象。交给日本的一个反战人士，让他去翻译出版，既能揭露侵略战争的罪恶，又不会从近处损害李教授。"

没有更好的解释，也就只能相信这样的解释了。

三峡广场位于沙坪坝区闹市中心，由三峡景观园、名人雕塑园、绿色艺术园和商业步行街组成。杜芸秋的个展在绿色艺术园举办。与之毗邻的名人雕塑园里，郭沫若、巴金、丰子恺、冰心等抗战期间在沙坪坝生活过的文化名人雕像，很深情地望着这边。

虽是周末，我还是没想到会来这么多人，说人山人海，是很偷懒的一种说法，但的确给我这样的感觉。昨夜，文博没回家，就跟我住在宾馆里，早上8点，我俩就赶往三峡广场。这么早，展板刚刚运过来，绿色艺术园就挤满了观众。文博去指挥工人忙碌的时候，我站在一旁，观察着人群。我想看看有没有老人前来参观——报纸和电视都反复宣传过了，杜芸秋的这次画展，表现的是重庆大轰炸。

出乎我的意料，来了不少老人。

最深的伤痛，他们自己不愿讲述，但并不是希望所有人都沉默。

展板竖起来了，共一百幅。

文博说，他表姐画了数百幅，精选了这一百幅。

"一百"，是一个世纪，一个具有象征意义的时间单元。

一张破碎的脸。又一张破碎的脸。还是一张破碎的脸。从左至右地看过去，全是一张张撼人心魄的破碎的脸。油画，但有木刻效果。每张脸尺寸不同，有的大于背景，有的深藏于背景之中；神情各异——不管破碎得多么厉害，眼睛都在，至少有一只眼睛在，有的长了三只眼睛、五只眼睛、八只眼睛、满脸的眼睛，这些眼睛或仰望天空，或俯察地面，或瞪视前方。在脸部破裂的缝隙中，在他们的眼睛里，摇曳着各式各样的小花，赤橙黄绿青蓝紫，竞相绽放……

杜芸秋给画展取了个总标题：《太阳底下》。

我把它借用过来，作了这部书的题目。

感谢我的同窗李波,他敦促我写这部小说,并为我赴渝采访提供诸多方便。尹从华教授、郑体思教授、陆云荪教授、郑体宽教授等,曾是当年中央政治大学、中央大学、中央工业大学的学生,他们不顾年高,不顾疲劳,欣然接受我的访谈。本书的写作,主要参考史料有:《毁灭的种子》《从重庆通往伦敦、东京、广岛的道路》《南雍骊珠》《山河岁月》《抗战陪都》。